2020中国年度作品

小小说

现代年选　在场者的选择

杨晓敏　主编

中国出版集团　现代出版社

图书在版编目（CIP）数据

2020中国年度作品. 小小说 / 杨晓敏主编. —北京：现代出版社，2021.3

ISBN 978-7-5143-8991-3

Ⅰ. ①2… Ⅱ. ①杨… Ⅲ. ①中国文学—当代文学—作品综合集 ②小小说—小说集—中国—当代 Ⅳ. ①I217.1

中国版本图书馆CIP数据核字（2020）第268434号

2020中国年度作品. 小小说

主　　编：杨晓敏
组稿编辑：庞俭克
责任编辑：申　晶
出版发行：现代出版社
通信地址：北京市安定门外安华里504号
邮政编码：100011
电　　话：010-64267325　010-64245264（兼传真）
网　　址：www.1980xd.com
电子邮箱：xiandai@vip.sina.com
印　　刷：三河市宏盛印务有限公司

开　　本：710mm×960mm　1/16
印　　张：19
版　　次：2021年3月第1版
印　　次：2021年3月第1次印刷
字　　数：323千字
书　　号：ISBN 978-7-5143-8991-3
定　　价：39.80元

目 录

小小说谈片（代序）

杨晓敏

小小说是时代文体

小小说是一种新兴的时代文体，是以民间的自发性为主的读写方式。倡导者、编者、作者、读者只有形成了互动关系，才能共同营造出一种良好的文学生态。比如倡导者要做好文体理论研讨、作家队伍的组织引导，包括扶持、培养；编者要做好遴选、检索和写作上的范例以及文化市场推介；作者以创作为主，要有自觉地高标准要求，应追求作品的数质兼具。

一个时代有一个时代的作品，一个时代的作品有一个时代的烙印。作为一种短小精悍又能快捷地记录时代细枝末节的文体，小小说的时代性尤为明显。但它又不似长、中篇小说那样有宏大的内容承载，可以彰显一个时代的宏大叙事，可以描绘社会的巨幅画卷，小小说相对简单的情节故事，注定它只能像一幕微型舞台剧，或截取生活中的一个画面，或拾取生活中的一朵小浪花，在作家的巧思安排之下，于滴水中见太阳，从中窥视到一个时代的纤细毫发。

幽默是一种智慧

幽默是一门有思想的艺术，作为作家，将幽默的艺术通过小小说形式转化为一种社会责任，会让作家心向往之。幽默是一种智慧，它远比逗人发笑更有深度。幽默的产生当然更非文字中的炫技弄巧，它来自一个作家对生活深刻的理解与洞察，来自作家对生活的热情与爱。困境中多一点乐观，严肃中多一点风趣，尴尬时多一点自嘲，清醒里多一点糊涂，在各种人生际遇中，幽默就像一剂宝贵的润滑剂，可以助你把许多不可能化为可能。

小小说篇幅短小，容不得作家在这方舞台上施展十八般武艺，精湛的细节刻画犹如画龙点睛，担当着举足轻重的任务。有人说小说的艺术在很大程度上就是语言的艺术，小说中无论是对人物的刻画还是对环境氛围的描写都要借助语言。语言，是文学的外壳衣裳，也是文学作品内容的一部分。作品是简朴还是简陋，是高贵还是低俗，读者首先会去评判作家的语言表达。富有表现力与感染力的语言，是一篇文学作品成功的重要标志之一。

思想内涵　艺术品位　智慧含量

首先，小小说讲立意，是说应有很高的一个站位，一个很好的视角，会发现问题找准问题。其次要有艺术品位，就是要学会运用小说手段，通过调动所有的小说手段，把你发现的问题艺术性地表现出来，伏笔照应、起承转合、留白闲笔、情节设置、人物刻画、语言风格，这些小说手段的得心应手，才能够选择出一个最适合你的艺术形式，去反映你提出的问题，文字中又折射出写作者的情怀和境界。最后要特别讲究结尾，小小说作家和长篇小说作家有个不同之处，就是更加注重结尾艺术。写 20 万字你可以重在过程，但是小小说 1000 多字你只能把重心或爆发力放在结尾，不管是韵味悠长，还是旁逸斜出，或是戛然而止，反正你总得有个说法。所以说小小说的结尾也是最见智慧含量的艺术。

临床一刀与临门一脚

写小小说结尾最讲究临床一刀、临门一脚。一篇小小说只有 1000 多字，即使闪转腾挪，使出浑身解数，它也展示不了太多的具体内容，所以叫临门一脚，直接就是前场球，所有的人都处于动态之中，球就在你一个人的脚下，这个球必须踢出去，你的球技如何全凭这一瞬间的功夫。临床一刀也是如此，医生拿着刀站在癌症患者的手术床前，这一刀下去，切得好就治病，切得不好就会死人，这一刀凝聚着你的毕生所学。

唐诗　宋词　小小说

小小说是一个集合名词。小小说是由众多小小说构成的，不仅仅单指某一篇作品。譬如我们说的唐诗、宋词。对于唐诗，我们不能说，只有李白的诗才是唐诗，或者杜甫的诗才是唐诗。唐诗也不仅仅是《唐诗三百首》，不仅仅是《唐诗别裁集》，而是说唐代 300 多年间诗人们的五万多首诗歌总和，唐诗是指全唐诗，是指它在较长时段内众多人的参与和达到的艺术高度以及产生的深远影响，以及它形成的日光月华、星汉璀璨的文学天空。宋词亦是如此。

小小说作家也是个集合名词，是由写作上有不同的艺术追求与迥异风格的群体构成的字眼。小小说和长小说悄然接轨的重要标志之一，在于同样具备了大众化写作和精英化写作的本领。这些代表性作家和优秀作品所折射出来的才华，以及对社会、人生、文学的深层理解思考，即使和从事其他体裁、文本写作的同行比较，也不逊其后。

文体　作家　经典

一种文体的兴盛繁荣，需要有一批批脍炙人口的经典性作品奠基支撑，需要有一茬茬代表性的作家脱颖而出。正是这些作家的精品与经典作品支撑起小小说的艺术大厦的，他们代表了小小说的艺术高度与价值尺度。小小说其实与其他小说种类一样，要求思想内涵深刻丰富，人物形象独具个性，故事结构跌宕起伏，尤其在语言、叙述、情节设计、人物塑造、伏笔、留白、照应等小说技巧与手段上调动有方。尺幅之内，风生水起，山高水长。

几十年来，小小说领域已经产生了大批重要作家，像王蒙、汪曾祺、冯骥才、许行、王奎山、孙方友、谢志强、陈毓、刘建超、蔡楠、申平、聂鑫森、刘国芳、滕刚、凌鼎年、袁炳发、于德北等重要作家，与此相关，小小说也产生了很多经典性的作品，进入各地大中专课本的有300篇以上，每年的中考、高考阅读试题比比皆是，这是一种不可忽视的存在。同时，小小说也已经开始有了理论支撑，数十位专门研究小小说的评论家与他们的理论著作长期被人关注。重要的是，在中国有数以千万计的稳定的小小说读者群。从参与人数到兴盛的时间长度上，小小说完全可以成为一种独立的文体存在。

大众文化的小小说

小小说现象最显著的特点是大众参与，因为大多数人的关注和热情介入，小小说才有了三十年历久弥新、方兴未艾的旺盛生命力。小小说是一种大众文化读写形态，较之精英化读写来说，小小说是一种“大面积的文化消费”。随着小小说文体的出现，这里就自然出现了一个非常有分量的名词，那就是：文化权益。小小说的出现让以往的状况发生了某些改变。因为小小说是一种由大多数人能够阅读、大多数人能够参与创作、大多数通过读写能够直接受益的艺术形式。

小小说在接受与其他文学样式同样的艺术性考量中，彰显了自己的个性，发出了自己的声音，这些个性与声音集合起来，小小说便不再仅仅是一个旁观者，而是一个由众人亲历亲为的参与者。于是，小小说文体便有了文学意义，有了大众文化意义。要使我们这个文化大国成为文化强国，使一个文化资源大国成为文化创造大国，由一个文化消费大国成为一个文化产品输出大国，“文化中产阶级”的形成与崛起是必由之路。现在的文学读写群体早已“多元化”。看待小小说，如果我们换一种思路，不用“精英化”的标准当然也不用“通俗化”的标准来衡量，而是用“大众化”的标准来衡量，或许会得出新的结论。从一个新的文学品种的健康良性发展，从文学生态环境的建设来说，也大有裨益。

不叫遛弯儿叫散步

赵 新

葫芦老汉从省城回到老家沟里村，正是夕阳西下落霞缤纷的傍晚时分。一下子走了一个多月，他很是想家，想念家乡的山水，想念家乡的亲朋，想念家乡的月亮，想念家乡的细雨和风。等得吃了晚饭、收拾好碗筷之后，他对女人说：走，你和我到村外转悠转悠，看看那小路，看看那树林，看看那沙滩，看看那河水，看看那……

女人问：咱们两个一起去？并着肩膀一起走？

他说：那是当然。我在省城儿子家里，天天晚上出门遛弯儿，可惜你不在我的身边，一个人转来转去，就少了成色，少了滋味，少了意思！

女人摇了摇头：意思？什么意思？你去吧，俺不去，咱们俩在一块儿瞎转悠，俺怕别人笑话！

他笑了：都60岁的人啦，老夫老妻了，谁笑话？常言说饭后百步走，活到九十九，装上你的手机，走吧。

他伸手去拉女人时，女人躲开了。

葫芦没了奈何，仰天感叹道：哎呀，就你脸皮薄！在省城的大街上、花园里，人家红男绿女，双双对对，搂着的、抱着的，都是两口子。人家都不怕，你怕什么？

女人很严肃：老汉，那可不一样，人家是在省城，咱们是在山沟里！

葫芦说：山沟里就不是人啦？山沟里的人就没感情啦？山沟里的人就矮半截啦？山沟里的人就……

女人说：你别和我抬杠，反正我不和你去！

说不服，劝不动，葫芦只好一个人走出门来，沿着村边的小路，向流淌在沙滩上的那条小河走去。阳春三月，月色朦胧，小路上鸟语花香，和风习习。葫芦正在感叹自己的女人如何如何头发长见识短、如何如何思想保守、如何如何生活得可怜时，回头之间，看见一条黑影跟在身后；那影子若即若离，扭扭捏捏，很有意思。

葫芦哈哈大笑。葫芦喊道：老太太，赶快跟上来吧，还拿捏什么？我知道是你，我的那位韩大妮！

女人跑了几步，就跟上来了。女人问：老汉，你怎么知道是我跟着你？

葫芦拉住女人的手：常言讲，秤杆儿离不开秤砣，老头儿离不开老婆，有感情嘛，所以你一定会跟着我。老太太，你看这夜色多么美好，你看这天地多么广阔，你看这山水多么明媚，你看他们两个多么亲密！

女人很吃惊：谁们两个？

葫芦抱住女人的肩膀：大妮，你说呢？

女人说：去去去，你敢叫我的小名，你老葫芦真是长了出息！

一言未了，女人的手机响了，是儿子从省城打过来的。儿子问候娘的身体，问候娘的生活，问候爹到家了没有，问候爹晕车了没有，一路上是不是顺利。葫芦很高兴，正想和儿子说几句时，儿子却把电话挂了。

葫芦很遗憾地说：这小子，光知道他娘——我也有手机，他不打我的！

女人说：你小心眼儿！儿子哪里亏待了你？

他们沿着小路，走过一片冒着花香的桃树林，来到了洁白细腻的沙滩上；沙滩很柔软，一踩一个脚窝窝。

女人说：哎呀，脚底下好暄乎，你小心点儿。

葫芦说：暄乎一点好，有弹性，踩下去舒服！

他们走到小河边，河水很清亮；细微的波浪涌起来，层层叠叠，咿咿呀呀，又似有声，又似无声。

葫芦说：老太太，你明白了吗，如果只是我自己来，那是名副其实的遛弯儿，走出来走回去，很是枯燥乏味；现在咱俩来了，内容就丰富了，这遛弯儿就成了一种陪伴，一种责任，一种滋润，一种享受！

女人点了点头：老汉，你是怎么想到这一招的呢，还非得叫上俺？

葫芦说：我在省城学的呀。城里人能做的事情，咱乡下人就不能做吗？

女人说：老汉，明天晚上咱们还出来转悠。看着那月亮，看着那星星，看着那长长的流水，我心里就宽绰，浑身就舒坦！

一星期之后，村主任二毛突然来到葫芦家里，开门见山、郑重其事地说：姑父，您好，我能给您提个意见吗？

葫芦说：可以可以，当然可以；你是主任，你随便提。

二毛说：老人家，您以后晚上出来遛弯儿时，别带我姑姑好不好？您这一带呀，好家伙，乱套啦！

葫芦说：等一等，你把话说清楚，什么好家伙，什么乱套啦？

二毛说：我的天，您没看见吗，您这一带头，咱们村的老夫妻、小夫妻双双对对都出来遛弯儿了，黑更半夜的，出了问题怎么着？

葫芦说：人家都是两口子，能出什么问题呀？

二毛说：有的不是两口子，也出来瞎跑！

葫芦说：不是两口子，也能出来遛弯儿呀，怎么会是瞎跑？你没看见吗，乡亲们遛弯儿时有说的有笑的，有扭的有唱的，有吹笛子的有拉胡琴的，现在咱们村热闹了，活泼了，有了生气、有了气象了，你二毛脸上也光彩呀！

二毛高兴了：姑父，谢谢您的吹捧，谢谢您的夸奖。这么说，您是给沟里村办了一件好事呀。

葫芦说：你说呢！你 40 多岁的人，应该比我们想得透彻、想得周到。

几天之后，葫芦老汉和女人在沙滩上遛弯儿时忽然看见了二毛和他媳妇。老汉很兴奋，立在那里大声喊道：二毛，你们夫妻俩也来啦？好，好呀！

二毛说：姑父，怎么偏偏碰到您啦？我本来是坚决不来，可是我媳妇非拽着我出来，结果……我们家里是女人当家，我拗不过她呀！

葫芦说：所以你就出来遛弯儿啦！

看了看天上的一弯月亮，二毛背着手走了过来，然后很严肃地说：姑父，我得给您纠正一下，我们这不叫遛弯儿叫散步，明白了吧？

拾 鹿 角

申 平

那年春天，我和哥哥一起，到草原上的大山里去捡拾鹿角。

这片山区方圆上百公里，丛林茂密，野兽出没，其中就有成群结队的野鹿。每到春天来临，公鹿都要换角。它们头上的旧角会自行脱落，然后才能长出新角来。鹿角可以入药，又可以作为装饰品摆放，一对鹿角，可以卖到一两千块。

那年哥哥 18 岁，我 16 岁。我们带着干粮和水，还有一顶折叠帐篷和两把砍刀，一直往大山深处走。哥哥说，近的地方去的人多，鹿角轮不到我们捡。

春天的山里，说不出有多么美丽。在密密的松林和白桦林间，草儿开始返青，野花到处开放，鼻孔里满满都是好闻的青草味和野花香。不过我们却无心欣赏美景，我们的眼睛只管盯着地面，在草丛里、树空间寻找鹿角。

但是第一天，我们一无所获。晚上，我们在一块巨石下面支起了帐篷，吃了点面包，喝了点矿泉水，就钻进帐篷里躺下。夜晚的山谷，寒风阵阵。我和哥哥蜷缩在里面，浑身直打哆嗦。最可怕的是隐约听见了狼嚎声，我们紧握砍刀一动不敢动，仿佛一动狼就知道了。

好不容易挨到天亮，吃点东西又开始寻找。一个上午过去，还是毛也没找到。哥哥就说，走，咱再往远处走走。我们挥舞砍刀开路，翻过一座山，又翻过一座山，不觉间，我们已经走到人迹罕至的原始森林里来了。天好像一下子就阴暗下来，我看见哥哥的脸色突然变了，他紧张地对我说：赶紧捡干柴，点火。这地方怎么这么瘆人啊！

好在到处都是干柴，我们又找到一块巨石做屏障，然后点火，支帐篷。这一夜，我们几乎不敢睡觉，不断往火堆上加柴。树林间不断传来各种恐怖的怪声，狼嚎声这回听得清清楚楚。我明显感觉到，周围正有一双双凶恶的眼睛盯着我们。要不是有火，它们马上就会扑过来。

天亮以后，哥哥对我说：赶紧收拾东西往回走吧。但是，我们竟然找不到来时的路了。我们在树林里转着，转了好久，竟然又转回到昨晚宿营的地方来了。我张嘴要哭，却被哥哥严厉地制止。他说：哭有屁用！走，我们换一个方向走。

现在的我们，已经没有心思去找鹿角了。可是当我们走到一片林间空地时，突然惊起一群野鹿，轰隆隆地一阵响，直冲进对面的树林之中。但是奇异的是，却有一对雄鹿，犄角别着犄角，还在原地打转。我们一看，立刻呐喊着冲了过去。两只雄鹿惊慌地侧着身子奔跑，但是很快就被两棵树夹住，动弹不得。

太好了，哥哥喊着，我们发财了！他呼喊着跑过去，举起砍刀就要往野鹿的脖子上砍，但是他的刀却突然停在空中，然后又放下，他对我说：不行，野鹿是国家保护动物，砍死是犯法的。我说，那就干脆把它们的犄角敲下来！

我们一起走到四只交叉的鹿角旁，我首先看到的是野鹿那两双充满恐惧绝望目光的眼睛。它们肯定是为了争夺配偶，互相打架时把鹿角别住的。别住就意味着死亡，野狼等野兽会毫不费力地把它们吃掉。既然都是鹿角惹的祸，给你们敲掉正好。我举刀要砸，可是哥哥又说不行。他说，如果硬砸鹿角，鹿也会流血而死的。

哥哥郑重其事考虑了半天，最后他说：咱们还是帮它们把犄角分开吧，救命总比杀生强。

于是，我们就放下砍刀，上前去帮它们拆解鹿角。可是它们却很害怕，脑袋不停摆动挣扎，尖尖的鹿角竟然划破了哥哥的手。后来哥哥就停下来，他开始跟野鹿说话，告诉它们我们是要帮助它们。他还轻轻地唱歌给它们听，慢慢靠近，轻轻抚摸它们。你还别说，野鹿渐渐安静下来了。哥哥看准了鹿角卡住的地方，左掰右扭，最后哗啦一声，鹿角真的分开了。两只野鹿立刻纵身跃起，闪电般跑向了丛林。

野鹿获救了，可是我们依然迷路。我和哥哥在树林里左突右奔，可是森林好像无边无际，任我们走得气喘吁吁，汗流浃背，仍然走不出山谷。天渐渐又要黑了，我实在走不动了，就躺在地上哭起来。哥哥先还在劝我，可是劝着劝着，他自己也哭了起来。我们一起放声大哭，还一起高喊：救命呀，救命呀！我们的声音在树梢上滚动，在山谷间回荡，但是回答我们的只有沉默。

没办法，只好拿出帐篷，准备宿营。但是这时候哥哥却惊慌地发现，他装在口袋里的打火机不见了。天哪，在这野兽横行的地方，如果我们失去了火的护佑，后果可想而知。我看见哥哥的脸立刻变得蜡黄，手脚都发起抖来。他一慌，我就更害怕了。

正在绝望之际，我们忽然听见一阵轰隆隆的声响，抬头一看，竟然是一群野鹿出现在我们前面不远的地方。它们停在那里不动，一起抬头看着我们，还有两只公鹿朝我们发出呦呦的叫声。咦，难道这是刚才我们解救的那两只公鹿吗？它们跑来干什么呢？

后来哥哥猜测说，它们是不是要给我们带路呢，走，跟着它们走试试。于是我们就收拾东西往前走。鹿群果然就在前面不快不慢地走，有时还会停下来等待我们。翻过一座山，前面豁然开朗。暮色之中，我们竟然可以看到远处的人烟了。我和哥哥不由兴奋地喊叫起来。

这时的鹿群，看样子准备要回去了。我和哥哥不断向它们挥手，鞠躬致谢。忽然，令我终生难忘的一幕出现了：只见鹿群里的公鹿忽然都拼命晃动起头颅来。就听见噼里啪啦一阵响，等到它们一阵风似的消失以后，它们停过的地方，竟然留下了十几只鹿角……

大　湖

蒋冬梅

鱼把头站在冰面上，一千年前也这样站，一百年前也这样站。他是查干的一只鱼鹰，心里装着整个大湖。

有人看见夏季湖面曾搅起的巨浪，传说一条从未见过的大鱼和鱼叉对峙过。

人人都在期盼着大鱼，可今年冬捕的重头戏，师傅决意不来了。

刚入冬，师傅就带着另一队人马，跑内蒙古了。他用不容置疑的语气，对鱼把头说："查干，就交给你啦！"这让把头想起，大鸟把小鸟喂养大，就离开了那片树林。

寒冷把天地和大湖冻在了一起，策马狂奔的队伍像刀剑割开北风，车马从切口里闯了进去，马的影子跑在冰里。马匹背对着光亮，把头也背对着光亮，哈气升腾起来，像蹿出的火苗。赶在太阳升起之前，人马齐备、大战在即。马嘶，狗吠，号角声里，把头像一个将，统领着一切。

把头趴在冰面上，寻找冰层里珍珠一样的气泡。他看不见鱼，但鱼的呼吸会暴露自己。

"鱼知水性，人知鱼性！你喘气儿鱼也喘气儿！"鱼把头想起了很多年前，师傅趴在冰面上，寻找大鱼吐出的气泡。寒冷冻不僵男人的血性，师傅的脸冻得皴裂流血了，他让把头朝他脸上喷一口烧酒，再使劲朝大湖喊一嗓子，就又朝冰面趴下了。

今年的冰层上有着从未有过的奇异，鱼呼吸的气泡都被冰层深深地锁住了，透过冰面看到的尽是形状怪异的花纹。这些异象让人们对大鱼的出现，更加想入非非。

供桌，敖包，鼓声，铃音，口口相传的经文在叩问，一千年前这样叩问，一百年前也这样叩问。

风吹得非常烈，把头的心有些乱了，可他不能让人看出他的乱！

师傅带着把头上冰很多年了，每当冬捕遇到情况时，有师傅在，把头的心就落了底。"公家把这个事儿交给咱，咱就得担得起！"年年冬捕，师傅都说这句话。

冬捕前的那些天，师傅天天带着把头到冰面上探冰。查干渔场多少口子人呢，一半的日子要指靠着冬捕。一场冬捕在哪儿凿开冰洞，就像打井找水眼一样重要。他记得冬捕前的很多天，嗜酒的师傅从来滴酒不沾，直等到选定冰眼，凿出湖水的那一刻，师傅才拿出酒壶，狠狠地灌起来，他抓着酒壶的手，都在剧烈地抖动。

这一刻，把头的手也在抖动着。

冰面上是有山丘和低谷的。把头辨识着那些矮小的山丘，一脉水波拱起一座山丘，山丘下将喷发鱼的讯息。从前他拿不准水眼的位置时，师傅总是说："你一定得信自己，一半经验，一半信，才能找到鱼！"把头终于选定了一处冰层，坚定地砸下鱼铲，在冰花的绽放里，叩问大湖的安静，钻木取火般凿开一眼泉，黑色的湖水涌出，像新鲜的血。

凿出的冰洞一字排开，四匹马拉着绞盘，拖动大网向湖中布阵。水冻成透明的玉，数尺之下能看见网在游，把头跟着网，像追着一只鸟。大鸟张开翅膀，自由舒放，仿佛要揽过整个大湖。网入大湖纵横成田，鱼像秧苗布立其间，每个网眼只有四寸大，拦住大湖也放过大湖。

人、马匹、狗在冰上踢踏，纷乱着破晓的早晨。几十号人在冰封的大湖上耕耘，索取在夏秋肥美起来的大鱼。太阳照在人头顶的时候，该起网了，鱼儿带着热气，被网裹挟着出水。把头抱着第一条出水的鱼，在镜头面前笑着。人们欢呼雀跃，将把头抬起，抛向空中。但把头知道，更多的人在翘首以待传说中的大鱼。

把头拎着一瓶烧锅酒钻进帐篷，像师傅那样，两手颤抖着拧开酒瓶，狠狠地灌了下去。刚才在镜头前的笑容，渐渐褪去，他没有把握捕到那条大鱼。

外面的锣鼓声、人声、歌舞声，一浪盖过一浪。把头知道，那些热闹不是自己的。他寂寞地坐在师傅坐过的位置，咧开嘴，用牙齿又咬开一瓶酒的盖子。

他想起有一次，同样没有像人们盼望的那样，捕到更多的大鱼。那时把头还年轻，有些垂头丧气的，师傅递过来的酒他也没心思喝。

师傅独自喝了几口，突然给他讲起了从前的事："十六岁那年，听人说黑龙江有大鱼，我们就从白洋淀往那儿奔。没想到半道上，火车让洪水拦下了，我们就在查干湖下了车。谁承想，一下车就在这停了一辈子！人都说一场洪水把我拦下了，其实是大湖把我拦下了。"

把头叹了口气："人人都稀罕大鱼，你捕了一辈子鱼，可谁知道大鱼在哪儿呢！"

"你记着，人，活不过湖！大鱼，一直都在湖里！"

那一刻，两人立在查干的湖心，像大鱼游弋在无边的湖水。

灭　毒

孙春平

今年春节，我去南方一个城市，原计划是与几位老友同过一个旅游春节，万没料到，因为疫情，武汉市紧急封城，一夜间，满世界都紧张起来。老友们决定，抓紧订票，各回各家。宾馆客服说，飞机就别想了，只有选乘火车。我说，最好是下铺。我年纪大了，夜里好起夜，请多关照。客服很快答复，说总算订下一张软铺，但只有上铺。我犹豫有顷，客服催促，请快拿主意，有客人在等候这个铺位。

时间还算从容，我推开软卧包厢的时候，只有20上有位年轻人仰靠在行李上看手机，他倒时髦，已戴上口罩了。我去跟列车员提出调换铺位的请求，列车员说，等19下和20下上车，你们私下商量吧。但那两位旅客却迟迟没上车，那一刻，我已心存侥幸了，要是有人漏乘，我倒省事了。但站台上预备开车铃声响起的时候，眼见一辆救护车急匆匆停在软席车厢门口，列车长和乘警帮助将一担架抬送上车，一直送到20下的铺位。担架后面跟着的是一位四十出头的妇女，略显发福了，脸上满是汗水。看样子像乡下人。细看病人，男性，六十来岁，谢顶的头上包着白绷带，裸露有左小腿却敷着药，上面还挂着医用胶管。女人安顿好病人，说我先垫补垫补，饿惨了。我吃完再喂你。病人哼了一声，眼睛却一直眯阖着，看不出表情。

女人泡好方便面，坐在19下咻溜咻溜，吃得那叫畅快，连汤水都喝得干干净净，看来真是饿得不轻。在我登铺的时候，她说，我应该喊您叔吧？要不您睡下边？我说，你得照顾病人。我下铺的时候，腿脚笨，别碰了你和病人就好。在说这些话的时候，20上仍在摆弄手机，现在的年轻人呀，手机就是魂儿。

本想不起夜，可过了半夜，还是去了两趟卫生间。我回来时，见女人已坐在过道边座上，临窗远望。大地已是一片雪白。

我问，病人是什么病？

女人叹息，脑梗，人一下就废了。

我又问，你是他什么人？

大叔看呢？

应该有点亲戚吧？

不沾点亲，这钱谁愿挣？

他没儿女吗？

老太太先走了。儿子打架，伤了人，坐牢了。当爹的一股火，就这样了。医院开了药，回家养着吧。

上车时怎么来得那么晚？

不是要封城嘛，又赶上过年，病人急着出院的多。手续好不容易办利索，奔车站的路上又堵车。

我又问，病人吃晚饭了吗？

女人说，怕他屎尿。就将就吧。

包厢里有了动静。20上翻了个身，被子险未掉下来。女人起身，把被子往上掖了掖，对我说，不说了，别惊醒别人。

黎明时分，列车员来换铺牌，并提醒做好下车准备。原来病人在前方站下车，那个20上也下。列车已减速，列车长和乘警又赶过来，准备帮助抬送病人。女人对20上说，大兄弟，拜托帮把手，我手上带的东西多。

20上没拒绝，他将双肩背挂在肩头，左手便抓牢了担架的把手。见他抓前右，我便抓后左。乘警说，老先生，后面我一个人就行。我说，多只蛤蟆二两力，我总比蛤蟆沉。几个人都笑，20上也跟着笑。

列车进站，站台上很安静。担架放到光滑洁净的站台上时，有个中年汉子悄然靠前，从20上肩头接过背包，似乎还说了句什么，然后转身离去。

但就在那一刻，让我万没料到的一幕陡然出现。一直卧床不动的病人突然豹子般腾身而起，一下就将接包人扑倒在地。20上见状，拔腿欲跑，却被一直跟在他身后的女人抓住臂膀，一个漂亮的背飞，眨眼间就被重重地摔在站台上。说话间，只见人群中闪出几位便衣人，瞬即便将那两人扭走了。

一切似梦，猝然反转，让人目瞪口呆。豹子般的病人站在我面前，用力地跟我握手，说夏老师，一路委屈您了，但愿后会有期。我怔了，原来他不光身健如豹，还知我的姓氏和退休前的职务，看来，一切，都不简单啊。

会擒拿的女人也跟我告别，笑着说，我知夏老师好写文章，如果写到今天，还是“假语村言”吧。我们缉毒警察的任务复杂又漫长，而且风险极大，还请多支持。

我知道，这不是玩笑。缉毒工作讲求隐秘，力求人赃俱获，且要顺蔓掘根，我把此篇小文中的具体时间、地点和车次尽皆隐去，也算是对缉毒工作的一点配合吧。

我说，真没想到，大过年的，又全国防疫，警察同志的工作还这么紧张。

女警察说，越是在这种时候，越不能让毒贩们趁机作乱。

开车的预备铃声响了。女警察跟我说的最后一句话是，19下是您的了，内勤同志已跟铁路部门打过招呼。祝夏老师吉顺安康。

青　木

陈　敏

青木是小城里最特别的女人。

她是我儿时的邻居，大约五十来岁。说是邻居，也只是住在同一个大杂院而已。可她住的房子另开了一扇门，周围绿树茂密，照不进阳光，处于隐蔽位置，平日里很难窥见她的日常起居。我也从没踏进过她的家门。

她在小城最大的一家书店里做店员，大人们都说她是日本人，年轻时有过惊世容貌，十三岁时宫廷选美，她差点被选中，做了天皇的妃子。她在抗战前来到中国，跟一个比她小六岁的中国留学生结了婚，却早早与丈夫分隔大洋两岸。

特殊的身份让她跟大众远远拉开了距离，邻居们多半都不跟她讲话，她倒成了我童年时期所见过的最孤独的人。

这些从大人嘴里聊出来的关于青木的传言更增加我对她的好奇。神秘感是一种吸引力，吸引着我天天都想去书店溜达，佯装买书，其实买不起，是为了看青木。

洁净清新的书店，清凉的玻璃柜台上，无论趴着或站着，抑或蹲在某个角落，都能在偶然的一瞥中看见她宁静、慈祥、端庄而秀美的容颜。她很少搭话，只是在递给我书籍的时候，才点个头，微笑一下。偶尔的一句回话，声音也是沙沙的，甜甜的，很小，刚好让人能听得见。

书店里顾客不多，多半时间里，常来常往的人也只有我一个，而我囊中羞涩，付不起任何一本拿在手里的书，哪怕一本连环画小人儿书也不行。为了和她套近乎，我常常故意指向玻璃橱柜里的一本书，让青木给我取出，快速地翻阅几页，又不好意思地递还给她，红着脸，转到另一处，将眼睛紧贴在玻璃柜上，欣赏摆放在里面的各类毛选选本、带着鲜艳彩页的样板戏画报和烽火战争系列的连环画套册……然后将双手揣进空空的口袋，失落离去。

一来二去被她看出了窘迫。在我又一次隔着玻璃贪婪地朝里面瞄时，她缓缓走来，轻声道："丫头，别呆头呆脑的，进来看吧，但你得先净净手！"她递给我一块米黄色的浸过水的布帕，浅浅地笑着，两排整齐的牙齿洁白如玉。

"我得给你立几条规则：没有顾客时，你才可以看，有顾客了，你得将书立刻放回原处；书页不能打折，不能留下任何痕迹，影响出售；看书前要将手洗干净；书不能带出去！能记住吗？"

我连声"嗯嗯"点头，心兴奋得怦怦跳。

从此，在这个很少有人光顾的书店，在这天堂一样的地方，我悄悄地独享着想看什么就能看什么的特权。

当然，看书，在那年月，它是一种奢侈行为，它必须放在周末或节假日；在放学后的间隙；在做完没完没了的家务活儿之后。

青木对我越来越放心了，她又腾给我了一个拐角，那里有一个小书桌。我可以在她打开的柜子里任意取出一本我想看的书。

光顾书店的顾客不知不觉间竟然多了起来，一些操着外地方言的男人女人前来购书，也有人带着自己孩子的，他们挑选一些漂亮的连环画高兴地离开，有些大人一买就是好几本，让我好生羡慕。

青木少了以前的悠闲，她忙碌起来的动作优雅，但专注，往往会忽略周围的人和事，这便让我钻了个空。在她转身取书的当儿，我顺手将一册描绘天文地理知识的《十万个为什么》悄悄藏在贴着肚皮的内兜里。我想将它借用一下，过几天再悄悄还回来。

那本书让我在同学跟前长足了脸面。我用它给同学炫耀，谁跟我关系好，我就给谁看，那些骂我穷光蛋只会吹牛的人，我连摸都不让他们摸一下。

但事情还是暴露了。

放学回家的路上，一个声音从身后传来。

“那本《十万个为什么》我替你买了，两角五分钱。”

是青木的声音。我不敢回眸，低着头，多想地上此时能裂出一个缝，那样我就可以钻进去不再出来。

“我——”我的声音小得如蚊虫叫。

她朝我淡淡一笑，在我抹得脏兮兮的脸上摸了一下，说：“要讲卫生哟，回家好好洗一下。”她和我并肩，一同走进大杂院。她连我道歉的机会都没给，转身回家了。

自那以后，由于羞耻，我再也没敢踏进那个书店一步，尽管我后来将那两角五分钱叠成心字形状，偷偷塞进了青木的房门。

那个童年时期最美的一个角落，那个放飞心灵的天堂之地就那样从我的生命中失去了！

我最后一次见到青木的时候是三年后的一个秋天。那天，她死了。大杂院里的人吵吵嚷嚷。门口多了几个花篮。随着人群，我含泪，捧着一束野花走进她的家门。

洁净的屋子散发出一股股奇异的香气，房间里除了一张小床外还有一口巨大的木箱，里面装满了各种版本的我从未见过也从未听说过的书。

据说，那是她一生的收藏。

一年后，青木的丈夫回来了，回到了青木曾住过的屋子。他接管了青木书店店员工作，将书店搬到北新街一个更宽敞的地方去了。

河上有风之赵某丁

非　鱼

遇到赵某丁，纯属意外。

汛期来临之前，黄河泄洪。每年泄洪时，被泥沙呛晕的各种野生鱼类浮上水面，形成流鱼现象。

捞鱼人就出现了。河南的、山西的，城里的、村里的，男男女女，摩托车、汽车，渔网、抄网、塑料桶、盆、蛇皮袋，沿河岸一溜散开，捞鱼。卷着裤腿，赤裸上身，甚至只穿一条短裤的男人们，在水里泥里把自己弄得更像一条鱼。

站在桥上，我看远处的那些人。风里裹挟着泥土味、鱼腥味，还有各种飞絮。这是一个暖烘烘乱糟糟让人心烦的季节。

桥头，照例成了临时的鱼市。人车喧嚣，过往的大卡车卷起灰尘，着急过桥的司机拼命按着喇叭，卖鱼的、买鱼的、和我一样看热闹的人，随意乱停的汽车、摩托车、自行车，把桥头弄成了一锅粥。

赵某丁，成了锅里冒出来最大的那个泡。她正跟人打架。

我从没有见过，一个女人跟人打架时可以那样拼命，那样毫无顾忌。

和一个男人一对一，她似乎并不落下风。男人抓她的头发，她挠他的脸，咬他的胳膊，踢他的下身，朝他脸上吐唾沫，哭，骂，身体的任何一个器官都不闲着。

很显然，败下阵来的是那个男人。他抹一把脸上的唾沫和汗，留下俩字，泼妇，离开了战争现场。

而被我在心里叫作赵某丁的女人，并没有像胜利者一样，而是一屁股坐在地上，号啕大哭。衬衣的扣子掉了一个，露出内衣的带子和半拉弧形，居然是玫红色的，黑裤子上全是泥和土。

我摇摇头。这样的女人，除了“泼妇”两个字，恐怕再也没有合适的词语来形容了。

有人来拉她，起来吧，别哭了。他都走了，赶紧卖鱼。

她屁股一拧，从地上爬起来，双手拍拍屁股和腿上的土，整了一下衬衣，回到她的鱼盆前，大声吆喝，野生黄河鲤鱼了啊，新鲜的黄河鲤鱼便宜了。声音高亢脆亮，好像之前的一切都是我的幻觉，跟她没有丝毫关系。

嗯，这个女人有意思。她是怎么做到片刻间角色转换，而且毫无缝隙的?

有人去她跟前买鱼，她乐呵呵地挑鱼，称鱼，算账，取零头，扫码收款，有条不紊，完全是一个淳朴还有些精明的小商贩。

我不买鱼。因为我压根不会杀鱼，更不会做。在那座小山村长大，我读大学之前，没有吃过鱼，对鱼的味道，还有那些乱七八糟的刺，从来都没有好感。转了一圈，我离开了桥头那锅黏稠烂糊味道不洁的粥。

回到宿舍，心里依然乱糟糟的。赵某丁的样子一直在我眼前晃。

对，桐花。

那个长得很好看，原本有着一张雪白暄腾的脸，大辫子的桐花，后来就成了这个样子，和赵某丁坐在地上哭的神态一模一样，毫无顾忌。

我莫名其妙地喜欢新媳妇桐花，站在她家门口，看她穿着大红的高跟皮鞋，走来走去。她会塞给我一把花生，或者一把糖，然后摸一下我的头。突然有一天，她变了，瘦了，不好看了，不给我花生和糖不说，还特别爱骂人，有人说她男人死了。我觉得很难过，要从她家门前经过时，都故意绕一条巷子，跟谁赌气似的。

桐花勾起了我对赵某丁的兴趣。在此之前，我从没有认真想过或者观察过女人，除了我那个消失的女朋友。

第二天下午，我又来到桥头，没看到赵某丁。

我问旁边的光头，昨天打架那个卖鱼的女的，今天没来？那人头也不抬，捞鱼还没回来，估计快了。她自己捞？对。

站了一会儿，果然看见赵某丁骑着摩托车，后座上挂着两个脏兮兮的蛇皮袋，扣着一个塑料盆突突突来了。

光头喊她，说我找她。她卸着鱼，往盆里倒，头也不抬，找我，买鱼？

我脸红了。不是，不买。

不买鱼找我干吗？

主要是我不会杀。我临时想的借口，但也是真话。

那好办。买了我帮你杀，真正野生的黄河大鲤鱼，好吃。刚捞的，都活的。她手不停，嘴不停，脸上、脖子上的汗和泥巴点子混在一起。你自己挑还是我帮你挑？

心里居然有点紧张。你帮我挑吧，小一点。

她挑了一条一斤左右的鱼，称完直接在地上一摔，拿到光头那儿刮鳞、开膛，一气呵成。

真麻利。我说。

一家人要吃要喝，不麻利天上也不会下钱，风里也不会刮钱，只有这河里的鱼啊，这几天不要钱。

光头插话，嫂，不是我说你，你得想想办法，问李九利要啊，你这得把自己累死。

咋要？昨儿你也见了，再打一回？人脑打成狗脑了，他妈的就一句，没有。活人还能叫尿憋死。

把儿子给他，叫他养。

我可舍不得。跟他，吃喝嫖赌，好娃都学坏了。哎，买鱼了，野生的黄河大鲤鱼，刚捞的，都活的……

离开赵某丁和桥头那锅粥，夕阳斜照。

桥上，风依然在吹，河水混浊，各种味道混杂，从脸颊、鼻翼、耳边掠过。不同的是，我手里多了一条鱼。

心　念

袁炳发

这个小区的楼层在二十层到三十层之间。进电梯上楼要刷卡，出小区也要刷卡。母亲觉得太麻烦，平时没什么事儿就干脆待在楼上不出屋。

儿子怕母亲一个人待在家里寂寞，便劝母亲出去溜达走走。母亲答应了，可她溜达到哪儿都觉得心不落地儿，看着那些陌生的景色和人头攒动的场景，她有些眼晕，心里也烦。

她觉得还是自己老家的村子好，出门就能见到小园里的向日葵，打开窗子便有蝴蝶飞进屋里……

可儿子孝心，说她年龄大了，说什么也不让她一个人住在农村了。儿子想尽孝，这自然是好事。再说了，能和儿子、孙子天天住在一起，享受天伦之乐，这也正是她一直希望的。

男人走得早，是她一个人含辛茹苦省吃俭用地把儿子供到上大学的，现在儿子房子有了车也有了，她也该跟着享享福了。

但现实和希望总是有很大的距离。母亲是天天都能见到儿子和孙子了，还有对她客客气气的儿媳妇，至于吃的用的那就更不用说了，总之，一切都好，可她反而觉得心里有点儿空。

当时她和儿子说好，每天由她负责接送孙子去幼儿园。可孙子坐惯了父亲的车，不愿意让奶奶接送。

母亲觉得实在没什么干的，可又闲得慌，便想起做饭。可儿媳再三地叮嘱，她到城里来只管待着享福，什么也不用干。

母亲终于还是忍不住，用新型的电饭煲煮了一锅米饭，但想不到的是她操作失误，把一锅米饭熬成了粥。儿媳虽然什么也没说，但从神情上看，是很不满意的。

晚上，儿子来到母亲的房间陪母亲聊天。母亲心里过意不去，她觉得对不起儿子。

儿子说，妈，我知道你想帮我们，可我们接你到城里是来养老的，不是干活来的。

可不干活干啥？她还不到六十岁，还有许多的体力和热情需要挥发。每天看着儿子一家三口亲亲热热地牵着手出屋，她心里特别失落，只有对着空空的屋子发呆。

越闲着，母亲觉得身体越不得劲儿。可她还得竭力表现出一副很开心的样子，儿子一天上班很累，她不想让儿子为她担心。

那天儿子从超市买回来一块新鲜牛肉，放进冰箱里。她又忍不住了，便把牛肉拿出来切好，做了一个土豆炖牛肉。这是母亲的私房菜，儿子小时候特别喜欢吃，但想不到的是，吃饭时尽管儿子频频叫好，可却没见吃上几口。儿媳干脆一点儿面子都不给，从头到尾连筷子都没伸。

更为严重的是，儿子和儿媳晚上睡觉的时候居然吵了起来，尽管他们压低声音，但母亲还是听到了。

儿媳说，你不是让我给你做酱牛肉吗？怎么变成你妈的土豆炖牛肉了？

儿子说，反正咱妈也是好意，寻思你下班做菜够累的。

母亲这天夜里失眠了，她怎么也睡不着了，儿媳也就罢了，可儿子从前明明最喜欢吃自己的土豆炖牛肉，现在为什么就不喜欢吃了呢？

她觉得儿子变了。

母亲感到很委屈。她翻来覆去地在床上折腾了半宿，怎么也睡不着，到最后干脆躺到沙发上，可还是睡不着。

儿子觉得母亲失眠可能与心情有关，便请了几天假，特意带母亲去了两个很有名的景区游玩。好吃的也吃了，好看的也看了，但风景和美食显然不是一剂良药，母亲回到家里照样失眠。

儿子很着急，只好带母亲去医院就诊，可拍了很多的片子，医生也没有查出病因，最后儿子只好开了一堆的药带回家里。

母亲对儿子说，她没病，不用吃药。

儿子说，没病怎么失眠呢？

母亲没话说了，是啊，为什么失眠呢？她自己也觉得困惑。从前在乡下的时候只要脑袋一挨枕头，立马就睡着了。

这些日子，儿子一直为母亲担忧，他也困惑，不明白母亲好好的为什么忽然就失眠睡不着了。

那天他在单位加班赶一个策划案，回来的时候夜已经很深了，可母亲屋里的灯依然亮着。

儿子小心翼翼地推开房间，见母亲坐在沙发上睡着了。她面前的茶桌上放着孙子上幼儿园时的一本画册。画册上有西红柿、茄子、豆角、青椒、洋葱……

儿子恍然大悟。

家　佳

聂鑫森

在龙凤镇安坪中学，女教师家佳是个漂亮角色，湖南话里的“漂亮”，不仅是指颜值，还包括胸襟气度，行事风格。

二十八岁的她，姓家（这个姓不常见）名佳（与家同音），意思好，音韵也美。一米七二的个子，高高挑挑，鹅蛋脸，细眉亮眼，性格开朗，说话不遮不掩。她是市里一个重点中学的语文教师，毕业于北京师范大学，教了三年书后，二十五岁了，主动要求加入教育扶贫的队伍，来到安坪中学教初中语文，按规定为期三年。

她当然有男朋友了，叫章璋。他们是高中和大学的同学，而后又在同一个中学教书，教的是数学。他们都出身于教师家庭，无一处不匹配，不但男有才女有貌，而且男也有貌女也有才。都到了二十五岁，可以喜结连理洞房花烛了。

家佳说："我干完这三年，再谈那件事。"

章璋急了，说："你去县乡支教，我不反对，这并不影响结婚呀。"

"就这么定了，你若是想结婚，可以另选别个。"

章璋很委屈，说："我等着你……行不行？"

三年前的秋季开学，章璋开着车把家佳送到石坪中学，年近半百的校长朱晖，站在校门外迎接他们。彼此寒暄后，朱校长说："我也是北师大毕业的，我们是校友。原本你们可以朝夕相处，现在变成了牛郎织女，抱歉抱歉。"

没等章璋说话，家佳说："朱校长，古人说：两情若是长久时，又岂在朝朝暮暮！"

章璋说："朱校长，你看，我成了要接受考验的人了。"

"哈哈……"朱晖笑得直不起腰来。

这个镇管辖的村子，有好几个是深度贫困村。石坪中学二百多名学生中，贫困生不少。贫困学生中，最让人挂心的是事实孤儿。何谓事实孤儿？就是父亲因病过世，母亲无法忍受生活的压力，上有多病的公公婆婆，下有读书的孩子，于是借口出外打工，一走就杳无音信。孩子由老人带养，因有母亲的存在，不能享受孤儿的补助政策，日子过得难上加难。有几个事实孤儿，十二三岁，家贫穷，离学校还路远，而学校又没有寄宿的设施，必须有专人带养，基本生活费由爱心扶贫组织赞助。朱校长在介绍这些孩子情况时，泪流满面，并请老师伸出援助之手，他自己就领头带养了一个。

家佳立刻举手发言，揩着眼泪说："我来带养这个叫钮妞的女孩子。我与她有缘，姓钮名妞，都是同音叠韵。"

朱校长说："你还没成家，家务都没怎么做过，你就算了吧。"

"这不难，我学得会！"

家佳在学校住的是一间只有十平方米的卧室，还配了一个小厨房。卧室里放着一张大木床、一个竹书架和一个四方桌。四方桌是她和钮妞共用，吃饭、备课、做作业。木床也是共用，两人睡在一头，很亲热。

家佳问："你愿意叫我妈妈吗？"

钮妞说："愿意。"

老师们听见钮妞叫“妈妈”时，都很感动。这个家佳不简单，没出阁居然不忌讳这个，只有一种解释：为了让可怜的钮妞迅速回归母爱的氛围。

早饭、中饭由家佳领着钮妞到食堂去吃，晚饭家佳亲自做，有荤有素有汤，花样也轮番着变。一本《湘菜谱》，她稍看几眼就懂了。

钮妞里里外外穿的衣服，家佳都在网上仔细挑选后，再问钮妞喜不喜欢，喜欢了再网购回来。

晚上在灯下，一个备课，一个做作业。钮妞做完了作业，再复习功课。复习完功课，家佳让她读《历代女子诗词选》，一次只读一首，不懂的地方，由家佳来讲解。钮妞最爱读李清照的《绝句》：“生当作人杰，死亦为鬼雄。至今思项羽，不肯过江东。”读着读着竟然蓦地站起，双眼灼灼放亮。家佳说：“你读到心里去了，谁说女不如男？谁说人穷志短？改变命运要靠自己。”

钮妞长得结实了，穿着虽不名贵却有格调，成绩也是班上的头几名。

家佳安排钮妞，每个月要抽一个星期天，去看望爷爷奶奶。十里路要步行去，回到家里要帮老人做点农活。去时，家佳给老人买些药品、点心、水果，让钮妞带回去。

有一次，钮妞说：“妈妈，读完一个学期，我反正要回去陪爷爷奶奶的，不必一个月回去一次吧？”

家佳收起脸上的笑，说：“这是孝道，你不能不去！你怕累，可以不去，我代替你去！”说完，提起一包东西，头也不回地走了。钮妞一边追一边喊：“妈妈，我错了。我去！我去！”家佳头也不回，一个劲往前走去，等钮妞离远了，她就放慢脚步，钮妞一接近，她又撒开腿走。一直走到村口，她才停住脚步，牵着钮妞的手，一起走向钮家。

朱校长对家佳说：“小家，每个月补助钮妞的费用只有一百多元，你贴钱太多了，我都过意不去。”

“贴钱给女儿，应该！何况，我是个单身，没事的。钮妞的爷爷奶奶，想让她初中毕业后回家帮着干农活，不去县里读高中了。我去了钮家，给爷爷奶奶讲了好多理由，不但要读高中还要读大学，将来他们才真正老有所依。”

“你说得对，可钮家这几年不容易挨过去啊。”

“我去找了村支书、村长，他们说：钮家可以采用托管扶贫的办法，用无息贷款买两条小牛，由村里的养殖合作社托管，牛养大了由合作社卖了钱，除再买两条托管的小牛外，剩下的钱都交给老人。三年后再还本，还本后再贷款买小牛托管。”

朱校长点点头，说：“你完成了三年支教，可以放心回城了。”

“朱校长，你不能赶我走啊，我还想再干三年。”

“那不行，还让章璋再等三年？”

“他也来贵校干三年，我们就在这里举办婚礼！”

朱校长激动得满脸发亮，说：“我是求之不得啊，你也再不要‘落花人独立’，而是真正的‘微雨燕双飞’了，我高兴。”

“又有初一的学生进校，若有事实孤儿，我和我先生再带养一个。不过，请朱校长开恩，再拨一间小屋让孩子住……”家佳的脸忽然变得羞红。

朱校长仰天一笑，说：“放心，我一定办到！”

鸡 抱 窝

江 岸

那只芦花鸡是姜大娘家鸡屁股银行的超级大股东。别的鸡下蛋，都是每隔两三天，歇一天，它一天下一个蛋，从不间断。姜大娘亲昵地称它为花花。每次花花下了蛋之后，拍着翅膀从鸡窝里跳出来，在院子里“咯咯哒、咯咯哒”地叫嚷着邀功请赏的时候，姜大娘总是多喂它一把稻谷，让它吃得饱饱的。

姜大娘总共喂了十多只母鸡和一只公鸡。这十多只母鸡下的蛋积攒够半篮了，姜大娘就会提着篮子去一趟竹园镇，把鸡蛋卖了，买回来油盐酱醋、针头线脑。

每年夏天来临的时候，总有一只母鸡率先停止下蛋，趴在鸡窝里不出来觅食，发现鸡蛋就往翅膀下面扒拉。它开始抱窝了。抱窝似乎是一种极强烈的传染病，很快在母鸡中间流行，一只又一只母鸡开始抱窝。

当然，这是绝对不被允许的。每年孵小鸡的任务只能由一只母鸡来完成，别的母鸡只能打消这种天真的念头。

黄泥湾的女人们打消抱窝母鸡念头的做法大同小异。先是打。胆子小的母鸡，被打一两回，基本就正常觅食、正常下蛋了。也有比较顽固的母鸡，怎么打都打不醒，沉浸在当母亲的欲望中不能自拔。这就需要采取进一步的措施了，用水淹。倒提着母鸡，按在水塘里浸，浸个半死，放开之后，羽毛干爽了，也就好了。实在好不了，就用一根细麻绳拴着它的一条腿，倒吊半天，它扑腾累了，也就好了。

姜大娘对付抱窝的母鸡无外乎也是这几种办法，反正在她的手下，还没有顽抗到底的母鸡。一年又一年，她摆治好了不少幻想抱窝的母鸡。

这年，姜大娘的母鸡纷纷又要抱窝了。孵小鸡讲究的是母鸡具有超强的责任心，不能一时兴起，半途而废。她还是选择让那只大黄鸡继续抱窝。别的母鸡被她分别采取打、淹、吊等办法，都纷纷醒抱了。大黄鸡耐性好，总是趴在鸡蛋上纹丝不动，能够将二十一天左右的趴窝时间坚持到底，在它温暖的羽翼守护下，鸡蛋孵出鸡崽的成功率极高，几乎没有寡蛋。它孵了几年小鸡，积累了丰富的经验，深得姜大娘信任。

令姜大娘意外的是，她的花花也停止下蛋，抱窝了。这怎么可以呢？花花的任务是不停下蛋嘛。何况大黄鸡已经正式抱窝，不可能再让花花抱窝。

姜大娘打花花，一天打几遍，见它趴在鸡窝里，就往外轰；姜大娘淹花花，一天淹几遍，它身上的羽毛几乎没有干爽过；姜大娘吊花花，将它一吊大半天，只要解开麻绳，它就往鸡窝里扑去……

养了大半辈子鸡，姜大娘还真没见过如此冥顽不化的母鸡。花花坚持不懈，不改初衷，姜大娘不厌其烦，打、淹、吊等手段轮番使用，但是收效甚微。

花花和姜大娘之间的斗争旷日持久。大黄鸡已经孵出一堆毛茸茸的小鸡崽，每天咯咯咯地呼唤着，领着小鸡崽们，在房前屋后乐呵呵地刨蚯蚓、啄虫子吃了，花花还在极力挣扎着要当母亲。

夏末的一天上午，姜大娘的弟弟来探望姐姐。爷亲有叔，娘亲有舅。在黄泥湾，舅舅是顶顶尊贵的亲戚。因为家里穷，每次弟弟来了，姜大娘顶多去集上买块豆腐招待他。有一次，钱不凑手，姜大娘用豆腐渣炒韭菜招待了弟弟。

这件事传了出去，湾里的孩子们编了一段顺口溜，嘲笑姜大娘两口子：走亲戚，走自家，莫走湾里老姜家；老姜家弄碗豆腐渣，这个亲戚莫走他！

他舅来了，我去街上买块豆腐吧？姜大爷问姜大娘。

算了，你去杀只鸡。姜大娘沉吟了一下，对姜大爷说。

杀哪只？

还能杀哪只？别的鸡都在下蛋呢。

杀花花？你舍得？

它自己那么死性子，怨不得别人。

别的鸡都外出觅食了，只有花花趴在鸡窝里。姜大爷一把按住花花，拎到厨房，一刀杀了，扔到洗菜的瓦盆里。姜大娘已经烧好一锅开水，将开水均匀地淋到花花身上，从头到尾淋了个遍，趁着热乎劲儿，大把大把地捋鸡毛。

中午，姜大娘将满满一盆热气腾腾的炖鸡端上餐桌以后，头一低，悄悄走了出去。弟弟看一眼桌上那盆炖鸡，看一眼姜大娘的背影，迷糊了。这不年不节的，姐姐怎么舍得杀鸡呢？这可是破天荒头一次。莫非有什么事情？

姐，你怎么不吃饭？不知什么时候，弟弟出现在姜大娘身边。他拿一个鸡腿，往姐姐手里塞。

姜大娘正坐在厨房灶台边抹眼泪呢，眼圈儿泛红，欲言又止，没有接鸡腿，果决地冲弟弟摆摆手。

姐夫欺负您了？

姜大娘摇摇头。

外甥们不孝顺您？

姜大娘又摇摇头。

那您到底怎么了？

姜大爷走过来，一把扯住妻弟，说，走，趁着有好菜，咱们再去喝几盅。你姐呀，你别管她，过一会儿就好了。她这会儿正心疼她的芦花鸡呢。

芦花鸡怎么啦？

姜大爷拍拍自己的肚皮，哈哈地笑了，说，芦花鸡再也不能怎么样了，它在咱哥儿俩的肚子里呢！

让 座

津子围

那天微雨，在公交车内也能感觉到阵风肆意捶打着玻璃窗。

车内的乘客很多，同往日一样，还是老年人占较大比例。

北陵公园站到了，又急促地上来一些人。“关爱卡”“夕阳红卡”，机读声音不断传来，最后是“学生卡”，声音传了过来，却不见人，过了好一会儿，一个小平头才“冒”了出来。小平头上车之后，缓慢地在车内移动，双拐在晃动的车厢里寻找稳定的支点。

座位上的人似乎习惯了“给老年人让座”的思维定式，没几个人关注拄拐的小平头。那是一张年轻的面孔，脸颊丰润，眉目清秀，额头上散落着水滴，不知道是汗珠儿还是雨珠儿。在立式栏杆把稳之后，小平头挺起胸深呼吸，然后，下嘴唇包住上嘴唇吹了口气儿，眉尖上的一滴水珠落了下来。——这一切都被一位银发老者看在眼里。

老者坐在中间车门倒数第二排，他穿干净的灰蓝背心，满头白发无一杂色，连眉毛都是白色的，给人清癯、硬朗的感觉。老者四下瞅了瞅，没人给小平头让座，甚至看不出有人让座的意思。老者向小平头招了下手，要站起来。老者还没站起来，就被站在他身边的女人摁了下去。女人四十岁左右，穿宽松衫，戴防晒帽。老者用眼睛白了女人一下，第二次努力站起来，不想，女人下摁的力度随之增大，老者仍旧没站起来。很显然，在一起一摁过程中，老者的情绪发生了变化，他面带愠色，用力站起……可惜，第三次也被摁了下去。

老者改变了方式，不是自己用力站起而是发力将女人推开，这次，他终于站了起来。站起来的老者跨出两步，拉着小平头去坐他坐过的座位。

小平头谦让了一下，还是坐了下来。他大概真的累了，腾出的手不停地在额头擦来擦去。

老者瞅了女人一眼，女人扭过头去，她的脸色很难看，老者也扭过脸去，不理睬女人。

小平头是在辽宁大学车站下的车，老者还搀扶了小平头一下，小平头对老者连说谢谢，车门关闭，小平头还面对车门站着，这时，外面的雨点儿也密集起来。

老者摆了摆手，小平头没动，只是直挺挺在雨中站着。

公交车继续开动。老者坐过的位置没人去坐，女人过来搀扶老者坐下，没好气地数落开了。“你说你，车上这么多人，按年龄你不说最大也排在前边，怎么就显着你了，啊？”“你当英雄好汉倒是痛快了，我的责任可大了，你有个好歹，倒霉的是我、是我，知道吗？”“真气人，气得我这胸口都疼，你说你，怎么越老越不懂事儿呢……”

数落过程中，车内逐渐安静下来，有人甚至偷偷拿出了手机。老者四下观察着，他的面子有些挂不住了，突然大发雷霆，大吼：“把你的臭嘴给我闭上！我怎么啦？我做好事不对吗？我帮助该帮助的人有什么错？……你什么身份啊，你有什么资格来教训我？……你，给我闭嘴！”

女人哑然失声，眼圈儿有些发红，此刻，正好赶上停车，女人头也没回，“噌”的一下下去了。

公交车继续开动。车上人的关注点聚焦到老者身上。一身运动服的老头儿说：“看你的样子像个老干部。”老者不置可否。一位穿大花衣服的老太太问：“那女的是你什么人呀？这么没礼貌。”老者说：“我家保姆。”这样一说，大家你一言我一语地帮老者声讨起来。“一个保姆，也太过分了。”“要好好教训教训她，还想要上房揭瓦咋的？”“一点公德都不讲，现在的年轻人都怎么啦？”“要是我啊，回去我就让她滚蛋！”

老者没再说话，他默默地看着大家，眼睛里仿佛刻进了幽深的岁月。

老者是在“三台子”站下车的，下车之后，他把胸前挂着的老花镜套在耳朵上，外面的雨越下越大，老者就站在公交车站雨搭下避雨，同时，拿出了手机，笨手笨脚地编辑着信息。“小陈对不起，我实在不该跟你发脾气，我向你道歉。这件事，先是你不给我面子（我老了，可我也要面子），后来是我不给你留情面，我们俩都有错，但主要是我错，我知道你是为我好，是好心，你平时为我做了那么多，都是我不好，我做得不对，请你无论如何都要原谅我这个固执的老头子……老赵。”

信息发了出去，老赵心里还是不踏实，他又补发了一条信息：“另外，你打出租车回来吧，车票我给你报销。我会在家一直等你！”

发过信息，老赵就在公交车站痴痴地等回复。说起来，公交车站距离老赵家并不远，隔着雨幕，抬眼就可以望到那片居民楼，望到十五层露台上放着的花盆。

老赵时不时看看手机，小陈一直没给他回复。老赵显得有些失望，有些心灰意懒。这时，老赵身边闪出一个人影儿。老赵摘下花镜一看，原来是小陈，她手里拿了一把大伞，直直地立在站牌下。

老赵有些激动，哽了一下问：“你没走哇？”

小陈瞪了他一眼，气呼呼地说：“谁稀罕跟你一般见识！”

马！非马

梁有劳

陈波，是来自黄土高坡的西北汉子，军校一毕业就到雅鲁藏布江边的军用仓库任职。仓库是军事重地，建在周围是一片鹅卵石的戈壁滩里，离最近的城镇也有二十多里地。他在仓库一干就是十多年。高原缺氧，生活艰苦倒也罢了，青春火力旺，扛得住。令他扛不住的是妻儿。

妻子汪霞，与儿子路儿在老家的窑洞里熬生活。孤独也罢，单调也罢，寂寞也罢，农村人，习惯了。最难过的是那一天夜晚，一场暴雨加山洪淹没了仅有三孔小窑洞的那个家！汪霞哭天哭地，谁能帮我一把！当淋成落汤鸡一样的娘儿俩被村长安排在村委会的那一刻，汪霞含泪给陈波写了封信：要么把我们娘俩接走，要么不当那个兵了，回来！

陈波当了仓库主任，汪霞领着儿子来了。路儿四岁，随军了。一家人团聚，陈波与汪霞笑着睡笑着醒。陈波的笑是默默无声的；汪霞的笑嘎嘎嘎的脆生，满库区都听得见。

仓库东西南北角有四个岗楼，守卫班士兵轮流值岗。路儿喜欢在这四个岗楼之间跑。站岗的叔叔有枪，他可以去摸摸那个枪把儿。陈波给他用木头削了一把枪，他不要，说假的不好玩儿。路儿没有玩伴，每天就在四个岗楼之间来回跑着看枪摸枪。

仓库养了两条狗。兵们不跟狗玩，狗也很寂寞。路儿来了，狗乐得直蹦。路儿在四个岗楼之间来回蹿，两条狗跟在路儿屁股后面追，仓库又添了些活氛气。

仓库最热闹的就是收发货。发货车少，收货车多。收货时一来几十辆车，那是仓库官兵最高兴的时刻。路儿也很高兴，在长长的大车队前数车玩儿。

在那没电视没电脑没手机的年代，仓库与外界联系只有一部电话机和一台拖斗三轮摩托车。摩托车是管取报纸送信买菜用的。在没有收发货的日子里，路儿便爬上摩托车，嘴里突鲁突鲁着，仿佛真的开着摩托车一样。

路儿最喜欢的是他的“枣红马儿”。路儿没见过真正的马，这个“马儿”名是勤务班长叔叔给起的，那是仓库办公室的一根拖把杆儿。拖把杆儿是油漆漆成的，枣红色儿。拖把新的时候，一个大拖把头儿，毛乎乎的，很像一个肥大的马尾。办公室拖完地，便把拖把晾到屋外的水池边上。路儿在岗楼之间玩累了，玩腻了，就把这个拖把拿下来，往双腿间一夹，两条腿一蹦一蹦，按兵叔叔教的骑马动作满院子跑。兵们逗他：路儿，你干啥呢？路儿说：骑大马儿，当解放军！逗得士兵们笑弯了腰，眼里却涌出泪花。

日月穿梭。守库士兵来一茬走一茬，走一茬来一茬。一晃三四年过去了，路儿也七八岁了。一天，守卫班长发现路儿自个在院子里哭，问他：路儿，怎么啦？路儿：马尾巴没啦！噢！班长回头一看，可不，拖把头儿没了，只剩个拖把杆！班长心一酸：路儿别哭，叔叔给你换个新马尾！班长找来尼龙编织袋，一根一根地拆下编织袋上的红色丝条，给路儿编了一个新的马尾巴。路儿高兴得跳了起来。顾不上说谢谢叔叔，把扎好的新“枣红马儿”往胯下一夹，边跑边用跑了调儿的腔唱着：我骑着马儿上草原……

兵们发现，主任与嫂子汪霞的笑声越来越少了。两口儿在犯愁：路儿一年比一年大了，幼儿园没上，已到了上小学的年龄。可在这上不着天下不着地的戈壁滩上，哪有什么幼儿园、小学可上！陈波去过最近的，离仓库十多里地的村庄，那儿有一所小学，可那是用藏语教学的学校！汪霞说，不行就去试试吧，总比这么成天骑“马”玩强。听说要去上学，路儿很高兴，在爸爸的陪同下坐着叔叔的摩托车就去了。可一节课没上完，路儿哭着出来了，说啥也不去了：一句也听不懂！

陈波对汪霞说：你带路儿回老家吧！汪霞对陈波说：咱们转业回家吧！陈波说：你以为菜市场买菜哪，想买就买，不想买就不买？！汪霞说：那你不为儿子想想，要在内地该读二年级了！陈波说，我哪能给组织添乱！要不然，你当回老师，给咱儿子教吧。汪霞想了想，就我这两下子，行吗。于是，陈波让守卫班长去市里买回了小儿看图识字课本，看图说话教路儿识字。兵们看见了，指着画上的蝌蚪问路儿：这是什么？路儿说：河蚂咕嘟（西北方言）。

部队整编，仓库撤销了。陈波还想留队。领导说，已经对不住你啦！路儿早该上学了，走吧！他眼圈儿红了。走的那天，车快要开的时候，路儿突然跳下车去，直奔那个还挂在水池边上的拖把，边跑边喊：马儿！我的枣红马儿！

我是陈路儿。

那年我八岁！

一片云

蔡　楠

有段时间，李或喜欢蹲在树下，望着云彩发呆。那云彩一朵一朵的，叫着，嚷着，唱着，扎实起翅膀从他面前飞过，闪得他眼花缭乱。他揉揉眼睛，再伸长脖子去追逐那一朵一朵的云时，就发现先前的一朵朵变成了一片片。一片片的云就涌动着，舞蹈着，追逐着，风一样扑向了林间那爿人工池塘。扑通扑通，扑通扑通，一片片的云就扎进水里，等再从水里冒出头来，就又变成一朵一朵的了，花儿一样散开了。李或这时候就笑了，他站起来，蹦了个高儿，又蹦了个高儿，喊了一声，云云云，白云浮绿水，白云拨清波——

李或看的不是云，是鸭群，白色的鸭群。

其实李或开始不是养鸭，是养猪。哦，其实再开始，李或也不是养猪，是办汽车配件厂。李或办厂子赚了一些钱，在县城里买了房，给儿子也娶了媳妇。李或就觉得可以放松了，可以玩玩儿了。玩儿别的咱就不说了，他偏偏玩儿上了钱。李或脑瓜儿灵活，开始赢了不少。钱多了心野了，李或就被同伴儿撺掇着，去了趟澳门。李或老婆还以为他出去联系业务了呢，就指挥着工人加班加点的生产，万一李或要定个大合同来呢？这厂子里的货供不上可不行！等到老婆将产品都打好包静等着发货的时候，李或回来了，后面还跟着几个鸟语花香的南方人。南方人说，李或赌博输钱了，输大钱了，这厂子连同这货物都已经被抵押了，他们是来接管厂子的。老婆听了，一下子就昏厥在了包装箱前。等李或将她撅把醒了后，她吐了李或一脸血，李或你还挺重感情的，你咋没……没把我押上呢？

老婆去城里和儿子一起过了。李或就留在了村里的老宅。李或还想干点什么，没钱了，什么都不干成。负债累累的李或就成了贫困户。

李或养猪是在田耘的帮助下开始的。田耘是县上下来的扶贫队的，她给李或争取到了100头扶贫仔猪，在李或已经撂荒的责任田上帮他建起了养猪场。田耘说，李或大哥，仔猪的钱不用你出，盖猪舍的钱先记你账上，等猪出栏赚了钱，再扣你的！李或嘿嘿一笑，那我要是赔了呢？田耘把脚一跺，赔了钱我替你出！说完，扭头就走，走了几步却又折回来，田耘粉嫩的脸就在春天的风里通红着，她用手指着李或的额头大声嚷着，李或，你如果还是个男人，你就给我把钱赚回来，否则你就是个窝囊废——

李或不是窝囊废。李或总觉得田耘的手在他的额头上点着，他就认认真真地养起猪来。没想到，这一年，非洲闹猪瘟，波及了国内的二十多个省。李或的猪死了几十头，没死的，也被防疫站来的一群人捕杀深埋了。

李或一年的辛苦白费了。他提着喝剩下的半瓶牛栏山醉醺醺地找到田耘，我的猪，我的猪没了，你说的，赔了，盖猪舍的钱你可是出哦！田耘夺过李或的酒瓶子，轻轻地说，你放心，我说话算数，我出——

田耘不但给李或出了盖猪舍的钱，第二年还想再给他争取 100 头扶贫仔猪。李或把头摇成了拨浪鼓，他说姑奶奶，你饶了我吧，就是说出个大天来，我也不养猪了，我还是当我的贫困户吧！田耘不想让李或当贫困户，就又给李或争取来了扶贫鸭，肉鸭，1 万只呢！李或看到几拖车的纯白的毛茸茸的小鸭子，像一片云一样在他面前飘着，李或曾经当过文学青年的诗情画意就被勾上来了，田队长，这一片云我要了。田耘被李或闹蒙了，什么一片云？李或说，一片云就是一片云！

李或把猪舍清空，改成了鸭舍。田耘带人给鸭舍消了毒，又帮李或挖了一个人工池塘，种上了一地杨柳。田耘对李或说，这是林下生态养鸭模式，我在南方引进的。李或说，饲料呢？ 1 万只鸭子可是得不少的饲料呢！田耘说，也是南方供应，咱们扶贫对口厂家，在县里设有供应站。

从那时起，李或的天空上就有了一片云，一片白云。李或就沉浸在对白云的向往之中。在他的向往里，一片片的白云就变成了一张一张的大团结，这是他贫困翻身得解放的美丽的白云。

但云是可以变化的，到了春节，肉鸭要出圈上市的时候，冠状病毒席卷全国，封村了，封路了，封城了。李或天空上的白云就变成了滚滚乌云。乌云之下，喂养鸭子的饲料没有了，给饲料厂打电话，饲料厂说运输车不让上公路；给供应站打电话，供应站说，我们这里有涉武（汉）人员，自行隔离半个月。看着圈里的，林下的，池塘冰上的嘎嘎叫的鸭子，李或急啊，他比鸭子还饿。他开着小三马子，从养鸭场突突突突地开着，想去村里借点玉米稻谷啥的，给鸭子临时垫补垫补。可是村口堵上了。村干部们扯着红标语，戴着红袖标，不让他靠前，对他喝五吆六的，还扔给了他个一次性口罩。

李或蔫蔫地回了养鸭场。一群鸭子像一群狗一样围上了他，追逐着他，撕扯着他，有只鸭子还一口把他的鞋子啄了个窟窿。李或不干了，他拿起一把挖池塘的铁锨，向鸭子拍去，那只啄他鞋子的鸭子立时成了扁鸭。你叫啊，你啄啊，鸭子不叫，李或更来气了，他抡起铁锨，冲进鸭群，手起锨落，一拍一个准儿，一下子拍下去了200多锨，直到鸭毛漫天，鸭血横流，李或才喘着粗气趴在了鸭子身上，拍死你们，我看比饿死你们强！

李或和他的鸭子成了网红。直到疫情过去之后多年，李或也不知道他拍鸭子的小视频是谁录制并传播到网上的。这小视频引起了轰动。有领导把小视频转给了田耘。那时候作为卫健委工作人员的她，已经请求上了抗疫第一线。但她还是打电话请示了县里乡里，给李或开了绿色救助通道，可以让消毒车跟着，去饲料供应站拉饲料。李红把这个消息告诉李或的时候，李或抱着鸭子正哭得地动山摇，他说，田队长，我这些死去的鸭子怎么办啊？鸭子疼，我也疼啊！田耘略一沉吟说，李大哥，别急，你把鸭子送到我们小区门口超市，我动员一下小区邻居，让他们线上按市场价订购，由专人派送！

李或就消好毒，戴好口罩，顺着田耘给他开辟的绿色通道进城送鸭子了。当天，封闭多日的小区居民吃上了李或亲自宰杀的鸭子。绿色，环保，新鲜！李或给田耘发去了一条信息：田队长，鸭子我不能收费，捐给了小区，期待你安全归来，陪你看那一片云！

李或说这话的时候，他知道他的鸭子又都活过来了，它们叫着，嚷着，唱着，扎起翅膀从已绽新芽的杨柳间飞过，变成了一片片祥云。

没人要的果子

刘国芳

1

小亚去上学，经过一棵柚子树边。村里很多柚子树，秋天的时候，柚子熟了，但村里人都出去打工了，这些柚子没人摘，便一个一个掉在地上。小亚把那些柚子当足球，一脚一脚踢着玩。

到学校了，小亚看见同学又少了。

“李晓东呢？”小亚问。

“他大人在城里打工，他到城里去读书了。”一个同学答。

“李禾生呢？”小亚又问。

“也去城里了。”又一个同学答。

“学校只剩下我们五个人了。”小亚说。

“是，只剩下我们五个人了。”一个同学接嘴。

2

小亚去上学，经过一棵橘子树边。村里很多橘子树，秋天的时候，橘子熟了，但村里人都出去打工了，这些橘子没人摘，在树上烂。小亚伸手摘了几个没烂的橘子，然后玩杂耍一样在手里抛来抛去。

到学校了，小亚看见同学又少了。

“李香香呢？”小亚问。

“李香香也到城里读书去了。”一个同学答。

“李嘎子呢？”小亚又问。

“也去城里了。”又一个同学答。

“学校只剩下我们三个人了。”小亚说。

“是，只剩下我们三个人了。”一个同学接嘴。

3

小亚去上学，经过一棵柿子树边。村里很多柿子树，秋天的时候，柿子熟了，但村里人都出去打工了，这些柿子没人摘，便在树上烂。小亚伸手摘了几个柿子，然后把柿子当石子一样扔出去。

到学校了，小亚看见同学又少了。

“李小芹呢？”小亚问老师。

“去城里读书了。”老师说。

“李麻雀呢？”小亚又问。

“也去城里了。”老师说。

“学校只有我一个人了。”小亚说。

“学校只有你一个学生，办不下去了，小亚你也去城里读书吧？”老师说。

“我回去告诉爷爷。”小亚说。

4

小亚就回家了，爷爷看到小亚这么早回来，问他：“怎么就回来了？”

“不要上课了。”小亚答。

“为什么？”爷爷问。

“学校里只有我一个学生了。”小亚答。

“为什么只有你一个学生？”爷爷问。

“他们都走了，去城里读书了。”小亚说。

“我也要去城里读书。”小亚又说。

“你去不了。”爷爷说。

小亚就呆起来，呆了一会儿，出去了。

5

后来，老师来了。

“你也让小亚去城里读书吧。”老师跟小亚爷爷说。

“去不了。”小亚爷爷说。

“为什么？”老师问。

“小亚母亲在城里打工，跟人跑了，她不要小亚了。”小亚爷爷说。

“他父亲呢？”老师问。

“他父亲重新结了婚，也不要小亚了。”小亚爷爷说。

“这样呀。”老师不知道说什么了。

6

小亚那时候站在一棵柚子树下。

一个柚子掉下来。

又一个柚子掉下来。

“小亚就是那些没人要的果子。”老师忽然说了一句。

一封家书

安石榴

山东人老邱独自一人过活，老跑腿子嘛，住在夹皮沟有多久了？他自己都不知道。怎么知道哇？以前大清朝，后来中华民国，再后来满洲国，这么一闹腾，也就把人闹糊涂了。

老邱年轻时候闯关东，从山东一路向北，起先并未到黑龙江。他其实没有目标，走哪儿算哪儿，有什么活就干什么活。热河、内蒙、辽宁、吉林都待过。活计呢，干得就多了去了，放猪，盖房，打围，割麦，插秧，扛大个儿……年轻，有力气，一个人吃饱了全家不饿，没有操心事。想女人了，攒几个钱去逛一次窑子。自己觉得活得也算行，挺乐和的。

也干过后悔的事儿。比如一次受雇跟着几个贼人，蒙着面，深更半夜去打劫一大户。领头的叫门墩儿，说好的不杀人，只要钱，结果出了岔子。那户主认出了门墩儿，说：

“门墩儿啊，你要是缺钱就吱一声，这是何苦？”

就这一句话，坏了，门墩儿开枪了。几个人自然知道厉害，也就跟随着开枪，把一家人全灭了。这也就罢了，家里一个还不会说话的小婴儿，惊醒了，大哭，老邱就向他开了一枪。当时没觉得咋样，后来想起来就后悔，想起来就后悔呀！那一枪不应该呀，小婴儿啥都不知道，杀他干吗呢，造孽！

老邱年轻的时候不想事儿，过一天是一天，从来没寻思学一门长久手艺，长了些岁数知道后悔了，可是啥都不赶趟了，老了嘛。等他落脚夹皮沟，已经五十来岁了，还一身病痛，干不了什么像样的活计了。好歹别人帮着，盖了一座小泥房，开了一块菜园子，种点菜，种点香瓜、玉米，勉强活着。

一个三伏天，老邱一手拄着棍子，一手提着一只柳条筐，装了几只香瓜，挪蹭着去路边的胡记杂货铺，打算换点儿咸盐。杂货铺也兼做饭铺生意，伺候来往路过的人歇脚打尖。这一天杂货铺里面坐着几个陌生人，其中有一个五十来岁的山东人，听老邱和老胡说话，那人站起身，凑过来问：

“莱阳的？”

老邱说是。两个人一聊，居然是一个村的，必然多说了几句前因后果，那人有些激动，说：“俺的娘呀，你是拴柱吧？”

老邱说：“你是？”

那人说：“我是桩子啊。”

两个人好几十年不见了。那人就告诉他，“你老娘还在呢，总是念叨你，以为你没了，天天哭呀。你咋这么多年不回家呢？”

老邱赶紧问：“我娘还好吧？”

桩子说：“我五年前出来的，说句不好听的话，你娘还能不能在都不知道了。”

老邱就哭了，哭得两只手捂在脸上拿不下来。这时候门外的车老板子叫着上路，桩子也无奈，必须走。桩子就说：“哥，我这就回山东老家，我回去告诉你兄弟，告诉你老娘，你还活着呢。”

老邱说不出来话，就是哭，跟着桩子出来，看着他爬上大车，一会儿就跑没影了。不过，老邱听得见桩子的最后一句话，“你咋着就不回家呢？还是回去吧！”

老邱在路边呆呆地站着，站了好久，然后又开始哭，拄着棍子磕磕绊绊回自己的小泥房去了。

大概一年多吧，胡记杂货铺收到一封来自山东的信，信封上写着“烦请转交邱拴柱”。老胡就给老邱送去了。老邱并不认识字，又请老胡帮忙。老胡就给他念了一遍。这封信以老娘的口吻，开头就把老邱责骂了一顿，说，桩子回来说了你的事儿，你不孝啊，这么多年不回家，既不给家捎钱，也不捎信，真是白白生养你一回，老娘我都哭瞎了眼，哭白了头。大概是这意思，但信在结尾处，话锋一转，老娘又说，以上都是我一时的气话，你活着就好，赶紧回家来吧，老娘想你。

老胡念完信就回去了，他走的时候，老邱捧着信哭得哇哇的。

此时已经农历八月，秋风萧瑟。夹皮沟家家户户都忙着秋收，本来人家就少，白天更是不见人了，都在地里，直到傍晚的时候才见牛车吱吱呀呀回转而来，车上的人都累得瘫软在高高的豆秸垛上，或者苞米棒子上。整个秋天他们都会这样忙得抬不起头来。还有土豆白菜萝卜要收。一切都弄得妥妥的，他们才能心安理得地猫冬。

过了二十来天，老胡突然觉得有点儿事儿，啥事儿呢？又想不起来，他在杂货店里转圈圈，转了几圈，嗷的一声，出门直奔老邱的小泥房子。他往老邱的菜园子里一瞧，就有一种不祥的预感，只见园子里的茄子秧、辣椒秧、倭瓜秧和其他菜秧子，被秋霜打得蔫在地里，没人管，看起来一片狼藉。院子里也落叶满地，没人打扫。老胡开门一看，老邱吊在大梁上，已经僵硬了。

老胡找人把老邱解下来，弄了一副薄棺，葬了。这些都办妥了，老胡想起那封信来，寻思着，应该给老邱的老家写封信，告诉一声，不然老邱的老娘又是日日夜夜盼望着，多么心焦呢。老胡就再次去老邱的小泥房，打算找到信皮，抄下地址。可是里里外外找遍了，怎么也没有找到。

核 桃 车

方英文

核桃与柿饼一样，虽然都是树上结的，却不算水果。水果入口不久，便尿了，没感觉了；而核桃柿饼吃下去，能充饥。所以我称这两样东西为“树上的粮食”。核桃又称胡桃，应是从陆路传入中国的。

冠以“胡”字的，大抵是西北之外来的，如胡椒、胡琴、胡萝卜等。从海洋上来的，标识个“洋”字，洋火、洋钉、洋枪等，统称为“洋货”。

一个外国女子骑着马，背衬着落霞，想象着大明宫，由西北方嘚儿嘚儿地来到长安城，人们叫她“胡姬”。若是从南海乘船来，历经了凶风险浪的，又叫她“洋妞”了，让汉人很是好奇，人人围观而爱之。若缘分奇妙了娶个洋妞老婆，必定羡慕得众人大骂一句：狗日的开了洋荤喽！

洋妞经历了漫长的舟车劳顿，北上到长安城，也就统归“胡姬一族”了。胡姬们或当家教，或做导游，或开旅店，或办饭馆。怀艺有色者自然做了人民艺术家，可谓碧眼盈波劝君酒，长腿歌舞送胯来。宫里的便衣同志经常巡查而拔尖，只需三两句思想工作，就送上了皇帝龙床。皇帝昼夜殚精竭虑于子民福祉，调剂一下生活无伤大雅，我历来没意见，忽略不读的。若拿这等鸡毛蒜皮评价皇帝，等于拿酒量大小来选拔狙击手，考量的尺子大错特错，实在看不出道理来。有些家伙单挑艳事来编派贬低皇帝，你以为他自己就高洁？屁！他是没条件，气不顺而已。

扯淡话远了，收回。随着日月相推光阴过，核桃早由洋货演变为土特产了。乡人进城公关，拎袋核桃见面礼，要托的人物嘴上打哈哈，心里嘀咕啥年代了亏你想出拿来这个我服了什么玩意儿嘛！

还别说，核桃确实能做出好玩意儿来，那便是核桃车。我小时候就跟伙伴们玩过核桃车，制作过程颇具技术含量，不亚于刺绣鸳鸯戏水。挑一个鼓圆的大核桃，先将核桃尖儿磨平，磨平处轻轻锥眼儿。动作轻微，要有耐心，不然使劲稍一大，核桃就给锥炸了。下来给核桃屁股锥眼儿，旋转，捻弄，锥尖儿同步缓缓地磨锉眼壁。接着给核桃两边各钻两眼，眼距很近，目的是隔断眼儿。现在，核桃有了六个眼儿，从眼儿将核桃仁及夹隔戳成碎末，轻轻磕出来，磕干净，一个空壳核桃就成功了。

然后制作发动机。削成小拇指宽两截竹片儿，二寸半长，中部剔个低凹，两片相扣，咬合成十字架。在此十字架中间，钻透一个小眼儿，揳进一根细竹棍儿。下来找细线，需要四节线，纳鞋底的麻绳线就好，纺线绳也行。四节绳线将十字架腰绑紧，线头拿牙齿揪细，唾沫抿尖，才能穿进针孔——依次由核桃头部眼儿探入、边孔儿斜出线头、揪出来。四节绳头皆出了孔吧？分别打结成环。随之插入十字架，插出核桃屁眼三四寸，宣告竣工。

玩法很简单，先是手动旋转十字架，跟发动手扶拖拉机一样。十字架旋转了惯性，立马两手开扯，一拽一松便是。拽则十字架右转，松则十字架左转，十字架全然一个螺旋桨，其音嗡嗡呛呛，仿佛八千只苍蝇同唱“赞粪歌”。扯拽松放频繁时猛一丢手，核桃车就飞了。

有次课间休息，操场上比赛核桃车。一个同学的核桃车最是引人，因为谁都没见过那么大的核桃，连老师都夸简直是个“县长核桃”！螺旋桨更是长达六寸——只见那同学拽、拽、拽，猛一松手，核桃车就飞了，直飞进老师厕所门——

厕所里恰好正蹲着语文老师，面对一个飞车直撞鼻子，吓得脑袋一偏、尻子一坐，糊脏了。外面同学当然没看清，就只见老师走出来黑着脸，扬手要打人的样子。但那只手，也就空气里狠抓一把，猛地撇掉完事。

老师不分青红皂白，将五个核桃车一并罚站。放学后又扣押不放，追罚，罚五个核桃车各抄十遍毛主席的一首语录：

“我们希望和平。但是如果帝国主义硬要打仗，我们也只好横下一条心，打了仗再建设。每天怕战争，战争来了你有什么办法呢？”

最后一句多数人不知道，我们因为受罚，老师嫌抄短了不解气，就让我们多抄了这句，所以记忆至今。

老兵胡益杰

杨晓敏

新兵在四川新津集训三个月后，坐上帆布篷解放车，在川藏线上每两个兵站住一宿，向藏地出发。山路逶迤，风雪追随，加上高寒缺氧，新兵们失眠、流鼻血、感冒成为常态，我们坐了最长的过山车。晃到第十一天下午，到了昌都。

昌都海拔 3200 米，在西藏，算是中下游了。

我分在军分区特务连二排七班。连长宣布名单后，让各班领回自己的新兵。在吆喝声里，我听到有个瘦高精干的老兵在喊我的名字。地道的川味，声音很有亲和力。

于是我认识了胡益杰。他 1971 年入伍，早我 4 年，是我的副班长，四川垫江县人。

第二天中午聚餐，欢迎新兵下连，这是光荣传统。从早上起来，大院里就不断有人开着玩笑。新兵们仍然无精打采，一路颠簸，初到军营，心绪难平，还丈二和尚摸不着头脑呢。

以班为单位一桌，果真是大席面：肥的、瘦的、炒的、炖的、热的、凉的一大桌。仔细一看，几乎全由猪身上的零部件配成，一件一个菜。新兵们的眼睛亮了，来劲！大都来自乡下，那个年代何曾见过太多荤腥。也有酒，江津白干，倒碗里轮转喝，能喝的饮一大口，没酒量的抿一下也算过。不停地上菜，新兵们吃得满嘴流油。胡班副说：“怎么跟饿狼似的，又不是吃抢食，菜还多着呢。”

老兵们这时候反而有点儿矜持，他们互相逗乐，劝酒，并不怎么动筷子，还时不时笑眯眯地盯着我们狼吞虎咽。

我们吃饱了，便回了宿舍。新兵初到高原，为适应气候，会安排先休息两天。许久，老兵们才从饭堂回来，胡班副摇摇头说：“格老子的新兵，真是大耳汉哟，让你们悠着点吃，不听劝，今天十八个菜，才上了七八个菜就整饱，硬是没口福呢。”

后来我才知道，连队一年中，凡春节、八一、老兵退伍、新兵下连，聚餐时才会如此丰盛。连队杀猪为主菜，像少量配给的广味香肠、金华火腿、午餐罐头等，在聚餐时才上桌。那天老兵们等的正是它们。

侦察排平时训练严格，摸爬滚打，免不了腰酸腿疼。尤其格斗课，在沙坑里一拉开架式，胡班副对新兵手下毫不留情，开始几天，我免不了常被单独操练。

那时候部队看露天电影，训练之余，银幕上虽然大多是老掉牙的故事，毕竟也是让人快乐的时光。这时候要在周围多设岗哨，还要另加巡逻哨。我有一次说特别爱看电影，在乡下时常和小伙伴们跑很远的夜路到邻村看。下次该我站岗时，胡班副说：“这片子我看过了，我替你站岗吧。”这事被连里副指导员知道了，私下批评他说，你替新兵站岗，上了战场怎么办？

我知道后，心里很惭愧。

几个月后，我做了连队文书。文书的岗位在连部，职责特殊些，等同于班长级别吧。胡班副很为我高兴，说：“我就说你行吧，有文化就是好，一定好好干。”说这话时，俨然是一位兄长的神情。

有一次我问他，为什么对我这么好？他犹豫一会儿，告诉我说，算是受人之托吧。你新训时在团部警卫班吧，团政委是分区政治部首长，他爱看打篮球，所以和我熟。首长说你能写会画，也会打篮球，分你到特务连，交代我要带你打好篮球，活跃部队业余生活，也从班里开始严格带兵。我没文化，只会打球，首长信任，我得尽力。

当时胡益杰是分区业余篮球队主力，后来我成了主要板凳队员。

第二年，我被选调到通信营报训队学习，要离开特务连了。临走时，胡班副送我，他指着院里一排小柳树说：“这是去年你们下连时新栽的，等你哪天离开部队时，应该会长这么粗的。”他用手比作碗口那么大，我知道他这是一种期待。

我提干后调到拉萨。有一天路过军区大院的小树林时，看到有施工人员在筛石子，突然有人喊我的名字。我扭头一看，竟是我分手多年的胡班副，喊我的声音依然像我下连的那天一样亲切。他说家里也还能抽出身来，就来拉萨打工了。

那天我们很开心，一块儿吃饭，回忆连队趣事，还照了合影。他端详着我说，我没看走眼呵，你都来军区工作了，这是大进步啊，咱俩如果能回昌都，一定去看看特务连的柳树，真该有这么粗了吧。说着他又用手比画了一下。我想在经济上帮他一点，他坚辞不受。

我 1988 年底转业，一晃又是多年。大约 2005 年前后的一天，接到胡班副的一封信，大意说近几年身体一直不太好，医生说要多出去逛逛，放松一下。从其他战友处知道我转业在郑州，方便了想来看看。

我当然很高兴，想到几十年来被一位兄长一样的战友一直关注着，顿生无限感慨。我开始设想，能再一次听到他喊我名字声音，该是多么令人陶醉。随后电汇了两千元，我想这趟路费无论如何该我来出，附言说，恭候老班长全家来中原一游。

一周后，当地另一位战友打来电话说：胡益杰因胃癌晚期于昨天不幸去世。

冷 面 斩

田洪波

我常为我的家乡小城骄傲。

骄傲的原因有两个。一个，它是有百年煤炭开采历史的煤都，另一个就是享誉省内外的名吃——朝鲜族冷面。所谓冷面，既是指面，也是指菜，是主副食的统一称呼。吃冷面自然离不开冷面菜。冷面菜以辣拌为主，多达十余种，常见的蔬菜有卷心菜、蕨菜、干豆腐等，拌以芝麻，辣中带着难言的香甜。

冷面讲究现吃现压，保持口感新鲜和筋道。记忆中我为父亲买过几次冷面。服务员给开出小纸片大小的冷面票，然后需要在付面口等待。我常口流涎水地看着冷面由压面机压出，然后在面师手中一条条缠绕，浸入冷水，上下翻飞撕扯几个回合后，一坨坨依次有序地码放在每个碗里。然后就是添汤、加各种作料。

我记得有一次在买冷面回家的路途中，实在控制不住馋虫，偷吃了两片拌干豆腐。

说实话，吃过后，我肚子里的馋虫似乎更活跃了。

然而，我真的不敢再造次了。我的父亲每天在工地的脚手架上忙碌，他是全家的顶梁柱。只有他能偶尔奢侈地吃一次冷面。我记得那时冷面菜 5 角一盘，冷面则是1元钱一碗，那是20世纪70年代中期啊，1.5元钱可不是谁家随便花得起的。

我的父亲是八级瓦工，带了几个徒弟。徒弟们孝敬他的方式就是请吃冷面，然而，几乎每次父亲下过馆子后，都会或大或小地哭一场，有时在饭桌上，有时则是醉酒回家后。

我的母亲从没有过半句埋怨。她似乎很理解父亲。我们兄妹一共六个，一大家子的开销，主要来源于父亲所挣的工资。母亲的工资不抵父亲的一半。有时父亲会带回家一点吃的，不消几分钟，我们会风卷残云，将之消灭干净。

我们巴望着下一次的轮回。

有那么几次吧，我们几个无所事事的同学徘徊在冷面馆外，约定等小学毕业了，大家凑钱也吃一次冷面。

这一天很快到来。让我们不甘心的是，有几个同学拿不出多少钱来。我们将钱凑了又凑，只够买三碗冷面的。我们叽叽咕咕一阵，还是走进了冷面馆。

我们七个同学兴奋地坐在桌前等待，要知道，这可是我们平生第一次下饭馆啊！

清香的冷面端上桌后，我们面面相觑，不知如何动筷。还是女生主意多，红着脸，又向服务员要了几个碗，把冷面分摊了，场面一时很热闹。

冷面馆管事的先生是个大胖子，看不出是不是朝鲜族人，他看到了我们胸前佩戴的红领巾，盯视了我们很久。然后，他让人给我们每个人的碗里添上汤，又送给我们两盘辣菜。一盘油炸花生，一盘拌干豆腐。

我们集体站起来，向他弯腰鞠躬。他红了眼圈没说什么。饭馆里的人都向我们侧目。我们吃得意兴阑珊，滴水不剩。

这次聚会，成为日后经久不衰的谈资，吹了好一阵子。

大人们笑言，小屁孩也知道下馆子吃冷面了。

直到我上初中，也没再吃过冷面。

我上初三时，是1980年，小城发生一起大案。一个煤矿的女会计，在单位同事的陪伴下上储蓄所取工资款，3.9万元，全是零钞。出储蓄所不远，在一个综合市场的边道上，货车不知何故突然熄火，同事下车察看时，被一个帽檐挡脸的人一木棍击倒，她的同事也霎时间被打趴下了，装有3.9万元的麻袋不翼而飞。这在当时可是轰动全城的大案了，要知道，3.9万元可是一笔巨款啊！夜里，我掰扯手指头数来数去，也没掰清钱数。

小城人人自危。

要知道，这在当时是不可想象的，人们始终认为，小城产煤，小城有冷面美食，生活虽艰难，却也美好。电影里的那些坏蛋，生活中离我们很远。

案件的性质也很严重。那个女会计，据说在医院里没抢救过来，她的同事也一直昏迷不醒，无从对证。更主要的是，那是几千名矿工的血汗辛苦钱，他们眼巴巴等着发工资过年哪。

很快，通缉令贴出来了，证据确凿举报者，将给予1万元奖励。

人们的兴奋点高涨，高涨原因就是举报奖金。每个人都做着美梦，谈论得到奖金后怎么花销，怎样才能像个万元户……更奇葩的是，甚至有人为奖金的事拌嘴，进而动起手来。

小城被一种氛围笼罩。说不清那是一种什么氛围，总之，就是很压抑的那种。人人似乎都心事重重，人人走夜路小心为上，人人面对陌生的外来人三缄其口。

案子拖延下来了，没破，没进展，没公告，氛围依然阴郁。

柳暗花明的一天，最终还是来了。是接近黄昏时，全市最大的一家冷面馆，来了位装束与众人有别的食客。时令正值盛夏，人们巴不得赤膊上阵，此人却穿戴严实，并且戴了一顶帽子。帽子低得把脸盖了半边儿。此人喝了三瓶啤酒，要了三盘菜，三碗冷面。有人被他的大快朵颐惊呆了。

此人只顾低头吃。事实上，他早已被两个便衣警察盯上了。

事后看报道，知道了一些细节。公安摸排出家住某矿的嫌犯案发后不知去向，且把他赊欠邻居的钱全还清了。他的右嘴角有个大痦子，绰号馋豆。

当时此人吃饱喝足，就坐在那里无声地哭，眼泪大串地从脸上往下掉。两个便衣警察走过去了。一人轻轻拍下他的肩。此人抬头，目光相对，一下子僵住了。便衣警察看清了他嘴角上的痦子，二话不说，一个反剪手，将此人按地上了，伴着一声断喝。

不用说，这桩悬案终于破了。家乡小城的人兴奋谈论。你说，凶手遍寻不见，怎么会在冷面店里栽了呀？

不可理喻，这人生命数吧，有时，你还真说不清楚。

补　　偿

陆涛声

他家搬进这小区时，是全新的六层单元公寓，才十年，就要拆迁了。他是中学退休语文教师，在这儿住得安稳了，习惯了，需另搬到过渡房，再装修安置房，再搬迁，够折腾人的，想想都害怕。却又不得不服从大局。

更令人心烦的是补偿款。据说，小区拆迁补偿款是市政府下拨总额，由拆迁公司包干的，拆迁公司给住户补偿标准越低，赚得就越多。给他们小区定的标准是每平方米六千。他家住房面积八十二平方米，补偿四十九万二千。购买安置房每平方米却要七千，同样面积便要自己多掏八万多，这笔钱岂不等于被人抢了？另外搬新居还得加装修费，得多开支近二十万……原想既然拆迁，就乘换房扩大到一百一十二平方米，又得多花三十几万。他是工薪族，苍蝇头里就那点脑髓，得负很重的债。不仅是他，全小区住户都觉得明显吃亏，都要求补偿标准提高到与安置房同样标准，都犟住不在协议上签字。

拆迁公司不仅不松口，还挨家挨户上门催着签拆迁协议，三天两头，不分晨昏，先是软缠，后再硬逼，威胁说要停电停水，还把建筑垃圾堆到单元门口堵住不让进出，晚上还有人用砖块砸破窗玻璃掷进屋……

拖了好一段时间，拆迁公司也终于对个别住户小让步，答应每平方米增加二百元，个别住户经受不住折磨，多得到了一点，便签了协议搬迁了。有一两户签了字，便有了骨牌效应，像被黄鼠狼拖鸡一样，一户接着一户签字搬走。整个小区八幢楼，最后剩下三户"钉子"，补偿不达到安置房同等标准，坚决抗争到底。他家是其中之一。

他住四楼，楼上人家已经搬空，有一天夜里，突然水漫金山，透过楼板渗下来，把他家衣被都沾湿了。这无疑是拆迁公司捣的鬼。

他忍无可忍，决定写人民来信给市里领导，揭发拆迁公司的恶劣行为，要求合理补偿。写好后，老伴提醒他，让另外两户也签个名，力量大些。他觉得有理，就拿信去找他们。

另外两户，一户姓李，是退休工人，回他说写也不会有用，反会惹麻烦；一户姓高，是退休的副科级公务员，说市领导根本不可能看到信。两户都不肯签名，都说，还是等到新工程建设正式开工，拆迁公司被逼得没法，只有三户，"出血"不多了，自然会让步。

他被泼了冷水，也没了劲，回家后就把信搁在一边。

隔了一天，又不甘心，还是想找个关系把信传到市里哪个领导手里，想起有个老同学，女婿好像在市政府哪个部门工作，不知能不能帮上忙。他决定去探探路，便买了水果上了老同学家门。

老同学听他感叹关于拆迁的苦经，说："我女婿倒是半年前调到刘市长身边当秘书了。你把信留下，我问问女婿，能不能递给市长看看。不过先声明，不能保证有用。"

他眼一亮心一喜，说："哪要你保证！能帮我出把力就好。"

他回家后，虽怀有希望，心却还悬着：秘书合不合适给市长递这种信？即使递了市长会不会看？即使看了会不会管这种小事？都不可知。

一个多星期后的一个上午，拆迁公司副经理丁保根又上门来，那张原本凶神恶煞的脸竟突变得和蔼可亲，带来了新的协议，补偿竟提高到了他坚持的标准。

他胜利了，嘿，这显然是老同学的女婿把他写的信转给市长的效果！

他爽快地在拆迁协议上签了字。很快领到了补偿款，准备搬往过渡房了。

他想起还有李、高两家，不知怎样，如果因为他的信也同时解决了，倒也是好事；万一只解决他一家，那两家没解决，会有点尴尬，于是出门买菜便怕遇到那两家人。

一天，他在路上偶然遇到拆迁公司丁副经理，忍不住打听李、高两家怎样。丁根保说都与他同日签的，补偿标准都一样，随后又叮嘱说："不过你们嘴巴都要闭紧，别漏风，不然那些先搬的大批住户知道了，闹起事来，拆迁公司有麻烦，你们三家也不安宁。"

他口里应着"是是"，心里却在想：那两家分明是因为他写信同得益了，都不肯在信上签名，现在坐享其成了！真是……他心生怨尤。

他没走多远，看到李家正在搬家，又忍不住走过去，悄悄对李老头说，是他写信通过市长秘书交给市长才解决的。

李老头相信他说的，说等搬好家上门来谢你。

能认账，他就满足了，并不指望也不在乎李老头上门来谢。

他又忍不住走上高家门，也说了是他写信的作用。

干部出身的老高似笑非笑地说："市长哪会管这种小事！只可能是因为新工程急着要开工，拆迁公司必须完成任务，是推车撞壁了。"

他讨了个没趣，心里久久不是滋味。

他想，老高不承他的情，他可不能不承老同学的情。回到家就打电话给老同学，表示非常感激，还说过些日子上门去道谢。

老同学在电话里却先一瞬沉默，说："女婿还没有给我回话呢，等他来了问问清爽。不过，不管是不是信的作用，解决了就好。"

当晚，他躺在床上好长时间睡不着，心想：我写信给市长，不就是为求个补偿合理公平吗？何况究竟是不是信的作用还不一定，即使是，李、高两家补偿都提高，也是应该得到的，合理公平，我干吗要为李老头说谢谢开心，干吗又要为老高不认情就不悦呢？……

他觉得自己有点可笑。

看戏的将军

范子平

1973年的仲春，天气很暖和，省剧团要来靠山屯村演出湘剧《园丁之歌》，这可真叫村里人兴奋，早早就在村南的打麦场上搭建了戏台，撑了帆布当屋顶，挂了厚厚的幕布和幕帘。那时候村里还没有通电，天一擦黑就在戏台上燃起了汽灯。周围村子的人也都三五成群往这里聚。庄稼汉高声大气地开着玩笑，大闺女小媳妇带着没有纳完的鞋底，刺刺啦啦甩着胳膊，小孩子打呀闹呀哭呀笑呀，还有卖冰糖葫芦的老汉来赶热闹。为了避免看戏前边影挡后边的视线，靠山屯村历来定的规矩都是人不能带凳子，看戏都是席地而坐，坐得挤挤插插。但人累了会想巧办法，往屁股下垫东西拉个啥是啥，散戏后一地的砖头瓦块。今天引人注目的是，戏台前不远的正中间，搁了一块长长的厚松木板，也没支也没棚架，就这也有不少人打听是给谁准备的。

戏剧快要开始了。那块松木板上仍然没有一个人。来回招呼的老王一趟趟往村老支书跟前跑。老王原是县图书馆馆长，退休了回到老家颐养天年，村里有事了常叫他出面。这个时候眼见他急得不轻。原来这个松木板是给来县里蹲点的何主任准备的。何主任大块头，虽说接触不太多，但老王觉得他说话办事钢刀利水的，更令老王敬佩的是，何主任是我军六十年代评出的少将，是一位将军！何主任有过许多传奇故事，譬如莱芜战役中，他趁风高月黑带一个团穿插，一下子突入敌军李仙洲集团司令部，打得敌人乱了章法。老王是听何主任的秘书说，何主任特别爱看湘剧的。李秘书也是四个兜的军装，究竟是不是秘书职位大家也不知道，见何主任总是喊小李，而何主任作指示时小李就拿出小笔记本写写画画搞记录，大家就喊他李秘书。前天老王在县里见到他，李秘书说后天省剧团去你村唱戏？何主任会过去看戏的。

原来跟大家说的是戏剧晚八点半开始。眼看八点半到了，演员在幕后各就各位，可何主任一行不见踪影。到大队部给公社打电话，他们说也不知道。老王就跟老支书商量推迟半个钟头。因为是省里剧团，协调也得说好话。到了九点，仍不见何主任身影。再催公社，他们说听县武装部说，何主任带人进山了，不一定来了。老王跟老支书说了，老支书就说领导不来了咱就开始吧。一听说空着的松木板没人坐了，周围的孩子争先恐后抢占了。于是大幕拉开，开场锣鼓响起来，布景上满眼的桃花像朝霞一样灿烂耀眼。

老王忧着何主任来看戏的事，他心没有在戏上。他一会儿看看路上，一会儿看看戏台四周，在四周逡巡再三，忽听远处车响，几个军人过来就坐在外圈的最后边。他急急地走过去，尊重地询问是不是何主任的人。他越问越清楚，越问越激动。

当老王正想迈腿踩着人群的缝隙去给老支书说些什么时，有人拍他的肩膀，一扭脸正是李秘书。李秘书说何主任过来了，留的座位在哪里？老王说，一直等你们来着，以为不来了呢。

李秘书又问，首长的座位呢？我看你从后边过来了。

何主任迈着稳健的军人步子走过来。他没有听到关于座位的谈话，只是喊小李。

老王说，我去后边跟将军汇报了。

李秘书有点奇怪地说，将军？我一直跟将军在一起，何主任刚从深山区回来。

老王说，不是说何主任。李秘书说，不是何主任，这里还有将军？

老王说，有，他是第一将军，他麾下就无数将军。新中国的开国将军一千多个，论军事指挥才能，论水平论战功，他都铁定排第一位。

李秘书一下子没悟过来。可是何主任却立马听懂了。他吃惊地说，你是说老首长在这里？

此时台上女教师俞英高昂的戏腔正唱得如林籁泉润。忽听一声“立正——”，声音低沉浑厚，但有千钧之力。何主任听得出老首长的声音。他和李秘书还有随后跟来的两位军人，一起垂手肃立，不敢稍动。何主任忽然想到，济南战役之后，华野集中了师以上干部集训，老首长讲话前，起头就是一句“立正——”，那些战功卓著的师长、政委、纵队司令都刷地一下子站得笔挺，整个大院像是一个方阵。

“向后——转！向前三步走！向后——转！”老首长的声音依然不高，但却是那样威严，好像穿透了时空。何主任忽然想到，1941年在苏中抗日时，他还是老首长的警卫员，借了老百姓一个案板，首长就是这样命令自己立即归还的。

何主任明白了，天这么晚了，戏正唱得热闹，老首长是怕扰民啊。“坐下！”何主任与李秘书等一起，像普通士兵一样，左小腿在右小腿后交叉，刷地坐在地上。李秘书这才感觉到，下命令的大首长就坐在他们身后不远的地方。

戏演完了。何主任连忙起立，再来一个标准的向后转。可老首长一行已经悄然离开了。何主任李秘书他们，还有从未当过一天兵的老王，都向老首长离开的方向久久地致敬。

阳　台

芦芙荭

对面三楼住着的是一对老夫妻。男的姓秦，小区人都喊他老秦。两年前，老秦生了一场病，就只能坐在轮椅上了。出来进去都是老伴推着他。他活成了一只羊，随时都得老伴牵着他。

老秦，出去呀。

老秦，回来了。

轮椅上挂着买回的菜，有时候老秦的怀里抱着一株花，花正开得旺，老秦一脸高兴的样子。

老秦之前并不怎么爱花，自从坐上轮椅后，就喜欢上了花。这是有证据的。老秦没生病之前，他家的阳台上什么也没有。现在，那阳台上已零零星星地多出了几盆花。当然，拿盆来说那些花，似乎又不太准确和妥帖。有些花其实根本就不是栽在花盆里的。比如那株仙人球就是栽在一只大老碗里面的。那只原来主人吃面用的碗上面栽一只仙人球看起来倒蛮有意思的。

有时候，老秦的老伴一个人出门时，就把老秦的轮椅推到阳台上，给他膝盖上搭一薄被子，让他在那晒太阳。老秦晒一会儿太阳，就会拿起身边放着的洒水壶，从轮椅上伸直了身子，给阳台上的花洒水。那水一半洒在了花身上，一半洒在了自己的身上。老伴回来了，要在那里给他收拾半天。这样，老伴要是一个人再出门时，就会把阳台高处放的花，搬到低处，老秦坐在花丛中间，给花剪剪枝，洒洒水，再在花丛中打个盹儿。

这样时间不长，对面三楼的阳台上就摆放着几十盆花了。

说起来有几十盆，但花的种类并不多，有好多盆都是一个品种，只是栽在不同的容器里罢了。

老秦养花并没那么讲究，好多花都是随手找个能装土的东西，把那花栽在了那里面。或许是舍不得钱买花盆，或许是想等以后闲些了，找着机会了，再把花盆买回来，把花移栽过去。可一直又没有这样的机会。因此，那些后来陆续买回来的花大多栽在大小不一的盆盆罐罐里。有株文竹竟然是栽在一只用来装油的塑料桶里。塑料桶拦腰被切断，做个花盆还真是合适！或许太忙，他们把花栽在盆盆罐罐里了，就忘了再买花盆的事。好在那些花并没那么计较，只要有土，有阳光，栽在那里，该发芽就发芽，该长叶就长叶，该开花就开花，一点也没耽误。阳台是离阳光最近的地方，养上几盆花，或者栽上几株草，这样坐在轮椅上的老秦就能缩短他与自然的距离，推开门就可以看见叶的绿和花的红，还能闻到花的香和泥土的气息。有时还能招蜂引蝶，嗡嗡嘤嘤的倒也热闹。

其实，从我家对面一眼望去，是有很多阳台的。一家一个阳台，但那些阳台的主人们似乎都太忙，大部分阳台似乎都被主人们忘记了，大家一回家就坐在沙发上看手机或者电视。怎么会想起阳台呢？即使那里充满了阳光，又有谁能坐到那里晒太阳呢。只是偶尔洗了衣服，把它挂在那里，让衣服去晒晒太阳。

也有几家，或许走在街上看见卖花的了，突然来了兴趣，买了几株花，还买来了好的花盆。可现在人的兴趣来得快，去得也快，那花在阳台上开过一季，就被遗忘了，经过一个冬天，那些花就自生自灭，枯萎了的枝枝蔓蔓，个个耷拉着脑袋。像是受了多大的委屈似的，倒像是山水画中的景了。

还有几家，以前也是养过花的，大概觉得养花不实惠，在花盆里栽了葱或者蒜，还有的种上了小白菜，看起来油汪汪的绿，却是不开花，实惠却少了几分浪漫。

唯独老秦家的花独自开着，这倒成了小区里的一道风景。他家的阳台成了一个花房。老伴出门买菜回来，小区人碰着了，就和她打招呼，你家的花养得真好。

自从有了这阳台花房，老秦几乎很少出门了，他天天坐在阳台上，给花浇水施肥。即便是冬天，那些花长得要死不活了，春天来了，也就会活过来。现在，老伴给老秦弄了个长嘴的小喷壶，老秦坐在轮椅上，不再费劲，那水都能洒到那些枯萎了的花的身上。多数时候，老秦坐在轮椅上手里捧着个收音机打打盹儿。有时候，老伴出门回来了，也搬个小凳子坐在他的身边晒着太阳。

春天尚未到来，老秦终于出来了，不过这一次，他是被救护车拉出小区的。这一次，老秦出了小区，就再也没有回来。

老秦走了，老伴开始为那些花操起了心。她一有空，就去阳台上收拾那些花，给花翻盆，给花翻土，给花浇水施肥。

春天来了的时候，老秦阳台上的花又开了，开得姹紫嫣红。有一天，老秦的老伴出了一趟门，回来时，她的后面跟着一辆三轮车。三轮车上拉了一车的花盆。

老秦的老伴给所有的花都换上了新花盆。有了花盆，那些花看起来就更加的恣意了。

老秦的老伴把这些装了盆的花给她的邻居们一家送了一盆。

几天时间，对面那栋楼家家户户的阳台上都放了一盆花。那些花在他们的阳台上独自开着，独自香着。看起来一片绚丽多彩。只有老秦家的阳台上，一盆花也没有了。

金　婚

刘立勤

一周前，徐巧巧还忙着筹办他们的金婚大典呢，谁想到参加完她的金婚庆典再见到她时，她已经离婚了。

徐巧巧一生中最得意的就是她的婚姻。

徐巧巧生得好看，皮肤白嫩如脂，身姿婀娜窈窕如风摆柳，尤其是她的那双眼睛秋水迷离情意绵绵，害得多少男人都满怀英勇献身的想法，意欲壮怀激烈地跳进她怀里。况且，徐巧巧不仅是美女一枚，她还有很深的家庭背景，身边的男生真是如过江之鲫趋之若鹜。

可是，徐巧巧偏偏迷上张勇。张勇有什么呢？除了一张还算英俊的脸，再没有其他什么值得骄傲的东西了。徐巧巧不管不顾，反弹琵琶倒追起张勇来。而张勇还硬气得不行，故作姿态爱搭不理，做出一副垂死挣扎状，让众多男人既羡慕又嫉恨。徐巧巧是谁，七窍通心古灵精怪，眉头一蹙计上心来，张勇就被她轻松地拿下。

我问徐巧巧，使用的是什么高招拿下那个高傲男。因为我也暗恋一个男神，他一直对我不冷不热的，我急需在她那里套取真经。她羞涩又不乏得意地说，套路呀，恋爱也需要套路——我用半瓶西凤酒，他就拜倒在我的石榴裙下了，再也翻不了身了。

张勇嗜酒如命又不胜酒力，一两二两下去就五迷六道了，徐巧巧半瓶西凤酒就能得到他的爱？我不明白，希望她说得更明白一点。我转眼一想，还是算了。我觉得爱情的基础是两情相悦，一切的套路对爱情来说，都是伤害和亵渎，我不想用她的那一套追求自己的爱情。

可她的办法真的很管用，他们很快出双入对很快结婚了。新婚宴尔的徐巧巧春光灿烂，一脸幸福让人妒忌。张勇呢，为了爱情竟然戒了酒。在徐巧巧的策划下，他的脸上阳光灿烂，事业更是风生水起。这时，大家发现他们真是般配的一对，夫唱妇随比翼双飞，我很是佩服徐巧巧。我虽用真情真心换回来我的如意郎君，我内心觉得自己付出的太多太多了，总有万般委屈憋在心里让人开心不起来。我又想在她那里套取一点真经，想让我的爱情甜蜜浪漫起来，终究还是害怕她轻看了我，还是用自己的真情细心呵护着自己的爱情。

贫贱夫妻百事哀。生活里有太多的问题一而再再而三地消耗我们的爱情，夫妻之间也有这样那样的事情让我不如意。他们家呢，好像岁月静好，我们看在眼里的都是满满的幸福。偶尔有个什么事儿，徐巧巧总是有办法搞定，他们家总是亲亲热热和气一堂。

那一年张勇鬼迷心窍迷上了单位的一个小女孩，二人飞东飞西十分快意。我看在眼里，心里幸灾乐祸地盼望他们完了。因为，我的爱情也遭遇第三者入侵，家庭朝不保夕。不知道徐巧巧用了什么办法，很快让女方举手投降，张勇也乖乖地回到家里。我佩服她的手段，再次想学习她的经验，仍然是放不下架子，眼睁睁看着我的丈夫抛弃了我们的爱情，拐走我的存款，和第三者私奔了。

我离婚了，生活是寒蝉凄切。她呢，把经历的事儿当成了干透的柴火，让他们的日子越过越红火。真羡慕她的好主意，偶尔相聚喝罢小酒，我也觍着脸皮向她讨教几招保家卫爱的方法。她说，不能用情，要用套路。用什么套路呢，她又故作高深，经不外传。我也懒得问她了。我还是相信爱情的人，相信真心总会换来真爱。

徐巧巧真是高手，她把他们的家庭经营得越来越好。张勇仕途得意，她在商场顺风，大家处处夸赞他们，他们家还是省里表彰的五好文明家庭。偶尔也风闻他们有一点儿什么事儿，我也懒得操心，因为我已经用真心找到我的真爱，哪有空闲操心别人的事情呢。每次小聚，只听她讲述他们的爱情，他们的事业，他们的儿女，让人羡慕让人恨。这时，我忽然觉得她的自豪对我形成了压抑，我害怕那份压抑影响了我的情感，继而伤害了我和丈夫的爱情，我们慢慢疏远了。

很快就到她的金婚纪念日。这时，张勇已经是二线了，徐巧巧的生意一如既往地红火。回想当年那么多同龄人，有人不在了，一半的人分居离婚了，而他们依旧相亲相爱在一起。徐巧巧很是得意，办了一个隆重的金婚纪念庆典。庆典真是风光，主持庆典的是省城的金牌主持人，表演节目的有北京来的大腕，菜肴是南方空运过来的海鲜，酒是贵州的茅台和四川的五粮液，来宾载歌载舞，大家尽兴而欢。就连戒酒三十年的张勇也开怀畅饮大醉而归……

我说，张勇偶然喝醉一次，也不至于要离婚呀。

她说，你不知道，他最后说的话太伤人了。

我问，他说啥了？

她说，张勇对我说——我要是当年去坐牢，怕早都刑满释放了。

我问她，张勇何出此言？徐巧巧说出了那半斤西凤酒的故事。

那年，徐巧巧为了得到张勇，就约他去喝酒。谁想到半瓶酒下去，张勇不能自持，就和徐巧巧成就了好事。徐巧巧的爸爸是公安局局长，她以此要挟，问张勇愿意娶她，还是愿意坐牢。张勇无奈之余选择娶她。谁想到……所以，她提出离婚了。

徐巧巧说罢，轻轻地笑了。那笑声像一把刀子扎进我心里，我竟然莫名其妙地哭了……

闹 鱼 节

陈 毓

一个地方名字的由来，若你琢磨，还真有意思。比如土地平阔处，名多屯、庄、里，居于山中，叫沟、峪、坪，原上，就叫硷、叫崾，在沙漠荒原，有海子、淖儿。在这基础上前缀、后缀的，多紧跟出产，比如咸海子肯定有湖，湖水咸涩，以此类推，上渡口傍河，一碗水缺水，而我们村，叫鱼洞，多山，多水，多鱼。

鱼洞村有山，叫黑山，有河，叫白水江，有鱼洞两个，大鱼洞和小鱼洞。大鱼洞无论出水、出鱼都比小鱼洞多。

出鱼？没写错，是出鱼。鱼从洞里涌出，使洞成鱼洞，河成鱼河，奇不奇怪？但一件事情如成常规，就平常了。据村里最老的清法老人说，自打他记事起就是每年三月三、九月九，大小鱼洞都会涌出来鱼，鱼来，呼啦一声就来了，鱼去，像是鱼儿集体摆一下鱼尾，呼啦，又去了。谁也说不清，谁也没法问鱼，你们从哪里来，又去了哪里？

要再见鱼，得等一年，第二年，三月三，之后九月九，鱼群再次从洞里涌出来，使洞成鱼洞，河成鱼河，我们这地方，成鱼洞村。

那些涌出来的鱼，仿佛还是去年的鱼，和去年的鱼大小一般，色泽仿佛，仿佛它们是在一个魔法中，或者，和整个鱼洞村的村民，都是在一个魔法中，人和鱼，在和一个不知身份以及居所的更为神奇的魔法师，共同来玩一个魔法，一个特别有趣的游戏。所以你看，来年总会到来，新年的三月三、九月九，都会如期而至，当然，那些鱼，也回来。

鱼洞村的人吃鱼吗？

吃鱼。

他们欢欢喜喜，提着用葛藤或龙须草，用竹篾或者稻绳编制的背篓、竹筐逮鱼，没人贪巨恋多，没人对鱼贪婪到恨不能赶尽杀绝，恨不能把河流和鱼拦截回家，据为己有。这件事情，在他们是连想都想不出来的，年纪最大的清法老人曾经回忆，很久以前，是有过一个外来人教当地的一个人那么做过，结果，那个人自然获得了很多鱼，但是，那些多得的鱼都是苦的，无论用什么方法烹饪，味道都是苦不堪言，这样算下来，那一年从河里获得的鱼最少的，竟然是那个贪婪的人，因为他事实上连一条鱼都没有得到，那些苦如黄连的鱼全部倒掉，连最爱吃鱼的猫都不愿意闻一下，倒掉的鱼后来臭了很大一块地，那个人因此名声也臭了，后来人们再喊他，就给他的名字前面加一个“臭”字，这件事情实在是没意思。

这都是很多年前的事情了。

很多年以来，鱼洞村的鱼都是这样，莫名来，莫名去。鱼来，人开心地兜一篓子鱼回家，鱼去，人目送鱼，也是一副欢乐的样子。

但是，这不是童话吗？我们是有过童话盛行的地方和年代的。

现在，我们爱童话和美好的心思一点没减少，反而变得从未有过的贪恋和如饥似渴。

比如，我们听见哪里有好风景，我们是要去看好风景的，不管路途有多遥远，行走有多不方便，贵在险远嘛，我们会说。我们听说哪里有好吃的，我们是一定要跑去满足自己的肠胃之欲的，不管吃到那些东西要费多少周折，有意思不就在这些周折和不容易里吗？天上地下，林中水里，难度越大，才越不凡呀。

没人阻挡，甚至人们要逢山开路，遇水架桥，于是，鱼洞村里的事情，现在再也不是鱼和鱼洞村人的事情了，那是地球这个村里的村民人人只要愿意知道、愿意参与就能知道、能参与的事情。

开发。于是路穿山而来，高可连天的桥也修通了。鱼洞村的山、水、树木、石头，甚至五谷庄稼，药材草蒿子，一时都成了珍稀，据说因为鱼洞的环境好，据他们说，鱼洞村的土壤、水、空气都是比金子宝石一般贵重的东西，虽然要是给他们手上塞金子宝石，他们一定会毫不犹豫地立即用那些东西占满自己的双手，而不是再惦记鱼洞村的土壤、水、空气。其实说到底，他们下大力气做这些，最终就是为了金子宝石，因为金子和宝石是鱼洞村埋藏已久的出产，比那个鱼丰饶多了，鱼到来总有日子，而金子和宝石待在那里一动不动。人任何时候向它们伸手，它们都无力躲闪一下。

人们私底下为了金子和宝石，但面子上却是为了鱼，人们为此开发了一个节日，闹鱼节，在一年的三月三、九月九，在仲春和晚秋各举办一次，闹鱼节，就是以鱼的名义，举办一个人的节日，远方的人借由这个节日，坐着火车，汽车来了。

这一年，参加闹鱼节的人是那么多，很多大人物都来了，但这一年，鱼没来。这真是不讲理的事情，叫人吃惊的事情，也是无可奈何的事情。

这一天，失落的远不止外面来的人，连鱼洞村的人都很失落，鱼洞村人的失落里还有一种难言的恐惧和不祥，因为清法老人都想不通，一个他自打记事起就存在的事情竟然叫他看到另一种结局。清法老人最后叹息，他活得太长了，人活得太久就会被羞辱。这是一句悲哀的话，人们不知道如何安慰他。

大人都觉得沉重，只有孩子们，这天因为吃了一肚子外来商贩贩卖的和母亲的手艺不一样食物而觉得新异。

总说自己能活到100岁的清法老人在闹鱼节后无疾而终。

那些赶来参加闹鱼节的外地人都离开了，村子里安静了一小会儿就又响起巨大的机器轰鸣。那是开矿挖山制造的声响。声音大过鱼洞村人听过的所有雷声的总和，严严盖住给清法老人送葬的哭声。

闲人免进

谢志强

上海青年陈立抢先把行李放在最里边的床板上，长方形的床，紧紧地靠着墙角，离后窗还有一张床的距离。

虽然，是连队在他们这一批上海支边青年到达前造的房子，土坯屋，刷了石灰，还能看出墙壁土坯垒砌的缝隙。十二个人一间，唯有陈立支起了蚊帐。蚊帐像是屋中之屋。

住进的那一天起，除了吃饭，擦身，他就进入蚊帐，还把蚊帐放下来，压住下端。一种拒人之外的状态。他确实也不跟别人交流。

两天后，蚊帐的上端粘了一个巴掌大的字条，像个匾，毛笔字：闲人免进。

外边看，蚊帐里，陈立并没有立刻躺下，他倚着墙壁，墙壁上贴了报纸，蚊帐的一面由他的身体压在报纸上。没看书，大概是有心思吧？有时，他也起身，在蚊帐里寻找什么？又像跟什么搏斗。只是，蚊帐里，他的形象蒙蒙眬眬。

有人说：他就是个闲人，应当改为忙人免进。

渐渐地，同宿舍的人视他为不存在。可能有人将他的情况反映上去了，指导员找他个别谈话，问他的思想情况，适不适应连队的生活？他只是摇头或点头。指导员要他"跟群众打成一片"，否则，一个人闷在蚊帐里，会闷出病。

陈立说：我没妨碍别人吧？

上工他准时，收工他照常，活儿也不拖全班的后腿，就是慢点，他挥坎土曼，似乎要研究土地一样，或说，挖下去，观察土地里有什么反应？

谁也猜不透他的脑子里在想什么。不过，除此之外，他也没有异常表现。吃照样吃，睡照样睡。吃的时候细嚼慢咽，睡的时候悄无声息——他不打呼噜，仿佛生怕叫人家知道他的存在。

不合群，大家这么认为。即使在一起，他似乎也是游离在外。他没有和别人发生过矛盾。有人说：跟他吵，恐怕也吵不起来。

有一次，指导员来宿舍了解上海青年的生活情况，特意揭开他的蚊帐，观看了一遍，说：跟大家差不多嘛，这是床，不是房，闲人免进，只有你自己进，你把床铺弄得蛮清洁嘛。

有人说：我来参观下。

一旁站着的陈立，像岗哨，立刻将帐帘合拢。

指导员笑了。于是，通知陈立，安排他到种菜班。

种菜班的老班长，绰号叫独眼龙。战争年代，一颗炮弹没炸死他，弹片划瞎了他的眼。

后来，陈立在独眼龙的女儿那里，获知是班长点名要他种菜。

种菜班人员，除了班长，其他人常流动，农忙时减人，农闲时加人，主要是加强农业生产第一线。

所有的人都住在菜地旁的一个地窝子，冬天当菜窖。陈立一搬进，就支蚊帐。已是初冬，有人说：没有蚊子支什么蚊帐？

独眼龙套用陈立的话：我支蚊帐碍着你，碍着菜了吗？

陈立迟疑了，终于没支蚊帐，可是，一个星期之后，他卷起铺盖，转移到一个干打垒的房子，七八平方米，他没给班长打招呼。房子存放菜籽和闲置工具。

班长说：反正空着也是空着，你倒会找窝。

其他三位班员，认为陈立嫌弃他们脏，包括脏话。

班长说：你们这几支莫合烟把人家熏跑了。

他们说：不识人间烟火，上海人穷讲究。

那间房子，狭窄，阴暗，一个抬把子当门。陈立在柳条抬把子上糊了纸，纸上写了八个毛笔字：仓库重地，闲人免进。

确实，房子里还堆着几袋菜籽。是菜地的种子仓库。陈立将菜籽码在板子拼成的床底下，万一床不稳，菜籽也能够撑住。仿佛他也是“仓库”里的菜籽，感到自己像要发芽。不过，老鼠不再猖獗。

三位班员有想法：我们难道是“闲人”。班长资格老，说：你们干吗自愿去对号入座？

不久，连部贴出大字报，揭发陈立闹“独立王国”。甚至，牵涉到班长——是“后台”。班长说：人家一个人住，就是“独立王国”了？

陈立睡觉，听见暗处的老鼠走动，他学猫叫。有一天，老班长的女儿来了，故意说：仓库重地，我算不算闲人？

陈立说：不算不算。

老班长的女儿看上了陈立，而且，得到了老班长的认可：我一目了然，这个上海青年，是个会过日子的男人。

进入热恋。陈立的蚊帐第一次允许她进。问起蚊帐，涉及连队的传言：不合群、独立王国等。

陈立说：我爹死得早，小时候，总是妈妈抱着我睡，上中学了，妈妈要我单独睡，有蚊帐，我感到安全，我睡眠不好，常做噩梦，我妈一直说我睡相差，睡着睡着不知什么时候就抱上枕头睡了。

她说：是不是像你现在抱着我这样？

他腾出一只手，伸进她的衣服里，说：再过几天，菜地又要忙了。

她的手摁住他的手，说：仓库重地，闲人免进。

他的手不肯撤退，说：你是王国里的公主。

她说：等到结婚那天，我会让你进。

规　矩

马宝山

老垭河在山里七拐八弯流到山外滩地上，滩地叫金沙滩。滩上有一帮淘金人，把头的叫砣爷。砣爷从十三岁上就跟着爷爷爸爸到这里淘金。他送走了爷爷，又送走了爸爸，自己也就老了。

砣爷火眼金睛，他在河滩走一圈，就知道哪里是亮地，哪里是暗地。亮地有金沙，暗地没有金沙。砣爷就凭这本事淘了五十多年金子，也做了三十多年的金把头。

每年从春末开始淘金，过了中秋后天就凉了。大家每个人分到一笔钱各奔东西。有回老家与亲人团聚的，有投亲靠友的，那些无家可归的汉子就到城里去厮混。把半年挣来的血汗钱花在窑姐儿和赌桌上。钱花尽了也就到又一个春末了，两手空空再来受苦。

几十个淘金汉子，没有规矩不行，偷懒耍奸，昧良心私藏金沙，全凭砣爷的规矩约束着大家。其中有一条规矩就是在中秋散伙的时候，要办一席“关公宴”。开席前有一个仪式，很庄重。给关公爷摆上供品，再点燃一炷香，这个香叫“人鬼香”，砣爷就说话了：各位老少爷们儿，香是点上了。谁昧良心私藏沙金，现在拿出来还是兄弟，咱们一会儿一起喝“关公酒”。藏了掖了以为别人不知道，等到这炷香烧完了，别人揭出你的老底那你一个人去喝那碗酒。明年的今儿大家在你的坟头上给你烧纸。

砣爷烟袋杆儿指了指关公案上的一碗酒，那是一碗浸了蛇毒的丧命酒。

多少年了，这碗蛇毒酒一直没有人喝过。

这是砣爷定的规矩，砣爷依着这个规矩顺顺当当做了三十多年的金把头。

这天，大家正在金沙滩上沙金，山里清云寺的老和尚领着一个徒弟来了。他们在砣爷的小屋里喝了一阵茶，老和尚走了，小和尚留下来了。

小和尚为什么留下来呢?

一首乡间俗曲让大家明白了。俗曲先是在年轻人里悄悄唱:

小和尚下山去化斋，老和尚有交代:

山下的女人是老虎，遇见了千万要离开。

走了一村又一寨，小和尚暗思揣:

为什么老虎不吃人，模样还挺可爱

……

“噢——”原来小和尚春心萌动，还俗了。

没过多少天，这首俗曲在金沙滩上传开了，大家都唱:

老和尚悄悄告诉徒弟:这样的老虎最呀最厉害!

小和尚吓得赶紧跑，“师傅呀呀呀呀呀——坏坏坏。”

老虎已闯进我的心里来，心里来!

金沙滩的淘金者在这首俗曲里迎来又一个秋季，该散伙猫冬去了。按照往年的规矩，他们又要喝“关公酒”，在喝酒前那个庄严的仪式是要进行的。关公像摆上了，一炷香点燃了，一碗蛇毒酒也端上来了。砣爷照例说那一套:谁昧良心私藏沙金，现在拿出来还是兄弟，咱们一会儿一起喝“关公酒”……

大家围着香案坐着听砣爷说，砣爷一双鹰隼似的眼睛在每一个人的脸上划过来划过去。那炷香慢慢地燃烧着，一节一节缩短。砣爷看到小和尚身上瑟瑟发抖，砣爷问:

“孩子，你冷吗?”

小和尚摇头，身子却抖得更厉害了。砣爷拉住小和尚的手，挨着火盆坐下来。砣爷捂在掌心里的那只手冰凉浸心。砣爷从腰里摸出烟袋，在烟荷包里捣满烟丝，对小和尚说:“孩子，给爷爷把烟点上。”

小和尚划火点着砣爷的烟，砣爷袍子底下的脚猛地踹在小和尚的膝盖上。小和尚“咚”地跪倒在砣爷面前。这时候案上那炷香烧得只剩半寸。砣爷站起来说:“这孩子迷途知返，他要把私藏的金沙拿出来了。”

小和尚已经瘫坐在地上，砣爷说:“刚才这孩子悄悄对我说了，金沙在他肚子里。”说着砣爷掰开小和尚的嘴，从一颗槽牙上解下一丝马尾，一点一点从嘴里扯出来。一丝长长的马尾上穿着大大小小的几十粒金沙。这时候，关公像前香炉里一丝香烟袅袅地散尽了。

砣爷一挥手:“走，到饭堂喝‘关公酒’去喽。”

第二年开春，淘金的人们又聚在一起。没有来的有小和尚，还有砣爷。

人们知道，小和尚没脸再来，那么砣爷咋也不来呢?

沙帮里有明白人。明白人说：一个人定了一个规矩，却又破了这个规矩。这个规矩就没用了。没有规矩管束，谁也管不住这帮人，谁还再当这个金把头呢。

说这个话的明白人，就做了新的金把头。他想，没有规矩不成方圆，也定了一个规矩。或许新把头少了些威望，他的新规矩也就没多少约束力，耍奸、偷懒、私藏金沙的事时有发生。没有几年这个沙帮就各奔东西散去了。

骨 头 硬

刘建超

卡车疯牛般撞上来的刹那，郑直手疾眼快将妻子推下路基。

郑直被撞得如鸟一样飞起，跌落在路边的灌木丛中。

肇事的卡车呼啸着逃匿。

急救室里，医务人员围着郑直紧张地忙碌，郑直身子不能动，意识却很清楚。院长对郑直的妻子说，内脏没有问题，轻微的脑震荡。主要是腿的骨头断了，需要手术。

有人说肇事车辆已经找到，是司机酒后驾驶。

郑直的妻子摇摇头，我和郑直躲避了几次，那车就是冲我们来的。

郑直微微笑笑，对妻子说，我没事，其他的事情就给警察吧。

郑直进了手术室。

院长安慰郑直的妻子说，放心吧，嫂子。郑直的身体素质是我们同学中最棒的。手术我来做，三个小时内结束战斗。

郑直上五年级参加学校篮球队，每天早晚两次的体能训练就是长跑。从训练场到伊河桥头，跑个来回十公里，不少队员都受不了。

大头是球队的队长，个子最高，年龄也大。体能训练他耍懒抄近道，不少队员也跟着他学。

郑直从不耍懒，春夏秋冬扎扎实实跑完训练科目。

郑直打的是组织后卫，他运球过人技术好，他的远距离投篮也很准，被队员们称为“小钢炮”。只要参加比赛，郑直远投的篮球在空中画着抛物线，“唰”地应声入网，总会引来观众的欢呼声。

郑直上初中，参加县里的中学生篮球比赛。

郑直的镇中学代表队根本不被看好，谁知这群没有统一队服的孩子却过关斩将，打入半决赛。

郑直更是成为运动员中的焦点人物。

半决赛的前一天晚上，有几个人找到了教练。

来人提出条件，只要镇中学放水，在半决赛中输球，给每个队员五十元钱。

五十元钱，在当时可是一笔很大的财富了。教练默认妥协，孩子们太需要这笔钱了。

队长大头把大家召集到一起，说，进不进决赛对我们都一样，反正就是发个奖状。可是有了钱，我们就可以换统一的队服和球鞋了。

大家都点头，只有郑直不同意，凭本事认输赢，作弊，我不干。

比赛场上，队员屡屡失误，军心涣散。几乎是凭着郑直的一己之力苦苦支撑。最后时刻，郑直连续的远距离抛投发发命中，一分险胜对手。

回到镇里，大头带着几个队员，把郑直堵在街角。几个人一通拳脚，郑直被揍得鼻青脸肿。

家里问他怎么回事，郑直梗着脖子说，没事，打球碰的。

郑直大学毕业，分配到市政法部门工作。

当年的大头是县里第一批房地产开发商，几处地理位置优越的小区都是大头公司开发承建。

大头约了当年几个一块打球的同学聚会，郑直也去了。

席间说起当年为了钱故意输球的事，大家都当成笑话听。

大头说，郑直，你知道不，你最后时刻的远投得分，彻底断送了我们几个要买双回力鞋的希望。当初，你的球鞋也是磨得露脚尖啊。看看现在，就我这一身衣服就几万块，手上的表五万八。县里的头头脑脑也和我称兄道弟，不信，我现在就打电话让县长来给你们敬酒。

大头还真打了电话，县长也真的就到场给大头敬酒。

郑直浑身的不自在，借故离席。以后再有这样的聚会，郑直都借故推辞。

大头说郑直不识好歹，两人联系也就淡了。

郑直任市监察委主任后，接手了几个案件，其中就牵涉到故乡县里的一个领导。

郑直没有想到，多年不联系的大头居然进了他的办公室。

没有过多的寒暄，大头直奔主题，高抬贵手，放当事人一马。市中心的三室两厅精装修房，算我这个当伯的送大侄子了。

大头把一串钥匙放在郑直的办公桌上。

郑直说，既然我们是老同学，我的态度三十年前你就该了解啊。

大头不悦，说退一步海阔天空，你就退一步吧。

郑直指指背后墙上挂着的党徽说，看到了吗？我的背后是党纪国法，我无路可退。

大头悻悻离去，甩出一句话，这年头什么事情都有可能发生。

儿子周末回家，对郑直说，学校门口有几个人围着他，问他是不是郑直的儿子，还说些他听不明白的话。

郑直和妻子多了警觉，孩子周末回家，他们都亲自去接送。

监察委办理的案子很快就有了结果，几个当事人都受到处理。

车祸就发生在案件了结之后。

五个小时过后，手术结束，郑直被推出手术室。

妻子焦急地问院长，手术时间这么长，有问题吗？

院长说，没问题。郑直这家伙，骨头太硬。

郑直笑了。

漫长的爱情

邢庆杰

接到扣扣的电话，我吃了一惊，这个五十出头的老光棍，居然要结婚了。他在电话中反复强调，只请了几个早年的文朋诗友，让我务必按时参加。

扣扣是八十年代的一个诗歌爱好者，常以诗人自居。那时我初中毕业辍学，在老家一边侍弄责任田，一边追逐着文学梦想。我和几个热心文友自发组织了一个文学社团，陆续有五六十个文友加入。扣扣在这些人里，本来并不起眼，他是因为一个惊人之举，让大家一下子记住了他。

那是1989年初夏，那天我在家看书，文学社社长王三石推着自行车进了院，他进门就喊："快跟我去乡卫生院，扣扣喝药自杀了。"我吃了一惊，赶紧推上车子，和王三石一块儿骑行在乡村土路上。

文学社有个文友，叫叶剑梅，写诗，有几分姿色。不知从什么时候起，扣扣和她谈上了恋爱。到了谈婚论嫁的时候，叶剑梅的父母悄悄去看扣扣家的宅子，回来后就把女儿关起来了。扣扣家只有三间低矮的土房，家徒四壁。叶家提出条件，想娶叶剑梅可以，但必须盖五间红砖到顶的新房。扣扣和他常年有病的母亲相依为命，穷得叮当响，别说五间，半间也盖不起呀。这桩婚事拖了一年后，叶家就把女儿嫁给了他们村长的儿子。扣扣知道后，痛不欲生。恰在这时，又传来了他崇拜的诗人海子卧轨自杀的噩耗，双重打击之下，他喝了半瓶"乐果”自尽。

我们赶到乡卫生院时，扣扣已经被洗了胃，救了过来，像一摊泥般蜷缩在床上。他消瘦的丝瓜脸上是一副沮丧的表情，见了我们也不说话。

扣扣的身体恢复后，对外宣称不写诗了，要混出个人样来，让叶家人看看。此后，他淡出了文学圈，但偶尔也有他的消息传过来，他贷款办了养鸡场，后来又办了养猪场、养鱼场……

2000年秋天，我忽然接到了王三石的电话，说扣扣要请文友们聚一聚。那时，我已经在市里一家新闻单位工作了。

按照王三石提供的地址，我驱车赶回县里，几经打听来到了扣扣的老家寇家庄。

扣扣家是一个漂亮的四合院，正房是五间起底的二层小楼，东、西、南屋，全是水泥灌顶的平顶房，天井里全部硬化，用的是防滑瓷砖，屋里的家具电器全部是新的。门口，还停了一辆崭新的轿车。看来，他搞养殖成功了。

这次扣扣请客，是为庆祝他的诗集《爱的誓言》出版。我们一进门，每人手里就被塞了一本印制精美的诗集。

酒宴上，已经三十多岁的扣扣意气风发，浑身充溢着成熟男人的魅力，与当年蜷缩在病床上的那张丝瓜脸判若两人。席间，我们知道他还是单身时，劝他尽快考虑一下婚姻大事，凭现在的条件，找女朋友不是问题。

扣扣倒满了一杯白酒，站起来对大家说：“我发誓，这一辈子，如果我结婚，新娘一定是叶剑梅。”言毕，他将酒一饮而尽。之后，他又倒满了一杯酒说：“这一杯，还是我敬大家，我要宣布一件事，现在日子过好了，有了闲情逸致，我要重新写诗了。”说完，又将酒一口干了。我们也都上了情绪，都把满满的一杯酒干掉了。那是二两半的杯子呀！

那一天，我们都喝了很多酒，为扣扣高兴，也为他对爱情的专一担忧。王三石告诉我，叶剑梅的丈夫搞了个粮食加工企业，也成了大老板，不比扣扣差，他这辈子想娶叶剑梅，有些悬……

此后的若干年间，我再也没见过他，只是他的好消息不断传过来：他进城了，开了一家广告设计公司，买了一套楼房，买了宝马车，又买了门市楼……他的诗歌上了《诗刊》《星星》……

这次扣扣的婚宴，几个文友重逢，酒桌上肯定会有一场厮杀。目前对酒驾查得严，我决定坐大巴回去。

在车上，我反复思考一个问题：扣扣这次娶的，是不是叶剑梅？肯定是？又不太可能……我纠结不过，就拨打了已经升任县委宣传部副部长的王三石的电话。

王三石告诉我，扣扣娶的还真是叶剑梅。这几年，叶剑梅的丈夫经常在外寻花问柳，夜不归宿。叶剑梅干生气，管不了他，想到还苦苦等待她的扣扣，就主动要求和丈夫离婚。她那浑蛋丈夫正想换个年轻的小媳妇，不但痛痛快快地答应了，还分给了她一笔不菲的财产。这次，扣扣不但实现了当年的誓言，还人财两得……

挂断电话，我闭目养神。想到扣扣历经三十年的爱情长跑，不由心生慰藉。

寻 宝

薛培政

夜半时分，山村一片寂静。

陶金贵拜过财神，又手持铁铲，肩背箩筐，朝蛙鸣谷摸去。

刚入谷口，猫头鹰叫了。“呸！呸！”他懊恼的啐两口唾沫，还觉得不解恨，又捡块石头砸过去。

那年冬天，他的魂像被张瞎子的评书勾走了一样，天天半夜往蛙鸣谷跑。

“难不成中邪了？”家人见他双眼无神，脸色灰败，人不人鬼不鬼的，忙请跳大神的三仙姑来驱邪，没等仙姑施法，就被他轰出门去。又请老族长出面，连劝三天，他铁了心不回头，老人摇头晃脑地叹息着走了。

地荒了，家败了，老婆心凉了，招呼也没打，带着孩子远走他乡。

陶金贵痴迷到发疯，三天两头去拜张瞎子，瞎子经不住他缠磨，打发道：“相传有支绿林武装盘踞蛙鸣谷多年，兵败之前，将大批珍宝埋藏在山中，放一对金蟾为号，只待深夜击掌，听见蛙叫一样的回音，就找到藏宝的洞口了。”

陶金贵深信不疑，昼伏夜出，地老鼠般挖来挖去，累折胳膊累弯腰，连根毛也没捞着。

眼看着村里盖起一座座新房，他那两间孤零零的土坯房，越发显得破败而孤寂。驻村工作队入户采集信息，不见他人，走访邻居，对方嘴一撇：“他家穷得连老鼠都不愿串门，哪像个过日子的人家！”

村里将其纳入建档立卡户后，谁也不愿包这个“刘阿斗”。

他寻宝将家折腾贫后，心也跟着贫了。那天，他接过发的低保金，转身进了酒店，胡吃海喝撑得胃出血。末了，还得村里打发住院费；帮他栽种的树苗干枯在地里，扶持给他的畜禽早饿得跑没影儿。

咋摊上这么个主儿？村干部气得怒怼他：“你啊，就是块糊不上墙的烂泥巴！”

“烂泥巴糊不上墙，那是没找对瓦匠，就算他是块石头，咱也得把他焐热！”前年底，第一书记梁海接手了。

梁海去家几次，连个人影也不见，打电话聊不上两句，他就挂了。梁海不急也不火，瞅准时机堵个正着。

谈扶贫的事，他哈欠连天眼皮耷拉。听到“靠山吃山”，他来劲了，猛然抬头问：“梁书记，听说你是学地矿勘测出身的，你看这山上有没有埋过宝贝？”“有，肯定有！”他看梁海的表情，不像讽刺，更不像玩笑，那暗淡的眼神立刻闪过一丝光亮。

梁海话锋一转道：“不过，你乱打乱撞不行，得听我的！”

寻宝心切的他，就像输红眼的赌徒，一把握住梁海的手道：“只要能找到宝贝，你让俺向东俺绝不向西！”

“你说话算数？”梁海盯着他问。

“谁反悔是这个！”他忙不迭地用手比画个王八。

“那好，跟我来！”梁海前脚走，陶金贵紧跟后。满脑子想着寻宝的他，被领到一养羊户家，正赶上肉联厂来购羊，看着户主大把数钱，梁海把他推到跟前，他看得眼都直了。

梁海趁热打铁，拍着他的肚皮道：“要寻宝，得先把这儿填饱，等吃穿不愁，再寻也不迟！”

随即，帮他承包了300亩荒山，协调低息贷款建起小型养殖场，购买10头小猪，5只山羊，100只小鸡，还栽下200棵果树。并签下协议，赚了是他的，赔了，梁海兜底。

陶金贵终于安稳下来，梁海长吁了一口气。

谁料，半月不到，他嫌累，还嫌来钱慢，撂挑子了。

那天半晌，梁海和村主任去镇里开会，顺道过来看看。还没走近养殖场，就听像炸了锅一样。跟前一看，圈里的猪、鸡、羊饿得乱叫唤。俩人从窗孔往里瞧，见他正躺在床上打呼噜。

村主任气得踢开门，一把将他揪起道：“说你糊不上墙，梁书记还不信，你就甘愿混下去？等大伙都脱贫奔小康了，你这脸往哪儿搁？”一顿猛剋，臊得他耳根子都红了。

第二天，陶金贵早起，见门前隐隐约约站着一人。他揉揉眼仔细看，吃惊地问道：“梁书记，你这是——？”“我来与你做伴！”他这才看清梁海带的铺盖卷。“这咋使得？使不得——”他急得话也说不囫囵了。

梁海住下来后，一有空，就帮着干这干那，顺带就把他“监督”了。被梁海

“挟持”后，陶金贵再不敢马虎。那天夜里，暴雨倾盆而下，养殖场被洪水围困。手足无措的他，见梁海手持铁锹冲出去，顿时便胆儿壮了，俩人开沟排水，养殖场安然无恙。

望着浑身沾满泥水的梁海，陶金贵愧疚不已：“梁书记，这些年，俺自己都嫌自己混得窝囊，只有你把俺当人看，再干不好，俺是孬种！”

他天不亮就起来打猪草、拌猪食；精心饲养鸡群；下雨天还披着蓑衣放羊；从山下担水浇果树，肩膀磨破也不歇。

到年底，10 头猪出栏，加上卖鸡蛋和肉鸡，5 万多元入账。他乐得嘴都合不上。

梁海趁机帮他找回妻儿。见了面，老婆揶揄他道：“本事恁大，咋不上山寻宝了？”他嘿嘿一笑：“梁书记帮俺找到打开‘致富门’的金钥匙，这宝就攥在手心里，俺还要大干一场哩！”惹得在场的人都笑了，那笑声响彻山谷，连回音都充满了底气。

挂在故乡的钥匙

欧阳明

吃过早饭，老栓取下挂在床头墙上的那串钥匙，就出门了。

钥匙总数 36 把，老栓早已牢记于心。钥匙是湾里 26 户人家委托给他的。

湾里一共 27 户人家，现在家里还住着人的，就老栓一家了。说是一家，其实就老栓一个人。老伴前两年患肝癌走了。老栓倒想不通，农村山清水秀的，吃的菜和粮食，从没打过农药，咋也会像城里人一样，患个病就是癌症。

老伴走后，儿子和女儿劝老栓进城去一起住。老栓想去，毕竟一个人待在偌大一个湾里，连个说话的人都没有，太闷。但他走不了，那串钥匙拴着他。

老栓觉得，做人，必须讲信用，答应别人的事，哪怕是磨心，也得穿过去。就对儿子说，等哪天大家把钥匙都拿回去了，我就进城。

26 户人家，最初是年轻人去外面打工，后来挣钱了，在城里买了房，就把家里的老人和孩子接走了。仅仅是每年清明和春节才回来。26 户的房子都是砖房，有的才建成几年，最少的花了七八万，最多的花了几百万。人走了，房子却搬不走，里面的家具，样式老旧，搬进城也没地方放，送人吧，没人要，烧了又太可惜，毕竟是钱买的哩。最好找个人看着。找谁呢？只有老栓。那时老栓还不想进城，说城里喝口水都要钱，空气也没乡下好。

最初给老栓钥匙的不多，就几家人，后来越来越多，不得不用一根长长的铁丝穿起来。

每天，老栓都要把那些房子巡查一遍。

大家觉得给老栓添了麻烦，说每年给他点钱。老栓不收，说，钱，我不缺。

老栓说的是实话。儿子女儿给他的钱，都不知道干啥用。

大家过意不去，回来时就给他送烟送酒。老栓还是拒绝。说，医生说我不能再抽再喝了。叫他拿去送人。说，送谁呀？我又不求人办事。

你这样我们过意不去啊。大家说。

一点小事，千万别放心上，放心，房子我会给你们看好的！

昨晚下了点雨，路很湿滑，老栓走得左摇右晃的。他从邻居老杨头家开始查看。先看大门上的锁有没有动过的痕迹，然后再开门进去，每间房每间房地看掉没掉什么东西。

一连看了25户，都没异样，老栓心里踏实多了。但他还不敢彻底放心，还有最后一家。

最后一家的房子三楼一底，有车库，花园，比城里有些别墅还豪华气派。

房子是江娃子的。为了回家方便，江娃子花两百多万，把进村的土路修成了水泥路，天晴落雨，都能过车，大家都说他好。江家最值钱还不是房子，是房子里的那些家具，全是红木的，据说一把椅子就几十万，每次查看，老栓都丝毫不敢大意。

江娃子从小调皮捣蛋。八岁那年，他和生产队长儿子打架，输了，居然一把火把队长家的房子烧去了一大半，把爹给活活气死了。初中还没毕业，他便出去了，从此生死不知，直到三十年后才回来。回来已是省城什么公司的大老扳，屁股后面跟了一大群人，里面居然还有本县的县长。

江娃子家除了院门和大门，屋里每间房也装了门，共10道，全是防盗的，都得用钥匙开，每次查看都得花上半个多小时。

老栓每把锁每把锁看了，无异样，再每间屋每间屋看了，也无异样，心才彻底放平。

从江娃子家里出来，已近中午，老栓开始回家，手上的钥匙，一路上发出哗哗的响声，仿佛在和老栓说着什么。

以前，出去的人清明和春节都会回来，近几年，不知什么原因，有些不回来了，连过年都不回来。有几把钥匙，几年都没拿去用过了。怕钥匙生锈，老栓每月都要用猪油擦一次。

江娃子自从修了房子后，年年清明和春节都要回来。每次回来，天天都要请老栓过去吃饭，每顿都安排他坐上位。老栓先是推辞。江娃子不依，说，您年纪最大，辈分最高，您不坐我哪敢坐呀！

从小偷油，长大偷牛，都说人从小就能看到大。可老栓做梦都没想到，江娃子居然会比自己上过大学的儿女还有出息。老栓觉得自己的确是看走眼了。

转眼就到了四月。一天，老栓查看完房子，前脚刚进院坝，后面就来辆小车。

小车里下来的，居然是江娃子。

栓叔，我来拿钥匙，回来时走得慌忙，忘带了。江娃子说。

你怎么回来了？还不到清明呀！老栓有些奇怪。

回来办事。江娃子说。

江娃子回了趟家就走了。走时居然没把钥匙送回来。老栓很纳闷。

两天后，江娃子又回来了。

见面，老栓就问他，你是不放心我给你看屋子了吗？

江娃子呵呵一笑，说，栓叔，你误会了，我这次回来，就不走了。

为啥？老栓很惊讶。

春节吃饭时，您不是说，湾里的那些地都撂荒了，太可惜，要是有人来承包就好了吗？我这次回来，就是要搞个农业开发公司，把地全租下来，让大家回来一起挣钱。

真的？

现在国家不是要振兴乡村吗，这两天，我找了县长，说有政策支持的。

你娃做了件好事啊！老栓笑着跷起了大拇指，抬头朝田野望去，仿佛看见漫山遍野的杂草，一下子变成了绿油油的庄稼。再回头看了看手中的那串钥匙，心里嘀咕道，你们啦，很快就可以物归原主了。

拍不好的镜头

符浩勇

采访车颠簸了三个多小时，在弯仄的山路上爬行了三百多里路，终于在一排简陋的建筑物前停下了。这就是鸡嘴岭乡政府，是我们这次县电视台“劳模风采”专题摄制组的最后一站。要不是这次出了一个劳模教师，一般谁也不会提出到这个地方来采访。

乡政府秘书老林等人在大门外恭候多时，日头已半天高了，个个已是汗流浃背，却还是满脸喜气地把我们迎进了简陋的办公室，屋里守候的忙着拿上椅凳，端上热腾腾的茶。寒暄了一阵后，我们提出要去乡小学校看看劳模张老师。“啊呀，不巧，张老师的老母亲身体不舒服，一放学他就赶着回去了。”老林说。

我们明显因为张老师的傲慢而不快，但还是悦色问，张老师家离这里近吗？近的话，我们可以赶到他家里去拍几个镜头也好。

老林引我们走出乡政府办公室门口，手指了指对面朦胧的大山说：喏，张老师家就在那山腰上。

我们定睛看去，果然见对面迷蒙的大山上散落着一些青瓦白墙的民房。我们中有人说这些房子是怎么建造的，莫不是飞腾上去的？或者是神仙下凡给造的。老林说，你们看见的这些房子仿佛就在眼前，可是隔着三道半山梁，快走也要半天呢，要当面采访他要等明天了。老林接着叹口气说，也难为了张老师，家里农活要顾上，学校的课也不能落下。这几十年，他就是这么山上山下地跑，硬是教出了那么多孩子上大学。

当天夜里，我们在乡政府招待所住下，并不忘做好采访的侧面佐证，不少人感叹，就张老师为了孩子山上山下地跑，不知磨破了多少双鞋子！这些年洒下的汗珠也可滋润路边的山花。张老师的劳模，完全是靠一步一个脚印走出来的。

次天一早，我们匆匆用过早饭，便踏上了山路。刚走过第一道山梁，我们就开始停停歇歇的，有一搭没一搭说着话。攀上第二道山梁时，一边是陡峭的石壁，一边是万丈悬崖，我们已是屏声敛气，心悬到了半空。爬进第三道山梁了，我们出了一身热汗都顾不上擦，备用的水几乎喝完了。到达半山腰时，老林领在头里，看到远远的雾地里，晃动着一个人影，喊了声：“喂，谁在那儿呀？”那边粗着喉咙搭话过来：“我呀，乡小学的老张。”老林一阵欢喜，紧跑着步子迎上去。

我们顿时松了一口气，走近才看清是一个老农模样的人在地里忙活着。大家都想不到这个人就是带出了二十个大学生的教师劳模张永光。从他的身上，唯一能嗅到教师味道的是一双闪着智慧的眼睛和一件口袋里插着两支钢笔的旧皱的白衬衣。

老林介绍说：“县电视台的同志来采访你，给你拍录像，要上电视呢！”

张老师眼里闪过一丝亮光，嘿嘿笑了几下，搓着手说：“辛苦你们了，到屋里去坐。”

张老师的家陈设简陋，是一个典型的山里农家，屋门口的一个土篱笆围成的小院里，一个老太太就是张老师的母亲，正在抛谷子喂小鸡。老林还告诉我们，张老师的妻子前些年得了急病，来不及送医院，早走了。他的一个儿子在外面城里打工，一个女儿还在读高中。家里的一切都要张老师一个人撑着。

在文字记者采访张老师后，我们便把场面稍微布置了一下，让张老师坐到墙边的桌子旁，手里捏着一支钢笔，做成批改作业的状态。这时候摄像师的镜头对准了他，灯光打开了，满屋子照得白晃晃的，摄像师说了一声："准备，开始。"打开了镜头。张老师忽然一下子跳起来，满脸尴尬相："我拍不好的，我拍不好的。"我们便劝张老师放松一点，尽量做到跟平时一样，接着，让他重复来一次。可当灯光一打开，他又说："我拍不好的，我拍不好的。"他伸出一双粗糙的手连连摇摆。我们只好停了下来，让老林去做工作。老林脸涨得通红，满头汗水地把张老师拉到一边，做了半天的思想工作，张老师总算配合了一次，可是最终拍下来的他还是一脸拘束不自在的样子。

回到县城，我们忙碌了三天，"劳模风采"专题节目制作终于接近尾声，我们谈起采访张老师拍录像的模样，不禁感慨了一番：难得一辈子扎根山村！可等到取舍张老师这一节镜头时有些为难了，台里领导说："不好取舍的镜头都剪掉吧，只要有他一个镜头就行了。"

当我们完成剪掉张老师的那些难堪镜头时，忽然接到一个从鸡嘴岭政府打来的电话：张老师死了。

我们惊骇得说不出话来。怎么会？……我们离开时，张老师他不是还好好的吗？

老林电话里悲痛地告诉了我们事情的原委：那天，我们采访组走后，张老师的老母亲吵着要看看电视里的儿子。张老师上了电视，他心里也很激动，便盘算着购买一台黑白电视机。昨天，他到附近的镇上办事，顺便捎带了一台电视机回来，路上搭了一辆拖拉机回家。不料在这条山岭上，九曲十八弯，拖拉机翻落进几十米的山沟里。在救出两个小孩后，张老师却再也上不来了。

采访组的人全流了泪。我们坐到机房里，拿出那盒录像带，看了一遍又一遍……电视里张老师一双粗糙的手挡在胸前，他说："我拍不好的，我拍不好的。"我们久久地静得出奇，谁也不再说话。

生　存

戴　涛

我们就把他叫作男人吧。

男人就读于一所全国知名的大学，学的是中文，毕业后顺理成章地进入了某市某区的政府办公室。男人在学校就是学霸一枚，所以在区的区府办里写点锦绣文章当然不在话下，男人便觉得工作很轻松，人一轻松了吧就会去想再弄点什么事来做做，男人自然就想到了两件事。

第一件事与生理有关，男人想要一个女人。第二件事与心理有关，男人想写小说。做这两件事的顺序男人也是分得很清楚的，所谓“大丈夫修身齐家然后治国平天下”。所以男人先是写了封信（也可以叫情书），这封信情意绵绵却又不显得卑微，信是寄给一个叫薇的女人，她是男人大学的同学，根据男人的分析判断，这个女同学在读书时对他还是有点意思的，结果很快验证了男人的判断，三天后男人就收到了她的回信，信中的口吻比他还要热烈，于是她就成了男人的女人。

得到了女人的男人春风得意，自信心爆棚，便决定开始第二战役写小说，而且他决定不写短的，要写就写长的，没有个几十万字拿不下来，因为他在上大学时就知道什么叫“一本书主义”。就这样男人愉快地决定了写长篇小说，男人知道长篇小说可是历史的画卷，可他心中还没有什么历史可言，于是男人决定去市图书馆里找。

从此，每个周末男人坐车上图书馆找历史，女人便在家里洗衣做饭等着男人归来。这样的日子整整过了三年，男人感觉历史找得差不多了，该开始动笔了，他计划着每天晚上能写上一千字，用一年的时间将初稿拿出来，就在这时候，办公室主任将他叫进去并且意味深长地对他说，“年轻人，组织上很看好你哦，要给你压压担子啰”。结果，他原来在单位就能轻松搞定的文字工作，变得还要带回家来继续搞。

每天晚上，男人和女人早早地吃好晚饭，然后男人开始完成办公室的文字，女人开始批改学生的作业，每次男人做完办公室的工作，起身伸个懒腰的时候，女人也恰好批改好作业，随后女人便会走到男人的跟前说，“亲爱的，早点休息吧，小说又不是硬任务，以后再写吧”。女人说这话其实是想提醒男人你还有一项硬任务哪，结婚多年了，总该有个孩子了吧。男人听懂了，可是装糊涂，“你先睡吧，我的小说可也是硬任务噢”。女人便默默无语去睡觉，男人硬撑着开始写小说，写着写着也就睡过去了。

这样的日子男人熬了两年，这天一上班，主任就将他叫了进去，拍拍他的肩膀说，“年轻人，祝贺你，科长的任命批下来啦”。晚上回到家，男人将这一喜讯告诉了女人，女人听完眼里闪烁着泪花，“太好了，我去做几个菜庆祝庆祝吧”。吃完了饭，女人含情脉脉地看着男人问，“今晚你就不写了吧？”男人想了想说：“不行，小说快要收尾了，我要争取来个双喜临门。”

第二天上班的时候，男人总是有些坐立不安，因为他在为这部小说究竟叫什么名字而苦恼，直到下班回家的路上，他望着车窗外来去匆匆的人群时，他突然觉得小说应该叫《生存》。

男人想今晚可不要再写了，该放松放松啦。男人迈着轻盈的脚步走进了家门，却发现女人不在。男人给女人打电话，电话关机，男人给女人的父母打电话，她父母说不知道。男人又给女人学校的校长打电话，校长说，女人因为精神不太好，已经请了一个月的假。

男人崩溃了，他一连三天三夜不吃不喝不睡，可还是等不到女人的任何消息，第四天，男人到单位就做了一件事，递上辞职申请书，然后回家将小说稿一把火烧了，离家开始寻找他的女人。

村妇是个哲学家

王海椿

宛教授是个有意思的人。

他是教哲学的，已退休。但人退心没退，还对学问感兴趣。前段时间，写一篇论文，已写了一大半，却放弃了，倒不是完全写不下去了，而是觉得缺乏新意。他决定到乡下住一段时间，换换脑子，说不定会柳暗花明又一村呢。

宛教授的老家就在乡下，苏北的麦地村，老宅子是两间低矮的小瓦房，连着一个更小的小瓦房，算是锅屋。家乡变化大，几乎家家是高大的楼房了。他家的小房子孤独地卧在村尾，像是风烛残年的老人，又像是一帧岁月的影像。

锅屋是土灶，这反而让宛教授感到亲切。他就常出去拾些树枝、杂草等，作炊之用。五六月份，正是毛豆上市之时，新鲜、饱满。他常煮盐水毛豆吃，品咂着故乡的味道。

宛教授穿着本就不讲究，出去捡柴火就穿以前的旧衣服。一次他在路边拾树枝，一帮孩子路过，走到远处，突然回过头来冲着他喊：教授教授，拾草煮豆。边喊边跑，明显在嘲弄他。

宛教授几十年中回来次数不多，村里的年轻人大多不认识他了，更别说孩子。他们显然把宛教授当成可以随便戏谑的老头。宛教授想起小时候，他们这里有个人在国军食堂做过伙夫，曾被当作“坏分子”。这人叫严术道，有的孩子有时就会结群跟在其后面喊：术道术道，没术没道。以此取乐。

宛教授笑了：此时的我，其实相当于当年的严术道。教授，只是个符号。那么我这个人在家乡，是自我、本我，还是超我呢？

宛教授的邻居是刘来富家，按庄邻称呼是宛教授侄子，在外打工，媳妇董二花在乡小学校打工，家里还种着十几亩地。

董二花不识字，但麻溜、勤劳、泼辣，待人和善，对宛教授也很礼貌，一口一个“大爷”。

宛教授注意到，董二花喜欢和村里人看上去没用的人交朋友。什么叫没用的人，就是老实的，头脑有点“整”的。这里却大有奥妙。一、她们在村里属于下等公民，到董二花这里赢得了尊重，会心甘情愿替她做事——董二花一个人种十几亩地，时不时需要帮手。二、她们心眼直，没脑筋，董二花对她们不用设防。三、董二花甘把自己降格为同类人，让对方觉得是可靠联盟。有一次，她和刘小保媳妇在收玉米，有人随口夸她能干（当地礼节性恭维话）。她说，你看我像能干的人吗？我要能干，世上能干的人都死光了。

网络语，董二花这叫自黑，做人上，叫自谦，书面语，叫自嘲。宛教授称之为表面自我否定。董二花的这种否定，其实是为了得到别人的肯定，但肯定的不是其“否定”，而是其否定背后隐含的肯定。

——这个董二花，简直就是个哲学家呀！宛教授啧啧。

董二花在乡小学食堂是负责买菜洗菜切菜，为厨师打下手的。有一次，后勤主任批评她切菜有点马虎了。这个后勤主任是本村的，宛教授也认识。董二花在家门口说这事，“他能什么？除了拿笔杆子拿不过他，我什么不如他！有本事丢掉那工作和我走出去瞧瞧，提鞋担担随他选！”

宛教授在意的，不是此事的前后原委，而是董二花的言语——这会儿不再自我否定了，而是自我肯定，甚至进入“超我”境界了，也就是尼采说的“超人”。

董二花养了十几只鸡，平时是关着的，傍晚“放风”。今年春上，西邻陈二婶说董二花家的鸡钻她家菜园子，把刚出荚的萝卜秧子吃了，让董二花放鸡时看着点。董二花从厨房出来，用手比画着，指着存在与不存在的鸡骂开了：“你作死了，哪里不能去，要跑到人家去？家里园子不够你吃的吗？天天喂你，你还跑到别人家园子里吃，你不知道那是人家的吗？吃自己家的没得说，旁人家的，怪人家说话吗？”骂得陈二婶反而觉得难为情了。

鸡，当然是不懂人言的，董二花虽不识字，随口就能说寓言。她的寓言有两层意思：一、鸡们，我晓得你们听不懂，不是说给你们听的，我是做样子给陈二婶看的。二、陈二婶，你也听到了，鸡都被我骂成这样了，你一个大活人，还要跟鸡计较吗？

没有文化的董二花，却把哲学“活用”得炉火纯青。但宛教授又思忖，这些，只是自己想想而已，董二花并不会想得这么复杂，她连“哲学”这个词都不知道。而自己总结的，对董二花也并无什么用。

他摇摇头，剥了几粒毛豆丢进口中，边嚼边自语：教授教授，拾草煮豆。

墨色楚途

丁肃清

太阳就是个大火球，把大地烤得十足的灼热。一眼望去，广袤的旷野无边无际，看不到有农夫耕作的身影，这天气实在是太热了。

墨子走得饥渴难忍，他蹲下身来，薅了一把路边的荆草塞在嘴里嚼，吞咽着滚烫的液汁……已经走了七八日了，他知道离楚国的郢都没有多远了。他此行的目的，是要劝说楚惠王止战，劝他不要去攻打宋国。他觉得此行很有可能实现目的，一则他和楚惠王是老熟人，能说上话；二则他有名望，并不比孔丘先生逊色，非儒即墨，这是当下天下人对他的评介。

火火的太阳下，他的脸庞更显得黝黑，搭上他穿的那身黑衣服，在耀眼的光里行进的他，看上去就像是一个黑色的霹雳。他是光着脚丫子走路的。多少年来，赤脚走路早已是他的习惯。

他实在是走不动了，两只脚疼得如刀割一般。他坐在地上，抚摸着磨满厚茧的两脚，厚厚的茧子都磨破了，流血了。他从衣服上撕下两个宽宽的布条，裹在脚上，站起身试着走走，疼痛减轻了许多。接着走吧，趁暮色渐浓，有凉爽的微风吹过……

到郢都的时候，他掐指算了算，自己整整走了十天的路。心想，先不去见楚惠王，先见见他的老朋友公输班，因为公输班是鲁国人，又是天下闻名的大木匠，所以世人都称他鲁班。他是被楚王慕名请到楚国，为楚国打造了一种攻城的工具叫云梯，竖起来高得简直就像到了云彩里一样。这让各国都胆战心惊，尤其是宋国，被这种武器吓坏了。

墨子见到了鲁班，鲁班猜到了他的来意，但还故问：“老朋友啊，你怎么大驾光临来这里了？”

墨子说：“哎呀，没有办法，我前来找你是想让你帮我一个忙。”

鲁班说：“我能帮你做什么啊？尽管说，尽管说。”

墨子说：“我是想让你帮我去杀一个人。”

把鲁班说得十分惊诧：“抱歉，这个事儿，我可是帮不了你。”

墨子话归正题，一脸的严肃：“你帮不了我，但是你为什么要帮着楚国杀人？你造了云梯，城破门开，多少百姓要生灵涂炭？”他的话把鲁班说得自知输理：“这、这是楚王叫我这么做的，我也是没有办法啊。”

墨子说：“这样吧，你领着我去见见楚王。”他和楚王不是没打过交道，他曾经和楚王讲道理，楚王说他讲得有道理，但都是用于平民百姓的。而他是这么解释的，不管是谁提出的建议，行之有效就应该采纳，比如药，不过是一把草根，天子吃了可以治愈自己的病，难道会因为草根普通而拒绝吃药吗？那一次，他把楚王说得是口服心服。这一次来劝说楚王，他更是信心满满。

鲁班应允，他们一起来到了王宫大殿。楚王待之以礼，与墨子谈治国理政，交谈甚欢。墨子给楚王讲了一番“非攻”的大道理，楚王对此早有所闻，但还是耐心听着墨子的讲述。一旁的鲁班暗自发笑，他承认这位墨先生口才好，能说，他知道墨先生说话的特点，习惯弯弯绕，绕来绕去总是把人绕进去。

不出其然。他切入了来意：“听说大王要去打宋国？我觉得不可为之。”楚王说：“哦，先生你对此有何高见？说来我听。”

墨子就说一鼓作气说了一番话：楚国啊，你想想看，楚国的国土大吧，方圆五千里，物产丰富。那宋国就五百里的小国，人又很穷，地也贫瘠，打下它不就是填一个累赘吗？再说了，楚王你坐的是华贵的马车，还稀罕别人的破车？你身上穿的是绣花锦衣，还要抢别人的破衣裳，这真是有点掉价。所以，攻打宋国这般劳民伤财的事，你应该不会去做的。

一番话把楚王说得连连点头：“说得有道理，有道理！”

鲁班急忙插言道：“楚王啊，不攻打宋国，那我造的云梯不就白费功夫了吗？”

“哦。”楚王又有些犹豫了。

墨子急了，黝黑的脸上，一双明亮的眼睛显得更大。“你有云梯，你能攻，我能守，你也是打不败我的，咱们现在就比试比试！”

鲁班不甘示弱，比试就比试，也不是没有和你比试过，前几年你墨先生造木鸟三年才造成，飞了一日就掉到地上了。而我削竹子木屑做成鹊，做成后飞了三天没有落下来。来来来，比试就比试。两人的较劲让楚王也来了兴致，要看看他们到底是谁输谁赢。

墨子解下腰带在地上围成了一圈，“这是城墙”，他又找了几个木块支在腰带的周围：“这是你的攻城器械。”两个人就郑重地比画了起来。

“我现在用云梯攻城。”

“我用火箭烧云梯。”

“我用撞车撞城门。”

“我用滚石檑木砸撞车。”

“我挖地道攻城。”

“我用烟火熏地道。”

……

几招下来，鲁班皆败。把观局的楚王看得哈哈大笑，连声夸奖墨先生本事高，高人一等。

鲁班红着脸，有些扫兴，但他还是诡秘地一笑：“我还有打败你的办法，但我就是不说。”

“我知道你还有什么办法。”墨子仰着头，眯着眼睛，不看他。

他们把楚王说得糊涂了，“你们俩是在打哑谜吧？”楚王说。

墨子走近楚王的面前说：“他的办法我是知道的，他不就是想把我杀了啊，以为杀了我就可以取得攻打宋国的胜利了，哈哈！但是他不知道，我在宋城早就布置好了三百军士，我把我的办法早就传给了他们的每个人，他们在就在城头等候你们多时了。”

楚王听了，愕然。鲁班听了，将信将疑，但也无话可说了。

轰隆隆、轰隆隆……大殿外面响起了雷声，震得大殿的窗户娑娑地发颤。殿外正是晴天，干打雷！殿里的人都惊呆了。

楚王端坐在位，对墨子、鲁班和殿里的所有人说：“算了，算了，我决定采用墨先生的主张，楚国不攻打宋国了。”

宋国避免了一场战乱。

……

很久很久之后，后人们发明了两个成语，一个叫墨守成规，一个叫班门弄斧，不知道是不是根据这两个人而成，其贬义褒义真的是说不清楚了。这是后话。

要说的是，墨子为宋国立下了大功，但宋国人对此并不知晓。那一天，他告辞了楚王要到宋国去。众人为他送行，看着他那黑色的脸，黑色的衣服，依然光着的脚，感受着他的神秘莫测。他那黑色的身躯在原野中渐渐远去、变小，成为一个移动的黑点……

来到宋国的时候，墨子已疲惫不堪。骤然间就下起了倾盆大雨，淋得他喘不过气来，他赶忙来到一家屋檐下躲雨。门“吱扭”一声开了，主人看着他黝黑的脸、被雨水紧贴在身上的黑衣服，显出惊愕的神色，他对他说：“你是谁？你不要在这儿，你走开吧！”大门又“吱扭”一声地关上了。

墨子淋在了雨里，雨下得更大了，但把那一身黑色淋洗得更加醒目……

金　　顶

高沧海

老李还年轻时，好拳脚，三更灯火五更鸡的，奈风兮雨兮却也终是个初段位，多少也就叹了气。

老李经过青风口，就见一姑娘追一小伙，口里喊，抓住他！老李一脚就把小伙踹倒。小伙挣扎，他一二三,三二一,一二三四五六七,一顿乱拳揍得人鼻青脸肿，口鼻蹿血。老李说，得罪人姑娘家家的，就不是好人！

捋清事由，老李说，追什么追，留人留不住心！姑娘扑上去打小伙，小伙躲避，姑娘就嘤嘤哭了。老李很气愤，拍着胸膛冲姑娘说，来，打我，打我呀！

彼时老李正是飒爽年壮，那青风口的姑娘一愣之后，真的就举起粉拳捶老李胸口，被老李深情地捧住双手，成就了一桩让人眉开眼笑的好姻缘。

老李先后有两任妻子。

第一任就是青风口的姑娘。据人说，青风口的姑娘是老李在人生低谷时娶来的，发达后，所到之处皆是莺莺燕燕，自然而然地便一日复一日地瞧不上她了，离了。第二任是老李在最风光时比照最高标准选择的，不过，还没稀罕够，新人却嫌他一日复一日地老去、一日复一日地庸俗，也离了。老李弃过人，如今又被人弃，五十岁不到，他就生了白发，配了几副老花镜，床头搁一个，车上搁一个，包里搁一个。

老李无所事事，他甚至对着天空吹几声口哨，来应和四声杜鹃精神饱满的咕咕鸣叫。在那只杜鹃还年轻的时候，老李想……老李想它的羽毛应当像银子一样闪光，在这个可爱的午后，老李感觉自己年轻了许多。

他一个原地跳跃，以振当年英武之风，但双脚离地不过二寸许，已让他心慌慌气喘吁吁，二十年光阴虚度都付于尘和土，羞煞人了。

想当年青风口英雄出场，夕阳西下，侠客背刀骑快马而过，快意恩仇。

老李再一次去青风口。

青风口其实是一个泄洪闸。桥头远眺，青山隐隐。

他就想起了他留在山中的老屋。

老屋初衷是为博第二任妻子欢喜特地辗转淘换来的，新人与他夜话要在山中种莲种花种风月，老李当时欢喜得全身麻酥牙都快掉了，自然新人说什么就是什么，老命拿去给新人一半也是舍得的。

新人既成过往，他便再也没有去过。

老李突然就有了一股冲动，去山中老屋搭亭建台，学古人的样子，潭上酌，林下棋，卧对鸬鹚，闲忆汝。忆谁？当然不是忆新人，他要邀那些与他年岁相当情投意合的狐朋狗友来天天笙歌夜夜醉。

老李随即驱车前往。

轻车熟路，却越走越心情沉重。一路上莫不是新人的浅语盈盈，吹过她额前的微风在一棵棵老海棠树下跳舞，执叶如执红绫扇。新人晶莹鲜艳，老李的眼前，秋天的色彩渐渐模糊。

老李迷路了。

导航指挥他东蹿一头西蹿一头，过了河底隧道，转了两次跨河立交桥，老李越发地理不出头绪。右手边出现了一个停车场标志，老李就去停了车想想清楚。

这是一个雕塑园。

老李信步走去。

园子很大，很静，游人很少，就在老李背手仰脸看那个名为《汤匙上的樱桃》的雕塑时，有人跟他打招呼——

嘿！

老李注目瞧去，一时间他几乎不相信自己的眼睛，他说，你，你？

打招呼的人说，小心别踩了你脚边的花。

你看它们的花瓣像不像蝴蝶啊？

老李说，啊，啊！

老李回过神来，说，像，像极了。

两枚淡淡紫，两枚淡淡白，那是垂花水竹芋呢。那人继续打理着池塘边的美人蕉。

老李有些口吃地问，你，你，怎么会在这里？

她答非所问地说，明年春里来，你会看到大片的藤蔓月季开花。

老李定定地望着她。

她说，怎么了，跟傻了一样？

老李说，当年，当年，除了争吵，除了置气，你可从来没对我说过这些宽敞话儿。

那人难为情地笑了，因为羞涩，她甚至捂上了自己的眼睛，她说，不许提，不许提了。

老李酝酿半天说，恨我吗？

恨过的，可是，现在不恨了。我那时也不好，整天待在家里，眼界窄，心眼儿小。

老李说，终是、终是我……对不起你。

你看你、你看你，都过去了呢……你看，这些花草，这些白蜡树，这些五角枫，这些老槐树，都是我的好朋友……对了，我还梦到过你呢，你变成了这园子里白蜡树下的一匹小马……

说这话时，那个人，当年青风口的姑娘、老李的前妻——现在的雕塑园林的一名园艺师，坐在了一棵白蜡树下散置的黄石上小憩。老李的眼中，时值佳秋，白蜡树一轮羽叶橙黄，于她的头上，展开金顶。

爱 心 菜

侯发山

鸡叫头遍的时候，老王和老伴就在大棚里忙活开了。

等到一畦畦白菜被扳倒，老王的头上已经袅起热气，他甩掉棉衣，坐在田埂上歇息。老伴嗔道："现在还是三九天，能的你？！"

"一干活就热乎了。"老王站起来，顺手抓起一个编织袋，双手张开口子，"来吧，赶早不赶晚。"

老伴没有动，用袖子擦拭一下鼻尖的汗珠："不能不去？"

老王瞪了老伴一眼："废话，吐出来的吐沫咋能舔起来？"

"大年三十，人家都往家跑，你呢，就会唱反调。"老伴一边埋怨一边往袋子里装白菜，"我，我跟你去吧。"

"废话，你又不会开车。"说到这里，老王腾出一只手比画了一下，"咱沈丘离武汉四百多公里，走高速，五个多小时，明个儿准能回，不耽误过年。"

老伴叹了口气，没再多说，她知道再开口也还是废话。

"不中！"老王忽然叫道。老伴吓了一跳，抱着一棵白菜怔在那儿，不知道老王发哪门子神经。

老王瞅着老伴手里的白菜，说："这棵留下，咱过年吃。"

老伴这才注意到手里那棵菜样子有点萎缩，叶子泛黄，犹豫一下，便放到了一边。再装菜时，就经心多了，专拣那些个头大、菜叶新鲜水灵的。老王叹道："若不是贷款没还清，其他菜可以搭配一些。"

老伴张了张嘴，终于还是说出了口："庙里的师傅说过，只要心意到了，都是一样的。"老伴说的庙是村里的华佗寺庙，她常去那里烧香。

老王说:“我走后，你去庙里烧烧（香），保佑保佑。”

老伴没有吭声。老王知道，即便他不交代，老伴也会去庙里磕头许愿的。

天刚放亮，白菜全都装上了车，满满当当的，似乎多装一棵都没有地方。老王前后左右看了看，脸上荡出满意的笑容。

老伴迟疑了一下，说:“弄点饭，吃了再走？”

“来不及，路上凑合吧。”老王说罢，扭开车门跳上驾驶室。这时候，他的手机唱起了“我们的大中华啊好大一个家”——是县城“百家乐”超市的杨经理打来的，让他送一车白菜。

“杨总，不好意思，今个儿不能给咱送了。价钱好商量？再涨价也不中，真不是钱的事儿……新年好，古得拜（再见的意思）！”老王挂断电话，开上车迎着曙光出发了。

到了第三天，也就是正月初二下午，杨经理从微信上得知，老王是去湖北武汉送白菜了！怪不得呢，听说武汉的蔬菜贵得离谱，白菜十几块一斤呢，他这一车菜，差不多有两万斤，乖乖，如此算来，他这一趟没少赚。在杨经理的印象中，老王是一个很本分的人。真是画虎画皮难虎骨，知人知面不知心哪！杨经理气不过，想打话奚落老王几句，觉得不能得罪老王，毕竟以后还合作呢。一念至此，他便开上车去找老王，现在是非常时期，需要备点货。

一到村口，杨经理就给拦下了——一位老大爷戴着口罩，身穿战袍，左手拄柄关公大刀坐在路中间，右手拿个电喇叭，声称外来车辆和人员不得进村。

杨经理忙从口袋里掏出口罩，一边戴一边说:“我是超市的，需要找老王进菜，疫情再严重，咋说也不能影响老百姓的菜篮子吧。”

老大爷举起电喇叭:“老王昨晚才从武汉回来，没回村，也没回家，在他的大棚里自我反省，不，隔离呢。”

杨经理闻听，撇了撇嘴，心说老王发烧才美哩，谁让他挣昧心钱哩？

老大爷似乎知道杨经理的心思，又补充了一句:“老王可是俺村的骄傲，不要一分钱，往武汉送了两万斤的白菜。”

“啊？”杨经理吃了一惊。

老王的大棚在村外的河湾里，杨经理去过多次。距离大棚还有十多米，杨经理把车停了下来，路当中扯了一条横幅，横幅的上边写着“别来无恙”，下边写着“我是武汉返回人员，请不要靠近我”。这时候，在大棚里的老王已经听到动静，戴着口罩从大棚旁边的铁房子里出来了，大声说道:“杨总，啥事？”

“大棚里还有其他蔬菜吗？能不能再配一车？”

“黄瓜、番茄、柿椒，都有，差不多能装一车。价格跟其他大棚一样，要不然人家会骂我老王八。”

“可以，要好的，这回不是超市上架，我打算捐给武汉。”

“好啊，你咋送？”

“发物流。”

“别搞那个，还是我送吧，车消过毒了，路线也熟悉。”

“好，运费咋算？”

“说啥运费呢，给我加箱油就中。杨总，武汉老乡要问起，咋说呢？得有个由头吧？”

杨经理歪头想了想，高声说道：“就叫‘爱心菜’吧！”

“啥？包心菜？大棚里没有啊。”

杨经理往前走了两步：“咱们河南是豫，湖北是鄂……”

“啥啊？鱼？鹅？”老王打断杨经理的话，马上又说，“对对对，都是一个圈子的，一家人。”

杨经理憋不住笑了，摘掉口罩，朗声说道：“咱河南简称‘豫’，‘豫’字15画，湖北简称‘鄂’，‘鄂’字11画，多出来的四画刚好是‘心’的距离！所以，咱送的菜就叫‘爱心菜’！”

老王笑了，指了指路边他的货车。

杨经理转过脸去，这才看到车厢上悬挂着的横幅——“河南爱心菜”。

许妍的心愿

李伶伶

大姨给许妍打电话，说她哮喘病犯了，想去医院看看，问能不能让方明帮忙安排一下。许妍有点为难，她跟方明正在闹冷战，三天没说话了。上周她去参加高中同学会，发现班里的女同学嫁得都不错，有的老公开公司，有的老公当教授，还有的老公当局长，只有她老公，一直原地踏步，跟刚工作时一样，还是一名普通的医生。

她心里有点不平衡，回来后问方明能不能有点上进心，说那些年纪小、比他后进医院的都当了他的领导，他心里就不别扭？说她没有别的心愿，就希望他能有点儿进步，哪怕当个科室主任呢，也比现在强。方明说，他对当官没兴趣，也不想做领导，这辈子能把医生当好，他就知足了。许妍气得不理他了。

不过大姨的事她得管。大姨对她家一直都很好。大姨家条件好，她家以前缺米少粮，或者她学费不够啥的去找大姨借，大姨总是让他们满意而归。所以大姨有事找她，她不能拒绝。再说，大姨只是想住个院，方明又在医院工作，这不算啥大事。

晚上，她特意做了方明最爱吃的土豆炖牛肉，并主动跟他说了话。方明看了许妍一眼，说，突然对我这么好，是不是有事求我？许妍被识破心思，有点不好意思，就说了大姨的事。方明说，大姨的病如果不严重，就不用住院，在家打几天吊瓶就行了。许妍说，大姨想住院就住呗，又不花你的钱。方明说，我们医院床位紧张你又不是不知道。

方明所在的医院是全市最好的医院，床位常年紧张。许妍说，就是因为不好住才找你的，好住的话还找你干啥？方明说，可是我真没办法呀，我在医院只管看病，不管床位。许妍生气地说，方明，我大姨的事你要是不给办了，咱俩就离婚！方明说，你别把离婚的事总挂在嘴上，这事跟咱俩的婚姻有啥关系？先看看大姨的病怎么样，明天你让大姨到医院直接找我。

许妍担心方明对大姨照顾不周，第二天请了假陪大姨去医院看病。检查结果是，哮喘不严重，不用住院，打几天掉瓶就能好。给开了药，让每天过来打吊瓶。大姨不想来回跑，还是想住院。许妍让方明去通融一下。方明为难地说，住院花费高也没必要，大姨打完吊瓶就没事了，在医院待着干吗？方明到底没把大姨安排住院，给她找了个长椅，大姨坐在长椅上打了两个小时吊瓶，然后回家了。

许妍看出大姨不高兴，她心里也不痛快，这么点小事都没办好，她觉得愧对大姨。母亲知道后也有点埋怨她，说别人的忙不帮就算了，你大姨的忙怎么也不帮？许妍有口难辩，心里很委屈。方明这个人，找他看病行，其他的事什么都不行。以前觉得他是不愿意多管闲事，现在觉得他就是没人情味。她跟方明理论，可是方明却不认为自己做错了，一点也不顾及她的感受，她真是受够他了！

许妍赌气回了娘家。方明要是死不悔改，一直不认错，她就真不跟他过了。俩人僵持了一个星期，眼看要过年了，方明不但没来接她，连个电话也没有。许妍气得草拟了一份离婚协议，准备过完年就跟他离婚。

母亲劝许妍回自己家过年，许妍不回，跟女儿一起在母亲家过的年。方明不先给她道歉，她绝对不会先跟他联系。倒是女儿，像个小信使，不时传达她爸爸的消息：年三十，爸爸值班不能回来吃年夜饭了；初一，爸爸替同事值班，也不能回来了；初二，还是爸爸值班；初三，爸爸去省里学习，要去一段时间……方明的消息，许妍都是从女儿那里知道的，方明居然不直接跟她说。许妍心里越来越生气，几次想打电话问问他是啥意思，都忍住了。

初三晚上，许妍正在手机上刷关于武汉新冠肺炎疫情的消息，忽然听见在客厅看电视的母亲喊她，让她去看电视画面里的方明。许妍赶紧跑到客厅，在当地电视新闻里，看到了关于本市医护人员支援武汉的报道，方明所在的医院一共去了五个人，方明是其中的一个。

看到新闻，许妍又惊讶又担心。惊讶的是，她没想到方明这么勇敢，武汉疫情这么严重，他居然敢去；担心的是，怕他有什么三长两短，到时候她没法跟女儿交代。她马上拨通了方明的电话，问他是不是因为跟她赌气去的武汉。方明说，我哪有时间跟你赌气，我是呼吸科的大夫，专业对口，经验丰富，现在正是国家需要我的时候，我不去谁去？许妍说，那你为什么不告诉我？方明说，不是怕你担心吗？跟女儿我也没敢说真话。许妍心里一阵感动，说，你千万小心啊，做好个人防护。方明说，放心吧，我会平安回去的，我还想吃你做的土豆炖牛肉呢。许妍有点哽咽，眼里泛起了泪花。

其实，方明除了性子有点儿犟，做事有点儿死性，其他都挺好的，关键时刻能靠得住。许妍回到卧室后，悄悄把离婚协议撕了。她现在唯一的心愿就是希望这次疫情早点过去，方明能早点回来。

黑羊白汤

赵文辉

是一个清冷的冬夜，我和老婆骑着电动车，在这个江湖气十足的豫北小县穿行。我们的饺子馆转让五年了，我很想念它，也时不时地下下馆子，找找那种感觉。老婆鬓角已见醒目的斑白，我也成了一个双下巴的蓝围裙大叔——如今我们在家包饺子，去小吃店推销，还上了美团外卖。

一家“黑羊白汤”的吸塑发光招牌吸引了我，进门时老婆像往常一样提醒我：“一人一碗羊肉汤，不准要菜。”她知道我爱面子，像很多下馆子的人一样，总觉得单吃一碗烩面不是那回事。

这是一家民院改造的饭馆，主营烧烤、烩面、羊肉汤。院子里黑乎乎一片，楼梯、烧烤炉积满了黑烟，给我印象最深的是地面的油腻粘掉我两次鞋底。生意却不孬，满满一屋子人。厨房是明档，一口直径近一米的大铁锅里咕嘟咕嘟冒着热气，一套全羊骨架在锅里起伏，时隐时现。“好汤！”我情不自禁在心里叫了一声。有一桌客人刚走，我们坐下来。服务员边摆小件餐具边问我们吃什么。老婆报了一碗羊肉汤，一碗杂碎汤，说咱俩可以换着吃。

一瞬间工夫，羊肉汤和杂碎汤端了上来，浓香的白汤上漂了一层翠绿的香菜末。一眼就能看出是纯骨头熬的，没有借助三花淡奶增白。我挖了一勺羊油炒制的辣椒面儿撒进去，很干的那种，见了热汤便融化开了，红灿灿一层。口水都快出来了，我迫不及待盛了一勺。热汤正要进口，啪一声响，接着一声严厉的喊叫："服务员！"

我手中的勺子一哆嗦。

扭头一看，邻桌坐了四个和我年龄差不多的中年人——那种在城内三关混油了的生意人：有俩小钱儿，到哪儿嗓门都贼大贼大。给我们点菜的那个服务员笑吟吟走过去，问他们有啥需要。一个"地包天"指着桌上一盘湘味小炒肉，责怪五花肉过油了，不是生炒的，他一口就吃出来了；另外酸辣土豆丝是用刨菜器刨的，没有刀切的味道好。"地包天"一副内行得意的样子，服务员连连道歉，说下回一定注意。另外仨人黑着脸不说话，一人嘴角叼了一根香烟，像是要跟人打架一样。我心里突然七上八下起来。凭我的经验，一碰见这样的客人，麻烦就到不了头。

后来他们点了主食，一人一只手工馒头，还吩咐服务员送一碟小米椒，切成细圈，再倒点生抽。我咧了一下嘴，今年的小米椒跟去年的香菜差不多，死贵死贵，18 元一斤了。果然，服务员迟疑了一下，说需要请示老板。"地包天"马上变了脸，手中的酒杯狠狠一蹾。柜台里的老板娘看出他们不好惹，忙起身吩咐服务员，"快去厨房端吧"。

对这一碗靓汤的兴致全没了，我额头瞬间挂满了汗珠，老婆也全身绷紧。我在心里提醒自己，又不是自家开的饭店。但我还是管不住眼睛，留心着那边的动静。

馒头端上来，只一会儿一碟小米椒就完了，他们要求再送一碟。老板娘犹豫片刻，还是答应了。第二碟小米椒上来，其中一个人突然一拍桌子，我心里猛然一咯噔。当年在我们饺子馆，不少客人招呼你的方式就是这样。他一脸怒气，举着手里的手工馒头叫老板娘看，说他们饭馆儿竟敢拿发霉的馒头来坑人。老板娘赶紧从吧台里出来，说她愿拿小店 13 年的声誉保证，手工馒头都是今天下午新蒸的。"地包天"在一旁冷笑一声，问这些黑点如何解释，老板娘答不上来，喃喃道，真是新蒸的呀。那四个人很不好惹，扬言要给食监所打电话。服务员从厨房端出一个不锈钢蒸格让他们看，里面的馒头还冒着热气。他们依然不依不饶，又是拍照又是录视频，扬言要发朋友圈。"其实是发酵粉没揉开，我们在家蒸馒头，也遇见过这种情况。"屋角就餐的一对老夫妻替他们解了围，这对白发苍苍的老夫妻轻声慢语，却不容质疑。我进来这么长时间，愣没注意到这对老夫妻。最后"地包天"他们很不情愿地安静下来。

我和老婆额头沁满了汗珠，只想赶快喝完汤走人。按我平时的习惯是要加一次汤的。这时那四个人先去结账，问多少钱，老板娘告诉他们276元。“地包天”以命令的口吻说:“把零头免了！”老板娘点点头，“好吧，给二百七吧。”“地包天”差点儿跳起来:“你打发叫花子吧！”看来他心目中的零头和老板娘的零头完全不是一回事。他们沉默了一会儿，见老板娘没有表态，就把账结了。“地包天”扫完微信问老板娘要发票，老板娘给他们撕过，笑着说:“慢走，欢迎下次光临！”她的笑容马上凝固了，只见“地包天”把发票一点点撕碎，像电影里的慢镜头一样，又一片一片扔到了吧台上。我的心颤了一下，我老婆比我还紧张。我再次提醒自己，这不是我们开的饭店。我想起开饺子馆那些年，我们一直小心翼翼，还是不能让客人满意。他们走后台布上会留下几个烟头烙的窟窿，还有的临走撂下一句，“再不会来第二回了”，吓得我们追到车跟前苦苦哀求却不告诉我们原因。“地包天”他们走后，我喝完最后一口汤又抽了一张餐巾纸，打算去结账。我站起身的时候，听见有一桌客人喊道:“服务员，开水！”

“嗯，来了。”我怎么都没想到，我老婆居然脆生生地答应了一声，接着，她的腿像装了弹簧一样跳起来，拎起我们桌上那壶开水飞奔而去。“黑羊白汤”那个慢了半拍的服务员和我一样瞪大了眼睛。

加　油

戴智生

小南门是琵琶洲早先最热闹的地方，南北杂货、布号、济世堂、银匠店和棺材铺等应有尽有，废弃的城墙脚下，有家榨油坊，整条街都笼罩开胃的香味。

榨油坊是彭友良开的，祖业。彭友良膝下一儿，还未成年，他请了两位帮工。开榨的时候，帮工打着赤膊，推动吊在梁上的撞杆，撞击插在榨槽上的木楔，嘴里喊着号子：

秋季里来秋叶黄 / 细妹灯前卸晚妆 / 眉毛描得浓又香 / 独守空房无人陪 / 叫声细妹莫乱想 / 哥在南门榨油坊 / 有朝一日回家转 / 日同板凳夜同床

帮工唱一句，用力推一次杆，“咚哐！”沉闷的撞击声四处扩散开来，很有节奏。

号子是彭友良口传的，他满肚子顺口溜，还有更荤的段子。劳作时或唱或号，可以驱逐疲劳和单调。但儿子在，他不唱，也不许旁人喊号子，于是作坊里便只有“哼嘿哼嘿”的嗟叹声。

儿子懵懂少年，彭友良怕他学歪了，他早有打算，决不让儿子再干家传的行当。

榨油坊技术含量不高，先烘焙油菜籽或芝麻，碾磨成坨，上甑过蒸，倒在模具里踩实、用稻草包裹成饼状、铁箍固定，再按顺序排进粗壮树干挖空的榨仓中，撞击木楔挤压，黄亮醇香的油脂便一滴滴溢出，完全是体力活。

彭友良执意送儿子上了学堂。

儿子尚且听话，为了节省买课本的钱，他白天上课，晚上借同学的书誊抄。他的课本很特别，毛边纸装订的小册子，封面描了兰草，里面蝇头小楷工整，插图更是惟妙惟肖。

彭友良常常为儿子掌灯到深夜。

那时的百姓习惯早睡早起，无事不点灯，灯油珍贵。洋油（煤油）轻易打不到；家里办大事才点蜡烛；本地不产桐油，春季里油菜花漫山遍野，所以，平常人家还是备灯盏急用，点菜籽油。

彭友良的家倒是有掌灯条件。当然，澄清的菜籽油，他也舍不得。每次取出榨干的箍饼，榨仓的四壁，用猪毛刷总能刷出几两油来。刷下来的油也能食用，只是黏合细微的草屑和饼渣，他不肯掺在澄清的油品里出售，留下自家炒菜或点灯。

做事做人总得凭点良心。

家里条件固然紧迫，为了儿子的前程，彭友良甚至想，自己再苦一点，也要创造条件广结善缘，祈求上天的保佑。

他记起听过的一则故事：

清朝有位举人张瑛，一生为官三十余载，儿子念私塾期间，他热心善事。每当午夜交更时分，他都派差役挑着油篓巡城，发现哪户人家有人挑灯夜读，就帮他添一勺灯油。这是“加油”的由来！给别人加油，就是给自己添彩。张瑛的儿子因此成为一代贤相，儿子名叫张之洞。

彭友良暗下许愿，有样学样，依样画葫芦。

全城读书人的灯油送不起，一条街可以勉强应付。彭友良打听清楚了，小南门另有四户人家的儿子在读书，由近及远，分别是棺材铺林掌柜的儿子、理发店王师傅的儿子、银匠店金老板的儿子和布号周掌柜的儿子。

彭友良不是天天送灯油，等到换箍饼的那一天，刷下榨仓的油，如不够，好油凑。是夜，他左手托着盛油的砂钵、右手拿把勺，依次敲开邻里的门。

第一次敲门，四家邻里都惊到了。特别是布号周掌柜，他家是富裕人家，没想到有人送灯油，更无需求。彭友良说，他是为读书的孩子“加油”。如此好意，他们欣然接受了。

彭友良发现，往后送去灯油，他们灯盏的凹窝几乎都是满的，添不了几滴油。彭友良还发现，其他家长也有举动，王师傅上门为学生理发不收钱，周掌柜为学校募捐是最多的。

小孩更是潜移默化，读书越加刻苦用心。

棺材铺林掌柜的家除外，他家反而换了一盏大灯盏。

熟悉林掌柜的都知道，他爱面子，又喜占便宜。他儿子其实不是读书的料，三天打鱼两天晒网，晚上更不愿读书。彭友良送灯油的当儿，林家儿子只是做个样子，彭友良转身出了门，他家就吹灭了灯，灯油省下来炒菜。

他儿子后来继承了父业。

其他小孩还算出息，布号周掌柜的儿子去了日本留洋，理发店王师傅的儿子在上海勤工俭学，银匠店金老板的儿子在本地做了教员。

彭友良的儿子也彻底改变了命运，成为一位有名的画家。

我 会 飞

白 秋

多少年以前，我就知道，我会飞！

在月圆月缺的晚上，在晴天丽日的凌晨，不需要任何借口，只要我愿意，一抖胳膊，就能自由自在地翱翔。

天空中，我看到最多的是一条条绿树簇拥的乡间小路，纵横交错；一片片沟壑相拥的玉米高粱，首尾相连。

累了，我会停在老家五龙河边那棵大槐树上歇会儿。大概没有人见到过，在这个地方，还有那么一大片整齐划一高高的刺槐，从天上看，也望不见边。更为稀奇的，几乎每棵树上都有鸟巢，多的还有三四个，都建在树梢三杈分离处，安全又稳妥。

大槐树，不知活了多少年，枯空树洞漆黑幽深，能藏住一头熊。有时我也会窝进去，眯上一小会儿，任天地斗转星移，等那煦暖阳光透过树梢洒遍身上，我再睁开蒙眬的双眼，分辨回家的方向。

有一年，五龙河发大水，直上直下白茫茫一片，看不清东西，辨不得南北。奇怪的是，河西边汪洋一片，在河东岸却一片安然，我们村子更是丝毫未动。

远方来了一个和尚，说这里是个风水宝地，有贵人。于是，他四处化缘，就在我们村西边，五龙河边上修建了千佛阁，时有禅房百间，僧众千人。千佛阁香火鼎盛，广结善缘，普及民众，延续了好多年。

那年头，雨水特别多，下起来就没完没了。年幼的我，一次不知为啥跌到了河里，周边竟没一个大人。恐慌之际，就觉得有个东西在水底上托着，晃晃悠悠、晃晃悠悠把我送到岸上。从此，我就学会了游泳了。

秋天，我跟着哥哥去倒地瓜。说是倒，那时节跟偷差不多，村口红卫兵把守得可是紧。他们宁愿地瓜烂在地里，也不让人们倒回家。那次收获特别多，我满心高兴往家里走，不想被看坡的发现了。那家伙奋起直追，我跟着大伙没命地跑，不小心掉到一个枯井里去了，不敢叫也不敢动。也不知道待了几天几夜，要不是母亲和乡亲满坡里喊着小名，估计再过半晌，我也就修成正果了。

那时起，我就想，大和尚说的那个贵人，不会是我吧？一再磨难，总死里逃生，我在想，自己到底是哪一路神仙呢！怎么看到的，都是一些过去的事。

再后来，我知道自己会飞后，就常常飞回去，看那些过去那些事，那些山水田园。有时猛然觉醒，我也会狠掐一下自己，生疼。难道这不是梦？就算是梦，梦里我也异常清醒，知道自己不是一般常人，也不是鸟，更不是什么神灵。再说，就是梦，可是多少年以来，怎能做着同一个梦。

我问过身边的人，是否也做过这样的梦，他们没有，也不信，说我犯神经了。我却信，越发深信自己大概是天上的哪路神仙，修行满了，再回天上继续飞。

只是这几年，我觉得飞得挺格外沉重。飞得高了，看不见下面的情景，飞得低了，烟火气太浓。尤其是五龙河道上，不知何时飘起了色彩斑斓，分不清是什么的东西，让我眼花缭乱。有几次，飞很低时，差点就被后面追赶的新生物种逮住，又感觉有一个大网在身边，不时遮挡我不甚丰腴的臂膀，好一番惊险。

最近一次飞行，是我最清醒的时候。天已经彻底亮了，我清晰地看到有一条铮明瓦亮的柏油路，从刚刚修好的五龙河大桥上驰过，修葺完好的五龙河水库静静地，一片枯黄，竟没有一丝水渍，硕大河床，长满青草，俨然一个小小牧场。

不见了那一片高高的刺槐林，也不见了那棵老槐树。取而代之的是一片白墙红瓦楼舍广厦，河道边却还有那栋庙宇，里面香烟缥缈，一派兴旺。

现在，无论晚上，还是黎明。大多数时候，我会觉得自己在不停下沉，有时候沉得很深，下面漆黑一片，伸手不见五指，看不到底……

好在是，每天早晨，太阳升起的时候。我仍能急忙忙，抓几捧南面调来的黄河水，洗一把布满尘螨的脸颊，匆匆走在上班路上。

一天又一天，一年又一年，不知过了多长时间。不过我坚信，只要梦在，我还会飞。

污　渍

王若冰

清早，鸟就在树上叫个不停。

那是一种叫凤头鹦鹉的鸟，雪白的羽毛，头上有着金黄的冠羽，它们发怒的时候，冠羽会随之张开，透着一种霸气。平时，女人喜欢这种鸟，但最近，她却时常被这种鸟吵得心神不宁。

3个孩子在她声嘶力竭的喊叫中起了床，像三只不安分的小鸟一样站到了她的面前。她看了他们一眼，脑海中突然冒出那个最近时常跳跃的想法：要是没有他们该多好！当初我是怎么了，竟然一连串生了3个孩子。

这个想法一在脑海中出现，她又觉得自己有些可怕：怎么会有这样的想法呢？她搓了一下衣角，发现自己的衣服上有一大片污渍，红红的，像一摊洒在上边的血。她没有注意是什么时候弄脏的，也不知道那是什么东西。她一边让孩子们做好吃早餐的准备，一边在厨房里转来转去。

妈妈，你的衣服太脏了，看上去好恶心啊！

她8岁的女儿在背后传出的声音，像叫个不停的凤头鹦鹉尖利的嘴巴，一口啄在她的脸上。她感觉火辣辣的，疼痛“呲”一下蹿遍全身。她回头，看到小女儿的眼睛死死地盯着她的衣角，一脸厌恶。

丈夫走过来，瞟了一眼她的衣服，说：你怎么把衣服弄得这么脏，看着的确不太像话。他说完，还特意用手指在那一片污渍上敲了一下，丈夫的脸上拂过一丝不易觉察的笑。

女人觉得丈夫的力度很大，敲得她的心一阵又一阵地震荡。尽管那手指敲在衣服上，无声无息。

丈夫那不易觉察的笑，又让女人轻易地感觉到了一丝嘲讽。

那一刻，她居然什么也没有说出来。

丈夫胡乱吃了几口烤面包，将面前的盘子一推，说上班要迟到了，他匆忙地出了门。院里，很快就传出汽车发动机的声音。

3个孩子，叽叽喳喳地吃了早点，她一个个地让他们坐进了车，将他们送进学校、学前班和幼儿园。

最后一个到学校的是大儿子。10岁的儿子下了车，拿起书包，回头对她说：妈妈，你的衣服……

我的衣服？什么衣服？

她一边要离开驾驶室，一边推开车门。

儿子摆摆手说：妈妈，你不要下来了，我自己进去就可以了。你放心吧。

说完，儿子转身要走，他的脚步很急。

她已经下了车，儿子又回头说：妈妈，你不要跟进来了。你看，你的衣服，你的衣服太脏了。你回家换了吧，再见！

儿子说完，根本不等她的反应，一溜烟地向校门口跑。

整个过程极为迅速，她几乎还没有来得及迈步，儿子的身影已经混合在一群孩子中间，眨眼就看不到了。

她愣愣地看着，回到车上。这时候想起儿子的话，她低头，看到自己衣服的右下角，那一片红红的污渍，颜色更加明显了。红得刺眼，她用一只手卷衣角，慢慢地向上移，然后在衣服上摩擦，显然那污渍已经渗透到了布料里。她再怎么用力，污渍依然红灿灿地躺在她的衣角上。

她就想，这是什么东西呢？是怎么弄上去的？

她想不起来了。

回家的路上，车里非常安静，女人觉得自己的脑海里乱糟糟的，什么也想不出来。一路上，开车时，她时不时就能看到自己衣服右下角的那一片血红的污渍。她突然觉得那污渍是那样刺眼，在她的衣服上发芽了一般，越长越大，搅乱了她的思绪。

过十字路口，红灯，她停下来，有些茫然地望着屈指可数的几个过马路的行人。一个女人推着婴儿车，车上是两个孩子，身旁还跟着一个。手推车上两个婴儿是一对双胞胎，看起来只有七八个月大，一个婴儿在哭，身旁走着的孩子不过3岁，走得很慢，在她的身后蹒跚着，不想走，女人伸出一只手，牵住孩子。然后，她用一只手费力地推着婴儿车往前挪。刚到一半，灯一闪就变成了红色。

还好，两边的车都没有动，在等着女人和孩子过马路。

当然，她也没有动，只是安静地看着女人艰难地往前挪。

女人开始有些莫名地伤感，她望着女人终于挪到了路的另一侧。她的思绪不知道在哪里飘游，她仿佛觉得，那一点点挪过马路，那个牵着大的、推着小的女人就是自己。

她的眼泪竟然不知不觉地流了下来。

她的泪水就那样落在了衣角的那片污渍上。

直到身后传出刺耳的喇叭声，她才启动了车。后边的一辆车从她的车旁闪过，车窗内伸出一只手，对着她伸出了一个流氓的手势。女人的火“呼啦”一下蹿上来，她觉得自己受到了莫大的侮辱。她按下车窗，对着那辆车骂了一句。

显然，就这一句话激怒了对方。那车窗里的男人，继续不断地对她做着手势，并回了她几句不堪入耳的话。

事情几乎就在这一瞬间发生的，快得措手不及。

女人的大脑一片空白，她的血在向上涌，她的心跳在加速，她的大脑在膨胀。她脚下用力一踩油门，右手一打方向盘，冲着那辆车的中间位置就撞了上去。

现场，立刻就乱成了一片。

所有的车都停下来，有人报了警。

警车与救护车赶到现场的时候，那个男人已经处于严重昏迷的状态。

当时，女人还有意识，她能感觉到自己被人抬上了救护车，被放在救护车上。她能听到救护车的一路鸣叫之声。

恍惚中，女人似乎看到自己的身体在流血，血液顺着头部向下流，流到了衣服上。那些从她身体里流出来的血，在她衣服的右下角与那片污渍交汇、融合、凝固。

考生抢救考生

李立泰

真难啊考试，那么多参考人员，只有少数的应届生，多数是在职人员参考。可是院方要的人数少之又少，李煜芳心里想着“难”这个字。

她今年报考了协和医院，协和是全国医院的顶尖，甚至在国际上也有影响，对报考的人员标准要求特高，今年就录取十几人。

为方便考生，协和医院在上海设了考点。她从家里出发坐汽车换火车来到上海，第一次到大上海，眼里上海那个大呀，真是没想到。自己那个城市平时感觉还可以，小楼啊，街道啊，路灯啊，公交车，洋车啥的，可跟上海一比那简直就是乡村。她住到旅店，给店家要了素净的顶层房间，房间久不住人，墙上挂着空空的蛛网，地板泛着陈年的油光，岁月被关在里面，关得发霉。她不在乎这些，只要能看书，没人打扰素净就好，抓紧这最后的时间复习功课，准备应试，力争发挥好考出好成绩。

李煜芳晚上久久不能入睡，辗转反侧，一幕幕过电影般从眼前轮放，她想了很多，从上小学到上中学、考卫生中专到中专毕业找工作，到一家医院做医生兼护士工作。

在医院她一边工作一边自修大学课程，要用知识充实自己，知识就是力量，打铁先需自身硬，本事是干好工作的底气。当然她心里装的是往上走，去更大更好的单位发展自己，目标锁定了协和。

早年考单位、考学、毕业、找工作，其实是自主择业，自己找单位，单位也不用搞政审，也没出身成分一说，主要看硬件，学历、考试成绩、专业特长等，也就是干工作的本事。

李煜芳在医院上班，早早吃饭，步行去医院，到班上，接夜班，同志们告诉夜里病人情况，有重病号没有，若有重病号，李煜芳就跟夜班护理到病人床前，看看病号，把嘱咐的话记在心里。护士长来到，李煜芳把重病号再告知护士长：护士长，这位是晚上来的病号，现在平稳下来了，您如没别的安排，我去护理病人了。

给病人配药，需输液的要到药房取药，推着小车把当天的药取到病房，按医嘱每个病号的药都写上病床号及姓名，配好了就扎针送药，李煜芳推着送药小车一个房间一个房间地，一个病号一个病号地扎针。她到病床前拿着液体读出上面写的姓名，病号说，对，就是我，扎吧没错。全流程一丝不苟，李煜芳拿止血带把病号的胳膊捆住，然后抓住病号的手，拍拍手面，看血管，或者看病号的小臂血管，这两处血管择一处把握大的扎针。她基本次次一针准，扎下去就回血了，病号还没觉着疼针就扎进去了，跟蚂蚁叮一下似的，病号大都乐意让她扎针。

李煜芳上门诊也好在病房也好，她进门前总是把听诊器放到胸前暖热，从没用过凉听诊器给病人诊断。病人、家属都夸李煜芳医生心眼好。她给病人看了病然后讲病，开导病号心大量宽，说，大娘，这点小病不可怕，我开点药吃了就好，病号还没吃药病就去了一半。心理疗法是她的强项，她平易近人、跟病号说话面带微笑，待人和蔼可亲，都说她菩萨心肠。

考试进行到最后一场，考外语，李煜芳选的英语。考场内寂静无声，只能听到自己的心跳、呼吸及考生钢笔答题“唰唰”的写字声。

这场考试进行了大半，忽然一位考生猛地晕倒在考场，监考老师急忙把晕倒的考生抬到考场外面。此时李煜芳思想斗争十分激烈，她想：如果去救人，就要耽误考试，机会难得啊？如果不去救人，虽然能考完，人若出了意外，就是考上了协和也将是一生的纠结，会后悔一辈子！几秒钟，就几秒钟，放下钢笔停止了答题，毅然走出考场，参加对晕倒考生的急救。李煜芳首先对患者实施胸部按压，按压累了别人接替她，她又掐患者人中穴，然后又口对口对患者人工呼吸……患者得救了，她累得浑身大汗，褂子都湿透了，她瘫坐在地上。此时考试也结束了。

李煜芳外语没能考完。但她为救人一命非常欣慰，对自己耽误了考试毫无怨言，她说，没关系，明年再来考。颇轻松地走出考场。

意想不到的是她竟被协和录取了！

原来是她的监考老师被她的救人事迹感动，给协和医院写了李煜芳放弃考试抢救考生的报告。监考老师写了她抢救患者的全过程，引起院方的重视，并调看了她其他几场考试成绩，经研究决定破格录取她。

因为考生李煜芳具有当一名医生，一个白衣战士救死扶伤、治病救人、无私奉献，最重要的，慈善心肠、高尚的医德！

最后的情人

东　瑞

下一个！

随着导演的呼喊，一对男女走到场中央，向坐成一排的五位考官一鞠躬，走到假树下，将开始表演。

五位考官看一位二十来岁的帅哥，和陪同他来的拍档、年逾四十的女士，都禁不住别有意味地互相看了一下。

考官后面大墙上，贴着一张约两米乘三米半大的摄影作品，从色彩效果看很有一种油画海报的感觉。画面是一对男女情侣在轻轻相拥，相距一定的距离，虽然没有搂抱接吻，但最特别的是男女对看的眼神，流露出一种在普通爱侣不易出现的深刻的心灵交流，唯有真爱、唯有刻骨铭心的深情，才可能那样吸引眼球和感动人心。

导演重复说了很多遍要求：这是一幅经典摄影作品，画面上的男女眼神很特别，流露出对对方的真诚爱意，你们尽量模仿吧。我们的专业摄影师，会管拍摄，将你们表演最好的一瞬间拍摄下来。

男女开始表演。那男的看来是太年轻了，没经历过这等场面，一脸的腼腆，女的则犹如喝了酒，热情如火，表情很难形容，仿佛猎人正在烧烤他的猎物，满脸饥渴，迫不及待。

五位考官你看我，我看你，觉得表演太粗劣，无法继续看下去，要求导演下令中止。五位考官同时也在各自的评分纸上评分，10分为满分，大部分打上的，不是2分就是3分。

可以了！停！

下一个！

第二对上来的是一对年纪相仿、约莫一二十岁的染金发男女。男的长发披肩，女的剪男仔头装，一上来就走到树下，女的坐在那木椅上，男的弯腰低首和她细声讲话，讲不到几句，两人开始对看，看着看着，就拥吻起来，好像彼此都涂抹了胶似的，无法再分开。

五位考官你看我，我看你，互相摇摇头，纷纷叹息，让他们用眼睛演戏，他们用嘴巴！也都要求导演下令中止。五位考官的评分纸上，有的打0分，有的打1分或2分。

导演大喊：停！可以了！

下一个！

这一次，走上来的是一对五十岁上下的男女，牵着手，那样亲密，那样自然，令五个考官和导演眼睛一亮。男的接近六十，鬓发有点斑白了，面容稍嫌消瘦，神情也略露忧郁，但一双剑眉非常英武，一对眼睛炯炯有神。他站着，注视着女子的一举一动。当她慢慢转过身来，那姿态是那样优雅从容，一双眼睛流露出来的那种善良和深情，哪怕再铁硬的心，也会被融化成一片柔情的水。接着男子只是轻轻地将女子拥入怀里，女的幸福地依靠在他的胸膛上；男的依依不舍、爱恋地望着她，一只手先是抚摸着她的头发，接着就停留在她的肩膀上了。此刻，男女的眼神渐渐凝聚在一条线上，一动不动，双方眼睛流露出的那种爱意，是那样深刻而永远不可复制，五个考官和导演，完全被眼前男女的真挚、投入和忘情征服和感动了，自始至终忘记了时间的流逝，多么希望一直看下去，他们这大半生的看戏生涯，哪里看过这样出色的模拟演出？

站在一侧的导演看看表，早就持续了比别人多五倍的时间。

可以了！

五位考官四个打了满分10分，只有一位打了9分。他们小议后决定录取，但只对他们说“等通知，一个月内就可以收到”。他们临走前，被导演叫住，问他们的关系，女的答以“夫妻”。

所有考官恍然大悟。

接着还有两对表演，成绩已经无法超越上述第三对。

一个月后，导演接到一封信，是女子寄来的。

敬爱的导演：

录取通知信和照片收到了，照片拍摄得很美，堪称经典，珍藏了，成为我永恒的纪念。非常感谢你们！我和先生应征时他已患病，不久于人世。真的很抱歉，他是我唯一的最后情人，我不可能再和其他拍档演得那样好了。我们应征，只是想拥有一张你们的专业摄影师拍出的超水准照片。

我先生半个月前逝世了，我会复制并焚烧一份，托付清风白云捎到天堂给他。他一定也会很喜欢。再次谢谢！

救命

周洁茹

从急救病房出来以后，我非常虚弱。

女儿给我找了两个护工，兄妹两个。哥哥一直在医院做护工，很有经验，妹妹以前做裁缝，太辛苦，不做了，跟着哥哥做护工。两个护工八千六一个月。

我觉得太贵了。但是我说不出来。喉管切开以后，我不能吃，不能说。

男护工把我绑在床上，不让我动。然后就去外面逛了。我说不出来。

女护工坐在床边，定定地看着我，用我听不懂的话絮絮叨叨。我也说不出来。

快到我女儿来探望的时间，男护工就回来了，藏起绑我的绳，按摩我的腿。我都说不出来。

女儿一走，我又被绑了起来。

比起男护工，我更害怕女护工的眼睛，她就那么定定地看着我，不知道在想什么。

两个星期过去，我恢复了一点气力，趁女儿探望我的那几分钟，我示意女儿拿来纸笔，歪歪扭扭地写下了“派出所”三个字。

男护工把我的衣服都拿去穿了，我入院前的那身行头，包括内衣裤，全穿在他身上。女儿给我买的新剃须刀，他故意弄坏了。还到处翻我的东西，我只有一个戒指，女儿给我买的，手术前我摘下了戒指，放它在眼镜盒的夹层。眼镜盒里放的是一块不值钱的表，也被拿走了。

所以我竭尽全力，写下了“派出所”这三个字。

女儿不解地问，爸，楼下就是派出所啊，您要做什么？您要报警吗？

我拼命点头。

男护工凑上来说，我有经验，老人长期处在这种病房的环境，就会产生神经错乱。

女儿说，真的吗？我爸一直都很清醒啊。

男护工说，暂时的，暂时的，在我和我妹妹精心地照料之下，你爸爸会好起来的。越来越好！

女儿感激地握住了男护工的手，女婿又赶紧塞了一个红包。

女儿走了以后，我被扇了好几个耳光。

接下来的两个月，我一个字都没写。

就算是女儿出差回来，给女护工带了一只金手镯，给她套到手腕上，请她和她的哥哥多费心了。我都一声不吭。

我忍得好辛苦啊。

机会来了。有一天早上，护士长来查房，趁着男护工不在，我一把抓住了护士长的手。

女护工想要打掉我的手，我死都不放手。

可惜护士长也没能懂，她看了我一眼，也看了女护工一眼，就回护士站了。

我知道我完了，等男护工回来，我真的完了。

突然，女儿来了。

女儿来了以后护士长也来了。

护工换掉！现在就换！护士长说。

女儿不解，为什么？干得好好的护工，我爸爸特别满意，为什么要换？我们不换！

护士长很坚决，必须换！

女儿说哪里再找得到新的护工？不能说换说换啊！

护士长说，值班护士今晚加班，特别看护你父亲，你快去找新护工，现在就去！

护工换掉了。

又过了三个月，我的手能够写一点字了，我把这个事写了下来。

后来我康复了，女儿推着坐在轮椅上的我回医院，看到了护士长，又说起这件事。

女儿说护士长你是怎么懂的啊？我爸爸不过是抓了一下你的手。

护士长苦笑说，也是偶然，来了个听得懂各地方言的小护士，听到女的护工每天就是坐在那里，用最恶毒的话诅咒你的父亲，就向我报告了。而且因为这个细节，小护士也多留意了一下你父亲的情况，又发现男的护工经常到了晚上就偷偷掀掉你父亲的被子。

为什么？女儿问，那我父亲不就着凉了？

是的。护士长说，护工的意图就是让病人病情加重，可以延长护理的时间。

但是一切都只是猜测，我们还要进一步调查和了解。但是你父亲那天突然抓住我的手。护士长看了我一眼说，可是用上了一个危重病人全部的力气呢。

我马上就懂了。立刻回护士站给你打电话。护士长说，因为我们对病人家属找的护工没有管理权限，只好让你过来。

我还不肯换呢。女儿说，我还差一点去投诉你。

我也是豁出去了。护士长笑着说，我从来都没有那么坚决过。

谢谢！女儿说，您救了我的父亲，我代我父亲感谢您。

其实你要感谢的是你的父亲。护士长深深地看了我一眼，对女儿说，真正救你父亲的，是他自己。

我紧紧握住了护士长的手，从来都没有那么紧过。

蜡梅花开

胥得意

事情来得太突然了，本来还在认认真真地办着年货，等儿子回来安逸地过一个祥和的年，谁知道来了封城的消息。

城封得很快，头一天的消息，第二天就封了。新闻里和通知里都讲了，人人都不能出门，要彻底把那种说不清的病毒隔离住。

全城人都行动了，这位母亲也不能例外。她平时就是一个明事理的人，退休后，主动当起了小区里的志愿者，事事都带头。这次，因为疫情封城，一定是因为事情非常重大了。母亲把电话打给儿子：“封城了，政府不让回来，你就不要回来了。”

儿子是海军的一名军医，一直跟着军舰出海，已经两个春节没有回家了，恰好今年没有任务，早就计划回来过春节的。在接到母亲的电话前，在新闻中，他已经得知了家乡封城的消息。

不能出门，只好在家里看新闻。母亲和父亲的心里焦急万分，因为他们所在的城市每天都有新增的病例，而且更可怕的是，一时还没有特效的药，人们陷入一片恐慌之中。好在，电视中不停地播放着各级政府抗击疫情的相关消息。北京的专家队来了，上海的医疗队来了，全国各地都在支持着自己所在的城市，而且为这次疫情而建的医院正在一天一个样地拔着节，母亲和父亲心中有些了安慰。

可是，一觉醒来，父亲却开始咳嗽，并伴有发烧，一连串的症状都和新闻中所说的疫情相仿。忐忑不安中，老两口拨通了防疫站的电话。一个小时后，急救车来到了小区。上门的医护人员仔细地询问完情况后，父亲迅速被急救车拉走了。

母亲被隔离在家了。趴在阳台上看着呼啸着疾驰而去的急救车，母亲心里像长满了草。她急切地给儿子打电话，儿子没接。儿子在稍后的留言中告诉母亲他很忙。听说儿子忙，母亲突然意识到自己给儿子添乱了。全城几百万人都在家隔离着，又不是只有自己一个人，慌什么！

自从父亲被接走后，母亲就开始了茫然无措。直到一天，有一位专家在电视中讲了，只要春天一到，疫情就会好转。于是，她开始无比渴望春天的到来。

父亲戴上了呼吸机，他不忍心让母亲看到自己在隔离病房里的样子，每天只是偶尔发来语音微信。父亲告诉母亲，他入住的医院里，所有的医护人员都是军人，请她放心。父亲还告诉母亲，所有的医护人员也都穿戴得严严整整，传染不上。父亲还告诉母亲，要相信这场仗一定能打赢。

可是不论父亲怎么说，母亲心中还是惴惴不安。母亲知道儿子是一个海军军医，全国的医生都行动了，不知道他们正在做什么。眼下的情况，哪怕是祝福一句都会让儿子分神。她知道儿子是一个极孝顺的孩子，有空了就会给家里打电话。可是，让她有些不解的是，除夕这天她竟然没有收到儿子的任何消息。

时间变得太漫长了，一面惦记丈夫，一面想念儿子，母亲只能守着电视看。电视中播放了许多医生感人的事迹，母亲看着看着就哭了。她是被感动的，感动之余，她又开始合计儿子在做啥。可是，儿子每天很晚才会发来一条报平安的短信，很简短。

好消息一点点传来了，电视中讲，患者开始陆续出院了。而且，更好的消息是她接到了医院的通知，明天，她的丈夫就可以出院了。放下电话的那一瞬间，她的眼泪再也忍不住，没来得及眨一下，眼睛就模糊了一片，接着温热的泪水从脸颊上滚滚流过。

第二天一大早，母亲就等在了医院门口。每年的此时，街上的花店都热闹非凡，而如今，所有的店铺都关了门，她想给医生、护士还有丈夫买几束花的愿望也无法实现了。母亲觉得无比失落。就在这时，在家里已经十天足不出户的她看到马路边有一丛蜡梅正绽出一片金黄。那一刻，她几乎要尖叫出来，似乎隔着口罩都闻到了蜡梅的花香，她几步冲了过去。

母亲围着蜡梅花转了两圈，还是没忍心折下一枝。母亲突然想起了一个办法。她几步跑了回去，掏出手机拍了几张蜡梅。

终于见到了丈夫，像是隔了几个世纪。她的泪水又汩汩地流了起来。父亲和母亲还戴着口罩，他们都知道此时哪怕再是想念也要按医生的要求保持距离。母亲急切地把手机相册打开，让父亲看里面的蜡梅，大声而兴奋地说："蜡梅开了，春天就要来了！"

父亲点点头，然后对母亲说："把照片也给儿子发一张吧，他在病房里忙碌了十几天了。"

母亲一惊，问："他在哪儿？他咋在病房？"

父亲缓了一口气："他们的医疗队在除夕夜坐专机飞来了。虽然我没有见到他，但是每天我都能听到护士提到他的名字，他一直忙着会诊呢。"

母亲激动地把照片传给了儿子，她在微信中告诉儿子："家乡的蜡梅花开了！爸妈都好。"

那天晚上，母亲收到了儿子的回复："爸妈，我们军舰又出海了。我在密闭的舰仓中，信号不太好，不能和你们视频，但是我天天在盼家乡的蜡梅花开。"

其实，儿子还想在回到家时告诉母亲，他在患者名单上看到了父亲的名字。但是，他不想让父亲看到他回到家乡过年的样子。

猎人与猎枪

朱红娜

这是猎人有生以来最为激动的时刻，猎人按捺住狂跳的心，趴下，架枪，竭力使猎枪的十字星瞄准前面的庞然大物，50米，30米，20米，猎人果断扣动扳机，"砰"！

猎人惊醒了。

猎人没有猎枪。

猎人张开眼睛，面前的庞然大物由一头变成了一群，猎人吓出了一身汗，猎人赶紧闭上眼睛。

春意阑珊，乍暖还寒，枯萎的树枝长满了葱绿的叶子，阳光穿不透绿叶，猎人的身子，遮在一片浓荫之下，瑟瑟发抖。

猎人原本有一支让他引以为荣的猎枪。

猎人五岁的时候，第一次知道那是一支猎枪。猎人骑在爷爷的一个肩上，猎枪骑在爷爷的另一个肩上。爷爷的猎枪是橡木做的，厚重，坚硬，如爷爷的性格。爷爷到了林子里，放下猎人，架好猎枪，不大一会儿工夫，猎人听见爷爷说，有了。只听"砰"一声枪响，远处一只野兔滚了几滚，再滚不动了。

猎人从此盯上了爷爷的猎枪。

猎枪是爷爷的命根子，命根子白天在爷爷的身上，晚上在爷爷的床头。猎人的奶奶睡眠不好，心慌得厉害，有一次摘下床头的猎枪，爷爷醒来一摸，手空了，跳将起来，揪住奶奶的头发，以后再敢动老子的枪，老子毙了你。从此猎人知道猎枪比奶奶的命还重要。

爷爷得空的时候，就拿出一块棉布伺候猎枪，来来回回擦拭。爷爷的手渐渐弯曲，猎枪渐渐光滑发亮。猎人说，爷爷，让我来擦吧，猎人学爷爷的样子，来来回回使劲擦。爷爷欣喜地抚摸着猎人的头，我终于有了接班人了，"猎枪一响，黄金十两。"这把枪以后就是你的了。

猎人像爷爷一样，瞄准野猪、野兔、野狐狸，一切野的动物。爷爷告诉猎人，山里有黑熊，但是爷爷没有见过黑熊，爷爷说，黑熊鬼精得很，能闻出猎人的气味。黑熊怕爷爷。爷爷说，你也要练出猎人的气味。

猎人白天把猎枪扛在身上，晚上把猎枪挂在床头，猎枪也成了猎人的命根子。猎人的猎枪更加光滑，有一层油亮油亮的光，在山林中晃来晃去。

有一天，猎人的儿子趁猎人不备，取下猎人的猎枪，抱在手里。猎人的儿子说，拥有猎枪是违法的事，我要上缴。

猎人的儿子不喜欢猎枪，十五岁的时候跟着猎人去打猎，听到"砰"的枪响，尿流了一裤子。猎人就知道儿子成不了猎人。猎人的儿子当然不会用猎枪，猎枪在儿子手里就是一根木棍。

猎人怒斥儿子，放肆！没有猎枪你早让狼叼去了。

猎人的儿子不甘示弱，你想坐牢就去打猎，猎枪一响，手铐扣上。

猎人气得像一头发飙的狮子，扑向儿子，抢过猎枪，怒吼，老子毙了你。

猎人的枪没有响，吼过之后，像泥一样瘫在地上，猎人不想被铐，不想坐牢，乖乖向儿子投降，猎人将猎枪交给儿子的时候，"哇"的一声大叫，泪腺爆裂，泪滴如一颗颗子弹掉在猎枪上，又画了一个弧线，射到地上，了无痕迹。

猎人的儿子去了南方打工，让猎人与他一起去南方。猎人拒绝去南方。猎人说，我在这里是一棵树，去了南方就是一浮萍。儿子听不懂猎人富有哲学意味的话，发来一个晕倒的表情，留下一句"食古不化"，再无下文。

没有猎枪的猎人就像没有锄头的农民，地里有再多的红薯也只能烂在地里。

猎人没有了猎枪，失魂落魄。猎人想起五岁的时候，用枝丫做的橡皮弹弓。猎人心血来潮，拿着砍刀，转了一个上午，终于找到一个满意的枝丫，猎人要再做一个弹弓，一个比小时候大一倍的弹弓。猎人把弹弓当成猎枪，心痒的时候拿着弹弓，去射树上的麻雀、松鼠。

猎人看着野猪从眼前经过，猎人不能拿弹弓去射野猪，猎人看着野猪刨食地里的庄稼，一刻钟光景庄稼就灰飞烟灭。

猎人不做猎人已经好多年了。

黑熊在猎人身上闻来闻去，黑熊没有闻出猎人气味。

猎人不敢睁眼，猎人只能装死。

黑熊一直在附近。猎人不知躺了多久，猎人看着自己身上长出了叶子，长出了枝丫，很快长成了一棵大树。黑熊在这棵大树上爬来爬去，不亦乐乎。猎人一动不敢动。

猎人的儿子从南方回家来，找不到猎人，找到树林里，猎人看见儿子，大声喊，别过来，有熊。

猎人的儿子看见树上的黑熊，立马趴在地下，装死。猎人的儿子还是懂得在黑熊面前装死的技巧，毕竟他是猎人的儿子。

青　山　在

莫小谈

我堂哥，叫文壮，是四伯家的孩子，长我五岁。

打我记事时起，文壮哥就是一副老实相，见人也不吭声，问急了，或者四伯嚷他，说，闷驴子，三脚踩不出一个屁来，他才与人打招呼："吃了吗？""你来啦！"

文壮哥不怎么爱笑，走路溜墙根，总是怯怯的。听老人说，这结局都是四伯闹的。四伯也不反驳，好半天才说："都是为他好，武状元骑马，文状元坐棺。"

时间往前翻，花奶奶去世出殡时，四伯立在棺材旁，唢呐一响，司仪高喊"孝子贤孙，开道坐棺，起灵——"，四伯便一把将年幼的文壮哥抱上棺材顶，坐棺。这是我们家乡殡葬仪式中最庄重的一环，族里的子孙们，谁开道，谁坐棺，都有大讲究，要男孩，透机灵，千挑万选后，还要经族长和逝者家属同意。毕竟，这孩子担负着全族人日后的期望，盼他升官发财，光耀门庭。

乡邻们说，文壮哥是因为那次坐棺受了惊吓，中了邪。也有人说，是四伯当天下手太重，打坏了脑子。四伯吃不准缘由，嘟嘟囔囔半天才说："怪了，好端端的一个人，咋就变了？"

"花奶奶家允许咱坐棺，不哭哪行？"四伯事后向四婶儿解释，说当天他担心孩子贪稀奇，生笑，不懂得哭，就一巴掌掴到文壮哥的头上，"这场合，不哭哪行，不哭就是失大礼。"

后来，文壮哥念小学，一至五年级，年年蹲班，年龄自然超出班里许多人，有人见他就调侃:“哎哟，大学生来了。”渣滓们也取笑他，常冷不丁拍一巴掌，或者往他衣服上吐口水、洒墨汁。文壮哥也不反抗，只是躲，实在躲不过，就发疯似的吼。若在教室，他懂得守纪律，不敢大声喧哗，就“呼哧呼哧”地喘气，像一头较劲的牛，发狂地啃书桌。时间一长，桌角桌沿都被他咬得豁豁牙牙的。

四伯不得不把他的书桌撤掉，换成桐木的。“桐木的好，好啃。”四伯说。四伯曾找那些孩子的家长理论，也曾吓唬过他们，说再欺负壮子，就打断你们的腿。形势倒好了许多。

我考入镇联中那年，文壮哥还在读五年级。来年小升初考试，四伯有一天趁黑到我家与父亲商量，说壮子已经尽力了，再怎么着，也得让他读完初中，“不行让娃帮他一把”。

父亲明白四伯的意思，转头征求我的意见，问能不能帮文壮哥考试。当时，九年义务教育还未执行彻底，读初中要考，考不过，留级再考。

那年月，替考虽不常见，也是时有的事。那一回，名都报上了，但我没有进考场，理由没那么冠冕堂皇，就说当天吃坏了肚子，闹茅房，坐不住。四伯没说啥，只说来年再说吧。初二时，四伯又提过一次，我找理由搪塞了。对于我的态度，父亲有些诧异，但并未追问缘由，追了我也不可能说——自四伯那次要横后，渣滓们是不敢欺负文壮哥了，但他们发现，每当扎架势伤害我时，文壮哥也有反应，会啃桌子，甚至更加猛烈，直至满口木屑，唇齿流血方才罢休，他们就笑，又说:“壮子，看，我要去打你弟弟了。”

这让我很不舒服，明知这是他袒护我的方式，但依然认为是他让我沦为别人的笑柄，就日渐厌恶他了。上初中后，少年时刚萌生的那一丝自尊心，更不愿让他出现在同学们面前。

就这样，文壮哥辍学回家，务工。他先在沙石厂装货，吃别人吃剩下的饭菜；又到泥窑场烧砖，常被会计漏记了工时；还在粮站扛过一段时间的粮包，工人们总哄骗他扛最重的麻袋。最后，文壮哥进了一家木具厂当学徒，碰到一个好老板，他无以为报，只能卖力地干活，编篓打凳，刨木凿孔，什么都干，毫不偷懒。

也许是天生与木料有缘，这一干，他竟再也没有挪窝。壮嫂子就是在这儿流浪乞讨时，被他发现的。壮嫂子痴痴的，整天地笑，还时不时嫌弃文壮哥，说:“壮子，你咋不笑呢？”一听这话，文壮哥就嘿嘿地笑了。

再后来，二人生了个男娃，叫虎子，这孩子仿佛把爹妈本应有的智力全都装进了自己的脑袋，灵光得很，学啥像啥，一点就透，学习成绩从不让人操心。

今年高招，虎子果然不负众望，顺利考进大学。送行时，壮嫂子拉着虎子的手上下打量了一遍又一遍，笑嘻嘻的。笑着笑着，壮嫂子居然放声大哭起来，惹得四婶儿劝了好半天："不哭，不哭，咱应该高兴才对。"突然，四婶儿也哭了起来，哭得稀里哗啦的，边哭边说："谁说俺只会傻笑，谁说俺不会哭，会哭，俺会哭。"一帮婶子大娘们也跟着流泪。

四伯摆了一桌酒席招待乡邻，宴后都散了，四伯还拉着父亲喝酒。

父亲遣我出去买烟，返回时，我一脚门里一脚门外，听见四伯说："给他起这个名儿，就是图个吉利，文壮，文状元嘛。"

"好在虎子争气。"父亲说。

"嗯，虎子争气，壮子命苦。"

父亲嗓音有些沙哑，他说："当初娃儿小，不省事，你别介意。"

好半天，四伯才说："他没错，终究是我的要求出了格。"

"喝酒。"父亲说。

"喝酒。"

那一晚，我们都喝得稀醉。文壮哥也醉了。

醉了的文壮哥结结巴巴地说："留有……青山在，不怕……不怕没柴烧。"

飞行员的儿子

胡亚林

周日中午。

将军走进空勤灶时，班长马空军正火急火燎地跟浙江的战友打电话："早些天我让你采购的鳗鱼，今天必须准时寄到！"

忽然，见一个身着飞行服、很有派头的中年人到来，马班长判断可能是首长级的，立刻敬礼迎接。

"首长，中午这几个主菜是我们空勤灶最近推出的，请您慢慢品尝。"

"什么手掌手背的，我只是下部队与老飞们同吃、同住、同飞行的一名普通飞行员，千万不要搞任何特殊！"

将军是在飞行师长任上提升的。由于飞行年限未到"杠杠"，仍需下部队保持飞行技术。

其实，将军内心里还埋藏着20年前一段不堪回首的往事，一想起来，心头便隐隐地痛。

"嘿，今天主菜是谁的手艺，吃起来味道真不一般！"与将军同桌就餐的飞行员边吃边说。

“马班长现在是一人吃饱全家不饿。最近连续利用休息时间，专门到地方酒店拜师学艺，成果丰硕！”飞行大队长曹宇及时报料。

将军眼前一亮：“行啊，小伙子干得不错！”

“比起你们这些蓝天骄子，我做得差远了。空勤灶，就是专门为飞行员‘量身打造’伙食的地方。保证饭菜色香味俱佳，又要严格遵守营养和品质要求，是我们这些老炊的职责所在。有什么要求，尽管提出来，我保证很快落实，让你们满意。”马班长诚恳的态度，让大家感到很真实。

不一会儿，马班长的手机响了，浙江战友告诉他，下午 5 时鳗鱼送到空勤灶，总算让他放心了。

在不被飞行员们知晓的情况下，马班长悄悄告诉首长，是想用鳗鱼这味食材，给江苏籍的大队长做一道特别的生日菜：清蒸鳗鱼。

为学做江浙地区的这道传统菜品，马班长曾特意拜师“高手”。他说此菜最讲究食材的原汁原味，需先将鱼洗净，鱼身切段，底部微连，再加入葱、姜、蒜，上锅蒸十几分钟，出锅淋上热油即成。

将军佩服小伙子的事业心。

用过午餐，将军稍事休息之后，又径直来到空勤灶。将军对马班长的表现产生了浓厚兴趣，故意试探地问道：“既然有这么好的炊事技能，你想不想去上级领导机关为首长服务呢？”

“我还是喜欢跟部队一线的飞行员们打交道。可能我爸爸不知道我的想法，但是他给我起的马空军名字，就是希望我在空军部队里有所作为！大学毕业后，我就想当一名飞行员，无奈身体不符合条件。曾经迷茫、彷徨过。梦里，牺牲的爸爸骂了我。我想，既然成不了飞行员，也要当一名天天为飞行员服务的后勤兵。”

“你爸爸是谁？叫什么名字？”将军连续问道。

“我爸爸……嘿，算了，过去的事情已经翻篇了。”马班长有些难为情。

“你爸爸的照片可以给我看看？”

马班长只好请将军移步到空勤灶隔壁的宿舍，打开抽屉，他第一次拿出爸爸身着飞行服的照片给人看。

望着亲切熟悉的面孔，将军的手颤抖了，泪如泉涌。20 年前的那一幕又浮现眼前。

将军当时还是副大队长，调到新机团改装训练，教员是老练的大队长。改装初期进展非常顺利。不料，一次飞行中发动机出现故障，飞机失速下降。教员果断命令学员跳伞，而自己硬是驾着像脱缰野马的飞机，掠过城市上空，冲向山谷。

“首长认识我爸爸？”

“何止认识，你爸爸既是我的大哥，又是我的飞行教员，更是我的大恩人，我们永远都怀念他！”

“马班长，鳗鱼送到了！”

一阵催促声，将马班长和将军一并拉回空勤灶，此时的将军，俨然像学徒的炊事兵。

经过一番熟练操作之后，马班长把滚烫的热油淋在鳗鱼上，鱼身瞬间腾起一股香气。

傍晚6点，金灿灿的阳光透过窗花铺满空勤灶餐厅的饭桌，看起来暖融融的。

大队长曹宇看见自己餐桌上一条清蒸鳗鱼，便将鳗鱼盘子推至餐桌中央。然后，夹一筷子鳗鱼放进嘴里，舌尖上泛起了儿时的味道。有点像妈妈的味道，又有点不同，他默默地笑了：“一定是母亲托妻子给我开的小灶！”

拨通妻子的电话，曹宇却得到了意料之外的答案。“哪是我做的啊！几天前，你们空勤灶的马班长电话找我，专门问咱们老家清蒸鳗鱼的制作方法！”

曹大队长终于明白了，“难怪年初马班长那么下功夫，建立飞行员的饮食口味、饮食习惯与爱好、营养状况和生日档案呢！”

“小伙子有出息！”将军感慨道。

将军离开部队半年之后，从空军后勤学院毕业的女儿，主动申请到了马空军所在的空勤灶担任营养技师工作。

要说这事儿，曹宇大队长着实费了一番心思！

番茄红了

白云朵

母亲种了些玉米，快老了。我说那就去摘呗，还等什么。

春天时，母亲说今年的玉米苗出得很好，玉米种是好种。下第一场雨时，母亲说这雨下得好，言语间似乎已经听到玉米苗噼里啪啦往上长的声音。

六月，雨不停地下，母亲总算把对玉米的兴趣转向对红薯的殷切期盼。

“今年种了三百多棵的红薯苗呢！”母亲不无自豪地对我说。

市场上的玉米总比母亲的玉米要上市早。但母亲种的玉米就是慢性子，你急它不急。

也许春天时过于期望，从立夏起，我就脑补起母亲玉米地里的丰收场景。

母亲走在前，我跟在后，母亲肩上扛着锄头。走了半个小时，终于来到玉米地。母亲早已没地，母亲的地都让开发商给开发了，母亲就四处寻荒地种。母亲指着像癞痢头一样的一片玉米地，不好意思地对我说，种倒是种了不少，二百来棵，但梅雨时没几个太阳日，玉米地地势低，抽枝时没长好。

我狐疑地望着母亲，我问母亲，除了玉米，还种了啥，每天忙得就像一只织布梭子一样。

母亲更不好意思了，对我说，棉花种得过密了，棉铃子都没结上几个；丝瓜棚塌了，没吃上两顿；豇豆秧让虫子咬了，豇豆花来不及开；毛豆出得稀稀拉拉，中秋时能对付上几顿；不过，红薯长势喜人，有的开始裂缝了，红薯叶子油亮油亮的。说到红薯，母亲的脸色总算由凝重变为轻松，眼睛也放出光来。母亲告诉了我红薯地的位置，只要我站在厨房间隔窗往外眺望，就可看到马路对面的一个高土堆，那是挖天然气管时留下的一大堆土，母亲率先占领了高地，种上了红薯。

原路返回时，途经一片农家的蔬菜地，地里的蔬菜都长得正正经经的。

脚步停在路边的豇豆棚前。一挂挂豇豆，长而饱满，条条均匀。母亲看出我的心思，说摘吧，是梅姐家的，回头我跟她打声招呼。我摘了一小把，用手指甲轻轻一磕，嫩，放鼻子一闻，豆荚里像是盛满了夏日的味道。

“哪个杀千刀的，站出来呀，谁偷了玉米，谁就烂手烂脚流脓生疮……”刚进小区门口，扫垃圾的陆阿姨，坐在门口的石条上，扫把靠墙根，拍着大腿，见人就骂，“我都还没吃呢，都给我薅干净了。”

旁边的人说，一整片玉米，个个白白大大，昨夜里全让人偷了。说话的人摇着头，唉声叹气：“唉！总归不是自家的地，种得越好，越被人惦记。”

母亲种的菜，很少被人惦记上的。

母亲是绣花女，嫁给父亲前从没在地里种过东西。父亲腰损前，家里的泥地活都让他包了，父亲腰损后，母亲才开始学种菜。

母亲试图种过卷心菜，但不知为何，她种的卷心菜就是卷不了心，母亲很有耐心地把卷心菜的叶子一张张拢起，再用绳子绑好，过上一阵解开绳子，叶子还会不约而同地落下来。

母亲知道，这是老天对她的惩罚。

那年，我们都还小，母亲和父亲都要去挖泥开大治河，要离开我们一个多月。临出发前一个晚上，母亲去西边副业场里背了一麻袋的卷心菜回来。母亲把那些菜，藏在屋西的柴垛里。那夜，母亲一睡都不敢睡，一有响动就从床上惊起——这是母亲多年后忏悔时说出来的。多亏了那麻袋卷心菜，让我们挨过了那个寒冷的缺衣少食的冬天。

有些菜母亲是从来不会去学着种的，比如番茄。母亲爱吃番茄，父亲腰损前，母亲让父亲种过，但父亲没一次成功过。

从小区门口到家的路上，沿途的绿化带都变成了私人菜园子。这里的住户半成以上都是拆迁户，跟母亲一样，都是失地一族。一个个都是农事好手、身怀绝技。

黄瓜顶着黄花、豆角戴着粉紫的花串，灯笼似的辣椒结了出来，紫色的长茄子垂得妥妥的，嫩绿的小葱腰杆挺直……绿化带里原来种了什么，早已不得而知。

我被一个小巧的番茄棚给迷住了，棚架下，几棵番茄的枝头挂着一个个青绿色的圆溜溜的番茄，它们三三两两亲热地互挽在一起，像是交头接耳地说着悄悄话。我也爱番茄。番茄在蔬菜界绝对是卓尔不群的存在。

然而，终究没机会看这些青绿的小番茄变大变红。

没过多久，母亲说，小区绿化带的蔬菜都让物业的推草机给推了。母亲说自己没多大损失，就损失了些葱和韭菜。不过，高土堆上的红薯让人挖了四袋。

“四袋？那赶紧得起红薯了。”我说，“煮熟的鸭子别飞了。”

母亲说没事没事，红薯还没长足，要过半月才能起呢。

半月后，我觉得我应该为母亲做点事了。

道上多了一个穿睡衣的女人，来来回回走着，手里拿着手机，装作在看朋友圈的信息，其实眼睛时不时抬起，盯着那个高土堆的动静。

那个女人就是我。

我耐心地等着，我相信我家红薯的魅力。

眼里终于出现了可疑物，一辆白色轿车停在高土堆旁，恰巧停在母亲平时上坡时走出的一条道旁。我赶紧躲到路旁的一辆面包车边。那辆轿车一侧的车灯一闪一闪着，仿佛在呼唤同伴，下一刻肯定有人拿着大麻袋出现了。

下一刻，那辆轿车朝着红绿灯方向开了，转了弯开走了。我马上意识到，也许自己暴露了行踪，我准备转一圈后回来，来个螳螂捕蝉，黄雀在后。

我拐入不远处的大棚区，那里是正经的种蔬菜的地方，大棚里种着时下蔬菜。

令我难以相信的是，我看到了一个熟悉的身影。

那人，撩起衣襟，装了几个番茄，兜着，匆匆地出了大棚。

我跟着那人的脚步回了家。我看到母亲屋里的灯亮着。

后来，我跟母亲说我不爱吃番茄，一吃番茄就会过敏。

后来，母亲对我说她的红薯被人偷了四袋（颗），不是我以为的四袋。而且，母亲把起了的红薯给我拎了一袋过来。母亲说给我挑了好的，还洗了，用刀削过、雕过。

母亲把红薯种出了新境界。

再后来，我时时在梦里，梦见母亲会种番茄了，母亲种的番茄一个个又大又红，三三两两交头接耳，风儿一吹，那些番茄就像风铃一样发出叮叮当当的风铃声。

蚊　刑

卢　群

抚摸着孙女的小手，苏文不动声色地问，孩子，记得蒹葭阿姨吗？

蒹葭？

就是送你抱抱熊的阿姨啊。

记得，那个阿姨好好漂亮哦。

漂亮阿姨要结婚了，想请外婆喝喜酒呢。

去吧去吧。

嗯？这是自己的孙女吗？苏文很是意外。六年的陪伴，她太了解孩子了。因为胆子小，外出办事或者应酬，只要许可，都将孩子带上，久而久之，孩子成了跟屁虫。

外婆，你放心，我一定乖乖做作业。

见她愣着，孙女连忙保证。

哈，把我往外推呢，苏文一下子反应过来。

孩子刚从幼儿园毕业，因为不够入学年龄，就将孩子带回老家，送进附近的一所小学。虽然是旁听生，她对孩子依然严格。孩子不适应，她就给孩子讲学习的重要性，讲中外名人励志故事。孩子知道躲不过了，只得打起精神听从安排。现在外婆要离开自己一会儿，高兴还来不及呢。

孩子的心事，苏文自然明白。不过苏文没有点破，比起哭哭啼啼，这是最好的结果了。为照顾孙女，回家以后，苏文推掉了很多应酬。蒹葭不一样，她是自己的学生，母亲又是闺密，听说自己回来了，特意登门邀请。

赶到集合地，闺密正准备电话她。接送宾客的大巴，热热闹闹坐满了人。她一上车，各种问候接连不断，数年不见，不亲热也亲热了。

喜宴办在半岛大酒店，与县城有着二十多公里的距离。

婚礼于19时38分举行。流程是司空见惯的繁文缛节。当主持人宣布举杯庆贺时，时间已过去半个小时。苏文刚拿起筷子，手机铃声响了，老公焦急地问：婚礼结束了吗？苏文说刚刚开始。老公说那怎么办啊？孩子要你呢。与此同时，孙女的哭声响亮地传来。苏文急了，孩子远离父母，他们就是最亲近的人。外公不会逗孩子开心，自己虽然严格了些，比起木讷的外公，孩子还是喜欢她。尤其吃饭睡觉，更是离不开自己。想到这里，苏文坐不住了。

听说苏文要回去，闺密着急地说，你还没吃饭呢。苏文说孩子要紧。闺密说现在也没有车啊。苏文说外边那么多车呢，没准有凑巧的。

还真有回县城的车。听了苏文的请求，司机大手一挥：上吧。顿时，苏文心花怒放。

心情一放松，肚子唱起了空城计。为缓解胃部的不适，苏文戴上了耳机。刚听完两首曲子，车子停下了。

师傅，怎么啦？

车坏了！司机一边回答，一边掀起车盖。苏文的好心情，瞬间归零。

检查完发动机，司机身子一弓钻到了车下。苏文见状，连忙拿出手电给他照明。刚蹲下身子，后背一阵刺痛。苏文暗叫不好，为参加喜宴，特意穿了件连衣裙，真丝面料，哪里挡得了蚊子？况且这情形，跳又不能跳，躲又不能躲，真是急死人！

吃饱喝足后，蚊子没有走开，如此美餐，得让大家都来享受才是，于是呼朋唤友嗡嗡大叫。听到召唤，蚊虫如翻卷的乌云，呼啸着蜂拥而至。苏文慌忙挥手迎战，左一巴掌，右一巴掌，把自己拍得红艳艳的。蚊子见她毫无章法，就同她玩起了迂回战、轮番战、声东击西战。不一会儿，苏文的身上鼓满了包块，继而相互扩张，连成一片。

苏文爱招蚊子，夏夜纳凉，别人安然无恙，唯有她，走到哪儿都有蚊虫追随。刚工作那会儿，空调还是个稀罕物。为防止蚊虫叮咬，苏文在蚊帐里装上微型电扇，晚上备课改作业，都在蚊帐里进行。同事知道了，说她有蚊子缘。现在自己就像是砧板上的一块肉，蚊虫想怎么样就怎么样！

见苏文拍拍打打的，司机说，你回车里吧。

没关系，要不咱请汽修厂的人帮帮忙？

不用，我会修。

这个人，唉！

手机又叫了，老公打来的。苏文没敢接听，司机已手忙脚乱，再听到不和谐的声音，岂不是乱上添乱？

度秒如年中，又一束灯光远远地射来。此前已过往好多车辆，但大家都束手无策。次数多了，苏文已不抱任何指望。苏文已想好，大不了喜宴散了，跟他们一起回去。

苏文，是你吗？真是你啊！

恍惚中，苏文被人一把搂住。

你们来了？望着闺密，苏文不相信地问。

天，你的脸怎么肿成这样？

蚊刑。

话一出口，苏文想起读过的小说。写的是一种刑罚，把罪犯衣服扒光，然后缚了，划船送到河心，任由蚊子叮咬。受刑者如若天明前身亡，罪有应得；如若命大不死，当场放生。自己虽然没被束缚，然一只手的力量，哪里敌得了千万蚊虫？

回到家，孙女已经在沙发上睡着，眼窝里汪着泪，小鼻子一抽一抽的，看情形，自己在遭受蚊刑的同时，孙女也遭受了一场蚊刑！苏文眼窝一热，泪水滚滚而下。

草 编 王

李利君

北桥市场一大堆进城农民的小摊档，真是把世界上全部生意都做齐了。鸡鸭鱼肉蛋豆虫兽，吃的喝的用的洗的涮的……无所不有，也是无奇不有。当然，那卖东西的人也是奇形怪状，美的、丑的、高的、矮的、肥的、瘦的……像一个大观园一样。这里还是声音的世界：高低起伏，此起彼落。

但有一人却实在是北桥里的一怪人。他，长得并不特殊，黑瘦，因为经常是蹲在地上，看不出高矮；不像别人那样，差不多要喊破喉咙来推销自己眼前的那点土货。他不怎么开声，只是目光定定地盯着眼前那几个草编的篮子。仿佛不是卖东西的，而是专门来保护好这几个篮子不给人买走似的。

即使是靠在他身边的那几个人，也从来没见过他的那几个宝贝篮子有人买过。于是，卖鸡蛋的小五子抽空儿就逗他："草叔，您老是家里闷得慌，来这里听声儿的吧。"

草叔不开声，只是吧嗒吧嗒抽他的烟。

卖野山药的张中是个经常跑山里的人，觉着草叔可能有什么绝活。就说："草叔，俺们可都没开过大眼，您老有什么绝招，给俺们露露？"

草叔的眼里轻轻地有个小小的火花闪了一下，却很快就平静下去了。

旁边卖烧猪肉的王砍刀不愿意把草叔当回事儿。特别是这几年“发”了之后，看着草叔每天闲得像个神仙似的，一天就忍不住说：“爷们儿，您要是没事儿，还有点小钱的话，就买二两烧酒回去喝喝，在这儿摆啥谱儿啊，穷不是穷样，富不是富样。”

草叔斜了他一眼。王砍刀不舒服，说：“爷们儿，不愿意咋地？不服气？我看你是穷的。这样，算我奉献爱心，五毛钱一个，我全包了你的鸟篮，给我的老客户装烧猪肉。你赚钱，老子赚个环保卖肉佬的名声，两全其美。怎么样？”

草叔好像入了定似的，没反应。旁边的小五子听了，忍不住替草叔高兴：“草叔，这是好事啊。五毛钱，一天就是十个的话，您老一天的酒钱可就有着落了，可比这么蹲着好多了。”

草叔轻轻地只吐了两个字：“不行。”

小五子说：“草叔，您老不是吧？每天这么蹲着，别哪一天心里蹲出火来，可就糟了。”

张中听了，也觉得不错，就对王砍刀说：“大砍刀，你小子说话可不能不算数啊，五毛一个，别坑草叔。”

“你看他那玩意儿，五毛钱一个，真的便宜死他了。”

草叔的篮子是乌拉草编的。这大家都看得出来。这乌拉草在本地虽被称为“三宝”之一，可也就是塞到鞋里防个寒之类的，保暖和。草叔把这种贱东西编成篮子，干什么用呢？老太太们买菜、鸡蛋用用吧。不过，这东西可有可无，有它也行，没它也不缺。所以，草叔的生意也就变成了今天这种受人奚落和同情的东西。

草叔对张中笑了笑，“小伙子，我这玩意儿还真不卖给他。”

“草叔……”张中想劝劝他。可是，草叔却已经没一点想听的意思了，他只好闭了嘴。

王砍刀眼睛瞪得像牛卵：“老子可怜你，你倒不知好歹。”

说话间就到了年关。

王砍刀当然没有时间理会草叔了。他一整天都在“血肉横飞”中度过。小五子的鸡蛋也很受人欢迎。他不怎么在意草叔。于是，草叔就成了人山人海的北桥市场里的闲人一个。张中和平时差不多，看一眼草叔摇一下头。这天，人群中来了一个人，相貌也与常人没什么不同。他蹲到草叔的摊子前时张中扫了他一眼，没在意。可是，过了一会儿，张中再看，那个人竟然还在，并且兴致勃勃地把篮子举过了头，反反复复地看了好半天。这就让张中觉得有点意思。他看了一眼草叔，认为草叔应该对这位难得的热心客人热情一些。可是，草叔还是一副事不关己的样子。张中看不过去了，说：“草叔啊，您老昨晚吉星高照。有客人上门，还不赶快招呼招呼。”

草叔淡然一笑：“识货的，自个儿看。”

张中听了差点跳起来：哪有这样做生意的？

草叔就这样做生意。那客人倒不太在意，兴致好像越发浓了。末了，那位先生道：“老先生，您老这篮儿怎么卖？”

“识货的，自个儿给价儿。我没价儿。”草叔说。

那人就再次将篮子举起，细细地打量起来，然后，他轻轻地放下篮子，深深一礼，说，“老先生，我知道自己冒昧，可是今天我只带了一万块钱，这样，我先付这一万块，算订金……”

旁边的张中听了，差点跳起来：“什么？值一万块？”他几乎喊起来，“草叔的篮子值一万块钱！”

王砍刀已经注意到了这个人。听了张中的话，大笑起来：“一万块？卖什么，你那篮子是金线编的？老哥，你是不是吃错药了？”

那位先生看了一眼王砍刀，不屑地说：“您老那把刀，砍一辈子的肉也砍不出这位先生的境界来。”这时，周围的人多起来，那个人就站起来，说，我虽然不知道这篮子是否老先生亲编，但是，各位，这篮子除李天祥后人外，无人能编出。

李天祥，在这一带声名不小。他素有草编王之称，专用乌拉草编各种精美篮子，传说当年渤海王进京晋见万岁爷，装贡品的家伙什，就是李老先生编的篮子……

这位先生道出草叔眼前这几个篮子的来历，直惊得众人眼都直了。

那个人举起篮子说：“各位请看，这篮子的妙处就在于收口。这收口虽然是一个尾巴，但是，李天祥老先生从来不把它当成是尾巴，他把它处理成重中之重，把收口摆在正面中间位置。各位，这草编和做人一样，讲究个光明磊落。李老先生临走前曾经对他的后辈学徒说过，他编了一辈子乌拉草，才悟出做人也得像这草编一样，要光明磊落……”

“草叔，您老……我们得罪您了。”

草叔微微一笑：“好货只送识货人。先生，这篮子我送您。走，我们叙叙……”

“草叔，能卖一个给我们吗？”张中等人吭哧了半天，才说出了震惊之后的一个心愿。

草叔说：“这篮子不是俗物，你们有它不觉得多出什么，无它也觉不出缺什么。我看就免了。各位，后会有期吧。”一拱手，出了人流熙攘的市场。

后来，草叔再也没有来过北桥市场。但北桥市场却在本城的名气如日中天。人们都知道草编王曾现身那里。

越　冬

梁小萍

年轻人试婚，老年人走婚，见怪不怪了，什么都有可能，接受不了可以选择沉默。

方老太太八十岁那年走婚了，稀罕倒是不稀罕，不敢小觑倒是真的，八十岁的自信来自哪里？

独身老人选择走婚是个趋势，毕竟利益和儿女是道永远逾越不过去的坎儿。只不过一向挑剔的方老太太，在选择走婚对象的问题上，一点不挑剔。即便没有故去的方老先生做对比，这个小老汉的形象也实在是差强人意，况且方老太太一向不是一个生活中可以勉强的人，怎么老了老了就不讲究了。

理解不了，自然是年龄的问题、认识的问题、阅历的问题。目前我的年龄、我的认识、我的阅历告诉我，这个问题没有答案。

不管你理解不理解，人家的日子又不用你费神，于是乎，你就看着这个小老汉时不时进出方老太太家的菜园子、时不时嗅到方老太太家厨房飘过来的烟火味，再于是乎，这份不理解莫名其妙演变成了一种不忿。

不忿是需要发泄的，和蓉姐絮叨不解，年纪一把的蓉姐淡淡说了句有伴就好，待看到小老汉模样立马改了口，打眼瞧瞧风姿犹存的蓉姐，看来蓉姐还没老到难得糊涂。和闺密诉说困惑，青春尚在的闺密对于别人的事总是一副心不在焉的敷衍。

没有找到共鸣的小情绪一时难以释怀，虽然我不喜欢方老太太为人处世的强势，几乎和每一个邻居都保持着界限分明的距离，可是并不代表我能漠视她的生活诉求。不过这些和我有关系吗？挺多人都是相互关注却没有一丁点关系，终于明白了多管闲事是怎么来的，怨不得别人一丝一毫，在这个围观的世界里，人人皆有一颗蠢蠢欲动不甘的心。

审丑和审美一样奏效，久而久之漠视了小老汉的丑，说漠视倒不如说无奈更贴切，无奈干涉不了别人的生活，无奈别人没有活出你理想的模样，管闲事管出了境界。

方老太太自从有了小老汉干活，就很少喊我们邻居帮忙了。春天种韭菜、夏天点豆角、秋天播萝卜，小老汉风风火火地在方老太太家的菜园子里折腾着，就连菜垄间的杂草都被择得一干二净，唯剩小老汉戴个大草帽戳在那里晒着年轮，要怎么碍眼就怎么碍眼，走过路过不看不看，管那么多闲事干吗。

三季繁华落尽，冬季不期而至，方老太太的菜园子铺满了落叶。天寒地冻，小老汉也少见了，方老太太的脚步日渐蹒跚，偶尔越过矮矮的围墙，瞧着一院子的枯叶荒凉，似乎期望着什么，落入眼帘的除了寒就是冷，春天还早着呢！

小老汉猫冬猫没了影子，眼瞅着种下的越冬菜蔬从枯叶间冒了尖出了新叶，依然不见小老汉露头。小老汉就这么消失了吗？走婚无疾而终，抑或天人永隔。有时寻思，甚至想不起来小老汉什么时候不见的，或年前或年后，倒数时日也想不起来了。小老汉不若就是方老太太菜园子里的一片老树叶，无所谓什么树种什么品相，曾经千疮百孔晒够了三季，而后化为了一地的冬肥。

过了年打了春，闻听方老太太的院子又有了窸窸窣窣的动静，干活的居然是小老汉，谈不上意外，至少不那么讨厌了，只不过菜园子依旧是腐叶满地。

“落叶冬季能保暖土地，来年就是极好的肥料。”说这话时，方老太太的脸上泛着春天的红晕，宛若也施了冬肥一般精神。不知道怎么了，心里猛然一激灵。

突然间就理解了方老太太，没有一点缓冲没有一点勉强，甚至多了些许伤感。日升月恒、一叶知秋，方老太太、小老汉已然暮年，日子就那么多，余生抱个团取个暖罢了。

谁的命都是有数的，倒数了，更是要数一数二紧着过了。

越过冬季，万物逢春，人亦如此。

让你的船下水吧

原上秋

黄河在这里拐了个弯，匆匆奔向大海。在这个弯处，留下无数的故事，有惊悚，有温馨，不变的是和光阴一样的流淌。文昌顺着河往上游走，边走边喊，女儿，小娥……他的喊叫被涛声带走，被河风吹散，像轻飘的呻吟。文昌断定女儿小娥是因为家里穷才出走的。文昌有好大的力气，却拽不住小娥倏忽消失的衣裙。

到了郑州，文昌已经是一个名副其实的乞丐了。他的蓬头垢面与城市文明形成反差，差点去了收容所。文昌不停地诉说，我是找女儿小娥的。文明城市用文明的方式把他遣送到了村里。

被遣回的文昌独自干喝了半瓶“老村长”，蒙着被子一睡不起。他的手里一直攥着小娥的照片。

镇里包村干部是老曹，村干部报告说有三户今年不能脱贫摘帽。老曹在名单上盯一眼，就来找文昌。他说，文昌你这熊样五大三粗当贫困户，你感觉很光荣是不是?!

文昌被老曹拉到一个建筑工地，他在那里和泥搬砖运材料。文昌的心思还在郑州，他干了三天就不再去了。

老曹望着文昌破败的家发愁。文昌的渔船靠着墙根，像一条晒干的鱼。老曹说文昌你老婆跑了，闺女跑了，为啥？还不是因为穷。你不好好干，过几天你喂的猪啊鸡啊都会跑了。

文昌被老曹拉到一个编织厂，十几个老头唱着歌用桑条编制箩筐。老头们说文昌唱一个，文昌埋头编筐，他不唱。他的心思在郑州，他干了三天就不再去了。

老曹和村干部打了几十个电话，寻到了小娥。小娥在郑州一家制衣厂踩缝纫机。她说她不是嫌弃家里穷，她是看不到希望才离家出走的。

老曹朝文昌的屁股上踢了一脚，说文昌你听听，你这个熊样咋能给孩子希望。

从一条老船边，到一堆空酒瓶，老曹在文昌的家，走出一条曲线。这是一条抛物线。抛物线的起端在船上，落点是一堆空酒瓶散发着颓废气息。老曹说，我再给你个机会，再三天打鱼两天晒网，贫困户给你抹了，送你到山上当和尚。

文昌到河滩里去栽树。河滩里的村庄都搬走了，废墟变成了耕地。文昌把一棵棵树苗埋进土里，不多时便有一群鸟落了上来，它们扎堆笑啊唱啊，谁说黄河滩只有叹息。但是高兴是它们的，文昌的心思在郑州，他干了三天就不再去了。

老曹感觉文昌的病因在女儿身上。

小娥回来了。镇里在新区辟了一片工业园，有一间厂房给了小娥。小娥牵着从田地里走来的姐妹，一起踩起缝纫机，做了很好看的衣裳。这些衣裳挑出最好的，送到了郑州。城里人讲究，他们舍得花钱。那些不好的，留给自己穿。她们知道，好衣裳迟早会穿在自己身上，她们现在要脱贫。

文昌从被子下面拱出来，他想找点活儿干。他苦苦盼望的女儿，带回了他的魂，也带给他力气。

老曹说，文昌你个熊样回家喝酒吧，喝晕在家睡觉。文昌说，不喝了，也不睡了。老曹说，你不想当和尚了？文昌说，小娥回来了，我要给她希望。

文昌说他想去河里打鱼。

老曹说政府不让干的事，你就别动那歪脑筋。老曹转念想到了文昌的船，想到了滩区的树，想到了树上的鸟，想到了游人。他给领导建议，办一个黄河生态游览区，让鸟和人来个约会，让黄河里的金子跳上岸来。

文昌把斑驳的老船打磨又打磨，还刷上一层亮漆。他的船好久不亲近水了，水是它渴望的情人。老曹说，等绿化起来了，你的船再下水。记住，不是打鱼，是看管这片林子，还有这片水。

文昌这回是主动回到滩区栽树的，一开始是一个人，后来上来很多人。从岸滩到堤外，茂茂盛盛，全是树。春风一吹，绿了整个堤岸。

老曹说，让你的船下水吧。

文昌从河里捞了两条真正的黄河鲤鱼，他要用鱼请老曹和村干部喝几盅。老曹在电话里怼他，不摘贫困帽儿，谁也不会喝你的酒。

文昌让小娥过来，小娥说郑州要的一批衣裳快到期限，她们必须加班赶出来。

文昌很失落，他坐在那里呆呆地等。等啊等，不知道过多久，从门外进来一个人，是出走很久的老婆回来了。她的身后，是一脸春风的小娥。紧接着，老曹也满脸笑意地来了。老曹从来就没给过文昌笑脸，这个笑意义非凡……

文昌也笑了。醒来发现已是早晨。初升的太阳把亮光洒在河面，像铺一层金子，花花地闪眼。

遍地芳草

任瑞娟

部队组建时，官兵在营区里种下了两排樟树，几十年过去了，巨大的树冠在空中相依成云，挺拔沉稳地撑起了一道绿色长廊。

前面是高高的红土坡，后面是飞行员宿舍，长约500米，窄窄的长廊被官兵们称为江南路。

江南路是营区的一道风景线。

春天，嫩绿的树叶摇曳着妩媚；冬天，深色的枝杈在风雨中舒展着铁一般的筋骨；秋天，金黄的叶子浪漫飞洒，铺满一地；夏天，荫蔽了丘陵特有的阳光，异常凉爽。不同的季节不同的风姿，勾画出不同的景致，人们都很喜欢这条路。

那是一个夏日的黄昏，部队缩编，人员骤然减少了一多半儿，空旷的营区在红彤彤的夕阳里近乎悲壮的寂寥，只有江南路上的笑声充满了活力。

没有飞行的日子，女人们暂时放松了聆听的耳朵，打理完家务，就捯饬自己。在简陋的衣柜里，从单薄的衣服堆里，选出心仪的裙子，套在身上对着镜子左看右看，“就它了，草儿们！走起。”转身一个微笑便结伴儿走进了江南路，李翔宇的妻子韩璐就在她们中间。

营区里的女性很少，与男人们“天之骄子”的称号相比，她们戏称自己是“小草”。她们平日承受着巨大的生活和心理压力，她们有理由给自己一点时间放松，响亮灿烂地笑一笑，当然，不管她们漂亮与否，官兵们都会用欣赏的目光向她们投以赞许的微笑，在官兵们的心目中，能够来这里并留下来的女人都是美丽的。

男人们除了在篮球场上拼杀嘶吼，也三三两两地走在江南路上，聊的话题多与前段时间的缩编有关。部队缩编，意味着一部分官兵将调离或转业。去向让每个人纠结，离别更是伤感。送别的酒宴上，在几乎是吼出来的“我爱祖国的蓝天”中，一个个大男人哭得稀里哗啦，相互拥抱着约定一定再见，但是，大家都明白，军旅生涯尚未结束，蓝天防线始终第一，岂是说再见就一定能再见的？

团长李翔宇也在散步的行列里，他现在是这支部队的最高首长，正与几个人讨论着明天的演习，这是部队缩编以来，第一次执行重大任务。

突然，一辆自行车从高坡上猛冲过来，李翔宇一手推开身边的人，大吼了一声，躲开。大家尚未看清，就传来“哗啦”“扑通”的声音，接着是一片惊呼。

闯祸的是场站干部大林。场站是负责保障航空兵飞行训练的单位。

这些天，大林一直处在苦恼中，他是本地人，几年前军校毕业分配去了北方，父母给他在家乡找了个女朋友，是个气质优雅、漂亮大方的女孩儿，大林很喜欢。俩人鸿雁传书，十分恩爱。

一年前，一纸调令，大林调到了这里，距离县城几十公里，女朋友高兴得欢天喜地，不时到部队来探亲。

大林拉着女朋友的手漫步在江南路上，女人们的笑声此起彼伏。女朋友说，没想到，山沟还有这么知足的女人。大林捏了捏女朋友柔软的手，说，嫁给我，你也是山沟女人了。女朋友抿着嘴笑了。眼瞅着就要成亲了，突然，部队缩编，一纸调令，大林被调往了更北的北方。“又远了几千公里……”女朋友哭了。虽然调令上说，他暂时在原单位协助工作到新干部到来，但女朋友说，再次分离，她受不了了。大林的心毛糙起来，没事儿就在江南路上转悠，回想着女朋友曾经的温柔。

伤感让大林忘了一切。这天，他闷着头用力踩踏自行车，飞一般地从坡上冲了下来，撞向人群，撞在了李翔宇身上。

场站站长的三步上篮赢得了一片喝彩声，听说出了“车祸”，还撞上了团长，他的脑袋“嗡”的一声，“嗐——”他狠狠地把球砸在了地上，顾不得抹一把脸上的汗水，直奔江南路，挤进了人群。大林正被大家揪着声讨，站长抬起腿就给了大林一脚，喊了声，你小子，立刻禁闭。

明天是重大联合演习，团长是领头的长机，出现意外不能正常飞行，那属于重大责任事故，大林将被严肃处理。

李翔宇被韩璐扶了起来，正用一只手揉搓着另一只手，站长着急地挥舞双臂喊道，叫车来，去卫生队。人群也都急急地叫嚷起来，在航空兵部队，大家对面临的问题轻重都有常识性的共识。

在卫生队，在李翔宇面前，大林惶恐地哭了，抖颤着肩膀说了事情缘由，李翔宇沉默了一会儿，拍了下大林，说，小伙子，我是北方人，从北方调来的，那时，我刚结婚，你嫂子也是北方人，她曾经在一个非常舒适、待遇很高的单位，而现在，我们的孩子在北方，我们在这里。天涯何处无芳草，理解最重要。

几年后，李翔宇的家门被扣响了，打开门，泪光闪烁的大林出现在李翔宇面前，大林的肩牌上多了颗星星，首长好！大林一个标准的军礼。大林的身边站着位笑眯眯的姑娘，姑娘的脸上有两片淡淡的高原红。

我们刚才去了江南路，真美！女孩儿轻轻地说。

因为有“草儿”啊！李翔宇看了韩璐一眼，爽朗地大笑起来。

被撞倒的时候，李翔宇本能地用手撑住了地面，手指严重挫伤，但他带领部队圆满地完成了演习。

星　　爷

桑应德

星爷的名字叫响了三里五村。

星爷原名世星。村民称呼，讲究辈分。爷奶叔婶，皆出口分明。唯有星爷，村里村邻，年老年少皆呼之，大有敬重之意，无乱辈之嫌。

星爷名声响亮，概因星爷有一手绝活——针灸。

那年头，缺医少药，村民有个头痛脑热、受凉发烧、胃肠不适之类的小毛病，都找星爷。星爷从粗布针袋里取几枚褐色银针，对穴下针，顺捻逆搓，插深拔浅，行针片刻，针拔病除。病人庆幸，再三额手称谢，星爷脸上核桃纹微皱，挥挥手，去吧。

佐以针灸，星爷自采草药，研粉熬膏，独制无名药丸药膏，遇跌打损伤、疮疔脓肿患者，星爷施针涂药，几经来回，病患祛之。众人足不出村，小病小痒即除，老少皆乐。三里五村百姓仰慕星爷大名，问诊治病者络绎不绝。

星爷诊病，从不收钱。众人恩意不过，年来节到，自家摘些大枣石榴，蒸些年糕面点送给星爷。有意厚者拎两盒点心、一瓶大曲，堪称高档礼品，星爷概不多客气，一一笑纳。

除了治病，星爷还熟稔一些八卦小技。谁家鸡鸭牛羊走失，都找星爷问卦。星爷随手折一树枝，在地上画道画圈，掐指一算，总能说个八九不离十，众人谁也不以此为迷信，皆曰：神。

一日，邻里一老妇急匆匆来求，说儿子抗不住一门亲事相逼，跑无踪影，几天不回。星爷闭目掐指片刻，说道，放心吧，两天后必回。果然第三天中午，邻居儿子回家。原来头天夜里，这孩子在外躲了几天，筋骨无碍，肠胃不抵，疼痛难忍，半夜潜回找到星爷哭诉一通。星爷取针扎穴，取药粉一勺冲服，肚疼立止。随后支招，后天中午回家，必无事。翌日，星爷传信儿女方，命相克，不能成亲。女方笃信。众人皆不知星爷玩了釜底抽薪。

星爷新中国成立前乃一条血气方刚汉子，曾为护寨卫村乡勇，玩过二十响匣子，也涉足会道门之类的组织。新中国成立后镇反，星爷潜影遁迹。在外隐匿几年躲过风头后返村。后查实并无恶债，但也留了尾巴，戴了顶地富反坏右帽子，成了被专政对象。星爷的一手针灸绝活就是在外逃匿的几年所学，对这段经历，星爷守口如瓶，村里人只知道个大概。

早些时候，虽戴一顶高帽，扛一把扫把扫大街，但扫街诊病两不误。随后运动不断，要紧时作为被批斗对象，常戴高帽上台接受批斗。尽管批斗会热闹，但百姓对星爷恨不起来，批斗会也嫌滑稽。村干部为形势所迫，把星爷的银针没收，星爷失业了。

不让星爷诊病，村民着急，怨言窃窃。一智者遂出主意，收徒，星爷这针灸绝技不能失传。村里三个聪明小伙儿，跟星爷当了徒弟。但也不能大张旗鼓，怕上面追究阶级阵线不清。村干部也睁一只眼闭一只眼，顺其自然。

一日，公社书记骑自行车下村，突然昏厥。村干部手忙脚乱，忽想起星爷，急忙召唤。又顾忌星爷身份，让五类分子给领导看病怕担政治责任。有人出招，让星爷三个徒弟施针，星爷观诊。星爷遂指点徒弟取穴、用针、深浅、力度，徒弟照猫画虎，奈功力不济，半天不见书记反应。星爷大急，推开徒弟，一手捻针，一手掐穴，片刻工夫，书记长出一口气，梦醒般睁开眼睛。星爷说，无大碍，天热心躁急症。众人皆松口气。之后，书记问了星爷情况，吩咐道，把银针退还星爷。

从此，星爷治病、带徒名正言顺，百姓皆大欢喜。

世纪之末，星爷自知大限即至，将三个徒弟叫到床前。一手拿包银针，一手拿个布囊，说了句：传下去。遂闭上双眼，驾鹤西去。

三徒弟净手焚香，打开布囊，只见纸条上写着：二十年后再见。三人互递目光，微微颔首，似有所悟又不完全明白。

腥 汤 面

安晓斯

吃“腥汤面”，还得到沁水湾的吉祥胡同。

吉祥胡同住着六户人家，胡同口第一家就是齐大强家，开饭店几十年，祖传手艺“腥汤面”，十里八乡呱呱叫。

“腥汤面”有说道，有来历。齐大强爷爷年轻时，家里日子不是很宽绰。一天，胡同口那用青石条砌成的井台边来了个卖肉的，高一声、低一声地吆喝着。齐大强的奶奶听到了，想着男人和孩子好长时间没闻到腥味了，就出来看看。平板车上，切割好的肉块很是喜人。齐大强的奶奶就翻来覆去地看着、摸着，这块不错，那块怪好，看了半天也舍不得下手买。

卖肉的汉子见看的人多，买的人少，嘟囔着推车走了。齐大强的奶奶赶紧回了家，把两只摸过猪肉的手在和面盆里涮了又涮，涮出了一盆腥汤。中午，齐大强的奶奶擀了两大剂面条，全家人热热闹闹吃了一大锅腥汤面。饭后，齐大强的奶奶说了做腥汤面的经过。齐大强的爷爷听了，开玩笑说，要是在咱家水缸里涮涮手，咱能吃一月腥汤面。要是在咱胡同口的井里涮涮手，咱能吃一辈子腥汤面呢。齐大强奶奶听了，后悔得要命似的，忽然就感觉自家男人脑筋咋就恁管用呢?

此后不久，齐家就在胡同口的临街墙上开了个门，挂出了“腥汤面馆”的牌子。一大家子人，日子过得是殷殷实实，光鲜亮丽了几代人。

这日子三晃荡两晃荡，就晃到了齐大强当老板的光景。

沁水湾的人都知道，齐家腥汤面，汤好面筋道，全凭那中药秘方。齐大强的爷爷是“腥汤面馆”的首任老板，更是当地有名的中医，对食疗的研究远近闻名，一般的中医先生更是望尘莫及。

如今，齐大强的爷爷和父亲把主要精力放在了中医诊所，“腥汤面馆”的生意，全权交给了齐大强。熬制腥汤面的老汤，啥时候放中药料包，齐家有讲究、有说道。多年规矩，配制老汤中药料包的小屋，只有“腥汤面馆”的当家人才能进。这么多年，齐家除了爷爷和父亲，齐大强是唯一能进去的人。

齐家规矩，接手“腥汤面馆”老板，是要在祖宗牌位前烧香磕头起誓的，腥汤面的中药料包秘方是靠口传的，且只传男不传女。齐大强在大学里学的是营销专业，毕业后回乡创业搞餐饮，靠着这祖传秘方和“腥汤面馆”多年的声誉，三年时间便声名在外了。

数年间，吉祥胡同的其他五户人家相继新划了宅基地，搬到了村外居住。五处空着的老式住宅，早引起了齐大强的注意。去年以来，齐大强就多次请五户人家的主人吃饭，好烟好酒好菜招待得殷勤热情，叔叔啊伯伯啊叫得扑腾腾甜，租也成，卖也行，空下的老宅院能让“腥汤面馆”用不能？五家主人只喝酒不说话。

大家嘴上都不说，心里都清楚，这五家都有个姑娘，和齐大强岁数相当，都想和齐家成为亲家。可媳妇只能有一个，齐大强，该咋处理这场面？难道得学旧时的“抛绣球”选媳妇？难道得学旧时的“比武招亲”？

不久，沁水湾的人就都知道了，齐大强和那五个姑娘结拜成了干姊妹，还大张旗鼓、热热闹闹地在“腥汤面馆”举行了结拜仪式。沁水湾的人就看不明白了，这齐大强唱的是哪出戏？是要弄个“后宫”、金屋藏娇、三妻四妾了？一时间，这事就成了沁水湾人茶余饭后议论的主要话题。

那天一大早，农闲时节的沁水湾人，大都还沉浸在甜蜜的梦乡里，忽然就听得“咚咚咚”几声火铳响，接着就传来“噼噼啪啪”的鞭炮声。“腥汤面股份有限公司”要挂牌成立了。好奇的人们循着鞭炮声，蜂拥而至“吉祥胡同”看个究竟。就见胡同口临时搭建的小舞台上铺着红地毯，齐大强西装革履地站在中间，五个漂亮的姑娘穿着不同花色的旗袍分立两旁。伴着曼妙轻柔的背景音乐，主持人宣布，经公司董事会研究决定，齐大强任董事长、总经理，五个姑娘分别任董事、副总经理。吉祥胡同的六个老院子也重新装修完毕，分别挂上了新牌子。齐大强家挂的是“满庭芳”，其他五家分别挂的是“桂花厅、玫瑰园、牡丹宫、月季馆、菊花屋”，都是以五位姑娘的名字命名的。

昔日的“腥汤面馆”新容初露，华丽登场。沁水湾人就看不懂了，这齐大强到底要唱哪门子大戏，咋弄得这般花团锦簇？人们更注意到，“满庭芳”的大厅里，一面长长的墙壁上挂上了十幅设计典雅、制作精美的版面，上面记载着齐大强奶奶那段和“腥汤面”有关的故事，还有齐家“中医世家”的故事，还有齐大强和那五个姑娘的大照片，还有公司董事会的章程和宏伟目标。

沁水湾人就隐约感觉出齐大强要做大事情了。

一年后的金秋十月，白云翩飞，硕果累累，沁水湾人再度收获满满的幸福。齐大强和他的五位董事共同捐资，为村里兴办起一件件实事。“夕阳红”幸福院建成入住，“小花朵”幼儿园投入使用，“万家乐”超市挂牌营业，“腥汤面”慈善基金会挂牌启动，沁水湾希望中学破土动工……齐大强和他的董事会成员还要做什么，沁水湾人就猜不出了。

而这个时候，细心的沁水湾人忽然发现，“吉祥胡同”齐家中医诊所里，不知啥时候来了个文静贤淑的姑娘，每天热情地为患者品脉诊治。有好事者很快打听到，这姑娘是省城一所中医药大学毕业的高才生，是齐大强的高中同学。

难怪沁水湾文化中心的编剧老郑新近又编了段快板书：打竹板，（那个）笑哈哈，说一说“腥汤面馆”老齐家。说齐家，道齐家，齐家办事（那个）顶呱呱。吉祥胡同六美女，到底谁能进齐家？老郑（俺）今天看不透，明天咱再把话拉。……

沁水湾的“春香大戏台”上，老郑的快板书还没说完，村民的掌声、笑声、呐喊声早淹没了竹板声。

孙　老　师

杨　景

走进残疾人学校的装裱班，首先看到的是长长的案几上，摆着正在装裱的传拓作品；几面墙上，挂着装裱好的拓本白泽、拓本北齐菩萨、中州婚嫁图等作品；墙角的箱子里，装着时新的空白卷轴……

“装裱是一种民族味十足的艺术。俗话讲‘三分画，七分裱’，充分说明了装裱的意义所在。”

正在讲课的是孙老师，他拿着一个碗，碗里放着糨糊：“看，这是装裱用的糨糊，非常重要。打糨糊需用当年的小麦面粉。先和好面，待醒透后，团成鸡蛋大小的面团，然后在清水里将面团中的面筋洗出，之后将剩余的淀粉过滤、澄清，加白帆文火熬制，20分钟左右呈透明状，加冷水即可。这样制作的糨糊可以在水中保存半年，随时都可使用。”

“做好了准备工作，还要经过托画心、托料、方画心、下料、镶局条、镶活、覆背、上墙、下墙、方画、打蜡、砑光、装天地杆等50多道大小工序，一幅画才算装裱完成。这只是大概的套路，作为装裱师，首要的一条必须平心静气。运作中半成品画心的上墙时间很重要，传统装裱在墙（平板）上需几十天，还要经过晴、雨、风等不同天气考验，定型才能稳定。大家先打糨糊吧。”

“杨景，怎么又来我们班看帅哥呢！”我笑着说：“不是，是来听孙老师讲课呢！”

孙老师家住郑州，家庭条件富裕，他早年在外地做生意，几乎走遍了全国。如果不是那场车祸，他现在可能在外地，而一场车祸改变了他的人生路线，从健全人变成了残障人士。这样的遭遇，对于一个事业上升期的中年人，其悲痛可想而知。

他埋怨过、愤恨过，却没有绝望过，更不曾放弃。经过一段时间康复，他的左腿装上了假肢，可以自由行动便开始四处打工。由于年龄大、学历低，四处碰壁，后来经人介绍来到我们学校学习装裱。由于他踏实肯学，每天都是第一个到班里，最后一个离开，一年后他留任做了助教，两年后他被学校聘为装裱班主讲老师。

孙老师豁达乐观，在学员面前，他不像是老师，更像是可亲的兄长。他处事公允、热心公益、关爱学员。平日里，学员若遇到需要帮忙的事，他都会积极帮忙。有一次，一位学员出去办事，回来的路上，轮椅坏了。路人不愿帮忙，这位学员打电话给孙老师，孙老师问明地址，很快骑了三轮电动车，把他平安接回来。孙老师平常随和，所以班里学员称呼他老孙，而不是孙老师。他觉得挺好的，他说，老师，叫起来见外，我让他们叫我老孙，我们能来到学校就像家人。但是他教课时，很认真严厉。有一次，新来的学员做事不太认真，没把拓本处理好。孙老师大声吼他说，他在浪费时间和资源。从那以后，那个学员再也没犯过同样的错误。没想到温和的孙老师，也会发火。

不工作时，孙老师，经常在走廊上叼着烟，看抖音，和我们说笑，形象有点油腻。但回到教室，做起装裱，整个过程中，不说一句废话，语言简洁明了。每一个步骤都做得干净利落，如同一场表演，托心、方裁、镶料、覆背、研光、装杆……真是反差萌。

人生下来就有责任活下去，而活下去需要莫大的勇气。人带着各种问题来到这个世界，因为人就是为了解决问题而来的。如果生命对你动了手脚，你只能报之一笑。如果它还对你动手动脚，那你就给它点颜色瞧瞧。这是孙老师在班里经常对残障学员说的。

老倔屈子崛

郭金勇

屈子崛绰号“老倔”，是乐安镇乐安村里为数不多的吃公粮人之一。当初他爹给他取这名，就是寄希望他能不负家望、努力“崛起”，为家争光。

“老倔”这个绰号，子崛一直不承认，但朋友、同事不管他承不承认，当面背后就是这么叫，他也拿大家没办法。

其实这一绰号还是他娘先叫的。那时子崛还是个婴儿，有一个寒冬夜晚，他娘防他尿床给他把尿，他蹬着一双萝卜似的小腿，拼命地哭，哭得昏天黑地，就是不拉。他爹心烦、心疼了，就说“他不拉就算了嘛”，他娘就将他放回温暖的被窝里，还没等他娘躺好，他就顺顺畅畅地撒了一大泡，洇湿了一大片，气得他娘拎起他就是一屁股掴，还不解恨，怒道：“咋就一个倔种！”他爹不满说：“你说他扯上我干啥？”他娘说：“你不倔？要不要再赶城里再去证明一下八元一斤还是八元半一斤？”他爹就不敢再吭声了。原来，在他爹和他娘刚成婚不久，有位村民说今天城里猪肉卖八元一斤，他爹说是八元半一斤。两人争论不下，他爹就硬拉着那个村民赶到城里菜场实地证明。这件事成为村里的一个笑话。

屈子崛上学后，那股倔劲丝毫没减。有一回天都黑了也不见他回家，他娘不放心，赶到村校一看，只见他一个人坐在书桌前。问他怎么不回家。子崛脖子一梗说：“不做出这道题今晚就不回家！”他娘说：“小祖宗哎，你会做早就做出来了，你不会做，坐三天也没用啊！”他仍不起身。他娘没办法，去叫来老师，在老师的指点下，终于解出来了。也正是凭着这股倔劲，子崛的学习成绩一直名列前茅，成为“别人家的孩子”榜样。高中毕业后，他考进了警察学院，毕业后，分配在县交警队工作，成为一名威风凛凛的交警。

参加工作后，“老倔”的外号叫得更响了。有说他太死板的，有说他不近人情的，但也有人就因为他的“倔”而来感谢他的。

那是一个夏日下午快要下班时，子崛接到报警，说在交警大队附近的自行车道上发生一起单方肇事车祸。他立马和一位同事驾车赶到现场。原来是一位六十多岁的大叔驾驶三轮电瓶车，在驶入车道口时，不小心与道口的隔离桩相撞，三轮车侧翻，人也摔倒在路面。当子崛和同事赶到时，那位大叔已从地上爬起来，在路人的帮助下，扶起了电瓶车。子崛上前询问，大叔一边擦着额角的血一边说：“没事没事，自己不小心缘故。”子崛盯着他出血的额角看了看，说：“你还是去医院检查一下，放心些。”

也不知是大叔心疼钱还是怎的，不耐烦地说：“说了没事，不用查。”说着，就坐上车要开走。

子崛不肯放，要他先坐一会儿，打电话叫他家人来接。大叔道：“你这人怎么这么啰唆啊，说了没事，我不用你们管。你们回去吧。”说完，执意发动车子往前开。

子崛的“倔”劲又上来了。他让同事开着警车慢慢跟在大叔的车后。开了百余米，大叔停下车下来又说：“你们跟着我干什么？我说了没事，你们真多事！”

子崛笑笑也不和大叔争辩。大叔上车继续朝前开，子崛和同事依然慢慢在后边跟。路过一座简易小桥时，大叔的电瓶车摇摇晃晃，差一点掉下去。子崛示意同事超车，拦在大叔的车前。大叔情绪激动起来，说他们是闲吃萝卜淡操心。子崛坚持要大叔掏出手机，打电话给家人。大叔极不情愿地掏出手机，拨通后，子崛一把接过手机，让大叔的家人赶过来。大叔要走，子崛说啥也不放行。

半小时后，大叔的女儿赶到了。子崛严肃地告诉大叔女儿：你父亲额角出血，必须带他到医院检查一下，没事再好，大家也放心。等他女儿答应后，子崛和同事才驾车回单位。

过了半个月，大叔和女儿一起，竟到交警队感谢子崛来了。原来当晚到医院一检查，竟然颅内毛细血管出血。当天晚上，专家会诊，立即手术，才转危为安。所以，一出院，他们就过来感谢来了。

子崛笑笑没说什么，他的同事却对大叔和他女儿说：“他是老倔。那天你家人若不过来，他会跟到你们家里的，你们信不信？”

大叔不知“老倔”是啥意思，见同事这么说，随口接道：“老倔好，感谢老倔……”

周围的同事一听，不禁哈哈大笑起来。屈子崛也跟着哈哈大笑起来。

屈子崛的倔性至今难改。

狗　　娘

曾冠华

狗弟原先不叫狗弟。

狗弟还不足一岁，这么小的娃儿，按现在指定有人带着。可那时候的娃贱养，爷爷、奶奶过世早，爹娘又要到地里干活挣工分，把狗弟扔在家里，跟哥哥姐姐。爹娘出了门，哥哥姐姐也一个个跑过邻居家玩去。大多时候，家里除了狗弟，只剩一条刚下崽三天的母狗。爹将四只狗崽卖掉换油盐了，母狗咕咕叫着绕屋里到处找崽，家里找不着，它便出门找去。

狗弟哭着爬到门口，手靠门槛上，可门槛高，他无法逾越。母狗折回头，在狗弟的小手上、脸蛋上、额头上东舔舔，西舔舔，直把他舔得咯咯笑。狗弟笑的样子很惹人，可爱得像人见人喜欢的稚趣狗崽。

母狗就想到了狗崽，便伸头将狗弟往屋里抵，要他在家里好好待着。然后，它扭头跑远，去找狗崽。万般不舍，狗弟放声哭起来。

哥哥从隔壁返屋，唬狗弟说，哭啥哭？爹知道了，那鞭子打过来啪啪响，会要命的。

玩疯了的姐姐也回来了，从小辫上取下来一朵黄灿灿的菊花哄狗弟。狗弟看了看，满意地笑了，只是他将手中的菊花当作食物塞进嘴里。

姐姐惊讶地张大嘴，紧张地说，那不能吃。果然，狗弟发现味道不对头，立马吐出被口水粘蔫了的菊花，哇一声又哭起来。

哥哥骂道，爱哭鬼。有姐姐在，哥哥又借故溜出家门。没多久，小闺密们的叫声也把姐姐扯走了。

哥哥姐姐不知道狗弟肚子饿。娘知道，可她在地里，远水解不了近渴，一时间奶不着他。实际上，狗弟每天仅早上有一餐奶而已，娘干瘪的奶袋不像母狗的奶囊鼓胀鼓胀装满奶水。

母狗出门找崽，也找吃。家里实在捉襟见肘，供它们的饭食极其有限，最丰盛算狗弟拉的那撮黄稀稀的奶屎了。

那样的生活景况，娘会有多少奶水？母狗喜欢到单身汉阿木的院子里去，他会端出来菜汁泡饭倒在地堂的木盆里款待它。有的时候，母狗还会吃到一条巴掌大的鲫鱼。

母狗是娘外家送的狗崽养大的。那年，单身汉阿木顺路给捎来它。阿木看娘的眼神很特别，大伙背地里说，他是癞蛤蟆想吃天鹅肉。

母狗心中像挂一面钟，每次都准时回家。狗弟也静了，不再听到他的哭声，倒助长了哥哥姐姐的玩性，故而他俩老挨爹的鞭子。爹常训哥哥姐姐，就要开蒙读书的孩子了，你俩还鬼整似的像一对疯娃。

有一天，爹捏着狗弟红嘟嘟的腮帮说，都说小儿有福，这话还真不假，看我小子的长势，可喜人哩，小子你说，吃的啥宝贝长得如此骄人呢？说着爹转而看娘，眼里充满爱意。娘奶袋虽然空落落的，奶水严重不足，可那点滴都是宝，滋养人啊。爹的褒奖，娘红起一盘幸福的笑脸。

爹从大队开会回来，手里提着一条洋镐棒。看爹杀气腾腾的架势，娘、哥哥姐姐都缩闪到墙边老实站住。怕吓坏家人了，爹沉着脸解释说，打狗——

原来，西边的公社闹疯狗病，事态蛮严重，上面指示全县打狗。

土围村每家都养狗，大伙为难死了。有人便说，真要打狗，得从队长家打起。明摆着，把球踢给爹。爹放下才烧了一半的烟杆，挥手站起来，蜂拥跟上的人们脸色煞白，霎时为母狗捏了一把汗。

有人提点爹，母狗行动有规律，等一会儿它保准回来。爹拿眼睛盯着说话的人问，咋回事？你狗日的对我家母狗如此上心？话毕，爹把洋镐棒横在屁股下当垫而坐。看阵势，母狗难逃一劫。有人便说，狗有灵性会嗅出气息，所以不一定候得着它。大伙纷纷点头。爹鼓起双眼，众人默然。

母狗出现了，瘸着左后腿一路小跑回来。

爹示意大家躲到一旁，等母狗过去了，才偷偷摸进家门。

母狗在家里找着狗弟，东亲亲西亲亲，像亲吻狗崽，然后躺下来，把奶头对准他的小嘴喂奶，一边颤抖着左后腿，它明显被打伤了。

狗弟嗞嗞地吮吸着狗奶，爹手中的洋镐棒咣当落地，把母狗惊跳起来，不知所措地退到屋角，吊高左后腿，无助地任由伤口处的血滴落地上。

爹轰然跪下，面对母狗，哽着声音说，狗娘啊，无以报答，我小儿从此改跟你姓，叫狗弟……

当年，那个叫狗弟的娃儿，是我。

水芹菜

王东梅

三妈的一双小眼，溜圆。即使老了眼皮耷拉了，那小眼珠也是溜圆。滴溜圆！

三妈滴溜着一双小眼睛四下里看：这院子咋就这么大呢？鸡呀鸭呀猫啊狗啊，只要一撒开就寻不见了。这院墙咋就这么高呢？高得像一座山，爬也爬不出去。这屋子咋就这么黑呢？黑得人心里像是挖了一口井，黑咕隆咚的吓得人不敢迈脚步，恐怕一不留神就掉到井里。还用掉吗？四面高墙深院，这不就是住在井里了吗？住在井里的人还有啥指望啊？

三妈思了又想，想了又思，就思想的一颗心上渐渐反了酸，酸里就包了一股水，水就委委屈屈汩汩荡荡，从三妈溜圆的小眼儿里冒了出来。

汩汩荡荡，委委屈屈。委委屈屈，汩汩荡荡，那水渐渐就有了声响。那声响里说：我的命，好苦啊！

那声响一出，鸡和鸭，猫和狗，突然不知道从哪冒了出来，呆愣愣地立在院中央。听那水委委屈屈汩汩荡荡，还有喋喋不休。

水说：我的爹呀，你好狠哪。你咋就没想到你给我千挑万选的男人是个病秧子？你咋不晓得穷家难挨呀？我的娃啊，你是瞎了眼吗，要投生这样的人家？

让我去死吧！屋里，炕上，一个男人的声音。

那声音没了气力，像是从嗓子眼的半当腰里冒出来的，又像蒸馒头用软柴，灶头上的气就软塌塌地撑不起个身子。

絮絮叨叨，汩汩荡荡。

五婶扛着锄，从院门口经过。

院里的鸡鸭猫狗，像做了天大的错事，蔫头耷脑，不言不语。五婶就在心里恨恨地骂：小妖精！当年仗着男人当队长，身强力壮，欺负大伯子，踩踏小叔子，分家时硬是抢占下了家里最大最好的院子。这会儿，男人有了个三灾四病的，就开始呼天抢地。该！活该小妖精过几天苦日子。五婶的牙咬得嘎嘎地响。

已经过了院门了，却又听得小妖精一声声的，声嘶力竭。不忍，又转回身，把一把水芹菜搁在井台上。水芹菜上的几点露珠，就蹦蹦跳跳起来。五婶记着，小妖精爱吃水芹菜摊的菜坨子。

三妈是看见了五婶的背影，是看见了五婶肩上的锄，看见了五婶翻卷着的屁股。三妈就在心里恨恨地骂:蠢婆娘，除了有一身肥膘，有把子蛮力气，还有啥?三妈最看不上五婶，糙糙拉拉的，哪里像个女人。哪里像自己，腰是腰，脸是脸，要不当初老三咋疯了似的要寻她。家里老爷子还不是看她模样装正，撑门面，才许了她大房子大院，迎她进门。

唉，还说这些干啥呀，八百年的陈糠烂谷了。老爷子已经没了，爷们儿也病了，自己也人老珠黄了。倒是这个蠢婆娘，牛一样，倒越发的威武了。这会儿子，都敢踩到她头上了。

三妈就气鼓得像揣了个大皮球。三妈想着，蠢婆娘这会儿子不定咋笑话她呢。说不定那嘴角都能扯到耳根台子上了。三妈越想越恨，收了眼泡里的水，三妈要去撕了那蠢婆娘的嘴，挠花她的那张丑脸。

三妈呼呼地带着风地往外跑，惊得愣呵呵的鸡鸭猫狗没了躲处，噗噗啦啦，就又惊掉了水芹菜上的几点露珠。

那个粗粗壮壮的背影已然寻不见了，只有一把水芹菜躺在井台上。三妈的眼泡子里就又蓄满了水，汩汩荡荡，委委屈屈。

咋能是这个蠢婆娘来可怜自己嘛?

如果是她来可怜自己，那还不如死了去!

眼泡里的水，就一涌而出了。

三妈心下里一横，呼呼地带着风，往院外跑。屋后，有水塘。跳下去，就看不见谁的可怜了。

咕咚!

三妈跳进了水里。

这下子，世界安静了。三妈想，她这辈子的心，算操到头了。

老三哪，你别怪我。我真的是扛不住了。娃啊，别怨娘。娘真的好累呀。爹呀，娘啊，来世再做你们的儿女吧!

水塘里的水，清凉凉的，像小儿女在揪扯她的衣襟;像爹和娘在抚弄她的头发，像老三轻轻地把她揽进怀里。

再沉一些吧，沉到塘底。

三妈的身子就往下坠，脚也往下探。一蹲身，脚竟踩到了塘底，再一撑劲，呼啦半个身子就冒出了水面。

三妈一定是哭蒙了，竟忘了屋后的水塘不过齐腰深而已。

想死咋还这么难呢?

一屁股坐在塘沿上，三妈的眼泪一双一对地往下淌。

哎呀，难哪!

正是吃早饭的光景，街街巷巷里就空荡荡的。

那街那巷，咋就那么静呢? 静得像四下里一个人也没有。

有风。

风从街角刮过来，在三妈湿漉漉的褂子上，蹭来蹭去。

忽然，三妈记起了那一把水芹菜。水芹菜上的露珠，光灿灿的。

水芹菜洗净了，碎刀切了，裹上棒子面，上锅摊成菜坨子，晾凉，拌蒜，老三能吃上一大碗。

一大碗! 老三好久没吃过一大碗饭了。

鸡、鸭、猫、狗。突然，三妈想到了满院的鸡、鸭、猫、狗。

鸡!

鸡会不会啄了水芹菜?

顾不上多想，三妈爬起来，就往家跑。脚上的鞋子什么时候丢了一只也顾不得了，三妈满脑子里，就剩下一把水芹菜了。

鞋

田光明

那年，我调到王家寨小学任校长。屋檐下的钟声响了，我去各班检查学生自习情况。进了三年级教室，发现讲台边站着一位男生，他黑瘦的脸上嵌着尖尖的鼻子，头发长而乱，成了个喜鹊窝，浓眉下一对大眼睛，透着灵气。我问他叫啥名字，他头一晃，极不情愿地回答:李亮亮。我问他为什么站着? 他不说。班长告诉我，他不做作业，拽前边女生的辫子。班里同学哄堂大笑。我就批评了他，让他坐回座位上做作业。就这样，在校园里，我看见他就没有和颜悦色过。他见我了，也就有点儿怕我。

入冬了，山里下起了第一场大雪，雪天孩子们到校迟。我就安排学校附近的学生，把校园里的积雪扫了，开始上课。上课十多分钟后，李亮亮戴着草帽，身上披着塑料纸从大门外走了进来，我没有批评他迟到。特殊天气，我让他快点进教室，去听课。

下课了，学生们雀儿一样飞出教室，在校园里快乐地追逐着，玩着雪。一会儿，有学生向我报告，李亮亮和同学打架了。

我走出办公室，来到操场上，罚李亮亮和那俩学生站在雪里。

“你们为啥打架？”我问亮亮。

“他俩踩我的鞋，还骂我。”李亮亮说着，委屈地哭了。“老师，他们几个欺负我，给我脖颈里灌雪末，刚在那儿玩雪，他们踩我的鞋，还骂我妈，骂我妈是懒婆娘。”他哭成了泪人儿。

我看着亮亮，他光着脚，穿着一双大人的棉鞋，后跟都趿拉着。我蹲下身子，用手捏了捏鞋帮，鞋已湿透了。

“这是你的鞋吗？”我问李亮亮。

“不是，是我爸的鞋，我就没有棉鞋穿。早晨起床，我爸穿着棉鞋，把门口挑水的路，我上学路的雪扫开，才把鞋给我脱下来，让我穿上来学校。”

听着，我的眼眶里就有了泪水。我转过身，批评了那俩学生。我又把亮亮领到我办公室。从床头的纸箱里，取出了我入冬时买的一双旧军用棉鞋。那是我用上个月乡上发的生活补助费买的，花了一元五角钱。我让亮亮把湿了的鞋脱下来。把我给的棉鞋穿上。他不肯脱，我就劝他，小时候一定要把手和脚保护好，别冻伤了。我就给亮亮看我手和脚上过去冻伤的疤痕。告诉他，冻伤了手脚，每年到了冬天，都会发作的。

听了我的话，亮亮脱下了湿透的棉鞋。我让他把我拿的棉鞋穿上，告诉他鞋要穿上，穿正，别趿拉在脚后跟。我又把炉火捅旺，把他湿了的鞋烤在炉子上。

让他走时，我没有批评他，告诉他，同学之间，要友爱，别打架。

上课钟声响了，我目送他走进了教室。放学后，我把烤干的棉鞋用纸包上，让他拿回家去，让他爸穿。他要给我脱下脚上的鞋，我再三说服了他。后来，我也就多关注了这个孩子，鼓励他好好学习。

冬去春来。按照乡政府的安排，各大队分村组召开选民大会，抽调我去各村上组织选举会。正好，我到了李亮亮的村上，我就特意到他家里去看他。原来，他母亲的手有残疾，做不了针线活，一家人身上的衣服，脚上穿的鞋，都是靠年迈的外婆做。我也就想起了在风雪中，他脚上的那双棉鞋，心里一阵酸楚。

在学校里，我没有给李亮亮代课，他在学习中有困难了，总要来问我。记得有一次，他还向我要了一本课外书，说他喜欢看。

亮亮小学毕业，升到了镇上的初中上学。我曾在去镇上开会路上遇见过他几次。他见我，就很亲热，快乐地跑过来，喊着我。我就问他的学习情况，询问他代课老师是谁？学习有啥困难？他身上穿的衣服，总是那样宽大宽大的，觉得不合体。

几年后，我离开了村学，到镇上的学校教书。李亮亮从初中都毕业了，我也就很少有关于李亮亮的消息。

1996年的冬天，天气特别冷。在雪花飘飞的午后，乡里的邮员给我送来一个来自青海某部队的包裹，我匆忙打开，是一双崭新的军用大头鞋。还有一封信：老师好！又到冬天了，我当兵已经两年了，一直有个想法，给您弄一双军用大头鞋，但部队有规定，大头鞋每人一双，三年后，可以旧换新。我把给您弄鞋的事说给了我的老班长，老班长很感动，他在今年退伍时，就把旧鞋送给了我，我才给您换上了一双新的大头鞋。现在邮递给你……

读着信，我泪水冲出了眼眶……

寒梅著花未

贺向花

我很幸运，第一次离开家乡，就遇见诗人裴迪。

裴迪说，终南山什么都有，终南山什么都没有，到底有还是没有，全在于你自己怎么想。

裴迪又说，有机会，带你去终南山看王维。

我仔细观察他的表情，就有些沮丧，我想，他只是那么随口一说。

裴迪虽只是那么一说，我却再也放不下，再三的缠磨，裴迪说，那好。我种的蜡梅，也不知长得怎么样了，正想去瞧瞧，明天带你去。

说起王维，裴迪兴致很浓。

王维在终南山，置办下几间茅草屋，有空闲时就去住几天，寻幽探微，有时也在空竹林里弹弹琴和着琴声高声唱歌，渐渐地，在山里居住的时间越来越久。虽然住深山，总有好友来探访，王维总是热情相待，他很珍视朋友间真挚的友情。

冬天来了，王维写了一封信，是邀裴迪同游。裴迪收到信，迎着北风来到王维的山中居所，边吃野味，边山南海北地侃。后来说到花，裴迪说，门前若有蜡梅，伴着梅花清香，多沁人心脾。王维却摇摇头说，不种。

裴迪说了蜡梅的很多好话，王维只摇头说不种。

裴迪越想越觉冬天太萧条，远天空山草屋酷寒云雾，如果院里开满嫩黄花朵，多特别，况且，只那香气，已与众不同。本来裴迪到山里并不为蜡梅，但他那天一门心思跌进蜡梅花中，出不来了。

吃罢山野菜，裴迪对王维说，走，到东边去转转，看看蜡梅花，东边约三里远有片蜡梅林。王维摇头。

他们出门去爬山。终南山高得像和白云相连接，站在主峰山腰向下望，山谷里尽是云雾，走着走着，突然看到山半腰长的蜡梅树，有一人来高。裴迪说，挖出来，种到院里去。王维说别种了。裴迪不听，从寺庙里借来一把铁锹，将梅花树挖出来，花根上带了老大一疙瘩泥土，就那么抱在怀里，抱进王维的院子里。裴迪挖着树坑，王维在一边坐着弹琵琶，裴迪要王维把梅花放进树坑里，扶一扶，王维十指在琴弦上拨弄丝毫不动。裴迪将梅花树放在坑内，放正，填土，浇水，看看煦暖的阳光照着梅花树，满意地笑。裴迪说，每天醒来有蜡梅花陪着你，你就知道蜡梅花的好了。

我跟着裴迪来见王维，裴迪对王维说，看，你的小同乡，像不像你刚从家乡来长安时的模样？

我忙问好，王维听见乡音，有些激动。似乎想问些什么，张了张嘴，却只说，欢迎你来。

裴迪笑说，我今天不是来看你，是看我种的梅花。他围着房前屋后转了几圈，也没有找到他种下的那株梅花。问王维，莫非当柴烧了？王维说，有朋友来，我看他喜欢梅花，送给他了。

裴迪说，蜡梅怎么就这么不招你待见？王维泡了茶，递给我和裴大哥。

我才不在意他们俩种不种梅花的事，我心里琢磨，王维第一眼看见我时，似乎想问什么，会不会冷不丁突然问起来？他会问起谁呢？

在山里逗留一日，也没有听见王维，问起家乡的谁。

黄昏时，我们和王维道别，就要转身离开时，王维突然说，君自故乡来，应知故乡事。来日绮窗前，寒梅著花未？

听到王维诗一样的问话，我很兴奋，但是王维问蜡梅开了没有？我又觉得好笑，我看一眼裴大哥。

裴迪问，咦？不是不喜欢梅花吗？

王维说，在家乡，我太太就种蜡梅，花开时，太太最喜欢坐窗前，看着蜡梅绣蜡梅。

我看见裴迪的神色有些愧疚不安。

裴大哥和我走在回去的路上，突然对我说，十几年前，王维太太难产，母子都没能留下来。

猛然间，我的心里像被鼓槌重击，原来，有一道无人看见的伤口在那里。我读过王维很多诗，看过王维很多画，听说过王维的很多逸事，但我从来不知道，生活中的王维原来是这样，令我唏嘘不已。

乾　坤　带

天　晴

一大早，根叔骑自行车出了山村，赶往乡里开会。路上听着嘎冷嘎冷的铃铛响，他就在心里打趣儿，好像穿一身秧歌服的王老太，一边骑车一边听戏匣子里的秧歌曲。可是越骑越觉得身上不自在，拐到一棵大树下停了车，摸摸头，看看脚，正一下白衬衫和蓝裤子，没事儿啊。左三钩，右三拳，这一活动找到了，肚皮儿卡得慌，根叔的眼光就钉在腰眼上：今天捆他的不是陪伴八年的老朋友，而是条崭新的陌生客，皮的呢。皮的咋啦？俺不稀罕！根叔朝地上啐了一口。

儿子见天就讲，男人看腰，女人看包，村书记抽一条好皮带才有派儿。根叔就不爱听，当书记就得臭显摆？

你这旧腰带是革的，都秃噜边儿了，多寒碜，又不是买不起。儿子嘟嘟囔囔。

根叔也振振有词，忘了早先喝不上粥了？你要是钱没处花，买个包给你妈，让她绕着全村显摆。

根婶捏在根叔的身旁。自从她那次陪根叔给梨树剪枝，不小心被梯子磕了脑袋，就总是一脸的傻笑。

儿子丢个白眼儿，喉结鼓鼓地缄口。

每次走到村头，遇见王五，王五说根叔，你都有钱了，腰上还土拉吧唧的，抠啥抠？哪家姑娘肯给你当儿媳妇儿？

走到村尾，遇见麻六，麻六说根叔，我知道是老书记给你的旧皮带，抽了这么多年。

走到村外，更多的眼光落在根叔的腰上，然后把根叔的一张阔脸横扫一遍，无声地询问：你们村还没脱贫呢？

管他呢，抽自己的腰带，让别人说去。根叔抚摸着抽了八年的老朋友，心里就是舒坦，就是有精气神儿。

可今天抽着新皮带就是不自在。进乡政府大门的时候，遇到了爱说笑的李村书记，李村书记瞅了瞅根叔的腰，又瞅了瞅像是雨打蔫儿了的倭瓜花样的人，不明就里地扑哧笑了。

这一笑让根叔不明就里地虚下来，身子缩小了一半。回到自家院子，气鼓鼓地扯下皮带，卡丹，去你的！随手甩到狗棚上去了。翻箱倒柜找老朋友，连垃圾桶都倒个底朝天，愣是找不到，却翻出了他本命年那条大红的布腰带，先捆上吧。就这样在村委会给干部们传达了会议精神。

等他停了口，妇女主任指着他的红腰带乐开了，乐得满脸通红。大家也都憋不住，跟着乐。

根叔脸上臊得跟腰带一样红。

回到家不给老婆、儿子好脸子看。根婶笑嘻嘻地捧上旧皮带过来，根叔叫声我的命根子，一把抓过来。皮带上沾着几滴水珠，甩了甩，往腰上一紧，断了！根叔唉声叹气，老泪纵横。

饭也不吃。村里有人找他也不理。见儿子就举鞋底子打。

根哥呀，我来瞧瞧一条皮带咋就困住了你？妇女主任把笑声扬进屋里。

根叔冲炕上摆了摆手，示意妇女主任坐下。

根叔抚摸着两截旧皮带说，你们都以为我贪便宜，抠门，没人知道我抽上它，就有了魂儿，就像老书记在我身上给我打气。六年前的场景又一次浮现在根叔眼前。

几天的大暴雨让山村发了水。老书记指挥村里青壮年挖沟排水，三天三夜，嗓子都喊哑了。老书记运了一口气，猛劲儿地喊，抓紧抓紧，就要成功了。“嘭”的一下，腰带断了，裤子？滑了下来。老书记赶忙提溜着，装作若无其事的样子继续指挥。根叔拔了山草拧成绳子捆在书记腰间。事后有人提议给老书记补个腰带，一呼百应，大家集资，一条皮革腰带就这样上了老书记的腰身。

几年后换了根叔当书记。有天晚上，老书记邀根叔到他家，兄弟俩喝了几盅小酒，老书记郑重地把那条腰带赠给他，兄弟呀，别小看这条腰带，它系着全村老少的心。你带着他们致富吧。

得，也不是非得面儿上给别人看，心里有不就行了？妇女主任说这话时早就不笑了。

那倒是。根叔挠了挠后脑勺。

妇女主任往炕里挪了挪，把脸正对着根叔，说，根哥带领大家栽果树，一到春天，满山坡的杏花、梨花、桃花赶趟似的开，外面人都来观光旅游；等杏、梨、桃长熟了，卖出去，家家户户腰包都鼓起来，谁都记得你的好。可毕竟是富裕了嘛，还在乎这一条皮带？

可咱们村致富不容易，我要是带头图享受，摆阔气，山里山外都跟着学起来，谁还记得勤奋节俭？再穷回去谁过得了？

哟，一条皮带，关系着大家的过去和将来呀。

可不是？要不我咋叫它“乾坤带”呢！根叔说出“乾坤带”这个文绉绉的词，很是得意。

你知道新的咋来的吗？妇女主任神秘地说，前天在村委会打扫卫生，卖了好多碎铜烂铁、破旧报纸，都是你这些年攒下的。有人说去饭馆撮一顿。我说就知道吃，还不如买条新皮带，给书记精神精神。大伙儿都双手赞成。这才叫侄子偷偷给你换过来。要是不领情，我就收回去。

别介。根叔趿拉上鞋，朝屋外走去，眼睛盯着狗棚顶上。

山风吹过来，身上怪舒服的。

大碗肉

邹立文

麦香来浦洼煤窑，是男人贵成井下砸伤脚的那年冬天。

那天，贵成和几个工友拆卸巷道的立柱，岩顶碎石意外脱落，躲闪不及的贵成，砸伤了左脚。出院后，一瘸一拐的贵成，去了机电工区看仓库。

仓库旁边有两间闲置的工房，门窗玻璃都已损坏。贵成勤快，业余时间修修补补。最后，找几页旧木板拼个大床，搬了进去。

算计着时令已过霜降，老家地里的农活也快拾掇完。贵成就托人捎信让麦香来煤窑，这样一来可以照顾自己，二来看看能否让麦香找点事做。

麦香来窑上几天，也没转悠到合适的活。贵成就跟麦香说：要不你在矿上食堂门外支个摊，卖大碗肉吧。

大碗肉也叫白肉，是贵成老家那边，只有红白宴席才上的一道菜。

麦香说：成吗？贵成说：成，窑上的煤黑子从不心疼钱难为自己的嘴，啥好吃啥。

说干就干，贵成垒灶砌烟囱，去炭场拉煤。麦香集市上割肉，买作料。肉是当腰带皮软肋，去骨去油的五花肉。先切成巴掌大小的方块，凉水起锅，大火煮沸，撇沫，至六七分熟捞出。改刀切成一指来宽的肉片入锅，汤中放姜片、蒜瓣、食盐，以及装有花椒、八角、桂皮、香叶等的料包，再用小火慢炖。吃时将肉片盛在碗中，蘸汤汁，皮紧实，肉软糯，入口即化，唇齿留香。

麦香的大碗肉摊一开张，就红红火火。吃肉的，顺汤的，还有些围着看热闹的。麦香手中抓着，嘴里喊着，脸上笑着，忙而不乱，天生就是块招呼买卖的料。

日子久了，煤黑子们就没了大小，棉裤腰似的嘴巴里，啥样的荤话也说。还有装孙卖呆的，趁着麦香忙活时，上赶着蹭臀摸胸地占些便宜。麦香急了眼，也常骂他们是些不招人待见的东西。可贵成总说：别看这煤黑子嘴碎，手贱，可这心不坏哩。只要咱失不了本分，他们能闹到哪去。

那时候煤窑的生产条件差，时不时地会出点事故。麦香慢慢地知道，分田到户后，那些来这儿的劳力，大都是村里的急汉子，要不谁还会冒险下煤窑。井底的活又脏又累，这些埋在地下的活人，时时都要揪着心，绷着神，嘴巴也不同往常，严丝合缝，不敢冒出半星儿造次的话来。只有出了井口，见了日头，煤黑子们才又像活回来一样。活回来的煤黑子们自然要先犒劳那张嘴，也就由着它说，由着它吃。

可哪里也有不一样的人，刘大抠就是。大抠算是窑上的老人了，可这些年来，只知道挣钱，却从不和别人伙着吃根葱，饭时去食堂打份没点油腥的大锅菜，几分钱的咸菜块，抱着五六个馒头吃得酣畅淋漓。大抠吃饭，也好挨着麦香的大碗肉摊子，却从没买一回大碗肉。有人也常拿他打趣，大抠也只是笑嘻嘻地说：闻着这肉香就能多吃俩馒头，够了。平常，麦香和煤黑子们嬉闹得热热火火，唯对这刘大抠例外，麦香懒得理他。

可有一回，刘大抠似改了肠，非要赊麦香一份大碗肉吃，说过两天就开支，一定补上。麦香头也没抬地回道：那就等有了钱再来吃吧，这么抠的人，还怕你不还呢。刘大抠只是笑笑，说行，行。

又过两天，快到饭时。这矿上气氛陡然紧张起来，穿着白大褂的医务人员和矿上领导，没命一样往井口方向跑。原来井下出了塌方事故，而被埋住的正是刘大抠。

以后，来摊上吃大碗肉的煤黑子们，竟都念叨起刘大抠的好来。说他抠门，也是没法的事。家里兄弟四五个，都挨着号等着盖房娶媳妇。大抠就把这下窑挣的钱，摞成摞，攒成团，送到家里补亏空。大抠说过，这几年家里面兄弟都完事了，今年再干一年，和父母一起翻盖翻盖老房子，自个也好回家娶媳妇，过清净日子。

麦香忽觉得咽下了冰疙瘩，凉凉地堵心。

那天，按乡俗刘大抠的家人来井口拉魂，他们置办几样酒菜，一个穿素衣的侄儿怀抱一只大公鸡，跪在井口一边的空地上烧纸钱。麦香着急忙慌地端去了大碗肉，见那带着火星的纸灰，在大碗肉上打着旋儿转，麦香的心才稍稍安稳了一些。

晚上回家煮肉，麦香把那些煤黑子赊赊欠欠的账本，扔进了炉膛，喃喃地说道：往后，下窑的兄弟们来摊点，有钱没钱，都管够，这账想起来就还，想不起来了就算。

此时，正往灶中添炭的贵成，分明瞥见，麦香红红的眼圈里，有泪水在打转。

古坛记

陈小庆

老顺头年轻的时候，跟着父亲走南闯北，贩瓷器卖布匹，很是赚了些银钱，他家的三进的青砖大瓦房院落，是方圆五十里最漂亮的。老顺头为一镇的首富，平日里却甚是低调，后来他儿子参加了八路军，新中国成立后，他们捐出来所有家产，只保留五间上房，老顺头从镇上首富到平民百姓，一点都没有觉得失落，过去他喜欢喝点小酒，现在不喝也就不喝了，也喜欢抽洋烟卷，现在旱烟袋也能抽出神仙之风。

老顺头六十岁时，身体还非常棒，下地种红薯并亲自在院子里挖了个红薯窖，可红薯窖挖好后，老顺头却没有表现出应有的开心，谁也不知道为什么，老顺头明显没有过去干劲大了，旱烟袋抽得却更猛了。有些人说他是累的，倒是老伴看出了老顺头的心事，有一天夜里悄悄对他说，你是不是听咱爹说过啥？

老顺头看瞒不住老伴就说，其实我不是在乎地下有没有东西，不过真没有的话，还真让人有点那个……说到这里老顺头就不吭了。

五间上房后面是个七尺宽的天井，人迹罕至，除了一棵高大的臭椿树，一无所有，秋天落的叶子到春天时还厚厚地在地上铺着。

十岁的孙子小羽却喜欢去天井里玩，一个雨后他拿着铁铲挖蚯蚓，挖着挖着刮到了一个缸沿，很好奇，就接着挖……

小羽拉爷爷来看他画的世界上最圆的圆，老顺头一下就发现了问题，根据祖上的习惯，祖孙两人很快发现了一百个银圆的藏身之所——当然不在缸里面，缸里什么都没有——围着缸沿转了一圈，正南边两步远三尺深的土里有一个小坛子，小羽最先发现小坛子，他说：“又有个小圆。”

“别给你爸爸妈妈奶奶说……”老顺头先说了这一句，其实爸爸妈妈那时在遥远的地方上班，难得回来，爷爷主要是不让给奶奶说。老顺头把银圆装在一个布袋子里，藏在了接近屋后檐的乱石堆里，小羽都够不着。

“小子，等你长大了娶媳妇用！”老顺头对孙子低低说道。

但小羽哪里等得了那么久？再说了，娶媳妇，小羽当时一点都不感兴趣！老顺头把银圆放得小羽够不着，小羽倒非常开心：因为小羽知道自己够得着！

小羽喜欢吃零嘴，隔一段时间，他就会去摸一个银圆，去几个邻村的供销社轮番换好吃的，这样的日子持续了很久……

老顺头挖到银圆，明显精神了，时不常地喝点瓶装酒，抽点纸烟，他又喜欢穿好衣服，不干活时就穿着只有在过年时穿的衣服，这样还不行，不久他又发展了一套呢子大衣。有一天小羽去摸银圆时，发现袋子不见了。他竟不想去问爷爷，他怕爷爷发现他一直关注银圆，更怕爷爷发现他够得着银圆的事儿，他要装作自己像对娶媳妇不感兴趣一样对银圆也不感兴趣。

果然，过了几个月，小羽就把摸银圆的习惯给忘了，毕竟找了几次没找到，就不再感兴趣了。小孩子总会被新的事物吸引，这件事渐渐变成了童年回忆。

二十二岁的春天，已经做了镇上税官的小羽从外面回来，和老顺头在老宅子的暖阳下唠嗑，看四下无人，小羽突然问了爷爷一句："咱们家那些银圆还有吗？"

老顺头此时已七十多岁了，身体依旧硬朗，一顿还能吃一整只烧鸡。爷爷拿眼斜了小羽一下，似乎笑了："咋，你还想花这钱？也想收点税？"

小羽闻言笑了笑不再问了，爷爷也没有再说什么。

两个人在午后安静的阳光下各自想着心事。

"有对象了没？"老顺头突然问小羽。小羽摇摇头说："还没。"

小羽刚刚参加工作，老顺头倒也不急。

小羽二十五岁时结婚了，最高兴的人是老顺头，他说他马上就要四世同堂了。

老顺头拉着小羽和小羽媳妇的手，说要给他们点东西，小羽看着爷爷从那个散发着古老的檀香味的箱子里拿出一个小布袋子，便明白了，果然是银圆！

老顺头没有看小羽的眼睛，他望着小羽媳妇说："这是以前留下的，今天就都给你了……"

小羽媳妇不敢收，但看着爷爷坚决的眼神，就收下了。

小羽和媳妇数了银圆，整整一百个，心里不免疑惑：自己当时拿了很多回，少说也得三四十个吧，其实爷爷抽的纸烟喝的瓶装酒和穿的新衣服，小羽猜也是拿了那些银圆换的，那袋银圆后来肯定是没了，怎么十几年过去了，现在还有一百个？难道爷爷自己后来又发现一袋？不可能呀，他和爷爷后来又一起翻遍了那个天井的每一寸土地；难道是从四处游走推销古玩的人手里购买的？对于这袋重现江湖的银圆的来历，小羽思索了很久。想到古玩，小羽突然想起装银圆的小坛子，爷爷莫非把那个坛子卖了个大价钱？可是很快他就在爷爷的条几上看到了那个古老的坛子，里面插着一束塑料花。

是个晴朗的秋日午后，老顺头在屋檐下晒太阳，小羽手里拿着一个银圆，走到大门外一个石墩前，他把银圆放在掌心，猛地拍向石礅，银圆应声变成两半……

小羽后来十分后悔那个举动，据他说，一向身体很好的爷爷，从那以后，再也打不起精神了……

那　夜

蓝　静

深秋的夜幕降下了，看这暮色四合的景象，一股阴森森的气息紧紧地包裹着田兵，他的心逐渐地跳起来。

坐在值班室靠椅上的他，目光直视窗外。那绷紧神经，不敢喘气，僵死的样子，如一座恐惧的雕塑。

“丁零”那震天动地的电话铃声，激活了他。

殡仪馆吗？

是是。你的电话号码先给我，回头我马上联系你。他急速地说。

记下电话后，他冲出值班室，迅速地打开车门，嗖地登上那黑白相间的114，使劲地踩下油门。

开出大门外，他急速右拐弯，眼前是一条宽敞笔直通亮的通天路。

这是一条他经常走过的路，每当走到这里，同车的人都说，快开。他都回应说，怕啥！

田兵把车开到路右边停下，心也放松些。

他心想，这院里院外的感觉咋这么大呢！

他右脚踩刹车，右手伸进裤兜，掏出手机，迅速给对方打过去问，去哪里接人？

我们在102国道上。

我是新来的，今天是第一天值夜班，路不熟，你加我微信，手机号就是我的微信号，之后把位置图发给我。

按导航的指示，他掉了头，四十五分钟的路程。

他心想，我宁可再开十个四十五分钟，也不想在那里再坐一分钟。

他驾车穿过省级公路，又驶向了102国道，到达目的地的刹那，一种恐怖的景象，没有在他的预料中。

一辆白色宝马轿车，像是从大货车尾部扯出来。大货车的前方横七竖八的车辆，在夜色与车灯交织下，格外扎眼。

救护车闪着炫耀的蓝色灯光，嗷嗷地叫着，有的停着叫，有的跑着叫。警车也是不断地来回“叽叽”叫个不停，天都晓得这里发生了重大交通事故。

一阵程序后，车里呼啦啦地抬来一位没了生命迹象的肇事者。

田兵坐在驾驶室里问，都谁跟车走？

对方说，我们都有车，跟你车走。

田兵一愣，回头看看那位被衣服覆盖，躺在车里一动不动的尸体。他头嗡嗡的，心怦怦的，把头伸向外面，刚要张开嘴，“嘿”了一声，把头缩了回来，硬着头皮启动了手刹。

后背沉沉的，头皮酥酥的，两臂软软的他，开着这辆似轻似重毛骨悚然的车，远离了那杂乱血腥的人群，径直地进入黑夜里。

静静的车里，只有他自己的气息，那个躺着无呼吸的人，幽灵般又一次地死死地包裹了他的心。

随着他“妈——呀——”一声，两眼流出了泪水。

他边哭边说，妈呀，当初我咋没信你的？都是那事业编制迷的我啊，哪想到是这么吓人的差事。

“你走了，我爸妈咋活啊？”眼前那场面及这句话，让他又停止了哭诉。他想，刚才那个号啕大哭的肯定是他兄弟。

田兵突然回头，又迅速把头面向前方黑夜高声说，兄弟啊，你叫啥名字？哪里人我都不知道，你可别吓唬我啊。我今生可是头一次与你这样的人打交道，我是真怕你啊。人生一世不容易啊，你看你，开着宝马，多让我羡慕。可是，你又遇到了这么悲惨的事。我呢，就更不容易了，从小就没了爸，妈勉强答应我读完高中，毕业就去外地打工，先是在火车站给人家卸货，因受气，后又去工地干活，整天风吹雨淋日头晒，也赚不了多钱。后来去当三年兵，转业后，因这行是事业编，我就来了。今天是我第一次独立上岗，就遇到你了。没想到你去西天的路上，家人都不陪你，我实在没有心理准备啊。亲爱的哥们儿，我们俩真是缘分了，你去西天，我拉你去，缘分啊。

田兵高一声，低一声地胡言乱语起来。

恍惚中，车不知道因为什么颠簸一下。田兵又说，兄弟，实在对不起，路太黑，我不是故意的，腰颠着没，你再克服一会儿，马上就到了……

一路上他不停地与死者说着话，如同拉着一位老朋友。

车到达目的地后，田兵下车径直地跑向收发室。

收发室的值班人看见满脸煞白的他问：害怕没？

田兵慌张地说，还行吧。

一年后，他成了师傅时，把那一夜的经验讲给了他徒弟，让徒弟害怕的时候，不妨试试。

剃头陈

吴小军

鹅城金带街，东面东坡初寓惠州之巍巍合江楼，西接东坡亲筑之西湖苏堤柳浪莺啼。街道不宽，蜿蜿蜒蜒若金带。朝迎丽日起，暮伴斜阳归。街道两边，名门大户林立。六百多个春来秋往，见证多少繁花盛凋，人物沉浮。街古多传奇。妖也好，怪也好，剃头陈得一说。

东江一线，自江西百花山经龙川而来。枝江一流，打紫金、惠东乌禽嶂而下。两江交汇处，风紧浪急，江宽水阔，江头一楼，高可百尺，碧瓦勾檐，古意盎然，正是合江楼。剃头陈的档口在街东，青砖到顶，一蓬艳艳若火三角梅覆满门前铁皮棚。门不大，迎江而开，面楼而立。门上一匾，书“剃头陈”三字。不识的便笑那字东倒西歪不如五岁孩童所写。识货的却肃然起敬，那字竟是张猛龙碑意，有高人啊。字是剃头陈自己写的。你说神奇不神奇？

档口里面却不小。迎门摆着一椅，墙上一镜，捻须微笑立一人，不高，五六十岁，汗衫青裤，光头黄脸，便是剃头陈。边上一小案，除了剃头的家伙什，再无他物。再边上，是热水器花洒和脸盆，洗头用的。余下宽阔所在，一个屏风隔着，三面墙柜摆满了书，中间却是一张铺着宣纸的书桌。此处却是开放的，不管是否客人，看书写字，随意。所以，剃头陈虽然日常生意并不热闹，但人总是有几个，老的小的。

鹅城剃头铺，多已不在。年轻人爱上发廊，时髦。可上点年纪的男人，还是要找剃头陈。剃头陈剪平头，一绝。

剃头陈剪平头，不着急，一定要先洗头。为什么呢？去静电。你瞧，人家连静电都知道。洗好了，毛巾擦个半干，不吹，双手顺着后脖颈用力将湿发往上一捋，人精神了，头发立起来了。然后是看，再摸。手上一顿忙活，嚓嚓嚓一阵响，行了。外面剪的平头，能管三天不塌就不错了，剃头陈剪的平头，可顶半月不塌。问他，他指指脑子说，研究。又说，二十天到回来，记住喽。所以，金带街的男人，打小被父母领着在他那剪平头，能自己做主了，都去了发廊剪，可上点年纪了，又找回他了。

剃头陈最绝的，还是盲剃。盲剃，剃的是光头。一把剃刀在手，真如关刀在握，气壮山河。不洗，不剪。待客人坐定了，闭上眼睛。头上摸几把，脖颈上一捋，人精神，发直立，铁指乱弹，刀下如飞，噌噌一顿忙活。客人自是不敢动弹半分，只觉顶上冷气飕飕，刚想叫停，这边已是好了。拿手一摸，滑靓！盲剃，别处还真没有。问他，他指指脑子说，研究。

老街坊爱听剃头陈讲古，因为他好研究，研究的可不只是剃头。

剃头陈讲古先起范。喝口宝溪口的山子茶，桌子一拍，就讲金带街是个好所在。讲金带街洪武二十二年起建，历经六百多年，街上哪巷住过杨进士后来卖给陈县长，哪号是为士子应试而建，叮咚巷为啥叫叮咚巷……

剃头陈最爱讲东坡。说先生一肚子不合时宜，被贬惠州，住在政府迎宾馆，又被人告，只好到白鹤峰另择善地起宅。讲苏堤，讲朝云，讲东坡肉，讲林婆酒，还讲松风亭爬山，东坡吟出“此处有什么歇不得处”。他说东坡先生身体里住着三个小人儿，一个是和尚，一个是道士，一个是孔老二。讲到兴奋处，必执笔狂书，或“一更山吐月，玉塔卧微澜”，或“日啖荔枝三百颗，不辞长作岭南人”。苏味淳厚。

剃头陈还讲陈炯明不战而下惠州府，穷病归葬紫薇山。讲他骨子里就是个读书人，秀才造反，终究难成。

剃头陈讲得有趣，众街坊听得入神。有人说，你怎么还剃头呢，卖古仔都发财啦。他就笑笑，说，剃头可是吃饭本事。

剃头陈无后，21世纪之初，去世了。去世之前，他将房子和书捐给了国家，来接收的同志直说谢谢陈研究员，说是剃头陈是啥特邀研究员。街坊们就说，嚯，怪不得他那么爱研究！

素　描

白　茅

素描是个人物。

素描也是个事物。

这天，午后，阳光下，方城公园东南角，成群结队的麻雀、绿秀眼和白头翁，树上，地上，哪里有食飞哪里；一大片火红的木棉花，正欣赏着眼前的人、长椅和狗。人是老人，狗是沙皮。老人坐椅上，沙皮坐地上。老人不时伸出右手，抚摸身边空荡荡的椅子。沙皮不时伸出前脚，驱赶地上的虫子。老人打盹儿时，沙皮也打盹儿。

素描看呆了这幅画，就想把它画下来，素描。

素描来这里画素描，并非一时起兴，她说，回家在即，总想给自己留下点什么，当脑子断篇儿时，或老没了记忆，就指着它们告诉我，这温婉如玉的方城，有一个学了四年生物的北疆女生，她也曾来过。

素描轻脚轻手支起画板，把长发绑到背后去，左手橡皮，右手铅笔，左耳夹3B，右耳夹10B，嘴上叼一只6H，凝神静气，生怕惊动了这幅画。

老人和沙皮好似有意配合素描，太阳都只有竹竿高了，素描都画完了，他俩也还没醒来。尤其是老人，始终保持一个睡姿：坐着，背靠椅背，耷拉着脑袋，右手抠住胶条做的椅面，看上去很用力的样子。

素描紧咬唇，轻挥手，站了许久才转身离去。她说她还从未像今天这样犹豫过，有那么一刻，她竟感觉这画面似曾画过，至于到底什么时候画过，却又无论如何想不起来。她好想道声感谢说声再见，可又不忍吵醒老人，万一老人正做美梦咋办？

素描走了，带着一大箱素描，到千里之外的北疆老家找工作去了。

可才走几天又回来了，好似有什么宝贝落在了方城。

下了火车，她哪儿都没去，直奔方城公园。

火红的木棉花，金色的阳光，以及麻雀、绿秀眼、白头翁和长椅全都还在，唯老人和沙皮不在。

再去，还是不在。

素描只觉心里空落落的，在公园里走了一个S又一个S。

公园的另一角，一只八哥在笼中骂骂咧咧，一对泰迪狗面对面相拥而立，一群张大嘴巴等着喂食的锦鲤，那密集，那拥塞，那拼抢……素描对此全无兴趣，就又走回去，坐长椅上，是老人坐过的位置，伸出右手，抚摸老人抚摸过的那片椅面。

她说她无论如何都得等下去，直到等来老人，陪他说会儿话。不说话也行，就那样坐会儿，晒晒太阳，听听鸟鸣，闻闻花香。

她这是怎么啦？不就一个普普通通的老人嘛，大老远的赶回来，至于吗？

至于，很至于！她说，看，那幅画！

那幅画，是三年前画的，同十天前画的这幅相比，景物都差不多，就差一个人——一个靠在老人肩头系着咖啡色围脖的人。这个人，老人管她叫老伴。

三年前的那个下午，素描画完素描，陪老人和老伴聊天，聊到太阳落土才惜别。老人说，我老伴头不能往右偏，往右偏她晕得慌，我得坐她左边，好让她依靠；我们过去也有个儿子，小时候常来这公园玩。儿子19岁那年，得了一种怪病，说走就走了；我和老伴都是普通人，退休后，只要天气允许，都会来这里坐坐。

素描回家整理获奖证书时，想起了那幅画。那幅画她起名叫《幸福时光》，曾获 2016 年方城“夕照杯”素描大赛一等奖。她说要不是那幅画，老人的这番话，她这健忘的人哪，估计一辈子都不会再想起来。想想都后怕。

可老人一直没来。

素描不想干等着，就到公园管理处打听。好在事情才过去十来天，管理员记忆犹新。原来，那天下午，素描只知老人睡着了，却不知老人再也没醒来。还有，老人并非普通人，他是一位将军，他说他甘愿安度平民生活。

木棉花谢了，雨水又多了起来，天总是阴沉沉的。房间里，茶叶有些润。杯壁上，不知何时挂了一圈灰色的绒毛。书也湿了，墙也软了。素描知道，方城的梅雨季节已到，不能再由着性子往下待了。

回到北疆的家，素描立马取来那幅在她看来不甚完整的素描，她要把老伴补画上去。不意画着画着竟把她自己给画了上去。

画就画了，她也不擦掉，她觉得这样其实也没啥不好。于是，她就在画作下方画了几朵木棉花，并一笔一画地写下：开花时不长叶，长叶时不开花，花与叶，生生错过。

茶　光

刘　帆

一灯萤然，万籁无声。

莞邑，万江茶叶市场。

春江路僻静的巷子里，一间厂子，大门开启。研究了一宿的莱硕技术人员纷纷准备回屋休息。一直等待的王进，备受煎熬，仿佛夜梦过后苏醒一样，悄然走出实验室。

此刻，夜灯微弱，晨光熹微。

不远的“茶农深处”茶肆，居然还没有打烊。王进领着几个骨干技术人员，径直往平日习惯坐的临街位子走去。

店主，似乎知道王进要来，早已备好一壶热茶。王进坐定，先试了试，不烫，便轻抿一口，然后，闭目养神。店主也不打扰，径直下楼去了。只有一旁的茶艺技师候着，随时演绎“功夫倒茶”本领，平日里，十八般武艺轮番上演，王进常引众人惊呼。

今儿个有点倦了。王进没有任何表情。

技术人员欲让茶艺技师先退下，不期，王进摆摆手，示意茶艺技师不要离开。

这时，店主上来，王进立马有了精神。

“绿茶清香润喉，提神醒脑，芳洌沁人。王总夜深人静，点此茶，怕是有孤闷之事吧？”

“你从哪里看出来？”

“王总今日只一碗下肚，并不似平日，自然心中有事。常言道：一碗喉吻润，二碗破孤闷。我陪王总对饮一碗，如何？”

“那敢情好！”

“王总，请！”

“三碗搜枯肠，唯有文字五千卷。可惜，光有一脑袋想法，攻不破立体光源之瓶颈，与360° LED汽车灯珠有何差异？”

“来，来，来，喝起。俗话说得好：一个和尚挑水喝，两个和尚抬水喝，三个和尚没水喝。”

“那四个和尚呢？”

“四碗发轻汗，平生不平事，尽向毛孔散。四个和尚去云游，一个和尚坐中央。”

“一个和尚坐中央，这个话有意思，怎么解？”

“先喝，继续喝。”店主一口茶下去，恍若仙人，口中吐出，“五碗肌骨清，六碗通仙灵。”

难得“寒夜客来茶当酒”。王进眼睛一转：这“茶农深处”果然非同一般。

“王总，我虽然不懂光电技术，然而，小小灯泡，不仅仅是照明功能，你想啊，世间万千品种，能照明的艺术有几何？稳坐中军帐的将帅，世间才多少？依我看啦，王总的四大金刚，七个高手，你放手让他们去想去做，你呢？坐镇中央，以佳茗相伴，足矣。回去吧，七碗吃不得了，两腋习习清风生。白乐天曾诗云：食罢一觉醒，起来两瓯茶。三日后，你再来喝吧，回家休息去吧。”

王进，出了“茶农深处”，四大金刚跟着，及至回到厂区，忽然，灵光一闪，据说天是四根柱子撑着的，放在我们公司，何尝不是如此？四大技术主力，就是莱硕的台柱子，何其相似呢！

罢、罢、罢。

“明日起，你们四人各自休息三天，这些日子也太累了，绷得太紧了，放松一下。我曾说我们是一个家，家的英文第一个字母是H，你们四人，顶天立地，就是 H4，新一代 H4 立体光源，将诞生，哈哈，回去休息吧！三天后，我们再见面。”

说完，也不等四人说话，王进径直进了房间，头也不回。

“蓬莱山，在何处？玉川子乘此清风欲归去。”王进终于透亮，吼出了积压在心里的话。这店主倒也有意思，常言道：茶乃一种人生，不同的人品茶，能品出不同的意。这店主能开如此品味的茶楼，喝茶绝非是寻常百姓的一种需要，看来，平日里去喝茶，自己还是一种需要，并未知晓“煮茗对清花，弄琴好知音”啊！过些日子，再去向店家请教，只是现如今，资金流吃紧，马上断炊，无闲情，唯有攻下技术关，打通销售关节啊！

“有志者，事竟成，破釜沉舟，百二秦关终归楚。”王进继而想起店主曾戏言。就凭这话，再继续干！继续研发，干他个昏天黑地！世事我曾抗争，成败不必在我。

而且，看店主之神韵，似是文化人，不然如何开茶馆品茶道？茶是扬清荡浊之物，饮者精神上愉悦。不懂“茶”的话，茶园、茶叶、茶形、茶趣、茶友、茶香、茶馆、茶道，为何只他娓娓道来？同样入怀，所谈殊异，必是夫子啊！

温壶、烫杯、洗茶、泡茶、翻杯、敬茶、闻香、品茶，凡此种种茶趣，与我“莱硕”中人，并无陌生之感，可是，现实体悟却如隔山，为何如此呢？

王进，从茶楼一下消失了，三个多月没有现身茶楼，莫非“远茶”矣？

与店主相熟的一众茶客，纷纷猜测，纷纷探问，店家也不参与非议，也不道听途说，以免以讹传讹。

一日，众茶客正在茶楼饮茶，店主上来宣布一特大消息：距本茶楼不足千米的莱硕光电上市。

“哗！”立马一片喝彩声。

头条新闻！360 度立体发光，远近光一体，高效散热，防爆、防摔、防水、防尘，四大显著特征，产品远销欧美及东南亚地区，广泛用于汽车、商业照明等领域。

店主与王进对坐。

“四面青山一碗水，品茗高山流水情。”

“此地虽无山，我愿与你独饮。”

“不，提壶举盏，心弦共鸣，本茶楼，只你干了一件大事，无为而为，正是茶道：莱硕光电让你前途一片光明。”

“哈哈，说话好听。老夫子，你知道，我喜欢你哪两个字？”

“哪两个？”

“拿捏。”王进笑眯眯地回答，“那晚你下楼跟我告别时说的。”

“哈哈，喝茶喝成你这样，文化就是一种文化。”

装 裱 侯

王 蔚

虢州城里最有名气的装裱店，非装裱侯莫属。逢年过节，谁想装裱书画，需提前预约。为啥装裱侯的生意如此火爆？用他的话说，一是讲信誉。人前一句话，马后一鞭子。只要是接下的活，工期再紧再忙，都务必按时完成。二是讲质量。新顾客也好，老顾客也罢，一视同仁，从不偷工减料。

装裱侯，原名侯书章，因干的是装裱营生，天长日久，人们很少记起他的名字，倒习惯叫他装裱侯。再则，侯书章的装裱门匾，刻的就是“装裱侯”三个字。

侯书章从事装裱业，纯属偶然。十七岁那年，邻村一位书法家，给父亲写幅“耕读传家”斗方，笔底生花，力透纸背。父亲非常喜欢，让书章拿到城南装裱店去装框。店主斜视他片刻，轻蔑地说，你家那么穷，还配挂书法？侯书章伤了自尊，二话没说，拿起就走，心里暗暗起誓，一定要学会装裱，靠自己的双手，光宗耀祖。

虢州城里有三家装裱店，侯书章心气高，只身来到西安书院门。走进一家规模大、装潢好的门店，侯书章看到店内生意兴隆，店老板迎来送往，笑逐颜开，接下一个个装裱业务，三个装裱师忙得不可开交。

小兄弟，你有书画作品装裱？店老板看到侯书章，笑眯眯地问。

没有。侯书章摇头道，你店缺人手不？

你会干装裱活？店老板正缺人手，不由眼前一亮。

不会，我可以学，先从打杂干起。看到店老板的脸晴转多云，侯书章又说，管吃住就行，我不要工钱。

好吧。店老板点头答应。

时间眨眼过去了半年，这天，有位装裱师家因急事，请假两天。店老板眼看一批作品，不能按期装裱完成，急得焦头烂额。让我来吧？侯书章自告奋勇。店老板看他一眼，无奈地说，行吧，反正死马当活马医。

侯书章系上围裙，挽起双袖，将一卷四尺复背纸轻轻地展放在玻璃台案上，量好长度，按着角尺，握刀裁纸，动作十分麻利。接着，侯书章拿起排笔，蘸着盆子里调制好的糨糊，从右到左，有节奏地刷着，不疾不徐的样子，宛若装裱行家。待把整张复背纸刷匀刷遍，侯书章左手拿起事先卷好的书画，右手握着棕刷，一边徐徐展开，一边自上而下刷着，不大一会儿，一幅书画就复背完好，浑然天成。

孺子可教呀！店老板拍手叫好，我收下你这个徒弟。

其实，半年来，侯书章白天店里打杂，晚上给三个装裱师洗脚、倒茶、铺床，很讨人喜欢。有时，工期紧，需要加夜班，装裱师悄悄叫上他，暗暗传授装裱技艺。侯书章心灵手巧，加上平素耳濡目染，很快就背熟了口诀，掌握了操作要领。

侯书章“扑通——”跪在地上，赶忙磕头拜师，一定要把店老板祖传的制作糨糊秘方学到手，其中的关键用料，三个装裱师都不知道。

春去春又回。有天清早，店老板突然得了脑中风，肢体麻木，言语不利，口舌歪斜。侯书章眼疾手快，背起店老板就往医院跑。抢救医治及时，店老板没有落下后遗症。为报答侯书章救命之恩，店老板附耳告诉他制作糨糊秘方，送他一百两银子回虢州城开店。

随着“装裱侯”门店开业，虢州城里有四家装裱店。

没多久，虢州城来了个张县长，很重视文化产业，投资修建虢州展览馆，准备中秋节搞个书画展。由于时间紧，张县长要求把征集到的一百多幅书画作品，分到四家装裱店。一年过去了，挂在展览馆的书画作品，除装裱侯装裱的作品保持完好外，其余的作品全部虫蛀。这样一来，装裱侯一炮打响，上门装裱的顾客，络绎不绝。

俗话说，三分画，七分裱。书画装裱师，就是书画的美容师。装裱作品前，装裱侯都要仔细打量，不论是书法的真草隶篆，还是绘画的花鸟虫鱼山水，不论是整张、对开、斗方，还是横幅、立轴，定睛一看，就能判断出用料的长短、颜色，达到事半功倍的艺术效果。

有天上午，装裱侯看到徒弟装裱好的墨菊画，很不满意，叫到身边说，揭了重裱。

为啥？徒弟疑惑不解。

这幅墨菊画，颜色本身就重。装裱时，你选用深黑绫布，让人看起来很压抑。装裱侯语重心长地说，我们装裱书画，就像裁缝量体裁衣，讲究得体、美观、大方，你好好想一想，这幅画用啥颜色绫布装裱，恰到好处？

白色。

对了。装裱侯用赞许的目光看着他，继续开导说，干我们这一行，装裱的不仅是书画，更是人心。

忙碌了一天的装裱侯，正要熄灯上床睡觉。这时，门外传来急促的敲门声。装裱侯打开房门，城南装裱店店主站在门口，面容憔悴。

店主见到装裱侯，老泪纵横，正要下跪，被装裱侯拦住。

求求你，帮帮我吧？

叔，咋回事？装裱侯忙问。

张县长的父亲七十岁生日快到了，有人给我店送幅《松鹤延年》画装框。谁知，装裱时还好好的，第二天早上一看，画面上只剩下松树，那些仙鹤不知去向。干了几十年装裱活，从没遇到过。这可咋办呀？

装裱侯听师傅说过类似情况，挥手道，走，到你店看看。

来到城南装裱店，装裱侯注视着这幅画，果然松树上没有一只仙鹤。端碗水来。装裱侯说着，从衣兜里掏出一个装有白粉的小瓶子，慢慢倒进碗里，搅匀，喝上一口，喷洒到画面上。瞬间，那些隐去的仙鹤，又栩栩如生地显示出来。

店主惊喜万分，拿出一包银子，乐呵呵地，这是酬金，谢谢你帮我解围。

不用，我一文不收。

你还记恨叔？

不不不，当年要不是您那句激励话，就没有我的今天。装裱侯坦诚地说。

连长的连长

丁新生

某部三连老连长赵刚，接到连队战友会筹备小组通知，决定在第二故乡漯城召开战友会，赵刚听后热血沸腾，说一定把余连长请来。筹备小组的战友为难地说，老连长你曾去东北找，还在报上登过寻人启事，我们在网上多次搜寻，结果都一样失望，不过我们会再努力！可到开会那天，还没有和余连长没联系上，让他感到十分沮丧。

七十年代初，赵刚在省体校毕业后入伍，体质好，悟性强，训练科目一学就会，因此，骄傲情绪慢慢滋长。

那天投弹训练，他突破50米大关，于是，走路时经常两眼看天上太阳。一天晚饭后，余连长说，小赵，咱俩搞个投弹比赛吧！赵刚嘴里谦虚着，却把军衣袖子向上卷了卷，没有把瘦得像竹竿一样的连长放在心上。余连长让通讯员在训练场50米、55米、60米处用石灰画了三个脸盆大的圈，规定三弹定胜负。比赛开始，赵刚说，连长我献丑了，说着，手握弹，向前看，助跑，转身，左腿弓，右腿蹬，小臂带大臂，几个动作一气呵成，只听嗖的一声响，手榴弹飞到50米处石灰圈旁边。围观的兵们掌声响起来。余连长高兴地点点头，暗道，是块料，不过响鼓也要重槌敲。他道，小赵啊，我站着投，老兵会提意见，这样吧，我蹲下投。说着胳膊甩了几下后顿时粗了一圈，蹲下来开始投弹，只见手榴弹从连长手中飞出后呼啸着前飞去，眨眼间落到55米的石灰圈中间。顿时，掌声、喝彩声震天！赵刚惊呆了，红着脸说，连长，我服了！

从此，赵刚放下包袱，扑下身子搞训练。后来参加了师岗位练兵大比武，投弹、对刺两项均夺冠，服役期满就提了干。第四年，一件意想不到的事情发生了，连长从师教导队回连后听说要提营长，可他申请转业。赵刚很纳闷，去问连长。连长说，在师教导队时，参观了某国兵器图展，才知道敌人的导弹十几分钟就可以打到郑州来，这件事让我彻夜难眠。首长讲科技兴军刻不容缓，而我文化低，才决定转业，把儿子培养成才后送到部队接班。

余连长临走向营党委推荐赵刚任连长，嘱咐他，目前连队虽然装备差，但要立足现有装备搞训练。数年后部队整编，他来到武警部队，与余连长失去联系，一转眼40年，从部队退休后经常在梦里相见。

战友会最后一个程序是旧地重游，兵们曾经住过的营房如今成为导弹旅的营盘，大家站在操场，思潮滚滚，又回到几十年前……参观结束后，陪同的政治处周副主任说王旅长请大家吃顿饭，他在上级开完会正往回赶。老兵们看到首长这么热情，只好客随主便。当老兵在招待所的饭堂坐下不久，周副主任陪着一位年轻大校走进来，他给大家介绍说这是王旅长，顿时，老兵们站起来鼓起掌。王旅长说了几句客气话，然后道，我以水当酒敬前辈，祝大家身体健康！

王旅长操着一口标准普通话，热情洋溢，感动着大家。赵刚从这位王旅长身上看到余连长的身影，但得知旅长家居深圳时，暗中摇了摇头。就在这时候，有位军官来到王旅长跟前低声说了几句话，王旅长抱歉地说，接个电话，说完匆匆离去。不一会儿返回，给赵刚说，老首长，请借用您的手机，有位战友想和你视频。赵刚一头雾水，忙把手机递给他。只见王旅长熟练地在键盘上按了几下，当屏幕上出现一位满头银发老人时，他不由叫起来，老连长！顿时激动得说不出话。吃饭的战友们不约而同围过来。……

余连长讲，转业后工作调动频繁，因此失联，很抱歉！刚才与儿子通话，才知道战友们回家。你会问为啥儿子姓王？还不是他太捣蛋，才让他随了老伴的姓。最后说，已订了机票，明天漯城见。

凌晨，王旅长给赵刚联系，说他父亲兴奋过度，犯病住进医院。赵刚大惊，立即决定明天飞深圳看望老连长。

针尖与麦芒

海　华

他，高大威猛，帅气十足，是咱医院感染科的科主任，因性情倔强，又是出了名的急性子，有人私下叫他“犟驴”。

她，容貌俏丽，素有“院花”之称，是咱医院内一科的护士长，虽外表文静，却是全医院数一数二的女汉子。

那年国庆节后，他和她喜结良缘。打那以后，医院里好些医生和护士一说起他和她，脸上都流露出一丝羡慕之色。但也有人觉着，他和她堪称针尖对麦芒，可谓强强结合，没准难以地久天长。

果不其然，“七年之痒”还没过，就在猴年寒冬的一天，他和她悄悄地拜拜了，没有吵，也没有闹，两人说好，独生女跟了她。事后，在双方父母的穷追猛打，再三追问下，他和她回答的分手理由，只有四个字：性格不合。

消息传开，医院里像炸了锅似的，议论声四起，有人感到惋惜；有人觉得不可理解。她那在外科当医生的哥哥把她好一顿臭骂，但又无可奈何。也有人说，意料之中，此等配对，相爱容易相处难。

岂料，没多久，感染科和内一科的医生和护士不时发现，他和她似有“藕断丝连”之嫌：平日，他工作中碰到啥难题，她会出现在他的身边；她家里有啥难事，也常见他的身影……在他和她分手三年后的一天上午，几个身份不明的人突然闯进医院里闹事，围殴一位医生和一位护士，他挺身上前劝阻，竟被那伙人拳打脚踢……这事惊动了整个医院和附近的派出所，医院报警后，那伙人很快被警察制服，可他已受了重伤。她细心照料他十多天，直至他好利索。她哥哥知道后，一见到她就吼道，都离了三年多了，还理这头“犟驴”干吗，真没见过这么傻的。她一笑而过。

更让医护人员津津乐道的是，鼠年疫情暴发不久，他主动报名带队驰援武汉，她不时去他家看望他的老爸老妈，帮助两位老人做好疫情防控，还送这送那。半个月后，他的老父亲突然心脏病复发，住进了医院内一科。她二话不说，每天一有空闲，就陪在他老父亲身边，嘘寒问暖，买吃的送喝的，端屎端尿……科里好几位护士也不时抽空前来帮忙照料，她逐个劝道：你们都去忙吧，这里有我呢。她哥哥一听说，便心急火燎地找到她，板着脸说，你与他已不是夫妻，他也不是没有其他亲人，何须你狗拿耗子——多管闲事？也不怕人笑话。她柔声说，我可以没有爱情，但不能没有爱心。如今国难当头，他去武汉救人，好比上前线，他老父亲病重住院，即使是一般同事，也会帮忙照顾的。她说一不二，更加悉心照料他的老父亲。

那天，她送他的老父亲出院，他的老母亲再三向她道谢，她莞尔一笑，甭谢，我与他的夫妻缘分虽然已尽，可我还是他和你们二老的亲人，这是我应该做的。他的老母亲听了，眼泪在眼眶里直打转……

此后，医院里又掀起对他和她新一轮的议论。那天下班，她的闺密、内一科的主治医生跟她打趣道：嘿哎，好些医生和护士都在猜，你和他分开这么久了，来往还这么密切，而且，两人仍是单身，是不是打算与他重圆呀？她摇了摇头，笑着反问道，婚姻法没有规定夫妻做不成，就不可以做亲人吧？

一天傍晚临下班前，内一科两位20挂零的护士又在议论他和她。小娜嘻嘻笑道，哎！他和她真怪，分手几年了，还像亲人似的，你说说，这像啥子哟？

小英嘿嘿一乐，是呀是呀，没见过这样的，真不可思议。

旁边一位老护士紧接过话茬，这有啥奇怪的。一个牛脾气，一个很强势，就像南方庄稼人常说的“石禾堂（晒谷场）碰到铁扫帚——硬对硬”，相处难就分开过呗。有句话说得好，叫好聚好散。可现实往往是好聚容易，好散难。分手了，好些人非要分个是非对错，争个赢输，甚至反目成仇，吵打杀不可。

老护士轻轻地拍了拍两位年轻护士的肩膀，若有所思地继续说，老话讲，一日夫妻百日恩。一旦做不成夫妻，还可以做朋友，当亲人。啥叫好聚好散？他和她就是。

两位年轻护士你看看我，我看看你，似懂非懂地摇了摇头，瞬间又点了点头。

卖桃所关联的事

湫　立

村里王宝国的老婆腿骑三轮车被摔伤了，吃喝拉撒也得劳人伺候。两个儿子一个在外省上学，一个带着媳妇儿在沿海打工，都不能指望。王宝国只能从工地上停了木匠活，专门在家照顾老婆。

这一不挣钱了，日子上就得算计着过。王保国去年送走了老娘，前年发送了父亲，头春节又给大儿操办了婚事，这连续几档子都是花钱的大事，庄稼主经不起折腾，手头里就没有了存项。

老婆脾气急，委在炕头天天算计来钱的道，这天对男人说，后院几棵桃树上桃子结了不少，今年就不送人了，你摘了去城里卖了，多少能卖个钱，家里米面和油都吃净了。

王宝国拧着眉头说行吧！

父亲活着的时候在后院里种了几棵桃树，就为了给孙男娣女们吃个鲜儿。往年，自家吃不了分给亲戚邻居们，今年没想到用上它过日子了。

过了几天，王宝国摘了满满的一三轮车桃子准备进城去卖，按照1斤卖2.5元，这一车怎么也能闹二百多。拿这钱买两桶食用油一袋白面正好，做小买卖就得精打细算，王宝国用塑料袋装了俩馒头，又捎了两块咸豆腐，中午打算就这样将就了。

出村的时候，宝国用塑料布将秤和桃子苫了个严实，不好意思让四邻八家的看到，出了村一溜烟就到了县城。

老婆告诉他，找城里人多的地儿去卖，王宝国说志朋家那个小区就很大，住的人多就去志朋家那块卖去，就这样王宝国就去郝志朋住的小区门口附近，找了个路边空地儿，不用吆喝，还甭说，桃子真是好卖，不到晌午就卖得差不多了，王宝国数了数零钱，不多不少正好二百块，王宝国心里高兴，旁边卖甜瓜的大爷还一个劲儿地鼓励他，让他明天接着来。

正说着，王宝国瞧见郝志朋从小区门口走出来，他想和郝志朋打招呼，脑子又一想，中午了，志朋看到他肯定要叫他家里吃饭，不能给他添麻烦，王宝国忙蹲下身子怕被看到，志朋在门口像是等什么人，站了会儿又返回了小区。

郝志朋和王宝国是初中同学，两个人最要好，上初二那年，志朋急发阑尾炎，是王宝国背着他跑了二里路将他送到了医院，后来郝志朋考上了学，参加了工作，又当了乡长，现在听说当上局长了。但和王宝国的联系一直没有断过。

王宝国脑子正想着，就听有人喊，宝国，宝国，怎么卖开桃啦？

王宝国一看是同村的刘大健，忙说，家里的桃吃不了就卖，闲着也是闲着。

刘大健嘴角一撇说，走啊，去志朋家喝酒去？他媳妇生了个二胎，我约了几个同学给他庆贺庆贺。

志朋家生二胎，怎么没有通知自己呢？王宝国脑子里想，嘴上说，是呀，我早知道了，你先走，我把桃子卖卖就过去。王宝国想，这个志朋，我家老大结婚时候，你花钱随礼了，你家生了孩子，也应该告诉我呀。

刘大健说，小飞、王杰他们几个也快到了，我先去，你认识志朋家吗？

王宝国忙说，认识，认识，去过好几次了，其实王宝国就去过志朋家一次。

见刘大健大模大样地进了小区，王宝国寻思到底去不去志朋家，去就得花钱，忙活半天桃是白卖了，如果装作不知道生孩子的事儿，志朋也不怪乎自己。可连刘大健当初和志朋不好的人，现在和志朋走动得这么亲近，自己要是不到位，让刘大健这样的人传说出去多丢人。

心里又转念一想，自己现在手里就有刚卖的二百块钱，把钱随出去，这油和面就买不了了，家里真是等米下锅。王宝国盘算，要不等过一段志朋通知自己再说吧！

宝国，宝国，又有人在远处喊他，是小飞、王杰还有几个不认识的人。

小飞说，宝国，走呀，去郝局家喝酒呀。

王杰也说，怎么你一木工头，成了小商贩啦？靠着能发财呀？

王宝国脸上发烧，嘴上说，桃子吃不了糟践，没指着怎么着。

看小飞他们几个走了后，王宝国特别生气，他打定好主意，将手里的零钱和别人兑成了两张一百的大票。拎着剩下的几斤桃子，就去了志朋家，等敲开门，只有志朋的女儿玲玲在屋里，玲玲告诉王宝国，爸爸和来的客人去饭店了。

王宝国一听非常别扭，志朋明知自己在路边卖桃子，出去吃饭都没邀请自己，甚至连个电话都没打，看来当官大了心就变了，自己没钱没地位的，和小飞、王杰这些人不一样，以后真的就不能和志朋联系了。

王宝国把二百块和桃放到茶几上就下了楼，心里想，这钱随出去了，起码对得起自己的良心。

王宝国才下楼，手机来了一条信息，是郝志朋发来的，王宝国心想，准是你闺女告诉你，我花钱了，你就这么现实的又叫我吃饭了，怎么说我也不会去的，人穷咱志不穷。

信息上写着：大哥，听别人说嫂子摔着了，请转达我的问候，让她好好养伤，最近事情多，我过几天再去探望，你多原谅，另外我让司机拉了点木料过去，烦劳你有空打个小床，你的手艺我放心。志朋。

王宝国一头雾水，志朋怎么想起来打个床呢？

正在这时，老婆电话火急火燎地打了进来。

王宝国问：什么事儿？

有什么事儿？志朋咋知道我出车祸啦？好家伙给咱家拉了半车米面粮油的，一年也吃不完，真是雪中送炭，你这个朋友行，当大官没忘光屁股伙伴呢，老婆说。

王宝国急着问，咱要他的东西干吗，回家全给他拉回去。

人事儿不通你啊，老婆劈头盖脸地说，志朋还不了解你这个死要面子活受罪的驴脾气，他还弄点木料，说让你打个小床。

拉木料来了？

拉了，拉了，老婆说，人家花钱买啥样的床没有，你也不想想。

想啥，想啥。王宝国嘴里抬着杠，心里满足得很。

碎壶

班琳丽

二次登门拜访，大师仍避而不见。大门在他面前关上的那一刻，他礼貌地挥了挥手，无奈地退回街上。

脚下的小镇，因出产上等的紫砂泥料得名紫砂镇。十多年前，因生于斯的了无大师荣归故里，更名了无镇。

来拜见大师前，他倒是在各种官媒上做足了功课。传说大师早年为一家温饱计，仿制过供春壶，高价出手。成名后，他将此视为“劣迹”，一纸声明刊在报眼上：一、此声明永久生效；二、恭候买家拿仿供春壶换了无壶。据说此声明一出，大师开在闹市的工作室日日门庭若市。不过，少有来换壶的，全是慕名来买了无壶的。

老实说，这个他不关心，他关心大师那把被拍出天价的了无壶，想知道它现在在谁人手上，有没有可能捡漏。

这把天价壶他是“见”过的。壶的品相好，壶身、色彩、刻绘，哪儿都看着舒服。尤其是刻绘，了无大师精于书法和绘画，壶身一边是高士图，一边是苏子“松风竹炉，提壶相呼”的诗句，绘图与线条，颇为精良，颇见折槛碎阶的艺术风骨。

坊间传说，了无大师做壶，每一道工序过手，都在三十遍以上，每一把壶做下来，都似燕子衔泥筑巢。单单看这把壶的图片，你就不能不信，不能不被折服。

他原本是个商人，五年前突然厌倦了每天里以各种面具应对搂搂抱抱实则暗箭冷枪的你来我往。更为可悲的是，一起打拼的发妻和一帮兄弟均成了商海混战的对手与仇人。去意决绝，他也是一纸声明，退出商界。先是跑去西藏，跟着人家转山，磕长头，趴到经堂上，圣徒似的背诵经书。到底是凡俗之人，执迷难悟，不久便落荒似的跑去西双版纳。在景洪市，他结识了一个自称“茶疯子”的当地茶人，受他影响，狂热地爱上茶，爱上紫砂壶。“人间珠宝何足取，宜兴紫砂最要得”。一年后，他重返城市，建紫砂藏馆，收藏各种紫砂壶。

近年，紫砂壶在拍卖市场行情一波一波猛涨，导致名家大师，一壶难求。他不怕，他不差钱。而今，他的紫砂藏馆里，占满各大墙壁的博古架上，名家名壶，如闻名收藏界的“玩壶三宝”，供春壶、西施壶、石瓢壶，也是应有尽有了。唯独缺少了无大师的了无壶。求之不得，只身来闯了无镇。

二顾吃了闭门羹后，他回了一趟老家。他出资捐建老家周边四县十多所希望小学，等着他回去剪彩。

反哺社会，善莫大焉，一时，他的各种报道铺天盖地。就是这样的时候，他意外接到了大师助手的电话，说大师答应见他了。他连夜驱车赶回了无镇。

了无大师在家里热情地接待了他。大师穿着一身象牙白盘扣对襟休闲衣裤，手里把玩着两只文玩核桃，尽管年事已高，但精气神儿仍很足，浓眉如剑，目光如佛，尤其满头银发，气定神闲地背到脑后，给人一种鹤发童颜的真人风范。

但令他百思不解的是，做壶大师的家里，一把壶也见不到。四面洁白的墙壁上，挂满家人的相框，个人照，合影照，全家福。

两人的聊天从亲情开始。大师老眼濡湿地跟他谈起自己的妻子儿女。他礼貌有加地频频点头。当大师笑着问起他的爱人和孩子现在生活怎样时，他迟疑了一下，百般小心地谈起自己的发妻和兄弟。谈他怎样于商海中急流勇退，于西藏如何难以皈依，于景洪市如何爱上茶和紫砂壶，如何归来建紫砂藏馆，如何想收藏大师的了无壶……

他有些忘乎所以了，直至大师的助手礼貌地提醒他，大师年纪大了，不宜久坐，他方才“哦”的一声，识趣地打住话头，开始说出他想收藏一把了无壶几近成病的夙愿。

大师沉浸于品茶，无话。许久，大师示意助手。助手很快拿来一把了无壶，递给他。

了无壶拿在手上，他突然兴奋地想哭。从形制到刻绘，这把了无壶简直就是那把天价壶。但他没敢问，只是眼神发光地把在手上，爱不释手。

“什么价？”他开口问价，目光一边像X射线似的，在壶嘴壶盖壶身各处，商人验货一般细细巡看。

大师伸出一个指头。

“100万？”

大师摇摇头。

“1000万？”

大师没点头，也没有摇头。

他目光不易觉察地“宕”了一下，心上突然生出另一番盘算。他冲大师歉意地一笑，指着壶嘴处一道极细小极细小的条纹说：“这把壶到底有这么点遗憾，我说……要说……这也算不得瑕疵……然而，但是，它确实存在。要不，价格上……大师，您再……”

再看大师，接过这把壶，他指出的那处所谓“瑕疵”，看都没看一眼，将壶举起，撒手丢下，即刻，壶身雨中落花般碎了一地。

他一下傻眼了，突然双膝跪地，心疼地左手捡起一片看看，右手捡起一片看看。迟疑许久，方才羞愧万分地告诉大师：这把壶原本没有瑕疵，他只是想压压价。

了无大师冲他朗声一笑，许久，说道："年轻人，你们找壶，我也为壶找主人。可是有一点，壶可以碎，名声不可以。"说完，起身送客。

他呆呆地跪在原地，望着大师拂袖而走的背影，心潮急剧起伏起来。

杀　　猪

周东明

松州城的西北，叠峦起伏的群山是七老图山。群山中有一座山，状如一条仰头狂吠的狗，名曰金狗峰。山下有一个小村庄，因依傍金狗峰，故名叫金狗村。

别看金狗村依傍着金狗峰，可却穷得叮当响，是全县出了名的贫困村。

在金狗村最穷的困难户，就数村东头苟老汉家。

苟老汉膝下无儿无女，就公母俩。要说年龄，苟老汉其实还不到六十岁，乡下人整日在地里春种秋收地劳作，风吹日晒，显得老相，苟老汉看上去，足有小七十岁了。

苟老汉老伴儿患有大骨节病，不能干重活，家里家外全靠苟老汉一个人，因此他们家成了金狗村扶贫的重点户。苟老汉一户不脱贫，金狗村就不能脱贫，因此让苟老汉家脱贫，就成了金狗村扶贫工作的攻坚战。

在金狗村负责扶贫的小王，今年二十八岁，是县文化馆的后备干部。

春上的时候，为了帮助苟老汉脱贫，小王把行李搬到了苟老汉家里，他下决心，要让苟老汉今年脱贫。

小王搬到苟老汉家后，日子一长，总觉得，苟老汉家与别人家不一样，缺点啥东西，缺啥呢？小王一时还真说不上来。

有一天，他听到隔壁邻居家的猪嗷嗷叫唤声，才知道苟老汉家没有养猪，原来是缺猪。

小王问苟老汉，你家里咋不养头猪呢？不但可以杀猪吃肉，剩余的猪肉，还可以拿到集上，换点零花钱。

苟老汉挠挠头皮，说，就是两口人，吃不了多少，另外……苟老汉说着，不好意思笑了，又说，手头紧，没有抓猪崽的钱。

第二天早上，小王掏钱托村西头的刘国顺去集上，给苟老汉抓回来一个猪崽。

几个月过去，小猪崽风一样地长，很快就有四五百斤了。

眼瞅着进了腊月门，北方有句俗语，小孩小孩你别哭，过了腊八就宰猪。

刚过腊八两天，苟老汉就找小王，笑眯眯地说，小王同志，腊八也过了，我想把猪杀了？

小王一听，说，您自家的猪，您说了算。

苟老汉又笑了，说，到时要请你吃杀猪菜。

行。小王也笑了。

我还要把全村的人都请来吃杀猪菜，好好地热闹热闹。

苟老汉要杀猪，还要请全村人吃杀猪菜的消息，不胫而走，传得尽人皆知。

就在苟老汉要杀猪的头天晚上，乡里的扶贫工作队的于队长，来到了金狗村。他告诉小王，省里扶贫验收评估小组，要来金狗村验收扶贫工作，还特意告诉小王，苟老汉家里的猪不能杀。

为啥？小王不解地问。

这头猪，是扶贫工作成果，要进行验收。于队长说。

养头猪还是扶贫工作？小王蒙了。

对呀，因为这头猪，应该计入苟老汉的家庭经济收入，这是计算苟老汉家，是不是脱贫的重要指标。

苟老汉家里的猪，是准备杀了过年吃肉的，还能算家庭经济收入吗？小王问。

能，你想想，他家两口人，能吃那么多的肉吗？吃不了怎么办，是不是要拿到集上卖掉？于队长反问道。

于队长不等小王回答，又说，你计算一下，苟老汉的这头猪，至少有三百多斤吧，按今年的市场价格，每斤 25 元钱，这头猪就能卖七千多块钱，老两口儿每人收入就达到三千多块钱，这样一算，他家是不是就脱贫了？他家脱贫了，金狗村不是也就脱贫了吗？

小王没有回答于队长的问话。

于队长拍拍小王的肩膀，说，怎么样，小伙子琢磨琢磨，我说得对不对？说完，于队长走了，走出一截路，又回过头，冲着小王笑笑。

小王站在原地没动，他想于队长刚才说的话，似乎有点道理，苟老汉如果把猪杀了卖肉，完全可以净赚五六千块钱，那样的话，苟老汉就可以脱贫了。苟老汉脱贫了，金狗村也就脱贫了，自己的扶贫工作不就是完成了吗？他想到这儿，脸上浮现出一丝笑容。

但是他又一想，养一头猪，就脱贫了，这样的脱贫稳定吗？如果猪肉不是今年这个价格呢？这样一想，他又认为这头猪，不能作为苟老汉家里的经济收入。但是于队长已经告诉自己，苟老汉家的猪，先不能杀，可是明天早上，苟老汉就要杀猪了，还要请全村人吃杀猪菜呢。

第二天早上，小王告诉荀老汉先不要杀猪，就急匆匆去了乡政府。

咋，我杀猪还要乡里说了算吗？荀老汉问。

不是，有些事一时半会儿，和您说不清楚。

小王来到乡里时，乡里的几个领导，正在开会，会议内容是荀老汉家里养的这头猪，能不能算作他家的经济收入，因为全乡养猪的人不止荀老汉一家。

有人同意小王的意见，认为这是农民家里，准备杀了过年吃肉的猪，不能算作经济收入。

有人不同意小王的意见，认为像荀老汉家里，吃不了的肉，会拿到集上去卖肉换钱，卖肉的钱，应该算作经济收入。

还有人说，一头猪不算经济收入，养两头猪，其中一头可以算作经济收入。

乡党委书记，最后说，荀老汉家里养的这头猪，事情虽然不大，但是很有普遍意义，政策性很强，处理不好，会提高我们扶贫工作的“错退率”，我建议把这个问题上报县委，等候县里的明确意见，再定吧。

小王一听，急了，问，那荀老汉家的猪，是杀还是不杀啊？这眼瞅着就要过年了，荀老汉家还要过年吃肉呢。

乡党委书记，说，没有得到县里的答复前，不能杀猪，确切点说，在省扶贫验收评估小组，没来之前，不能杀猪。

小王回到金狗村时，荀老汉拉着他的手，笑哈哈地说，哎呀，你咋才回来啊？快快，乡亲们都等你吃杀猪菜呢。

怎么，你……

我把猪杀了，自家的猪，杀不杀，不用他们管。

小王也笑了，说，乡里领导也同意，您把猪杀了过年吃肉。

是吧，乡里领导就是体谅咱们老百姓。

这是小王有生以来，吃杀猪菜最香的一次。

那年的芦苇席

李汤波

李家坳集市上人很多，很热闹。

已是深冬，天很冷。一阵似刀的小风吹来，毛子爹抖得像树叶。

毛子爹脚下有一捆芦苇席，几十张，有一张被作为样品展开着。席子很大，做工很精巧。席面上，红、蓝、绿、青等颜色的篾子相互交错，纹络分明。席篾子穿插点缀成大红双喜，五谷丰登，蓝天碧叶，还有别具匠心的鸳鸯戏水，红荷映日。

看芦苇席，毛子爹古铜色的脸上绽出一阵阵的骄傲，李家坳这一带十里八村只有他编得这么好，自己年轻那会儿谁不竖大拇指，谁家结婚不用，那时……这几年买席的人明显少了。

今天的集市上到处都热闹非凡，叫卖声、讨价声，一浪高过一浪，而毛子爹这里似乎成了被人遗忘的角落。思忖再三，他也想高声叫卖几腔，但努力了老半天却蹦不出一个字，搁过去他仅把芦苇席往地上一放，根本不需叫卖就会被买家围得水泄不通。

如今又是半天无人问津，毛子爹手里的旱烟熄了又点，点了又熄，表情越来越凝重。

终于，有位姑娘停下看席了，且不住地称赞。她后面的小伙子也随声附和着。

毛子爹忙应声解捆，热情地问他们是否办喜事用。姑娘脸一红说："我们不买，只是看编得好，现在都没人用了！"说完拉小伙子走了，毛子爹的手僵住了，愣了好大一会儿，下意识地说："没人用了！"之后，便扛着原封未动的芦苇席步履蹒跚地回家了。

临近春节，毛子办喜事。毛子爹想，自己这下可以一展身手了，于是花了几天工夫给儿子编了一个自认为最好的芦苇席。他把席子亲手交给儿子，很郑重地说："孩儿啊，穷人家办喜事，能省点儿就省点儿，爹又给你编个席子，拿去用吧！"

毛子没吭声，接过席子就进自己屋布置新房了。

晚上，毛子爹想再看看自己的作品，要知道，天这么冷，编得不易啊！他想毛子一定很满意。进了新房，他往床上一看，并没有见到芦苇席，只看到不知儿子什么时候买的床垫，坐上去软乎乎的。毛子爹找遍了屋子，发现自己编的芦苇席可怜地躺在床下。毛子爹不禁气得大骂，骂后气呼呼地抽席便走。

夜已经很深了，可毛子爹躺在床上无论如何也睡不着，于是就问老伴："毛子他娘，还记不记得咱俩当初咋结的婚？"

毛子娘说："咋会忘呢，那年头你芦苇席编得好，爹让我学，席没学会编，倒有了咱的毛子，后来咱就结了婚呗！"毛子娘沉醉在年轻的甜蜜里。

"唉，现在也不知咋的啦，别人不用咱的席子，毛子这兔崽子也不用。咱们年轻的时候要的人多着哩！不光咱李家坳几个村用，连搭界的县也有不少人用，想用好席子，谁不提前打招呼，谁不好言好语地讲！"毛子爹思绪停留在昔日的辉煌中。

从此，毛子爹不再编席。偶尔手痒，便把席篾子批得又细又薄，然后精心去编，编了好多花样，只是席子小，像枕巾那么大。毛子爹编后就随手一撂，点上旱烟，欣赏一番，之后便缓缓踱出家门……

久而久之，家里的柜子上、桌子上、地上，到处都有毛子爹编的小席子，遇到小孩子拿着去玩，他也不加制止。

有一天，毛子爹正在家批席篾子，乡里来了两个人，送给他一张奖状和一千元现金，说是他的芦苇席在全市民间工艺展览会上获了奖，为乡里争了光。

来人还专门拉他一起合影。

毛子爹一愣，不知道怎么回事。那人又补充说是毛子把他编的各式各样的小席子拿去参展，经评获奖了。

看看奖状，望着镜头，毛子爹张了张口，想说什么，但什么也没有说出来……

欠　条

高晋旭

王大林干上工程后，收了许多张欠条。他以前是白梅岭村子旁机械厂的职工，二十多年前，厂子效益不好，买断工龄后，凭着技术和人脉在外面找了这个营生，日积月累，债务往来也多了起来。欠账的人总是哀求：“哥，手头实在紧，再宽限两天。”虽说王大林不是那种逮住蛤蟆攥出尿的人，但左拖右耗的，眼看十年八载过去了，也不见回头洋。王大林很气恼，想来点横的，可一想到朋友的情分就此破裂，内心十分矛盾。最近，常一个人出去喝酒。

这天，他喝得有点高，大半夜才着家。

一开家门，就看到老爷子拄着拐杖在客厅的沙发上，孤单的背影像只被遗弃在另一个世界的小鸟。

爸，您不用等我。王大林晕乎乎地说。

半晌，老爷子才清清嗓儿，开了腔，还是那些陈芝麻烂谷子的话，人老了，觉也跟着作怪。你说困吧，一挨到枕头就醒。你说觉少吧，一坐到沙发上又犯迷瞪。

说完，用拐杖指指沙发，示意王大林也坐。

王大林酒还没醒，脚不听使唤，三摇两晃地坐在离老父亲最近的转角沙发上。酒气熏天的，听到老父亲在耳畔上好一阵咳嗽。王大林迷迷瞪瞪想去给老父亲的前心后背抹擦抹擦，可手不听使唤，虎背熊腰的差点连自己也摔到地上去。

他听见老爷子说，你实惠儿坐那儿。

王大林踉跄着坐回去，脱了鞋盘腿坐在沙发上，好不容易点着一根烟，云吞雾绕起来，耷拉着铅球似的脑袋。

隔着烟雾袅袅，他看见老爷子拿出一只精美的老式木匣，递到他手上。王大林醉眼蒙眬说，这匣子真漂亮，这样精致，犄角上还飘着彩云呢。

老爷子抹搭他一眼，从鼻子里"哼"了一声，说，你这犊子玩意儿，喝了不老少。王大林很久没听老父亲训了，反倒觉得亲切，抱着自己的脚，嘿嘿嘿地赔笑。

王大林想拉开匣盖，手却不听差使。他把一只手举到眼前，一个个提溜起来数落，大拇哥、二拇弟、中不老、小淘气、捏捏崽，点着一个又窝回去，然后对着拳头一吹，仿佛手指头又灵活了。

"嗒——"王大林拉开了厚实的匣盖。里面布满花花绿绿的粮票、布票、老式人民币、纪念币，王大林拿起一张老式的贰角纸币说，爸，这真是咱家的老古董，一看见这些，就想起了我小时候，你骑车带我去县里买东西，我坐在大梁上，从家属楼的大坡"丁零零"飞驰而过。

王大林往下翻，底下还有作废的糖票、洗澡票，最底下还有一张斑驳的字条，写着：今欠到白梅岭王家一头猪崽。后面还有落款和红手印。

你爷爷小时候那会儿，家里条件好，村里人过年杀一回猪，卖了钱才能给买猪崽的钱，有的给了，有的就没给，一直欠着。王大林问，那有的人有钱了为啥不还咱呢？这也是他遇到的问题。老爷子说，有一年，一个小伙子借了你爷爷两头猪崽，安顿好家里他就出门闯荡去了。三年后，他回来，没等屁股坐热就赶忙来给你爷爷还猪崽钱了，你爷爷问他急啥？他说在外面老想着，一数钱就想起这笔账，还了踏实，心里亮堂。孩子，有时候你容别人一条路，就是给自己留条路。知道吗？

故事太过久远，不知何时王大林已经睡着了。

翌日清晨，酒醒后的王大林发现自己睡在沙发上。怀里抱着老父早年临终时交给他的木匣，沉思良久，把自己的那几张欠条也整齐地放了进去，合上匣盖放到柜顶。然后，恭敬地给老爷子的遗像上了三炷香，烟缕飘然直上，王大林跪在地上磕了个头。

赶戏

白龙涛

腊八这天，大掌柜任德修赶戏回来了，他直接去了玉池宫。

任老爷是个戏迷，尤迷天兴戏班田茂的戏。这田茂，扮相轩昂，行腔清越，人称“活唐王”。唐王演多了，田茂就戏里戏外都端起了唐王的架儿，昂首方步，睥睨众生，连任老爷都难得他一个正眼儿。任老爷却不怪：唐王嘛，就该是这个派儿！

田茂登台，任老爷必捧场，外地演出，就套上马车去赶戏。

任老爷钱多朋广，走哪儿食宿到哪儿，顺便到各地分号、煤场转转，盘点生意，厮会老友，倒也逍遥快活。今年冬天，任老爷蹿腾着赶了六州十八县，却因缺了田茂的唐王戏，耳朵里寡淡得紧。

前年，田茂因与东盛洋行老板的三姨太暧昧，腿被打断，遭戏班抛弃。任老爷收留了他，还在北大街盘了一处住所，娶了妻室。田茂怎能不感念任老爷的恩情，铆足了劲儿，打算腿好了给任老爷唱一辈子的戏哩。

腿愈，田茂就迫不及待扮上了，唱了一出拿手戏《打金枝》。田茂腿虽半残，嗓音依然悠亮婉转，如珠走盘。但，任老爷总觉得哪儿味不对。最后，田茂抖了一个花腰，转身甩袖，立身不稳，一屁股旋坐地上，又慌忙翻身，诺诺磕头。任老爷看了一眼似抽了筋骨蜷缩在地的田茂，皱眉，摆手让他退下了。

田茂成了玉池宫的堂倌，半年后，升任大堂管事。

玉池宫，是任老爷的产业之一，虞城最豪华的浴楼。楼高三层，一楼设大池和木床，二楼设雅座和雅间，三楼设特座和高级厢房。铺一开张，即名震豫东。许多高官巨贾、名绅红伶都慕名而来。就连英国、法国、比利时等国不少人士也常光临，浴后纷纷交口称赞。

任老爷进了玉池宫。以往，田茂早就躬身相迎了，今儿个却未见他的身影。环顾四周，“玉池宫”三个馆阁体大字上了新漆，呈半月阳嵌在门脸上方；楼梯、走廊、门窗帘均用淡青色绸缎，墙壁及门窗均新刷白洋漆；地面为新铺彩色镶铜色水磨石，四边为蓝色，中为槟榔池花，群蝶花间翩翩起舞；两壁新挂有古铜色木制西洋画两幅，东为日出之景，西为落日之色，提醒浴客时间之意。

任老爷捋须颔首。赶戏之前，他把玉池宫交给五姨太和田茂管置，看来两人用了心。

背手上了三楼。三楼最里一间厢房是他和五姨太“鸳鸯戏水”的地儿，设置更为奢华。有美人榻一张，上铺红缎子边狼皮褥子，榻头置一退光漆蛋圆形茶几，上置景德镇产细瓷茶具一套，内置西洋大瓷浴盆，内盆边靠墙设有轨钢精电光活动皂盆，台面上放有香皂、芝兰香水、白美人香水等。厢房里，传来德国西门子木叶电暖机的响声，任老爷心里瞬时暖意烘烘——今儿个，得好好让五姨太伺候着泡泡这一身尘缁。

正欲推门，听到里面有人言语。任老爷凑近门缝往里一瞅，心里钹铙弦梆胡琴笛瑟锣鼓齐响一通。但见田茂和五姨太着翻领真丝睡衣躺在美人榻里。丫头跪地，伺候田茂吸上“炮台烟”，从红木笼屉里端来双荷包蛋清汤鸡丝面一碗、八宝素包子和羊肉包子各两个，又端来五姨太爱吃的蜜饯红果、蜜糖莲子、糖麦冬、麒麟园空沙饼四盘点心。五姨太捏起一块空沙饼，磕掉红豆沙馅，将饼皮放进嘴里细嚼。田茂吃了面，丫头凑身松骨采耳，一时哈欠连连，魂魄舒坦。五姨太搭上东洋留声机，《打金枝》鼓点便响起来。

田茂忽地起身，瘸腿点着步子跳下美人榻，戴上任老爷的海龙皮帽，披上太平貂皮大氅，蹬上双脸虎头鞋。一瞬间，光芒四射，王者雍容之气现于眉宇之间。只见他胯一甩，眼一张，下颌一翘，嘴里便有抑扬脆亮的声音飘了出来——

驸马儿跪在了金銮殿里
听父王与我的儿加封官职
头上封你双啊双展翅
封儿的官职再提三级
天子宝剑赐予给你
代管满朝文武职
你的父汾阳王他欺压了你
封儿个并肩王不分高低
……

唱到最后，田茂连着抖了三个花腰，旋身甩袖，捭须舞翅，稳稳当当，如唐王现世。

任老爷看得入迷，周身通泰，禁不住拍手叫了一声好，推门站到了田茂面前。田茂和五姨太扑通跪地，身子如冷风吹过，瑟瑟颤抖。

任老爷看了一眼蜷缩在地的田茂，兴致全无，说道：“刚才不唱得挺好吗？”

田茂呜呜哭道:“老爷——”

任老爷说道:“你这个田茂，唱戏，要分清戏里戏外。戏里，你就是万人之上的唐王，瞅瞅你这个样儿，哪有半点的王气？真枉我赶了你那么多年的戏！”说完，就转身下楼了。

三天后，下了场大雪，任老爷让马夫套上马车，把田茂送到了永城煤场。有人问起田茂。任老爷就抖了一个花腰，学了唐王的念白道:“这田茂——瘸了一条腿，花腰仍抖得如此利索，这么大的腰劲儿，不钻煤洞子岂不是亏了——”

茉 莉 花

王小宁

茉莉花是谁不重要，重要的是她喜欢茉莉花。

茉莉花开的时候，她总在胸前戴一朵茉莉花，搞得她的身上总是香香的，你从她身边经过，香气就在你的鼻子里袅袅绕绕的。

她是音乐老师，她往讲台上一站，香气就在整个教室弥漫，学生们都愿意上她的课，她教出来的学生每年都有考上音乐学院的。

一次，我们玩藏猫猫，藏了几次都被找到了，我看见旁边有块绿地，就往那儿跑，刚从灌木丛中钻进去，就见草地上有人，一看，女的是茉莉花，男的不认识，正在往茉莉花的头上戴茉莉花。茉莉花看见了我，有点不好意思，哧溜一下我赶紧又钻出来了。

那个给茉莉花戴茉莉花的男人后来就成了茉莉花的爱人。

她爱人在上海工作，平时不可能经常来，只有节假日或者礼拜天来。一次，茉莉花正在外面的空地上指导学生走台步，马上要过“五一”了，学校要开庆祝晚会。庆祝晚会上要有人报幕，报幕人都是一本正经的，晚会开场先由报幕人出场报幕，然后开演，演完一个再报下一个，一个一个地串联起整场的节目。不像现在，晚会上都是有主持人来主持，主持风格轻松活泼灵活多样。

一个学生从这头走到那头，又从那头走回来，茉莉花看着学生，说，不行，再走一遍。学生又走了一遍，茉莉花说，胸要挺，腰要直，眼往前看，再走。学生又走一遍，茉莉花说，走的时候，要想着自己就是个木偶，头上有根线正被人提着，这样子想的话，整个人就会挺直，效果就好……

她爱人来了。左手提着一个包，右手提着橘子苹果，背上背个大包，脖子上还挂着两串香蕉。茉莉花笑了，说，我马上就完，你先回去。

第二天我们就能吃到大白兔奶糖。我们跟茉莉花是邻居，茉莉花会拿大白兔奶糖给我们吃。

有次，我放假回到渡口，一直没见她爱人来，我问，咋一直没见茉莉花她爱人？妹妹说，想吃大白兔了？那倒也不是，都工作了，成大人了，对大白兔奶糖就没兴趣了，是不？我说，谁还稀罕吃大白兔呀。妹妹说，吃不到喽，她爱人死了。

那天，我们去菜市场买菜，路上忽然看见茉莉花，茉莉花旁边有个男人，男人手里拉着一个小男孩。茉莉花看见我们，歪头看看小男孩，掏出手帕，一边说，哎哟！鼻涕都流出来喽，一边用手帕帮他擦鼻涕。

等她们过去后，妹妹说，她又结婚了，那男孩是男人的孩子。哦，我说怎么回来后，没见茉莉花，想想她爱人死了也好多年了。

再见茉莉花，又是几年后，工作忙得要死，回家的次数就少了。

正是暑假，学校里安静下来，可一直没见茉莉花，妹妹说，她可能也回家了。放假了嘛，在学校里也没啥事。我说，她不是又结婚了吗？妹妹说，离了。

该上班了，我拖着行李箱准备回去，走到校门口，碰见茉莉花，我喊，王老师。茉莉花看看我，不认识的样子。我又喊，王老师。茉莉花犹豫着说，是小白吗？我看见她头上有了几根白发，心里动了一下，喊道，王老师，我要走了，就过去了，不敢看她。

母亲有事，我急忙回到渡口，这次很快就见到茉莉花了，我说过，我们是邻居。进进出出的，抬头不见低头见。我发现，茉莉花的状态还不错，虽然头上的白发又多了几根，但人挺精神的。

早晨起来，她就开始忙碌，吃过饭，挎着一个精致的蓝色小坤包出来，我问，王老师，忙哪？茉莉花说，我被聘用在十八中了，要去上课呢。

正是茉莉花开的时候，茉莉花胸前戴着一朵茉莉花，香香的，她走过去老远，香气还在我的鼻子里袅袅绕绕的……

清晨路过张小武

李学志

张小武把五点半的闹铃声设成了鸡叫——高亢、热烈、有血性的那种，让人听了满身的劲儿。

鸡叫三遍，张小武咔吧睁开了眼，梦还留在童年——不是在姥姥家吗？手麻，鼻塞，张小武一连打了五个喷嚏，她坐起来后的第一件事是把空调关了——

头天贴三伏贴时，医生还说勿吹空调啊。

张小武起来的第二件事是把女儿小元耷拉到床下的小腿翻到床上，再将“蛤蟆趴”的儿子大元，掀了个四脚朝天。

回身窗外已是明晃晃的一片。

又是新的一天。

张小武的每一天都是新的——每天的会计师考试模拟题也都是新的。张小武把自己像小学生一样安放到书桌前，一板一眼地做着试题，直到六点半的鸡叫声再次响起。

洗漱、梳头，张小武突然愣住了——从一堆黑发里揪出一根白发，叫你白！

小武撒瞄了一眼婆婆的卧室，拐到厨房做早餐。搁以前婆婆五点钟就开始踢踢拖拖叮当响，今天倒没了动静，估摸是昨晚广场舞跳得累，睡过头了——总不会像公公那样在睡梦里溘然长逝了吧？张小武马上呸走了这个念头。

做什么饭呢？张小武一时找不到灵感。之前遇到这种情况，张小武都会选择去附近的菜市场，溜达一圈，心中便有了“蓝图”。但现在不行，一来一回需要三十分钟，她还得挤时间复习试题呢。

电锅煮粥，烤箱热饼，煤气灶烧菜，张小武已经学会了统筹方法的精髓，能把家里的锅灶同时用上。西红柿、莜麦菜、木耳、黄花菜、粉条……张小武的菜厨借鉴了中药铺的特点，大抽屉里分小抽屉，一码一码清清楚楚。张小武翻找着脑子里的菜谱，迅速拼好了四菜一汤：西红柿土豆丝、蒜蓉莜麦菜、烧排骨、洋葱木耳、胡辣汤。开火！张小武在厨房里用裹着油烟的嗓子喊：大元、二元早读啦！二元穿着睡衣坐在沙发上发呆，大元没有动静。

张小武关了火，到卧室门口喝了一声。床上的那只“蛙”蠕动了一下，抬起懵懂的脸，说了一句，困！又埋头睡了。张小武照屁股就是一巴掌——昨儿怎么说来着？

大元噘着嘴，蔫蔫地拎着英语书。张小武恼着说，声音呢？

于是大元的声音咕噜咕噜冒出来，张小武转头看小元，你呢？

小元也拿着书，开始背“春对夏，秋对冬，古柏对苍公”，张小武杏眼一瞪。小龙赶紧改成“古柏对苍松”。小武这才撤回目光——谁背过谁吃饭，这是张小武家不成文的规矩。

一阵敲门声。小元的同学来喊她上幼升小补习班。这就是张小武早早做饭的原因——小元搭乘邻居的顺风车，得早点去。

七点十分的闹铃鸡又叫了。张小武看着小元小心翼翼地夹起两根土豆丝，送到嘴里，又嘟起嘴唇吹气，慢条斯理地喝粥。急得催着说，快点快点。

送走小元，张小武纳闷地看着婆婆的卧室，直犯嘀咕，也不好说什么，就打开电脑，继续做会计考试题——如果顺利，一个月后她就可以拿证，而后就选择跳槽，再也不用看老板那张见人闲着就如丧考妣的脸。

大元的声音又听不到了。张小武着急，说单词记了没？

答说：背的课文。

你单词都会了？

大元说，又要记。昨天都写过了，天天写，烦！我就背课文儿。而张小武认为，单词都记不准，就好比垒墙根基没打牢，怎么能先背课文呢。于是，围绕是先记单词还是先背课文儿，俩人争起来。

张小武退一步，那你拿着手机 App 跟读。

大元嘀咕着说，整天拿着手机，我都没有时间听。张小武转过身来，脸上放出一道闪电，说我用手机是在工作，哪像那个谁闲得看蚂蚁上树，一回来就打游戏——你，看看时间都几点了？有这工夫单词早记会了。

我就背课文，怎么着？

张小武，举起了巴掌，而脚早已踹了出去——张小武年轻时练过跆拳道。大元知道底细，拿书捂着头就跑。婆婆的屋门突然大开，敷着面膜的婆婆穿着日式睡衣出来了，咋？这不是假期吗，来让奶奶瞅瞅。

一见到护犊子的，张小武有些来气，索性一脚真落下去，结结实实踢到了大元屁股上。婆婆伸手拽住张小武，撕掉面膜，眼珠子翻出白光——多大事？！大元涨红了脸，气呼呼地摔门而出，丢下一句硬邦邦的话——我走！再也不回来了。张小五的婆婆急急追出去，元元，回来啊！奶奶在呢！

张小武愣住了——十三岁的大元竟然敢出走？造反啦。

张小武一个人坐在餐桌边上看着金黄的土豆丝儿、焦酥的手抓饼、棕红色的排骨，飘着热气的胡辣汤，一点儿胃口都没有。看书，字老是往外跳。

她心灰意冷地给大元他爸打电话，那头拒绝了，回了几个字：正跟客户吃饭，稍等。她知道，他永远是忙的——她的家早已是“母系氏族社会”了。

她匆匆喝了点粥，又订正几道错题，起身收拾东西。

洗面奶、补水液、精华液、BB 霜、防晒霜、口红……张小武必须把自己收拾得精精神神地去工作。

婆婆扯着大元回来了，他并没有走远，躲在了电梯对面的人行楼梯口。他们彼此看了一眼，大元低下了头，婆婆絮絮叨叨地催着先吃饭。

张小武只说了一句话，自己看着办！戴上太阳帽，穿上防晒衣，下楼骑着电动车出发了。她必须在八点之前赶到“学而优”培训机构，而且要满脸堆笑地和同事打招呼，然后笑容可掬地走进教室，在那里她将一整天面对一群大元那个年龄的少年。

楼 上 楼

杨帮立

白露河下游，村庄多取名台子。台子前加一个姓氏，如张台子李台子陈台子。陈台子不知哪一天，仅余下祖孙俩了，住在台子西南角小小的院落里。有一棵古槐，贴着院墙长着，抓着地撑着天。树上筑着一个鸟巢。一对花喜鹊从冬忙到春，二月二，喜鹊上梁，它俩抬来一根粗粗的木棒，架在巢顶上，再叼来软枝柔草，封顶，垒着一个不一般的巢。

“远看像个球，近看是座楼，木材千千万，不用锯斧头。你猜猜这是啥谜呢？”爷爷在砍房檩，停下斧头，眯着眼，看着孙子红扑扑的脸。孙子骨碌着眼珠，抬头指着大树：“喜鹊窝！”说它不一般，这新巢没对原有的旧巢修修补补，而是直接在旧巢上垒起一个新巢来。

“楼上楼，福中福！爷爷也要给你建一座楼上楼。”

爷爷说这话时，像是有泪在眼睛深处翻滚。当然，孙子看不见。爷爷下到台坎围沟里，一趟趟从水中捞起房料。去年夏天，爷爷放下台子上一棵棵直坦的杂树，滚到沟水里浸泡，杀死虫卵，收紧树身。他要给孙子，建一座房子。

爷爷这个念头，是从一把黄铜锁里长出来的。

新社区，家里在那儿建有三间两层小楼。建成第二年，在他乡做外粉的大儿子从高空坠落下来，人没了；儿媳妇拿着赔偿后，影没了。在外打工的小儿子带个外地的女友回来住几天，走时，在大门上加了一把秤砣大的、黄的刺眼的新锁。

“爷爷，能建‘楼上楼’吗？”

爷爷抬头看看天空，喜鹊窝埋在了浓密的树叶里。爷爷嘿嘿笑了，看看地，跺跺脚：“这土台子是不是有一层楼高啊？”

“有，比一层楼还高。”

“从你爷爷的爷爷的爷爷起，洪水把屋子淹倒了，再填土垫高了盖房子，淹倒了，再填土垫高了盖房子。我现在给你建的房子，不知道是几层房子的上面了，你说，这算不算‘楼上楼’啊？”

“算，楼上楼的楼！”

刨子斧头锯，推砍拉凿掏，爷爷是个老木匠，叮叮当当，取平锯榫凿眼，爷爷弓起的脊背上，滚着太阳，滚着月亮。

“爷爷，爷爷，鸟儿在天上打架呢？”

爷爷停下手中的活计，耳朵在听：叭……喳喳……叭叭……喳喳喳……两种鸟的叫声，时高时低，时远时近，交织在一起。爷爷啥都明白了，不仅没抬头，反而俯下身子，嗞——呛——一刨子推出去，刨花纷纷落下。

“爷爷，八哥打喜鹊，打喜鹊……”

“那八哥啊，不想垒窝，争强斗狠，想打走喜鹊，住现成的。”砰，爷爷又抡起斧头把半截木头劈为两半，“打它！”

爷爷砍下一个小小的榆树杈，剪下两条子自行车旧胎，摘下在风中摇晃着的虫茧壳，做个弹弓，一颗颗小石子，射向空中。两只老八哥在他头上盘旋俯冲，叭、叭叭……似乎在跟他拼命——最终难敌石子飞走了。

爷爷扛着木料进门，喳喳喳……喜鹊一家不安地叫着。屋檐竖着梯子，小孙子抱着腿在梯子下躺着，旁边翻着碗，撒了一地的米。爷爷一巴掌打在了自己的脸上：该死了吗？修房顶咋忘了把梯子放倒呢？

“上梯子干啥？”

“送米，给喜鹊吃。”

孙子摔折了腿。老人支平车架，在车厢里铺床旧被褥，放上孙子，拉起架子车，去医院。

“嘀，嘀嘀！”一辆轿车挡在了前面。车上下来两个人。一个是村长：“老陈，正往你家去呢，这是咋的了？”

“孩子摔坏了，送他去医院。”

另外一个人迅速地把孩子抱起，平放在车后座上：“你陪老陈回家，再了解了解情况，我送孩子去县医院。”

“钱？”老陈哆嗦着手，往怀里掏。

“不用，院长是我同学。再说，贫困户享受五道医疗保障线，钱，政府给你出了。”车掉过头，缓缓驶去。

“谁呀？”

“朱书记，县里新派驻到我们村的第一书记。”

出院那天，朱书记拉着老陈祖孙俩，不是回陈台子，而是开到了村部，院子里坐满了人。朱书记一手一个把祖孙俩拉上了主席台：“老陈今年六十六，还在建造‘楼上楼’。摔倒爬起来，是我们祖祖辈辈在抗击洪水中筑起来精神。‘楼上楼，福中福’，幸福都是奋斗出来的！我们要凭着自己的双手，永远建着属于我们每一个人心中的‘楼上楼’！”

救命的糊饼

王苏华

我小的时候，农民们多以玉米面、高粱面等粗粮为主食；所以像糊饼这样、具有北京本土特色的面食，就在北京农村风行起来了。

糊饼的做法很简单：先把菜切碎，放些虾米皮、炒个鸡蛋、放点黄酱搅成馅，然后把玉米面用水搅拌成面团。等到铁锅烧热以后，用肉皮把锅底擦一下，抓一块面团放在锅里，用手或铲子，把面团均匀铺开，做成一张薄饼，再把菜铺在上面，小火烙上几分钟。当看到饼的四边卷起来时，一张下面焦黄、上面碧绿、清香的糊饼就出锅了。

1962年的时候，我们一家被下放到北京郊区。父亲被安排在一个研究所上班，母亲被分到一所农村小学教书。1969年的时候我有了一个小妹妹，母亲带着妹妹上下班很辛苦；于是，我和母亲就在这年的冬天，带着妹妹一起住到了那个农村。我们住的那个村子里有很多的老榆树，清明节的前后就会长出很多碧绿的榆钱。但是上树摘榆钱都是男孩子的事，那时我哥哥又不在我身边；所以我就只能眼看着榆钱被别人摘走了。

因为快到清明节了，学校准备组织一次春季运动会。有一天我们班在学校的操场上，练习准备参加比赛的体育项目。我那天没吃到早饭，站在鞍马前时感到有些头晕。可是我又不愿意让别的同学看我的笑话，就硬撑着跳过了鞍马。结果就可想而知了，我的眼前一黑就晕了过去。

虽然已经过去五十年了，我还清楚地记得，我后来是在一阵甜丝丝的、有点青草味，又有点玉米味的混合香气中醒来的。这么熟悉的味道是什么呀？怎么我嘴里有点甜甜的味道？我睁开眼一看，我躺在一间陌生屋子里的炕上。我的身旁放着一个玻璃杯，里面还有一些淡绿色的液体。我惊得一下子坐了起来，不由自主地叫了一声“妈妈”。

这时从外屋走进一位白发苍苍的老奶奶。她的手里端着一个小盖帘，放着一张上面翠绿、下面镶着一层金边的薄饼走了进来。

她笑着对我说：“你醒了？快来尝尝我的手艺。”说着，就把一块薄饼递到了我的眼前。

我定睛一看，翠绿的榆钱就像一个个绿钱，堆积在金黄色的薄饼上。是糊饼呀！是一张榆钱糊饼！我顾不得说什么，立刻迫不及待地、抓起一块糊饼就塞进了嘴里，疑问的眼神却看向这位陌生的老人家。

“慢点吃、看烫着，留神扎到嘴。”老奶奶笑着站起身，拿着玻璃杯走到外屋去了。

刚烙的糊饼吃在嘴里真香呀！虽然焦脆的薄饼有些扎嘴；但是我的嗓子眼里就像有只小手，仿佛一下子就把糊饼直接拖到肚子里去了。

这时老奶奶从外屋走进来，把手里的玻璃杯递给我。我一看杯子里装的，还是那淡绿色的液体。

“这是焯榆钱的水，喝了可以败火哈。俗话说‘原汤化原食’不是？”老奶奶笑着说。

我刚要问老奶奶是谁，我们班的男同学崔明学跑了进来。他一看我已经坐起来了，一把拽住我的胳膊说：“快走，你爸爸来接你了。”

“这猴崽子，一点稳当劲儿都没有。慢点拽她，别摔着。”

“奶奶，您放心吧，不会摔到她的。”崔明学头也不回地说。

我这才恍然大悟，原来这里是崔明学的家。

我一边走，一边回过头来说：“谢谢您，崔奶奶，糊饼真好吃。”

那天我父亲把我直接送到了医院。经过医生检查说，我因为长期营养不良，得了低血糖症，需要加强营养。母亲就让房东奶奶帮着看小妹，我转学回到了父亲身边，从此再也没有见过崔奶奶和我的同学们。

一晃几十年过去了。有很多儿时的记忆，都在我的脑海里淡化了。然而那张救命的榆钱糊饼，却永远留在了我的脑海中。每当清明前后，我看到那满树的榆钱，都会想起那位满头白发的崔奶奶；那杯带着清香的、微甜的、淡绿色的焯过榆钱的水；那张碧绿中带着金黄的榆钱糊饼。

八卦掌和鹌鹑蛋

纪东方

看了《霍元甲》，我萌生了练武教徒、劫富济贫的想法，于是纪庄小学武林第一大门派八卦掌诞生了。

我是掌门人。手下三个徒弟，柱子、栓子和石头。

我发布掌门第一号指令：你们不能白当徒弟，一个人一个鸡蛋，拿来孝敬师傅。

栓子和石头老老实实回家，偷来两个鸡蛋。我笑纳了。

柱子不听话，磨磨唧唧不回家。我一掌过去，没有使用内力，把他打哭了。

我宣布柱子是叛徒，把他清理出八卦门。柱子不走，哭天抹泪打圈圈儿。我考虑是不是补一掌，将他彻底打服。他说，他知道一个地方有鸟蛋，他能领我们找鸟蛋，条件是留在八卦门。

我给了他这个面子。

柱子破涕为笑，擦擦眼泪，转身带路。他鬼鬼祟祟的样子，让我想起放牛的二小带鬼子进山找八路军。可惜，我们这里是平原，到处是庄稼，遍地没有羊，也没有人放羊。村里鸡少鸭少没有鹅，鬼子进村啥也搜不去。

绕过几排空旷的教室，穿过长满杂草的杨树林，跳过学校围墙的一个缺口，好大的一片苇子湾。此时，我想起《岳阳楼记》里面的一个词："浩浩汤汤，横无际涯。"苇子湾像绿色的海水，苇子尖像浪花随风涌来涌去。我没有见过大海，我从浩荡的芦苇能想象出海水的样子。

苇子湾浩大深邃神秘无穷，让我浑身起鸡皮疙瘩。我又想大喊一声，"我来了！"或者什么。

栓子把手放在嘴边，嘘了一声，扒开苇子，继续往里走。

我是掌门人，自然不能胆怯。看看后边的两个徒弟，回头示意他们跟上。

苇子湾里密密麻麻没有路，扒开苇子就是路，放开苇子啥也看不见。四面都是苇子的墙，苇子的水，我们像四条瞎眼的小鱼儿，一步一步慢慢往里游。

柱子不走了，趴在地上，慢慢往前爬。苇子低了，眼前豁然开朗。

一个浅浅的水塘，一对小鸟在水里嬉戏。它们低头捉虫子，潜进水里捉鱼；相互啄身上的毛，翅膀靠着翅膀大秀恩爱。它们物我两忘，唯它独尊，无视我们的呼吸和瞪圆的眼睛。

两只鸟游走了，我才喘过气来。柱子喊大雁，大雁。

我知道没有大雁，他是在喊我。我叫大雁。

他的面前有个小小的草窝，窝里有五个小小的蛋！比乒乓球还小，有细细的花纹，拿在手里，轻得像一片苇絮。我们分散开四处寻找，找到八个这样的鸟蛋。

撤回陆地，我宣布掌门第二号命令，把鸡蛋和鸟蛋送给林爷爷。

林爷爷一个人住在学校门房里。大人说，林爷爷是什么"分子"，什么"专家"，从省里"下放"来的。我们不管这些，不上学了，我们就喜欢在林爷爷的门房里玩。林爷爷什么都懂，经常给我们说，大雁秋天为什么往南飞，燕子春天为什么会在屋檐下搭窝，还有老鸹的窝为什么搭在高高的树上，喜鹊为什么会到人家报喜。林爷爷屋里摆着一盆一盆的花，门房后面的空地也种着一片一片的花。花儿挺好看，有的开花，春天开的，夏天开的，秋天开的，红的黄的紫的粉的蓝的，什么色儿的都有，我们都叫不上名字。有的光长绿绿的叶子，冬天里也绿油油的。

不过得一棵一棵起出来，种到盆里，端到屋里才能过冬。有的大人拿回家，不几天就打蔫死了。林爷爷好像懂仙术的神仙一样，种什么花都活得好好的。

林爷爷笑呵呵的，从来也不呵斥我们。我们偷他的花，偷他放在门外的煤火钳子也不着急。他好像掐指一算就知道，我们玩够了，会偷偷还回去。

林爷爷躺在床上，好像病得很重。他看见我们很高兴。林爷爷说，这是鹌鹑蛋，别看它小，含的营养比鸡蛋还丰富。一对鹌鹑一年下七八个蛋，藏在草窝里轻易看不见。你们能捡到八个鹌鹑蛋，已经是非常幸运了。可惜，要是让它们孵出小鹌鹑多好，鹌鹑长到三个月，就能自己在水里游戏捉虫子吃了。

栓子说，那我们放回去吧。爷爷说，晚了，鸟蛋沾了人的气味，母鸟再也不会孵了。

我们低头往回走，谁也不说话。我一掌打过去，这回柱子没有哭，我看见他流眼泪了。

沙　蒿

邓丽星

高高的井架仿佛要钻进云里，蓝色的铁皮房如同蓝天落在了地上，绿色的矮矮的草，仿佛他稀疏的头发，露出或黄或白的沙土。刘大坚定在了那里，望着熟悉的这一切，仿佛要刻在心里带走似的。

几十年来，作为石油人，他转战南北，去了许多地方，去的地方都是人烟稀少。他已习惯了偏僻，荒凉。回到城里，他反倒不自在了。

脚下，是用砖铺成的通往外面的一条小路。他看向小路尽头，没有人，平时这条路上就少有人。他看看手机，收了起来。鼻涕流了出来，他不得不擦。耳边响起上次回去儿子反驳他的话：那地方有什么好？偏僻，荒凉，气候不正常，风大沙多。不是长年待在那儿，会得鼻炎？

那几天，媳妇、儿子每天早上都被他擤鼻涕声叫醒，两人都听烦了。鼻炎，有什么办法？哪个石油人身上不落下几样病？这几年还好，以前黄沙弥漫，天天嘴里沙沙的，不也得干活？

时间就像手里的沙，一下就流完了。以前回家不让他抱的儿子转眼间已研究生毕业了。儿子上的是石油大学。儿子本不想报石油类学校，是他给儿子做的思想工作。儿子说，石油工人太苦。就像他，长年在外，一年还见不到两三次。他说，男人就应该多跑跑。像他，去了许多地方，这些地方都很美，都是中原没有的景色。说得儿子有些心动了。儿子本科毕业，他又让儿子读研究生。今年，儿子研究生就毕业了。

为什么他一心要让儿子读石油大学，读研究生？他没有告诉儿子真相。他永远忘不了父亲临死前说的话：有知识，石油工人才不会这么累，这么危险。他小时候经常听到家属院的哭声。记得进石油技校那年，发生了井喷，火焰映红整个天空，家属院里哭声一片，凄惨得令人发怵。他父亲当时也受了伤，在医院住了一段时间没抢救过来。父亲临走前，拉住他的手说了那句话。他记住了这句话，在学校认真学习。毕业后，去井队，更意识到知识的重要性。让儿子去读大学和研究生，就是希望下一代的石油人更强。

他对儿子说，不用找他，凭实力就能应聘上。儿子果然应聘上了，去了钻井公司机关，坐办公室。儿子高兴地告诉了他。他去找公司经理，让儿子去井队。经理说，大材小用。他说，不去井队锻炼，知识是死的，就不是材。

儿子知道后，恼怒地说，人家老子是利用权力给儿子谋福利，给儿子找一个清闲的、离领导近的工作。他倒好，利用权力把儿子往下拉，让去基层干最累的活儿。

媳妇也反对，说，儿子细皮嫩肉的，能干得了？也想让儿子成一张像他一样的脸？风沙吹打，树皮一样，黑，粗糙，厚，摸着就扎手。还找不找儿媳妇了？

他对儿子说，不在基层锻炼锻炼，只会书本上的东西，怎能进步？不结合实际，怎么活用书本上的知识？井上出现的问题很复杂，不是只靠书本就能解决的。至于儿媳妇，不理解石油人，也成不了一家。

儿子和媳妇都没说话。

看儿子有点动摇。他又说，别以为去井队是屈才，井队是最能展示才能的地方。不信试试看，拿不下井队那些活，不是大材，连小材也不是，只能算是书呆子。是骡子是马出去遛遛，让他这个老子看到他的“材”。

儿子赌气地说，去，一定要让他这个老子看到他的材。他不是白读书，白上研究生的。

看到小路尽头有一辆车过来，他知道是儿子来了。他一直盯着这辆车，直到儿子下车。

儿子往四周望望，说，还不错，不像想象中那么荒凉，不全是一片黄色大沙漠，至少还有绿草。

他问，知道脚下这些绿草是什么吗？

儿子看了看，摇摇头。

他说，是沙蒿。它在沙漠绿着，让人看到生命和希望。更重要的是，只有沙蒿，才能抓住这些流沙。没有它，沙流动的速度很快，会从北边一直弥漫到内地。沙蒿，也只有在这儿，才有意义。我们井队，其实也是沙漠中的另一种沙蒿，只有扎根在这儿才有意义。

儿子若有所思，点了点头。他把儿子交代给新上任的李经理，上了车。回头看，发现井架下、沙蒿中的儿子突然长大了，像男子汉一样成熟。他放心了。

永　生　花

鸟　语

庚子年注定是个命运多舛之年。森拉克台风过后，魔都的气温与立秋节气吻合得很贴切，清爽宜人。思南公馆那株120年树龄的法桐怡然摇曳着浓密的绿叶，白云托着蓝天，洁白的餐桌台布上映射出和煦的光线，五彩缤纷造型独特的微小甜点在塔式多层餐盘上安静地展现各自的魅力。咖啡、香茗冒出缕缕氤氳之气。这里的下午茶很有文艺范腔调，年轻人居多，洋人和国人混杂，PARTY很有仪式感。

老张和老李吃完红宝石婚纪念餐，在当年初恋相会的复兴公园散了会儿步，也来此小憩，他俩知趣地在边沿一双人桌坐定，慢条斯理地交谈，沉浸在如烟往事回顾中。

老张和老李都是恢复高考后首届考进交大的，读研考博，教书育人，结婚生子，日子过得平淡无奇。人有旦夕祸福。二十年前，老李便血，被查出“直肠绒毛状腺瘤”且切片检测属重度异型增生。谈癌色变，老李情绪很不稳定，老张宽慰她：既来之则安之。况且重度异型增生就是增生，不是癌就不是癌，积极配合治疗，家务活我全包了，你安心治病。没病咱过好日子，有病咱管好情绪，这很重要。再说了，你在我心里是永生花，永不凋谢。老李的心很是舒适，手术后一切如常。病不请自来，逐送自去。

光阴总是一弹指，便成了掌上的风，指缝太宽，时光太瘦，蓦然回首，已是花甲之人。

两人正有说有笑地闲扯，一戴口罩中年女子来到面前。大爷，给大妈买束永生花吧，这是我亲手做的，便宜，一百元两枝。老张看了那女子一眼，眉眼虽俏丽，但鱼尾纹偏多，印堂有些晦暗，像得过大病之人。“在瑞金医院看病？”老张向西指指。“嗯，他做骨髓移植，医疗费还差点。”女子边说边指指花篮里的永生花。我们的事都写在卡片上。老张这才注意到，每枝永生花上都有一张精美卡片。

我大学毕业刚入职时干工作像玩命。出现恶心、厌食、消瘦症状时，医生告诉我是尿毒症前期。爱情、婚姻、育子一切美好憧憬都随风飘散。

病友群有人征婚。我和他在星巴克见了面。他年龄与我相仿，清瘦的脸没血色，煞白。他很淡定地对我说：我有白血病，爸走得急，是妈把我带大的。为给我治病，妈卖了房子，我死后愿把肾捐给你，条件是你要赡养我妈。我像抓住救命稻草般地急促嗯嗯嗯，我一定像对亲妈一样赡养你妈，不对，是咱妈。说出口，我的脸有些发烫，我明白我的龌龊，因为我知道这是一份他死我活的生命契约。

有结婚证，无夫妻事，压根就没住在一起，我们像做做样子般地保持着联系。有段时间，我发病住院，他的短信、微信、电话一概不回不接，我想怕是等不到他的肾了。他跑了十几家医院泌尿科，找到我二话不说就办了陪护证。同室病友们都说我好福气，找了个好老公。

没多久，他却失联了，他姑姑告诉我，他停了药，是被120拉走的。我一头火，见到他就是一大嘴巴子。我们死都不怕还怕活吗？我们要一起活下去，一起陪伴赡养老妈不好吗？我们是废墟上两朵永生花！

我们一起挣钱找活干，一起吃中药，一起输液，一起吃饭，一起陪老妈散步，日子过得有声色，有笑声。

如果你能扼住命运的喉咙，病魔也是欺软怕硬的小人。我的病情得到了有效控制，医生说，坚持下去，透析不用考虑。如果这次他的手术成功，我们一定补办一场婚礼。

老张和老李对视了一秒，便招呼服务生给卖花的女子单点了份套餐，请她坐下慢用。老李抱着花篮，老张手拿一枝玫瑰永生花挨桌走去。老张英语纯正，老李德语娴熟。一会儿工夫，各桌人手一枝永生花全站起来，向着那女子边摇边喊：在一起！在一起！活下去！活下去！那女子，眼含热泪，忙站起，四处鞠躬，拱手作揖。

不久，有记者报道了老张老李，租房开灶，一次只收一元用气费，为陪护人员提供做饭便利的事迹。

刨 茅 根

叶北海

天蒙蒙亮，冬生就被他爹喊起来了，套上衣服蹬上鞋，揉着酸涩的睡眼，跟着爹出了门。

风迎面灌过来，冷，冽，锋利，吹得冬生一哆嗦，睡意全没了。

爹没说话，扛着一把锄头，佝偻着腰只顾走，就像一头出耕的牛。

冬生紧紧衣领，赶忙追上两步，伸手去接锄头，却被他微微一侧身，冷硬地拒绝了。冬生很无奈，只好悻悻地跟着。

不知谁家还养着报晓的鸡，“喔喔喔”，用千百年来不变的叫声唤醒新的一天，整个村子活了起来：烟囱口飘起了炊烟，院子里传出了狗叫，大街上也零星地多了几个佝偻的身影。

爹有意避开人，专挑冷僻的巷子走。实在避不开，也只好硬着头皮往里钻。冬生长年在外，跟村里人生分了，分不清三婶子和四舅姥娘，辨不明大山中山小山是哪个山，更没法回应他们东拉西扯的瞎操心……一低头，脚下不由加快了几分。

冬生回来了？哪天回来的？

果然有人不识好歹，发问了。

冬生笑笑，没说话，直到被爹瞪了一眼，才勉强挤出一句，前天回来的。说完又想起来，他回家三天了，是大前天。可是，好像又没有解释的必要。

大清早儿，你爷俩儿去哪儿呀这是？

有人继续关心着。

出去溜一圈儿。

爹干巴巴地回应，带着几分不自在。

溜一圈还扛着家什儿？

爹尴尬地笑着，刨点茅根，泡水喝，通气儿。

现在谁还泡那个？要泡水，从网上买点现成的，快递直接送到家，你要是不会，让冬生给你买……

爹实在捺不下心烦听他胡叨叨，笑着挥挥手，走了。

不过有些人的招呼，就得正经应对了。比如，栓爷。

冬生爹，他娘身子怎么样了？

这句话像一根针，直接扎到痛处。冬生听爹叹了一口气，整个人矮了三分，精气神儿也散了一大半。

还能怎么样？熬着呗。眼前只要能让她不疼，怎么都好说。

栓爷大概也觉着问得狠了，随口应和两句，就是就是，不疼，不疼就好。又瞅瞅锄头，你这是……

爹慌忙回话，去刨点茅根，泡水喝，给她顺顺气儿，能舒坦点儿。

栓爷点点头，快去吧。趁着天早，路上人不多，快去快回。说完不等爹回应，他先转身背着手走了。

爹没再说话，领着冬生走街串巷，来到村西头的墓田里。

这是村里埋人的地方，祖祖辈辈，男女老少，活得光鲜也好窝囊也罢，最终都聚到这里来。冬生记得小时候，爹妈不让他靠近，怕有邪祟上身；后来稍大点，跟着爹来上坟，也是匆匆来匆匆就走了；再后来，进城上学工作买房子定居，来得更少了。现在一眼望出去，密密麻麻，乌乌压压，竟然埋了那么一大片。

爹一反常态，跟他絮叨起来。这人呀，活着总是不安生，亲兄弟闹分家，妯娌间抓破脸，儿子闺女跑到城里躲清闲……可到最后，还得回来，一家人往一块儿凑。你看东边那一片，老刘家的，户门大，墓田也大；北边，老杨家的；往南，老孙家的；咱们家户门小，老兄弟仨小兄弟仨，就挤在西南角上。

爹蹚着枯草，循着一条不怎么明显的坟间小路走向西南，裤腿被霜露微微打湿，沾了些泥灰草种子。

这是你爷爷奶奶的坟，前两天，我刚来培了两锨土。

冬生注意到，爷爷坟头上有新土茬儿，跟周围乱草丛生的土疙瘩不一样。即便如此，爹还是俯下身去，把土里的两根枯草拽出来，扔掉。

刚才碰到栓爷，他是咱们村的公事人，婚丧嫁娶，红白喜事，都由他总管。爹继续交代着，我跟你娘结婚，是他主持的；你出生过满月，由他操办着；等你娘老了，还得麻烦他老人家。你是孝子，他会领着你来点穴地，问你想把你娘葬在哪儿。你看好了。爹往东迈了两步，用锄头扒拉开枯草，露出一块事先埋了半截的青石头，把锄头往冬生手里一塞，你在这儿刨三锄，念叨几句，一锄金，二锄银，三锄儿女一大群，再哭三声，就行了。剩下的栓爷会安排人来干。

说这些话，爹没看冬生，语调也出奇平静，好像演练过几千几百遍似的。冬生却觉得有股东西涌上胸口，又酸又涩，难受。

到时候我会跟栓爷说好，墓室砌得宽敞一点，等过两年我不行了，就来陪你娘。墓碑我也找人了，把我俩名字都刻上，到时候你只要用油漆描一遍就行……

冬生觉得那股酸涩吐不出来，咽不下去，越堵越结实，气都喘不过来了。

爹站在石头旁边，向四周扫一眼，这个地方还不错，这条沟里我来放过牛，那道岭我去刨过地瓜，还有西头那条土路，我从那里把你娘娶过门，带着你们娘俩儿回姥姥家……

冬生眼窝子一热，泪涌上来了，他慌忙顺着爹的手指向四面扫去。

还有，我跟你娘商量过了：你工作忙，离得又远，清明、冬至、七月十五，就别回来了，年三十回来一趟，磕两个头，烧几张纸，意思到了就行。只要你好好的，我们就放心了。

冬生再也控制不住，泪水涌出眼眶。

他忙扛起锄头，朝岭子下走去。

你去干啥？爹问道。

刨茅根。回去路上，少不得还得有人问。

太阳出来了，灰蒙蒙的乡野披上了一层红光，荒沟，野岭，沟里寒草，岭上枯树，竟都在他的泪眼蒙眬中，闪出五彩的光芒。

秘　诀

任喜录

老话说“酒香不怕巷子深”，是有道理的。

鲁氏城有一个古老的小吃叫甑糕。说它古老，不用讲它起始的年月，一看这个“甑”字就知道了。因为字典对它的解释都是“古代蒸食的瓦器”。

可鲁氏城甑糕的制作高手却不在城内，而在离城十里的梨园村，也不姓鲁。他姓刘，叫守信，是祖传的手艺。只不过刘守信做甑糕的器具已不是甑了，那玩意儿早就没有了，是用的不锈钢桶，上面写有“守信甑糕”四个红漆大字。他每天晚间把甑糕做好，天不明就用小车推进鲁氏城的早餐点儿。

“守信甑糕”就是守信：胶黏香甜，吃起来弹牙，完全保留着传统的风味。好这一口的人，即便吃过了早饭，也要让刘守信用荷叶包一团带回家。同行问他的秘诀是什么？他只笑答：用心。

城里的住户增长太快了，近几年要想吃到“守信甑糕”，那得趁早。迟了，别说吃不着，连“守信甑糕”四个字都看不到。因他已经回家准备下一天的食材去了。

刘守信因为年龄的关系，渐渐做不动了，思谋着将手艺传给两个儿子，可二儿子敬却瞧不起这小生意。大儿子诚虽然愿意干这个营生，但嫌离城远，耽误工夫，就在鲁氏城饮食一条街的西口租了一间铺面，把制作量也增加了一倍。即使这样，也供不应求。

敬到外面做生意，做啥啥不成，把父亲给的本钱倒腾光了，又回到了梨园村。

父亲就在饮食一条街的东口租了一间铺面，手把手地教他做甑糕。

东口不远有个大居民区，近水楼台加上有老掌柜坐镇，生意很快红火起来。这却使设在街中间的一家甑糕铺干不下去了，改作麻食。

刘老汉见敬的生意稳当了，就回家安心养老。老先生离开不久，敬的生意就走了下坡路。他认为是父亲离开的缘故，就回家请父亲再出山。

刘老汉说：没有的事儿，我从来没给你哥坐过镇，可他的甑糕卖得照样好。

刘敬却嬉皮笑脸地说：那是因为有您那个甑糕桶作招牌。

老汉瞪了敬一眼，掏出手机给诚拨打，让他与敬调换甑糕桶。

洛河经过梨园村，向北挤了个湾，把早先在村东种植的一园梨树全都收进了水晶宫，就连梨园边上的水井也淘塌了，形成了一个罗面笸箩大小的水潭儿。这潭水冬暖夏凉，梨园村人一年四季都在这儿淘菜、洗衣。

刘老汉把一只直径和高度都在二尺上下的木桶放进水潭儿。

这是他爷爷从其养父手里接过来的甑糕桶，已经豁豁牙牙不能用了，但他还是每隔一段时日就将木桶扛来，在水潭儿里泡一泡洗一洗。因木桶放置时间一长就会干燥裂缝，再不管的话，即会变成一堆破木板。他不能让祖传的物件毁在自己手里，于是，泡洗木桶成了他近两年的专职业务。

刘老汉从口袋里掏出一方老粗布，踩在水潭边的搓衣石上，将布泡软，小心翼翼地擦洗起来。可是没擦几下，刘敬就来到他面前，说甑糕还是卖得不利当，要接他去看看问题出在哪里。

老汉问：你是不是没有用心？

敬说：我完全是照您教的步骤做的。

老汉不理解，就随儿子到了他的店铺，揭开甑糕桶的盖子，只用铲子拨了拨，就立刻啪的一声把桶盖上了，转脸对儿子吼道：你这是跟谁学的？

敬一脸不解地问：咋的啦？

咋的啦，你心里明白。

我真不明白。

那是谁掺进了粳米？

儿媳看公公那不依不饶的劲头，知道糊弄不过，就插嘴道：爹，这不怪刘敬，是我偷偷掺的，只一点点。

刘老汉歪头看了儿媳一眼，口气缓了下来，说：这样的话，我得给你讲讲咱家的祖训了。清朝年间，我的老爷在城里一家粮食坊子当伙计。光绪三年遭了大灾，可老板却掺杂兑假，为富不仁。惹怒了城里的百姓，聚众来砸粮食坊子，也不管是老板还是伙计，见一个打一个。幸亏卖甑糕的刘师傅救了我老爷。刘师傅无儿无女，我老爷为了报恩，将儿子，也就是刘敬的老爷过继给了刘家。后来，敬的老爷就给咱家立了怀仁、守信、真诚、敬畏，八字祖训……

老汉讲完就返回了梨园村。

可是刚过两天，刘敬又来了电话，说生意比先前好了一些，但还是有人越过他的店铺往哥那里跑。

刘老汉让儿子把挑拣好的江米和大枣拿些回来让他看看。刘敬照着做了。

刘老汉先将儿子带回来的江米倒在自己原来挑拣食材的方形大木盘里，竖起手掌拨平，又将大枣倒进筛子里翻了翻，问：你用心了吗？

刘敬说：我真的很用心了。

老汉从中拣出几粒稗子和两颗带有黄豆大小黑斑的枣子让儿子看，并说道：这能说你用心了吗？我说的用心，是要用真诚的心，敬畏的心。你做到了吗？

那个愤怒的下午

陈小莲

肖晓见到曹志远是在那个炎热的下午，在她住的那个老街区，当时天上没有一丝云，也没有一丝风，路上没几个行人，也没几辆车。车少人少，视线容易聚焦，她就是在这个时候看到曹志远的，她肯定曹志远也看到她了。

当时她正左手拎一桶油右手提一袋米，吃力地走着，满头大汗。就在她停下来双手叉腰喘粗气，而后又扬起一只手给自己扇风的时候，对面马路停下来一辆黑色奥迪，从后座下来一个高个子男人，男人不经意的一个回头，她便认出是曹志远了。他们有好多年没见了，她还是一眼认出来了。

她感觉曹志远也朝她看了看，赶紧腰弯低头，作势去提油和米。估摸着他已经走远了，才直腰抬头。曹志远在几个人的陪同下，对着街边的老建筑指指点点，很有区长的派头。

回想曹志远那眼，她感到十分难为情。她想他应该看到她了，他肯定看到她了，他望过来时，身体分明定格了那么一下。她感到越发的难为情了。她穿着不显身材不显气质的家常服，趿拉着凉拖，素面朝天，在那么强烈的日光下，脸上的黄褐斑肯定很吓人，那细密密的鱼尾纹肯定特别显老。哎呀，真是羞死个人了。等等，曹志远刚刚那眼神，是惊讶，是嘲讽，是怜悯？她使劲甩了甩头，又抬手在眼前挥了挥，似乎想把这一切从眼前赶走。

曹志远是先她三年分配进单位的，她刚进来曹志远就盯上了她，有事没事就围着她转，同事都看出了曹志远对她有意思。那时她还有一个追求者大明，大明是外贸局的一个科长，外贸局当时可比他们单位吃香了，收入是他们的两三倍，还经常发这发那的，单位有门路的都找关系往外贸局调。不过，她还是喜欢曹志远多一些。

人家都说她和林红是单位两朵花，有人说她比林红漂亮，有人说林红比她漂亮，慢慢地，两人就暗暗较上劲了。经常争奇斗艳不说，连说话都是夹枪带棒的，气势上不压住对方不罢休。一次争执中林红嘲笑她不过是捡了她不要的东西。她才知道曹志远原来跟林红谈过，林红后来为嫁给教育局局长的儿子把他甩了。她怎么可能用林红用过的东西呢？虽然曹志远是个人，不是个东西。

嫁给大明着实让她风光了几年，不过好景不长，外贸后来不景气了，大明下岗了。他后来又学人家做生意，无论做啥生意都亏得一塌糊涂，最后才在亲戚的介绍下在一家物业公司扎下根。说起大明她就一肚子气，气自己目光短浅，要不现在自己不就是风风光光的区长夫人了吗？也气大明，混得窝窝囊囊的，让她在众人面前丢了脸面，想想那些长得比自己普通的都嫁得好好的，就更来气。她一来气就想借故跟大明吵一架。

现在她正拎着一桶油和提着一袋米爬楼梯，才爬上二楼就腿脚酸软、气喘吁吁。她把油米放地下歇息时，看到地面上的污迹，再看看四周石灰脱落的墙壁，想着还要爬到八楼，不知什么时候才能住进有游泳池、有电梯的花园小区，不知什么时候才能不挤公交车去上班，委屈、愤怒、不甘带出了眼泪，也把心头的火烧得跟外头的热气一样只增不减。这个下午，她再次提醒大明的无能。她想自己真是倒霉透了，白瞎了年轻时一身好皮囊，嫁给那么个窝囊废，把自己的人生搞得没有丁点声色。她一定要用世界上最难听、最恶毒的话来骂他，让他为自己的无能感到羞愧，让他抬不起头来。愤怒给了她力量，她一口气拎着油米噌噌噌上了八楼，抬起一只脚把门踢得嘭嘭嘭作响。她听到屋内大明趿着拖鞋小跑过来，边跑边应着，来了，来了。

哎呀，我当是谁呢，原来是女土匪回来了。

她扑哧一下笑出声来，马上又绷起脸，狠狠地剜了大明一眼，把油米往地上一蹾，用力蹬掉鞋子。每次都这样，她时常连吵架的场景都设计好了，他要说什么，然后她要说什么，他又说什么，她又怎么还击，在进门前就已经在脑子里演练好了。就等着与大明一言不合，借机吵个天翻地覆了。可是为什么每次都是这样呢？难道他事先预知了她的阴谋？

累不累？我不是说我抽空再去买的吗？来，喝口水。那里有我给你买的杨梅，刚上市的，都用盐水洗好了。

坐在沙发上吃着大明给她买的杨梅，她想到了曹志远。曹志远会记得她最爱吃杨梅吗？会记得给她买杨梅吗？她想，可能会吧，也可能不会。嗯，应该不会，他那么忙。

网　友

任　欣

“王姨您好！我爸去世了，他临终时嘱咐我一定要对您说声谢谢！是您改变了他的生活，延长了他的生命。您来北京时一定告诉我，我要当面谢谢您……”

看到微信里老赵女儿的留言，王梅惊呆了：“老赵真的走了？这是真的吗？”

回想与老赵结识的这些年，王梅感慨万千。

八年前，王梅退休了。在教学一线上奋斗了30多年的她忽然没事干了，觉着无抓无挠的。

“妈，我和老爸上班陪不了你，你上手机摇个朋友聊聊天，解解闷，别把自己憋出毛病来了。”儿子给她出主意。

一天，闲来无事，王梅按照儿子教她的“摇一摇”，果真摇出个“老赵”。一来二去，聊得投机，王梅和老赵就这样认识了。时间长了，老赵欣赏王梅的热心善良、性情豪爽；王梅崇拜老赵的沉稳老练、事业有成。他俩成了无话不谈的好朋友。

老赵58岁，北京有四合院，广西有公司。老伴去世三年多了，有一个独生女。

按说老赵应该很幸福，经济条件好，女儿不让他操心，再找个称心如意的老伴就更完美了。可是，就是从找老伴上找出烦恼来了。

“我要和那个女人势不两立，我要和她打官司。”王梅看到老赵发过来的内容，有点担心。

“冲动是魔鬼，不管你遇到什么事，都要沉住气。都快60岁的人了，得保重身体啊。”王梅耐心地劝导他。

原来，老赵的老伴去世了以后，老赵结交了广西本地的一位黄女士。谁知这位黄女士借着和老赵谈恋爱搞特权，把公司搞得一塌糊涂，财务上也不清不楚。老赵伤心、气愤，两人结束了恋爱关系。公司亏损严重，支撑不住了，老赵撤回了北京。

老赵老伴没找成，几百万的公司也没了，罪魁祸首就是黄女士，老赵不想放过她。

“都这个年纪了，不能生气啊！何苦来？你不差那几个钱，再说她也陪了你好几年，好聚好散，官司该好打？”王梅苦口婆心地劝老赵。

王梅劝了他不是一天两天，功夫不负有心人，老赵终于想开了，释然了。把生意交给女儿打理，每天喝喝茶、健健身、聊聊天，活得挺滋润的。他觉着王梅这个人可交，最主要的是心地善良，待人真诚。他知道王梅有一个幸福的家，老公疼爱，孩子孝顺。他从心里把王梅看作自己的妹妹，王梅也把老赵当作自己的大哥，他有什么不顺心的事，就给他排忧解难。

“我才60岁，我还觉着不老，我还能做点事，为自己，也为他人。”他知道王梅每年都拿出工资资助贫困生后，回复道。

“太好了，我们这里是山区，经济条件不好，你要有心，帮帮我镇的敬老院怎么样？”王梅给他提议。没想到老赵当即就给王梅打了5万元。

“网上有骗子，你就这么信任我？”王梅跟他开玩笑。

“我不怕你骗，你是好人。”老赵胸有成竹。

王梅把钱交给了领导，镇领导和敬老院的老人们都无比感动，镇领导还专门给老赵打了感谢电话，并邀请老赵随时来做客。

帮助别人，快乐自己。老赵觉着生活又充满了阳光，他要做好事，为社会贡献绵薄之力。

他和王梅多次切磋，想在王梅所在的山区里投资建一所幼儿园，为山区的孩子们造福。

准备工作正在进行时，却来了个“晴天霹雳”——老赵得了贲门癌。

老赵不吃不喝，不与人交流。王梅挺纳闷，正商量建幼儿园的事呢，怎么好几天没音了。大约过了一周，老赵告诉了王梅一切。

“不想动手术了，活几天算几天吧。”老赵有点自暴自弃。

得活下去！王梅想好了，她要改变老赵。

“你还是个男人吗？这点挫折都承受不了，你真是枉活一生，真是胆小鬼，真是……”可怎么说也激不起老赵的生活欲望。王梅又改变了策略：“我们认识这么长时间了，成了好朋友却始终没有见面，等你好了，我率领我全家去北京旅游，你要请我喝北京二锅头。等你好了，我们再商量建幼儿园的事，我们还能干很多很多的事情，帮助别人，奉献社会。还有，还有……”

王梅终于打动了老赵，老赵答应住院治疗了，他女儿也发来信息感谢王梅。

老赵住院期间，王梅经常与他视频，鼓励他，宽慰他。老赵手术非常顺利。出院后，王梅也没忘记鼓励他，建议他加强锻炼、注意饮食，保持良好心态。

老赵专程赶到王梅所在的山区，投资兴建了一处以老赵名字命名的高标准的幼儿园，把人间的大爱留给最需要温暖的孩子。

康复了两三年，老赵病情还是恶化了。

王梅至今还记得他们最后一次的视频见面，老赵在病床上，浑身插满了管子，只是一个劲地摆手，艰难地说出“谢谢！再见”。

“再见，我永远的大哥。”王梅早已是泪流满面。

学不学八爹

左同超

花园村的八爹在姊妹中排行老幺。据说一出生时，刚离开母体就在接生婆手上撒泡尿。接生婆大笑道，浇喜浇喜，这小子将来能成大气候呢。

八爹打小玩心重。逮鱼捉虾、掏黄鳝、摸雀窝样样都行，可就不能念书，上课睡觉、桌肚里看小说、交空作业本。结果小学没毕业就不读了，那年他才13岁。

花园村人教育孩子总是这样开头：不要学小八，没出息。

“不念也行，家里正好缺劳动力。”八爹他爸说。

八爹姊妹多，家里劳动力少，年底他家是全村第一个透支大户。

八爹下来后，不到一年就学会了耕田、打场、收种等农活，除了能干农活，家里来亲戚，他还能做上几个拿手好菜。

八爹有个表叔，早年在外面做生意，后来搞工程，手里很有钱。表叔经常到他家做客，看八爹嘴甜，做事又麻溜，就私下里跟他爸妈说，这孩子在家误了前程，何不出去混点名堂?

在八爹满16岁那年，就跟着表叔外出闯荡了。在社会上混事，八爹很有一套，他不仅能说会道，做事又很在行，20岁就当上了瓦工队长，后来自己搞开发，赚了不少钱，没几年就在村里盖起了一栋三层豪华小别墅。除了春节、清明节这些重要节日，八爹会开着宝马携妻带子回家，大多时候房子是锁着的。每次回来，八爹都会买点礼品到各家各户门上走走。有人说八爹是故意在显摆，更多的人还是夸八爹心肠好。

八爹有钱不忘回馈家乡。前些年，村里孩子都要到七八里路外的邻村上学，八爹看在眼里急在心上。于是他慷慨解囊，捐款100万元，在村里建起了一所希望小学，后又投资500万元，在镇工业集中区兴办了鸿门家具厂，安排村里100多名富余人员就业。

八爹在外闯荡多年，生意场上积累了不少经验，不到一年工夫，家具厂就搞得风生水起。不久，厂里扩大生产规模搞扩建，资金一时短缺，八爹就号召职工投资入股。村里人都清楚，这些年是在八爹手里做工，日子才渐渐好了起来，对八爹的号召大家当然积极响应，有的投股3万，有的投股2万，没费多大劲厂子就扩建起来了。每年底，八爹都要求厂里财务科按经营核算，把红利一分不少地分配给投资入股人手中，入股人拿到分红其乐融融。

村里人教育孩子，都说，看看人家八爹，你长大了也要学八爹，长本事。

正当家具厂生产经营蒸蒸日上的时候，去年春节前夕的一个晚上，厂里突然发生了一场火灾事故，虽然没有人员伤亡，但一把火把2000多万的成品家具全部烧成灰烬。经有关部门调查，造成事故的原因是由于厂里安全生产管理不善、消防设施不完备所致，定性为人为责任事故。

家具厂宣告破产后，除了小别墅和宝马车被法院执行归还所欠债务，八爹还欠村民入股钱100多万。村里一时骂声四起，每天都有不少人围着八爹，硬是逼着八爹还钱。八爹走投无路，只好东躲西躲，后来被逼得没法，八爹就跑了。

八爹一跑，长期找不到债主，人们对这笔债务也就不抱什么希望了。可没有想到的是，三年后的一天，八爹突然出现在花园村人们的视线里。村里人不由得心头一紧，才三年时间，八爹的头发已经全白，人也消瘦、老了许多。

八爹对众乡亲说：对不起各位父老乡亲，我这几年在建筑工地打工，没有一天忘记欠大家的债，现在我把这三年的积蓄全分给大家。

八爹拿出五万多块钱，可分到人头上，拿到手的只有几百元，最少的几十元。

八爹解释说，打工挣不了多少钱，除去花销也只有这么多了。余下的我会继续还，请乡亲们再宽限几年。

前两年，春节前夕，八爹都回来一趟给乡亲们还钱。现在一晃十几年过去了，八爹再没有回来过。有的说，他是不想再还钱了；有的说可能没挣到钱不敢回来；有的说，弄不好已死在外面了。

如今，花园村人教育孩子，却有了疑问：到底学不学八爹？

半个庄稼人

曹铁山

在旺村，能被称为庄稼人的人只有一个，高德老汉。高德老汉听到村里某人称他是庄稼人，他脸上会浮现出自豪，接着又自谦：我还差得远呢，我只能算半个庄稼人。某人惊讶：你这样才算半个庄稼人，那我们算啥？高德老汉嘿嘿一笑：你们……你们只能算种地的！

那时我还小，在生产队劳动，只能算是半个劳动力，但我能听出“庄稼人”与“种地的”是有区别的，差着级别呢。

先说高德老汉都会啥吧；他会摆弄大牲畜，骡马驴牛，在他手里，就像过年包饺子揉好的面团，咋摆弄咋是。高德老汉会赶大车，大车一般都是三大套，骡或马驾辕，骡或马或驴拉梢子，高德老汉手中的鞭子“啪”一声脆响，骡马驴就使劲拽着车拉粪拉庄稼。

高德老汉还会扶耠子；骡耠，马耠，驴耠，牛耠，单耠，双耠。翻地，种地，蹚地，样样拿得起放得下。高德老汉扶耠子无须用人在前面牵牲畜，只凭一杆鞭子一根撇绳说话。鞭子不到万不得已不会抽到牲畜们身上，只是让鞭子在大牲畜头上干摇晃，牲畜就会给他卖力气。撇绳掌握牲畜的行走方向，再配上“噫噫”“喔喔”“咧咧”“嘚”“驾”“吁”的口令，牲畜们就知道往左往右前进或停住。高德老汉说大牲畜懂六国语言。

除了赶车扶耠子，高德老汉点种撒粪也是一等一的行家里手。点高粱点谷子，他的一条胳膊挎着种斗子，一条胳膊一悠一悠，种子落入垄沟里，均匀且规矩。若是点黄豆或玉米，那是一撮一撮的点，点黄豆四五六，绝不会少于四颗，但也不会多于六颗。点玉米，从手牙巴往下漏，一撮两到三颗，间距一尺多是定棵的距离。若是那些二八扯子点种的，垄沟里沟帮子会哪哪都是种子，还疙瘩噜苏，还断苗。高德老汉撒粪，粪箕子抡得潇洒自如，粪一条线撒入垄沟里，把种子盖得严实。

耪地就更不用说了，高德老汉耪地有讲究，头遍开苗，二遍斩草，三遍拥土。还讲究头遍浅二遍深，三遍好四遍跑。别人耪地大多是一顺撇，耪一会儿就得直腰，半天儿地耪下来，不是膀子酸就是腰眼儿疼，吃完饭哐当躺倒在炕上哎哟哎哟。高德老汉则没有膀酸腰眼儿疼那一说，他耪地两顺撇，左一锄右一锄，头上戴的草帽随着身子一起一伏，老远望去，像似蛙泳一样一蹿一扑。

秋天打场，年年的场头非高德老汉莫属。所谓场头，就是打场工序中的头头，他有支配干活的权力，更是干活的带头人。首先，他要带领三五个年龄大一些的男劳力做场。做场是个技术活，他会首先站在收割后的一亩多面积的黑土地中间，持着锄在场中心开旋，他开出头来后，其余的人跟在他屁股后头也持着锄一圈一圈地开旋，直到把一亩多见方的黑土地旋成巨大煎饼样的圆。接着是拿耙子搂平，铺上一层事先预备好的高粱叶，再接着就是套上毛驴拉着碌碡转着圈轧场，挑水泼场，接着用碌碡再轧一遍，打谷场就做成了。

打场也是技术活，摊场，套上毛驴拉着碌碡轧场，挑秸，拿推耙堆场，拿木锨扬场，拿扫帚漫场，总之，高德老汉样样都会，且有模有样。

像高德老汉这样全能型的庄稼人他若说自己是第二，没人敢称第一。某人曾问过：什么样才能算真正的庄稼人呢？高德老汉说，真正的庄稼人除了他会的这些农活以外，还要知道什么节气种什么庄稼，还要会看年景，还要知道哪天刮风，哪天下雨，有了这些，才能算一个合格的庄稼人。

这些，高德老汉也都精通的，只是有时不精确而已。一次，高德老汉说：三天之内，必有一场好雨。果然，第三天头上就淅淅沥沥下了一场好雨。我们都惊奇着问高德老汉是怎么看出要下好雨的。高德老汉说：观察呀，早晨我看到山尖上戴帽了，看到家里的水缸穿裙了，看到蚂蚁搬家了。还有一次，生产队长安排人抗旱浇地，高德老汉说：先别浇，我看天气要刮风。果然，第二天就呼呼刮了一场大风。我们又问：你是咋知道要刮风的？高德老汉说：观察呀，白天我看到云彩拉丝了，夜里我看到月亮有风圈了。

旺村的人越来越佩服高德老汉了，都公认高德老汉就是地地道道的庄稼人。高德老汉确仍然谦虚着说：还差着一点点呢，我只能算半个庄稼人。

牵　手

刘　捷

我最讨厌男人和女人牵手了。

小的时候，父亲很少牵我的手，他的手总是牵着母亲的手。我的母亲，是一个破落地主家的女儿，她长得像山桃花，说话像猫一样娇软。

每次出门，魁梧的父亲紧紧地牵着母亲柔嫩的小手，而我，像是一个捡来的野孩子一样跟在他们的身后。我也渴望父亲能牵牵我的小手，哪怕只是一小会儿。为了能让父亲牵我的小手，我总是把小手洗得白如葱节，可是父亲总是顾不上看我，他的眼里只有母亲。

一天晚上，我趁母亲睡着了，悄悄地把黑色的木炭涂在母亲的手上，第二天早上，父亲牵母亲起床时，看到母亲伸出的玉手变得焦黑，他大惊失色，马上背着母亲去卫生院看病。

望着他们惊慌的表情，我既快乐又不安。没过多久，他们就回来了，还是手拉着手。我藏在屋后的麦田里，看到父亲将母亲安置在堂屋喝水，然后他举着大棍子四处找我时，泪水模糊了我的双眼，那一刻，我彻底地对父亲失望了。

邻村有一个男孩，他每天放学都和我一起回家。有天我突然问他，你能牵牵我的手吗？

他一脸的惊愕，脸上飞起两片红云。他使劲挠挠耳朵，不好意思地伸出双手。他的双手像擒小鸡一样捉住我的手，我感觉有点疼，连声说：松开，快点，一点都不好玩。

我们不再牵手，但还是结伴上下学。后来，我们一起进城了。进城后第十年，从老家传来噩耗，父亲和母亲都死了。

那天是收麦的季节，父亲收了一天的麦子，母亲洗了一天的衣服。下午，母亲要晾衣服，父亲就从田里赶回来帮忙晾晒。母亲的个子矮，刚好有根电线从高处掉了下来，这根线又粗又结实，母亲觉得把衣服搭在上面晾晒肯定干得快，于是她用力一甩，将一件汗衫搭在电线上，她不知道自己已经推开了地狱的大门。

母亲撕心裂肺地尖叫着，父亲站在对面顿时明白了，他本可以用木棍将母亲和电线挑开，但他却伸出自己的手，最后一次牵着母亲的手。

母亲身上的电流传到了父亲的身上，父亲没有来得及喊叫就倒在了地上，而母亲也同时倒在父亲的身上，他们的双手紧紧地握在了一起……

埋葬了父母，我重新回到城里。邻村陪我上下学的男孩去了远方，我不愿意去想也不愿意打听他的去向，我买了一双纯白的手套，我终日戴着手套吃饭、工作、睡觉。

我买了各种颜色的手套，春夏秋冬各种款式，把自己嫁给了手套，我终日和手套一起生活。

有天，三十岁出头的我在河边散步，我看到岸边的电线杆上，停满了灰黑色的小鸟，这些小鸟叽叽喳喳地聊着。

我很惊慌，替它们担心起来，怕它们被电打到，我伸出戴着手套的手，大声地驱赶着它们。我的吆喝声不大，小鸟们根本不理睬，我生气了，摘下手套，使劲地将手套扔向它们，手套砸中一只鸟，它尖叫着飞了起来。

其余的鸟儿也跟着飞走了，我感觉很开心，很兴奋。后来，只要有空，我就戴着手套，去河边查看这些胆大的鸟儿，只要发现它们逗留在电线上，就立刻摘下手套去砸它们。后来，这群鸟儿认识我了，只要我一去，它们立刻四处逃散。

电线上再也没有鸟儿，我的手套用不上了，我将手套全部扔进河里，我对自己说：你不能再这样了……

有天，我在河边遇到了他，那个陪我上下学的男孩，他也变成中年男人了。

他小心翼翼地牵着一个小女孩的手，这个女孩长得真像他。他和我擦肩而过，他没有认出我，我却识出了他。

我将双手从裤兜里伸出来，在胸前交叉了五下。然后，我鼓起勇气，把右手伸向他，轻轻地说了声：嘿！好久不见。

王　较　真

刘贵赓

王较真的真名就叫王较真，现实生活中的他也确实喜欢较真儿，所以他的名字和他喜欢较真儿的性格那绝对是名副其实的。

王较真家里铺地板砖，铺完以后他做了认真检查，发现有一块砖空鼓。他要求粘砖的蔡师傅返工。

蔡师傅赔着笑脸说：王老板，这块地砖不算平米数，我在缝隙里又注射了理石胶，应该没问题，况且你这块地板砖上面是放电视柜儿的地方，长年累月压着，绝对不会鼓起，请您放心。

王较真说，不要为自己的错误寻找理由，错了就要改正。

问题是水泥已经硬了，把这块砖起下来挺麻烦的。蔡师傅解释道。

怕麻烦？怕麻烦当初为什么不认真、不仔细地干呢？

你这地方是放电视柜的，根本不会鼓起啊。

你怎么知道我那是放电视柜儿的？我不放电视柜儿，我把电视挂在墙上，懂吗？

这，没办法，蔡师傅只好给返了工。心里暗骂王较真太爱较真儿，死脑瓜骨，一根筋。

王较真买了几组书柜，两个师傅组装了一上午，完工结账的时候，王较真儿发现有一个人竟然是蔡师傅。他警惕起来，因为他知道蔡师傅工作马虎不认真。王较真儿认真地检查了每一个细节，终于被他发现一个合页上少拧了一颗螺丝钉。赶紧补上！王较真一脸严肃：好好的铺砖师傅不做，又搞起了组装，好高骛远，见异思迁，东一榔头西一棒子，啥都学不精，啥都干不好，你就不能专心致志地学好一门技术吗？

蔡师傅自知理屈，和另一个师傅东寻西找，翻遍了所有的工具袋，都没找到一颗螺丝钉。蔡师傅有些口吃地说，其实，差，差一颗螺丝钉也没啥事。

没啥事？千里之堤毁于蚁穴，这道理你不懂吗？针尖大的窟窿透进斗大的风，这句话你没听说过吗？

蔡师傅只好骑上摩托车跑了十几公里，买了几颗螺丝钉回来安上。

一晃一年过去了，王较真在菜市场遇见了蔡师傅，蔡师傅又改行了，当上了卖菜的小老板儿。王较真从蔡老板的菜摊儿上买了 4 根大白萝卜，回来一称，发现少了两斤。他非常恼火，要去找蔡老板算账。

老婆劝他不要去，不值得，因为两斤白萝卜才一块多钱，打车来回车费就得 20 多块钱，实在是不划算。

他说你只知道算经济账。照你的观点，对那些蒙人的事情姑息、迁就，岂不助长了邪气上升？良好的市场秩序岂不是遭到践踏？不行，是可忍，孰不可忍！说罢提上那袋子大白萝卜，打了个车直奔菜市场，他强烈要求市场管理人员处罚蔡老板，并当着众人的面儿把蔡老板缺斤短两的丑事悉数抖落了一遍。

此时的蔡老板面红耳赤，就像一只被拔光了毛的鸡，不光丢人败兴，还得赔礼道歉补足了斤称和接受罚款，他的内心大受煎熬，他指天发誓一定会痛改前非，如若食言，猪狗不如。

王较真大获全胜，心里舒坦了不少，他觉得这20来块钱打车费花得值。

过了几年，王较真换了一套大房子，他找了一个大点的、有点规模的装修公司进行装修。王较真严肃地对装修经理说：价格上我不和你争了，但质量必须保证。一切按照合同来，合同上咋写就咋办，否则不但不给你一分钱，还要投诉你！

装修经理连连说好，保证没问题。

装修完毕，王较真苛刻地进行了验收，并且买了一个望远镜仔细地观察天花板及各个角落的细节，连看带摸带敲，恨不得鸡蛋里挑出骨头来。结果，王较真很满意，说还得是大公司干的活儿，靠谱。准备付款。

装修经理说只收材料费，工时费就免了。

为啥？还有这好事？王较真又较真起来。

因为您曾经帮过我们，才使得我们公司有今天的成绩。我们老板很感谢你！

我曾经帮过你们？搞错了吧？你们老板是谁？

你认识，蔡老板。

蔡老板？卖菜那个？

对啊。

卖萝卜缺斤少两，铺地砖儿空空作响，组书柜儿折腾半晌，他现在是你们公司的大老板了？王较真有点意外。

对啊。

好，浪子回头金不换，土坷垃成精比河卵石硬。告诉你们蔡老板不用给我免单，毕竟大家挣钱都不易。质量搞好了比啥都强，质量不合格，我随时找他算账！

背　　影

京格格

穿衣镜前，她左转转右转转，摇去岁月的尘埃。镜子中的她仿佛从民国走来。她要去参加一个聚会，一个集名媛BOSS出席的盛大宴会，她要惊艳出场。

一路绿灯，按下车窗玻璃，路边的鸟鸣如歌。

酒店大门前，车停处，车门被一男礼宾拉开，她手拎白色包包，一袭白底蓝花旗袍，微施粉泽，玉瓒螺髻，如一只名贵的青花瓷瓶般入画，款步姗姗迈入酒店大厅。

有人先她而来，拍照的，寒暄的，呆坐的，神态各异，她杏眼明仁，傲气地环视着眼前的一切。

一个清新俊逸的背影，挡住她的视线。她的心不由得一颤，如一只惊恐的鸟儿，这是她与他分手七年后，第一次如此近距离看到他。

她想起那次在地铁站的滚梯上，那时他们刚刚分开，滚梯下行，她看见他身穿黑色长风衣，很文艺的发型跳进眼来。她的心沉沉的，相信了冤家路窄。地铁挟着一阵风儿开进站台，眼前没了那熟悉的背影，她长嘘一丝柔气。

眼前的他，比七年前更加干练，打扮也有些改变。一身藏蓝色燕尾服，头发是刚刚打理过。是他？一定是他！这背影太熟悉了。

她的内心有一种莫名的呼唤，期待他转过身来，更期待他发现她。他似乎听见了她的呼唤，突然转过身来，与她炙热的眼神撞个满怀。

女士，您好，您的青花旗袍真美！

一张干净年轻俊朗的脸，迎着她的目光，她立马收回了失态的神情。

她含娇细语，先生，您的背影像极了我的一位旧友，您与他年轻时一模一样。

是吗？女士，我真为您那位朋友感到幸运，我想您那位朋友也一定知道你在想念他。

宴会马上开始了，他斯文地挥挥手走向舞台，他的背影，让她久久不能平静。原来，他是今晚的主持。

她找个正对着舞台的位置坐下来，目不转睛地盯着他，生怕一眨眼他又消失了。

整个宴会，她都端庄地坐在舞台下，如展会上的一只青花瓷瓶，期待着有缘人。没吃一口东西没饮一口酒，脸上挂着浅浅的笑容。她自己也说不清楚，为什么会这样。

她被自己潜意识里的感觉吓着了，越想越惊恐，感觉一只鸟飞进胸口，引来百鸟齐鸣。吵得她脸颊一浪压过一浪的热，一刻都静不下来。笑容僵在脸上，身体僵在椅子上。她极力控制着自己，怕旁人注意到她的窘态。

舞会将晚宴推向高潮，一对对男女环绕着滑进舞池，她紧绷的神经渐渐舒展些，眸含秋水般温柔着一切。

女士，能请您跳一支舞吗？

熟悉又不熟悉的男中音回荡在耳边，黑亮亮的鞋子走进她的视线，她不敢直视又躲不开，怕看见那张干净年轻俊朗的脸，与刚刚打理过的头发。

她礼貌地接受了他的邀请，慢四步快三步伦巴探戈。她手如柔荑，肤如凝脂，如一只刚刚出炉的青花瓷瓶，被大师捧在手上，嫣然一笑动人心。

曾经的他也是这样年轻，这样一张干净俊朗的脸，这样揽着她翩翩起舞，一切始如初见。

舞曲在继续，他们如一对从远方归来的候鸟，躲在角落里喃喃私语。月光雕影般，杯对杯面对面。她说，你太像他了。他举杯迎笑，那今晚就把我当成他好了。

真的?

当然。

他将斟满的高脚杯，举到眼前，一口气喝下。她也举起酒杯，杯口贴着唇边，酒杯也空了。

一个激灵，她醒了。她做了一场梦。七年来这是她做的梦里，唯一有他的一场梦。如他刚刚走进她的生活，真真切切，一场虚空的遇见。

她醉蒙蒙睁开眼，头还有些晕，酒精是好东西也是坏东西。她挣扎着坐起来，发现自己镶嵌在自家客厅的沙发上，想不起昨晚咋回来的了。

揉揉眼睛，发现露台上站个熟悉的背影，藏蓝色的燕尾服，头发泛着光亮。他正专注着清晨，枝头鸟鸣声声欢脆。她下意识地用手拽了一下扭曲在身上的青花旗袍。

阳光漫入客厅，博古架上那只青花瓷瓶，如往日一样泛着光亮。

还　礼

李亚民

赵方的丫头出阁，高朋满座，礼单上也是满满当当的，基本都是一百元，也有二百元的，个别重要亲戚三百元、五百元的。

有一个二十元的，很显眼，无论谁上礼时不由自主都看一眼，很好奇，什么年代了，还有二十元礼金的，也都瞟一眼这位上礼的人，名字叫王方。

赵方和礼单上的王方同名不同姓。他两个很有缘分，一个村的，同龄人，从小学同学到高中，还同时考上大学，并且是同一所学校，都是浙江大学历史系。

家里大人都说这两个孩子要是一男娃一女娃咱们就可以定亲了，可惜是两个男娃娃。

赵方的爸爸说:“没事嘛，不能定亲，他们可以成为最好的朋友，也还可以成为亲兄弟那样的。”

王方的爸爸也高兴地说:“是呀，不是亲兄弟胜似亲兄弟，将来就是参加工作了也是个联手嘛，都可以互相帮助的。”

大学毕业他们都上班，各人忙各人的，但有事就联系，见了面也都很亲热，毕竟是光屁股一块长大的，又是在求学道路上一路相随相伴的兄弟。

天有不测风云，王方的父亲因工伤去世，那年王方才刚刚二十五岁，再加上参加工作时间也短，八十年代末期人们生活正在改善，还不富裕，王方埋葬父亲时很仓促，很不像样子，棺材都是很简陋的，吃喝拉撒一共花去两千元钱，其中七百元是到单位财务借来的，他总觉得父母为了自己上学家里总是负债累累，他本想给父亲一个像样的葬礼，结果由于经济拮据只好又一次委屈辛苦一辈子的父亲，这也就成了王方的一块心病，他从不愿提起。

一晃又是一个二十五年过去了，同学赵方发来邀请，孩子结婚，让他提前去，当然他们的关系最近，他不用说都应该提前前去帮忙才对。

王方是一个对事、对人、对物都很严谨，又斤斤计较的一个人，他取下腰间皮带上挂着的钥匙，小心翼翼打开抽屉，拿出父亲不在时，尘封多年亲朋来上礼的本本，用手擦了擦本上的灰尘，二十五年了他是第一次打开这个本本。

揭开第一页就看到了赵方的名字，下边写着礼金二十元，他又看了看其他人基本都是十元钱，还有个别的五元钱和两元钱的，赵方的二十元钱在这个本本上很显眼，当时他们的工资才三十多元钱。

王方为到底上多少钱礼的事，思想斗争得非常厉害，晚上翻来覆去睡不着，导致天天都失眠。

婚礼当天王方来到赵方宴请的酒店，走到礼桌前给记账员交上二十元钱。

王方心虚，似乎看到大家都用异样的眼光看自己，心里好不舒服，心想你们只知道其一不知道其二，干脆说出来算了，王方走到大家面前，脸上的表情很复杂："大家是不是觉得我上礼二十元太少了，自古以来大家都知道礼尚往来，二十五年前我父亲去世时我的老同学给上了二十元钱，我今天很为难，上得比他少了，怕人说我这人占小便宜，上得多了怕人说我压赵方的点，我只有上二十元钱，还礼。"

晃悠的喜船

杨新宇

城里抑或乡下，工人还是农民，那天大的鸿沟，在雪玲看来被五星红旗卷起的春风用半辈子时光抹平了，抹得她疼也不是笑也不是。

四十五年前的炎炎夏日，雪玲怀揣不用通过毕业考试同时也全然没用的高中文凭从湖州城走回乡下的路上，她打定了一个主意。那是一条浸透她幻想和汗水的路，绕过仁皇山，摆渡龙溪港，也不过十多里却历经街路、山路、水路、乡间小路。

雪玲没有被推荐上工家兵大学，回家任职回乡青年了。而高中两年使她出落成城里姑娘，两条眉毛画上去一般，熨烫的秀发飘着化学原料的香味，身材颀长胸脯丰盈像后来才出现而她没赶上的模特儿。

雪玲妈妈瞧她这模样，怜爱却不无自傲地说："玲玲啊，我看你下不得田了，大伏天割稻、插秧，西北风里种油菜，这活儿你干不了，到工厂打工去吧，记得找个城里对象，不要像我两脚插泥背朝天，苦啊。"

"哪有这么好找，"雪玲娇嗔地应道，她打定主意非城里人不嫁。做城里人好呀，她那白萝卜似的小腿插到淤泥里让蚂蟥叮咬委实憋屈，城里人早饭有油条馒头，房子只要一点租金还带抽水马桶。

"我这一辈子也就完了，你那外公外婆犯迷糊将我嫁到乡下，本来你们就是天生的城里人。"雪玲母亲原是城里人，她兄弟姐妹一长串，兵荒马乱，吃不饱，而农民好歹有几亩田地，十六岁就被嫁到了乡下。其实她外公外婆没算着的是新中国成立后没几年，城里人到工厂做工，有稳定的工资，而农村却常闹青黄不接。这事儿谁算得着呢？

"妈，你也不要尽瞎说，你不到乡下，哪还有我们兄弟姐妹？"雪玲自从懂事起就听她妈唠叨嫁到乡下做了农民，害苦了子女。可后来上了高中，知道她妈如果不是嫁给她爸，哪还有自己。

"唉，我命苦呀，一只小航船当喜船，稀里糊涂做了乡下人，还是个穷得叮当响的人家。"雪玲妈擦了擦潮湿的眼睛，几十年的心病啊。她嫁到乡下可不是媒妁之约，而是船翁撮合。摇小航船的张船翁告诉她父亲，他村上一户人家有两间瓦房，单生一根独苗，壮小伙子，保能吃饱穿暖。就这样小航船的芦棚顶上粘贴个双喜字，拱门两边挂两条红绸带，船头放上一个不算大的鼓，配上一锣一镲，砰砰啪啪驶进了太子湾。她父亲想不到啊，当时农村好人家哪会要城里姑娘，又不会干农活，那是在乡下找不到媳妇才往城里寻的呀。

"不要去乡办厂，我正托你舅在城里找工作，也好多接触城里人。"

雪玲也是这样想的，有同学邀她同去乡里的纺织厂做设计，她算计那地方都是农村人就没去。很快，她进了城里的大纺织厂，虽然是临时工，但不久就有了城里对象。结婚那天，容光焕发，万物喜庆，她提议结婚不用喜船，组成了个自行车队。当钳工的新郎帅气英俊，胸前戴朵大红花，永久牌自行车前把手正中也扎上大红花还拖出两条彩带，新娘子横坐在后座架上，双脚斜伸，跷起两个红皮鞋尖儿，胸前也有一朵大红花。街头巷口熙熙攘攘，新郎像在农村打了个大胜仗回来，新娘却感觉雏鸡变凤凰。

雪玲她妈哭得好爽快，好像自己回城了一般。

新房虽小，但毕竟是在城里呀，每月有固定的工资，夜班回家有路灯，跳出“农门”的雪玲看什么都顺眼，以前乡下人的自卑一扫而光。

然而世事变迁谁想得到呢。先是夫妻双双下岗，再是城里的大纺织厂在倒闭前被乡下的纺织厂兼并了，再往后更不可思议，乡下老家成了开发区，老房子拆迁，在城乡接合部有了一幢四层楼，娘家人都成了城里人，可雪玲因为户口早落在了城里，拆迁没有份。

“我糊涂呀，把你推到了城里，四十五岁就叫退休了，害得你帮人家搞卫生。”雪玲她妈心堵呀，于是硬做主，要把老两口分得的120平方房子给雪玲。雪玲也硬气：“妈，我不怪你，只怪自己运气不好，你老两口的房子还是兄弟姐妹平分好。再说，我们也不是过上好日子了吗？”

雪玲最骄傲的是女儿，考上了重点大学，圆了她上大学的梦，就像当初她圆了她妈回城的梦，就算是帮人家搞卫生也一点不觉得苦。

“妈，听小雪说她谈了个农村对象，是大学同学，还问我们同不同意，我与她爸都说，同意同意，农村好。”

“这就好，这就好，以后也会有拆迁的。”

转眼，小雪结婚了，男方从婚庆公司租了六辆奥迪组成车队，第一辆扎成彩车，后面的都贴了喜字，风风光光迎新娘。小雪说真俗气，雪玲说俗点好，自行车来小轿车回去，咱祖坟冒青烟呢。车队只是把新娘接到宾馆，新郎的老家远在甘肃天水的苍茫大山中。

又过了几年，她妈做九十大寿，小辈们都来了。雪玲打趣说：“妈，您老又回到了城里，心情舒畅，长命百岁。”

雪玲把小外孙女拉到老人家面前：“快向老太太祝寿。”并打趣道，“跟阿太说，以后也要做个城里人。”

“什么城里乡下，还不都一个样。”曾经沧海，老太太与雪玲想到一块儿。

这春风的激凌，谁算得着呢。

家住上村

代安魁

上村地处八百里伏牛山深处，南望巍巍熊耳，北达滔滔洛河。这儿有“王莽赶刘秀”的惊险故事，也有“太上老君踏云过”的神话传说。作为上村人，人们最津津乐道的莫过于上村的来历。

据传，多年以前，这儿住着一对孪生兄弟，兄弟二人勤劳质朴，诚实善良，兄友弟恭，团结和睦。他们终年以耕田、打柴为生。为了使兄弟情谊千年传承，他们在长约一公里的沟槽两侧栽满了象征兄弟情深的棠棣树，此沟名曰棠棣沟。

数年之后，兄弟二人各自娶妻生子。二人商定，以棠棣沟中线为界，兄年长，居沟之左；弟年幼，居沟之右；二人的子孙分别在各自的区域向左、向右发展。

过了若干年，随着各自子孙的繁衍和外来人口的迁入，逐渐形成了两个村落。因兄所住的村靠近县城，名曰前村；弟所住的村挨着后山，名曰后村。

又过了若干年，前村来了一位私塾先生。为了显示自己渊博的知识，塾师在讲解“大小多少、前后左右、高低上下、东西南北”时，都讲得特别仔细、认真。在讲解“前后”一词时，塾师特别讲道：“前”是前进、前方、前程、进步的意思；“后”是后退、后方、后边、落后的意思。

这天，前村和后村的孩子在白草甸放牛时，前村好几个孩子便冲着后村的孩子喊：“前，前，前进的前，前方的前，前村的前，有前（钱）的前；后，后，后进的后，落后的后，后村的后，脸后（厚）的后！”

后村的几个孩子听前村的孩子明着欺负自己，心里很不服气，便和前村的人理论，从争执到对骂，后来便扭打在了一起。结果，因为前村的孩子多，后村的孩子受了伤、吃了亏。

晚上，后村一个名叫石头的孩子回家后哭着不吃饭，说是被前村的孩子欺负了。石头的父亲便笑着说，小孩子在一起玩，哪有不骂架、不打架的，今天打架，明天就好了。

石头说，我不是因为自己，是因为咱们村的事，挨打的不止我一个呢。于是，便把事情的经过说了一遍。

石头的父亲觉得孩子说得对，便拉着石头到前村，想让打人的孩子当面给石头赔个礼。谁知，前村的这户人家是个“护短”的人家，不但没有批评自己的孩子，反而指责石头的父亲小题大做、无事生非。并说：“我觉得，我家孩子说得并没有错，前就是进步，后就是愚昧。有本事你把后村搬到前村前边，你叫前村，我叫后村！”

原本两个小孩子的吵闹，居然引起了两个大人的怄气、最后竟发展成两个村的矛盾。

后村的人找了几次族长，也没说出个子丑寅卯来。

不久，后村一位刚刚考取功名的秀才回到了村子，大家便聚拢到他家诉说委屈。

秀才听了大家的意见后说："既然大家不喜欢'后村'这个地名，我觉得当务之急是改名！再说了，我们的村名凭什么由别人给起？我认为，我们村和前村比起来，优势一点也不少，名字完全可以叫得比前村更响一些。除了前村居左，我村居右；前村居前，我村居后之外，其他我们都比他们有优势！比如，前村居西，我村居东，我们可以叫东村；前村地势低，我村地势高，我们可以叫高村；前村在坡下面，我村在坡上面，我们可以叫上村！"

有人便说："那我们村就叫高村吧！"

秀才便说："不行，高村已有村叫了，这个村紧挨县城，离我们这儿也不是很远，名字原叫低村，是皇上给改的名，县志上也有记载，我们不能和它重名！我想，我们村就叫上村。上有上边、上头、上乘、上好的意思，也有高大、在前的意思。"

众人齐声称好。有人便说："既然我们叫上村，那从今往后就给前村叫下村好了！"

秀才说："不！万万不可！前村这个地名已经叫了几代人了，既然我们不喜欢别人给我们起名字，当然也没有权利给别的村起名字，也用不着用这种方式贬低人家。他们还叫他们的'前村'，我们从此之后，就叫'上村'，让他们居前，让我们在上！"

"不过"，秀才又说，"'上村'想要被人接纳、认可，不是一天两天、一年两年，甚至一代两代人就能解决的，但我们自己必须知道：从今往后，没有'后村'，只有'上村'！我是上村人、我家住上村！"

自此之后，"家住上村"不仅成了上村人的"口头禅"，更成了全体上村人的一种责任和担当。

于是，进城赶集的人说："家住上村！"上山砍柴的人说："家住上村！"出门做生意的人说："家住上村！"在外求学的人说："家住上村！"嫁出去的闺女对婆家的人说："家住上村！"回娘家的媳妇对子女说："走，去你舅家、看你外婆去！外婆、舅舅，家住上村！"凡是与外界有联系的，包括当兵的、做官的、读书的、经商的人，留下的地址一律是：上村！

送信的人经过前村时便问："上村在哪儿？"

前村的人答："你说的是后村吧？在我们后边那个村！"

"不！"送信的人说，"我问的是上村！"

前村的人便说："上村是紧挨着我们村的那个村，现在叫上村！"

……

怒　放

刘小玲

卢娟，一个心思凝重的少妇，胸闷气短了一些时光，吃了很多药，总不见好，影响了工作，被降职降薪，又察觉丈夫有了外遇，就觉着生活无意义，不想活了，用割腕自杀的方式结束生命。可她命不该绝，被回家取东西的丈夫发现了，及时送到了医院，抢救了过来，却查出心肺功能低弱，便在医院住了下来。

主治医生叫杜小明，一个年过不惑的男人，喜欢慢跑健身，但由于工作的缘故，白日里没时间，只能就着灯光，抑或是月光，夜跑。

卢娟的病房在二楼，开着两扇小窗，窗户打开，正好能看见医学院的田径场、教学楼，以及教学楼和田径场之间的一排倒掉柳。月朗星稀下，间或有人从卢娟的窗前跑过，即便隔着玻璃窗，脚步声依然清晰。

求死的人，被人强行从死神手里拽回来，往往要反省自己，反省自己轻贱生命是否值得。卢娟正是在这种心境下看向窗外的，一看，她就被吸引住了。夜空下的田径场，寂静中不乏生机，偶尔跑过窗口的身影，见证着生命的活力。

卢娟突然间就顿悟，生命之重，生命之美，原来真的在于运动。

为了看得更清楚些，她拉开玻璃窗。

刹那间，一股凉爽的风从窗口吹了进来，直吹进她的心田，一种无法言说的惬意便在胸口荡漾。她好长时间没有如此美好的感觉了。这当儿，杜小明就进入了她的视线。

白色紧身汗架、宽口白色短裤、白色跑步鞋在白月光下格外醒目，养眼，那奔跑的姿势与速度，酷像一只白色的羚羊在悠闲地漫步。

须臾，一种无法言喻的享受之感便在卢娟心中升腾起来。继而，她就回忆起白日里杜小明对她说的话——你心肺功能太弱了，要加强户外运动，比如慢跑、快走，也可以室内运动，比如瑜伽、游泳。任何一种有氧运动，都有助于提高心肺功能，根据你的抑郁症程度，我建议你最好户外运动，首选慢跑，住院期间，也多抽时间在病房外的过道里走走，伸胳膊、压腿、深蹲，这些简单的动作多做多练。

这段话在她脑子里闪过之后，她便悄悄溜出病房。她也想去田径场里走走，吹吹大自然的风，她甚至想到要小跑几步，感受感受跑步的真实滋味。

但住院部的门已经上锁了。

卢娟看见值班女护士正低头看手机，便上前委婉地请求：护士妹妹，我出去买个东西，马上就回来，给我开下门好吗？

女护士抬头，满脸惊讶，摇摇头，仿佛在说，自杀未遂，重度抑郁患者，深夜外出，出了乱子，我可担待不起。

卢娟看下无望，便只好折回病房。待她再看窗外时，田径场里已经没有任何人了。夜，宁静极了。

次日一早，卢娟睁眼便看向窗外。她发现田径场里慢跑、快走的人，简直多得惊人，而有更多的人，则伴随着各种悠扬的乐曲，打太极，打羽毛球，扭秧歌、跳广场舞。那些人全都有说有笑，满脸阳光，更让她惊奇的是，绕着田径场，摆放着一圈白色的大瓷坛，每个瓷坛里怒放着不同颜色的鲜花。

卢娟不由得低慨：这个世界竟然如此美好，我怎么才发现。

她决定出院，她要让自己的生命，一如鲜花一样再次怒放。

上午九时，杜小明进了病房，例行每日的查房。卢娟不等杜小明开口问话，她抢先说：杜医生，我感觉我完全好了，一身轻松，我要出院，今天就出院。

为什么这么着急？杜小明问。

昨晚看见你跑步了，感觉真好。卢娟说。

你也想跑了？杜小明问。

卢娟抿嘴笑，低声问：需要注意什么吗？

一月后，再来医院复查心肺功能，注意事项我会写在医嘱里，回头让护士转交，并给你办理出院手续。杜小明说。

中午，护士递给卢娟一页纸，是杜小明写的医嘱，除了常规的交代之外，还写了很多关于跑步的常识：

准备心率带一条，遮阳帽一顶，跑鞋一双，运动服一套，初跑，速度要慢，配速掌握在跑步时与别人说话不气喘为准。第一周，每日慢跑一次，每次30分钟，周四与周天休息；第二周，每日慢跑一次，每次35分钟，周四与周天休息；第三周，每日慢跑一次，每次40分钟，周四与周天休息；第四周，每日慢跑一次，每次45分钟，周四与周天休息。一月后复查。如遇特殊情况，请随时电话咨询。

医嘱最下面，用粗笔突出一个手机号。

卢娟看着，眼睛便蒙眬起来，待全部看完，眼泪就再也止不住，泪珠成串地落了下来。

隔一月。卢娟再度出现在杜小明眼前。杜小明半天认不出来。

卢娟完全变了样，齐耳短发，面色光亮，满脸朝气，身着运动服，手捧一束鲜花，脸藏在鲜花后，宛如鲜花一样美丽。

张飞其人

林美兰

张飞生前憎恨暗骂他臭石头的，一腔知心话没人可说。他很有资本炫耀自己的，不说不知道，说出来，吓人一大跳。

“大哥，我们去报仇！”建安二十四年七月的“襄樊之战”，年底，吴国大都督吕蒙无视孙权指令，以为将在外，军令可有所不受，似乎很正常。他率性杀了大意失荆州，最后逃走麦城的蜀国“五虎将”关羽，又割下其首级回去邀功，不只是关羽大难临头。“二弟，我们桃园三结义，胜过亲兄弟呵。大哥岂能忘记，生死与共几十年的情义！”刘备得知噩耗，放声大哭，张飞也跟着哭。

张飞，身高八尺，方脸盘，满脸胡须，声音尤其震破天。回营，他一边哭一边喝酒，走出营帐布置手下，准备白旗白甲和粮草。连续几天下雨，张达、范疆做些准备。张飞查问进展，眼似牛眼，大喝一声，如场上的石磙子，落地一个坑。原杀猪的一生气，就不把手下当成人，大打出手，此时大怒，鞭打二将：“若再有误，军令处罚，斩首示众。”

张飞打人骂人不过瘾，心里被那只虫挠得痒痒的：“知道我是谁吗？我是你爷爷。”张飞牛眼喷火，一手叉腰：“长坂坡我以二十骑兵对阵曹魏五千虎豹骑，听说吗？”张达听腻了。那是建安十三年八九月吧，刘表一死，曹纯率虎豹骑夺荆州，刘备手下没军队，只得一千人往南撤去，身后跟着归顺他的上万百姓。刘备明白曹操派人逮他，又不得不命张飞率二十骑兵殿后。渡了河，张飞命人破坏桥梁似项羽破釜沉舟般，立在岸边喊：“身是张翼德也，可来共决死。”声如巨雷，把夏侯杰惊得肝胆碎裂，倒撞于马下。可笑虎豹骑，真的也没人敢渡过河，更别说继续追击刘备了。帐外老兵坏笑：“若没有张飞的勇猛，恐怕如今，就是曹操与孙权平分天下了。”一声大喝，喝退所向披靡的精锐部队，这也是张飞创造的绝无仅有的神话，威震八方，许多将士早就相当佩服。

“但三日做不完啊！”张范两人缩紧身体，走出营帐，叽咕，与其被他杀还不如杀他。范疆小心：这厮也是个讲义气的主，重情重义，桃园结拜，不求同年同月同日生，但求同年同月同日死。“他义释严颜，你没听说吗？”张达回望，张飞喝退曹魏虎豹骑五年后，刘备出师不利，庞统死于落凤坡。他们救援刘备行至江州，巴郡太守、老将严颜带兵抵抗，张飞使计俘严颜，愤恨严颜耽误他的宝贵时间，斥责：“你明知我不可战胜，为何不马上投降？”可严颜也耿直也火暴脾气，大声指责张飞，名不正言不顺侵扰益州，硬骨头的胆气壮：“但有断头将军，无有投降将军也。”

不是天落下个火星碰地球，马上着火吗？张飞眼灼热直冒烟，手一挥。但严颜反倒给他个沁入骨髓的刺激，心不在焉，头一歪：“你砍头就砍头，砍的是我的头，你生气什么？”

严颜也深藏“勇而有义”的真性情！一拍即合。

迷航的船儿见到灯塔了，张飞眼前大亮：知心啊！立即掏出活蹦乱跳的东西：“我是谁呀，也不怕背后有阴影，那是我背后也有阳光。”

张飞在营前踱步：谁都恨我动不动大发脾气，背后咬牙切齿骂我是块臭石头，臭石头，可他……反而关照……我？心里，心里太舒服了呗，一改轻蔑态度，前去扶严颜肩头，敬奉为座上宾，乃具有国士之风哇。张飞“义释严颜”，严颜带兵，一路说服自己的学生和下属，蜀军一连收复几个城池，不是话外呢。

回忆时，张达重复张飞的掏心话，对，他一点也不防备别人，不防备别人，胸襟坦荡，我却恨不得他死，犹豫了：张飞也是个勇而有义的人啊。范疆眨眼，“但过两天，我们会被斩的。”张达摸摸颈项，头被砍只有个疤，是，但人得活下去嘛。转不过弯来，那晚喝了烈酒，他们壮着胆闯进营帐，蹑手蹑脚来到张飞床前。那厮鼾声如雷，翻个身，居然睁着两只圆滚滚的大眼，好吓人好吓人！羊眼而已。命，毕竟金贵。他们还是战战兢兢地，提刀手刃张飞，提他的头，投奔东吴。

“逃跑不就好了，干吗杀他？”孙权没封赏还把他们下狱，张达后悔：那厮粗心了。他有时也粗中有细。范疆摸摸胸膛，安抚怦怦跳动的心，眼珠一转：“这下，张郃会很高兴的。”张达说起诸葛亮使离间计：马超一反再反，刘备领了益州牧，张飞做巴西太守。临近的汉川驻扎曹魏夏侯渊与张郃的大军。张郃进军汉中的宕渠、蒙头和荡石，拦在面前的正是张飞的万余精锐。张郃沉稳不冒险，双方僵持。次年春，张飞憋不住气，相约张郃换个地方交战。张郃哪想到，一根头发剖八瓣，细得厉害，张飞这次挺行，比他更熟悉本地的地形！再说蜀军又善于山地战，他懵懵懂懂率兵应战，就被张飞“骗”进山沟。终于，狭窄的山间小路困住曹兵手脚，张飞给了张郃一个沉重的打击，这也是张飞在长期的战斗生涯里，一出难得的好戏，难得的好戏。

张达、范疆不是刘备也不是诸葛亮。张郃战败，年底关羽死了，他们还不知道刘备的二弟，万不可小觑。他们不会纵观全局，哪知道张飞同样是个举足轻重的人物。翌年三月，自以为杀张飞立了大功，没想到日后反被遣送蜀国，临刑，他们才怪自己有眼无珠了。

张飞与武圣关羽并列，被称为“万人敌”。张飞的人品，不是简简单单几个字所能囊括的。勇而有义，还偶迸智慧之光，是张飞叱咤三国风云的雄厚资本，大可傲视群雄的。

两 口 子

刘长军

老王虽是一名水泵工，却具有干部身份。他是建厂时从县直机关调来的。不知啥原因，厂里把他从后勤科室调到了沂河边上的水泵房，具体的工作就是合上电闸，启动水泵抽水。泵房远离厂区，没有人会注意到这个地方，更不会有人关注老王了。

当这一年家属农转非的前提条件——申报人必须是干部身份时，人们才想起了老王。他的老婆和孩子成了非农户口。厂里给了老王两间简易平房。他选择了一个好日子，举家搬来了坐落在县城边上的工厂。

一个三扇门的大立柜，算是最值钱的家当了。是用自家的香椿木和梧桐木做的，很结实。中间的那扇镶着镜子，仿佛一道进出的门。在家的时候，儿子们捉迷藏，有时会躲在里面。有一次正玩着，两个哥哥跑到外边玩去了，藏在大立柜里的弟弟，竟然进入了梦乡。

没有了土地，老王的妻子从过去种地，转换到照料家庭，成了一个名副其实的职工家属。人们都叫她老王家。除了家人，厂里没有人知道她姓啥，更不会知道她的名字了。

一家五口人，靠一个人的工资，日子过得总是捉襟见肘。生活再困难，老王的小酒是必须要喝的。自从调到了泵房，老王就染上了酒瘾，一顿不喝，手就会哆嗦。他喜欢喝热酒。吃饭的时候，老王家就会用锡壶斟上酒，放到一个掉了瓷的搪瓷茶缸里，冲上热水，端到老王的面前。老王就会“嗞溜嗞溜”地喝起来，仿佛这个世界上再也没有比白酒更好喝的东西了。

瓶装酒是喝不起的，老王喝的都是散装酒。只要发现家里盛酒的磨口瓶见底了，老王家要做的第一件事就是到商店去打酒。有时自己脱不开身，就把钱给儿子，让儿子去买。儿子们有怨言，她就劝他们：“你爹喝酒花的钱都是他自己挣的。再说，咱们吃的穿的用的，也都是你爹挣的。他喜欢喝口，让他喝就是。”

老王最爱吃变了味的猪肉和韭菜拌馅烙的茄盒。趁着夏天韭菜和茄子便宜的时候，老王家就会烙茄盒给老王改善生活。她早晨割来猪肉，等有点变味，就开始剁肉调馅，然后在院子里支起一个小鏊子，点燃木柴，鏊子上面放一块肥肉，一面“吱吱啦啦”炼着油，一面“嗞嗞啦啦”烙着茄盒，满院飘香。

佐着茄盒，老王当然会喝得烂醉如泥。其实，老王醉酒是常态，经常喝着喝着就耷拉了脑袋。老王家就把他拖到床上，扶着他躺下，替他脱掉鞋袜，给他盖好被子。一通折腾，老王家就会累得汗流浃背。

大儿子到了参加工作的年龄，可一直没有招工的消息。即使参加了工作，又要找对象。两口子寻思起来就犯愁。老王的酒喝得更厉害了，下午一下班，手也不洗，坐下就喝，一直喝到时候不早。老王家就把饭放在老王的面前，嘱他少喝点酒，早吃饭，自己便到食堂去看电视。很多人家还没有电视机。食堂前面的空地上，每天晚上都会挤满看电视的人，直到屏幕上出现再见两个字，人们才会恋恋不舍地离去。

这天晚上，老王家没看完电视就回了家。进门后发现老王不见了。电灯亮着，酒壶在茶缸里放着，筷子在桌子上摆着，饭一动未动。她想，可能是到外边的茅房解手去了。可是等了一会儿，没见回来，就起身去茅房找。她在外面轻声喊：“孩儿他爹，孩儿他爹。”

里面没有回音。在食堂看电视的小儿子正好来解手，就让他看看他爹在里面没有。当小儿子出来说没在里面后，老王家开始着起急来。老王从来不串门，每天都是从家里到泵房，再从泵房返回家里。她想：可能是水泵出了毛病，让老王去帮忙。没见到人，她不放心，就决定到泵房去看一下。

从宿舍到泵房，中间隔着一面山坡，两边长满荆棘和庄稼。老王家一面急匆匆地走，一面晃动着手电筒，观察着路的两边。

她在泵房没见到老王，心里面便打起了鼓。泵房外边的水井直径足有二十多米，她平日对这口井就很担心。她一面围着水井转，一面用手电往井里照。井水绿森森的，看不清东西。她不得不睁大眼睛，朝井底仔细寻找。

她绕着水井转了几圈后，感到了些许宽慰，同时又有了新的担心：老王上班的时候，经常在河边溜达。一泡马尿也会淹死人。于是，她打着手电，沿着河岸，往上游走了一段，又折返回来，往下游走去，并一遍遍低声呼喊：“孩儿他爹，孩儿他爹。”

小儿子循着灯光和喊声，朝着河岸跑来：“娘，不用找了，俺爹在大立柜里，坐在里面睡着了。”

“俺的娘，咋着进去的。”她一屁股跌坐在河岸上。脚下是哗哗流淌的沂河水。

庄 西 去

张广建

庄老师近来的行为有些怪怪的。

从不理家务的他，日前找来物业人员，把家里九块漏气出汗的玻璃换成了新的。用三天时间清理了小棚。

他去市公积金管理中心把12万公积金全部提出，然后到房管交易中心把还差一年半到期的房贷还清。

这半个月，他从晚上8点一直到夜里1点，挑灯夜战，写完了他那部《人存活之意义》专著，交给了出版社。

老伴不解：你原来不这样啊，退休了，反倒勤奋了。

庄老师说，啥事不能拖，能往前赶就往前赶。

“五一”这天，庄老师忽然想起了什么，拉着老伴说，走，去老城的步行街逛逛。

去那儿逛啥？老伴不解。

前一阵你不是相中了哥弟的一条裤子吗？去看看。

俩人逛了哥弟没看中那条裤子，庄老师扯着老伴神秘地一笑进了金店。

上这儿干啥呀。老伴一头雾水。

看看呗。

转了银饰、金饰柜台来到了翡翠专区，庄老师不动步了，让营业员拿出一只玉手镯给老伴试戴。老伴不试，满眼狐疑：干啥？

庄老师执意攥住她的手让营业员把玉镯套在了手腕上。

今天是啥日子？

呀，咱们结婚纪念日，都38年了。

前几年你就想要一只玉镯，当时还房贷没钱买，现在没外债了，咱买。

两万元的玉镯戴在手腕上，老伴乐得合不拢嘴。庄老师的心轻松了许多。

寒假一到，庄老师去国旅报了一个海南三亚疗养旅游团。庄老师两口子陪着他78岁的母亲去了三亚，回来时还到北京，看了鸟巢、水立方、天安门。

看到母亲笑逐颜开的样子，庄老师十分开心。

这天，庄老师在小区南大门碰到了邻居刘大个儿，问他忙啥呢。

刘说新区的西山刚建了一座叫“静园”的公墓，想去选一块墓地把他父母在临县的骨灰移过来。

庄老师一听就上了刘大个儿的车，说，我也去瞅瞅。

静园坐落的地方真不错，前有照，后有靠，脚下还有清泉绕。绿荫浓浓，山雀鸣唱，空气清新，幽幽静静。

哎呀，这地儿比北山公墓那要好上几倍，也大上几倍。庄老师的语气透着夸赞。

刘大个儿开玩笑道，咋，你也相中这地儿了？

那可说不定呀。庄老师打着哈哈。

家族墓、双人墓；墓穴的空间、墓碑的材质、价格；等等，庄老师都留心地询问。末了，还问工作人员，公墓预售吗？

回答，有这项业务，但必须付全款。

你还真买呀！给谁呀？刘大个儿有点惊讶。

人总是要西去的，早买还是划算。北山公墓开始卖2000元一个双人墓，现在15000元还订不上。我看呀还是先订上一个吧。庄老师认真道。

在刘大个儿诧异的目光中，庄老师刷卡付定金预购了一款双人墓。

庄老师严肃地告诉刘大个儿，买墓地这事要替他保密，否则，哥们儿做不成。

这种君子协议哪能管用。

一天，快嘴婆黄妈，在小区超市门口碰到了庄老师的老伴刘姨，很不解地问：听说你家老庄买了墓地？你们的消费可真超前呀。

啥墓地？我咋不知道。刘姨有点丈二和尚，回家就问老庄咋回事。

我是买了墓地，咱俩的。你不知道，那个地方真好，现在的价钱便宜。估计再过十年八年，会翻个三五倍。哪天我带你去看看。老庄乐滋滋地说。

刘姨未置可否，反而觉得丈夫的神情有些不大对劲。

小区里的一些人看老庄的眼神也有点异样，私下里不再叫他庄老师，而称他“庄西去”。

老庄的女儿知道这件事后很担忧，她和母亲越寻思越感觉应该给他查查。

于是女儿谎称自己医院新进了一台高敏度核磁机，硬拉着父母（实际重点是父亲）查体。递单子的时候私下告诉大夫，重点查一下她爸爸的头部。

查完，同事告诉，从图像上看没啥毛病，但还是别大意，要不查查别的科。

女儿明白个中的意思。又过了几天，女儿找来了一位姓吴的高级心理咨询师，以寻访为由，与极其崇尚庄子学说的老庄探讨贤者庄子。

门一关，两小时二十分钟，咨询师才从屋里出来。

女儿问，我爸怎么样？

吴叹道，你父亲真能说，我就提了一个问题，他给我讲了两个点儿，我根本插不进话。他把庄子的生死之说，弄的是真明白。

您看我爸这里不会有事吧？女儿指了指自己的头。

吴挠了挠头：不好说。不行，带你爸去北京查查吧。

不去！去北京干啥！你们以为我神经有毛病，我根本没病。我最近的行为是有点反常，我告诉你们为啥。

老庄有些激动，继续说，半年前，他身边的噩耗迭出，弄得他非常郁闷。先是九楼邻居老石，两人上午还在楼下小亭子里下棋，一个午休他就走了，他还没抱上孙子。接着是和一个老同学参加聚餐，酒没喝完，他就趴在酒桌上再也没醒。还有，他一个教研室的同事，下班回家，刚迈上一楼的台阶就摔在那儿，120 来也没救过来。他儿子还没成家，媳妇还在医院里躺着。

庄老师十分敬慕庄子，一向认为死不可怕，人终归要死。但在死去前，若还留有一些未了之事，心里总有不甘。所以，老庄想明白了，决定在自己西去之前，要把该安置、该了结的事弄好，不留遗憾。

我说明白了吗？

刘姨和女儿的脸上露出了微笑。

几天后，老庄买了一张去西宁的火车票，说去见他一个老排长，了断两人之间积压了 41 年的一个误会。

月亮走　我也走

黄元太

我是父母最小的儿子。那年我 8 岁，父亲 44 岁。

鸡叫头遍的时候，母亲已经做好饭，叫父亲和我起床，吃完饭好去镇上卖柴。

说实话，我长这么大，没去过一次镇上。40 多里路，光山路就有一半要走。为了能够去一趟镇上，我在父亲面前是拍了胸脯的，父亲一高兴，说像个男子汉，就同意我去了。

人攀明月不可得，月行却与人相随。月亮高高地挂在西山的天上，月光像碎银一样洒落在山坡上。路上同行的还有两个邻居，三个柴车，三个掌车的把式和一个推车的孩子。

“月亮走，我也走，我给月亮赶牲口，一赶赶到马山口，吃牛肉，喝烧酒，逮个鸡叨豌豆，逮个猴栽跟头，栽到嫂子门里头，看看嫂子花枕头……”不知是谁先起个头，于是大家都跟着唱起来，说着打趣的话，笑声、吆喝声在山沟里回荡。

今人不见古时月，今月曾经照古人。这首从先辈那里流传下来的歌谣，不知道传唱了多少年，却是我那时所听过的最美的山音。

我一边听着唱，一边在后面推车，看着他们高兴的样子，尤其是唱到的“吃牛肉，喝烧酒”，啧啧，那该是怎样舒坦而滋润的一件事啊。

天快亮的时候，月亮也落入了西山，我们终于走出大山。

而我早已饿了，一步路也不想走。父亲看到我的样子，说，快了，再有3里路就到了。我说，3里路是多少？父亲说，就是从咱家到你们学校那么远，于是我又来了劲头，跟着车子拼命地跑。不知走了多少个3里路，终于到了镇上。

买家早已等候在那儿，看到我们，立即围拢上来叽叽喳喳地说长论短，谈妥了价钱，再去过秤，看着父亲接过买家递过来的钱，我早已按捺不住，揪着父亲的衣襟不放，说，我饿了，买碗饭吃吧。

父亲再次清点了手中的钱，然后才拉着我去街口的人民公社食堂。我环视了一下，这哪儿有牛肉和烧酒啊，只有粥和馒头，但我顾不了那么多，只想填饱肚子就行。父亲要了一碗粥，我三下五除二就喝光了，父亲看着我吃饭的样子，说，娃子，慢点吃，咱不急。

月亮走，我也走。近半个世纪过去，月亮还是那个月亮，但已物是人非。

这年我52岁，父亲88岁。

有一天夜里，哥打来电话说父亲得了脑梗，好在送医及时，已无大碍。我们姊妹几个约定好，轮流陪护父亲。

我是在一个周末上午8点赶到医院的，挂号、候诊、检查、拍片、缴费、开药、取药、配药，到处都排着长长的队伍。幸亏医院有熟人，要不根本忙不过来。

那天上午一共要输5瓶水，开始输的时候已是上午9点多，由于父亲不愿意住院，只好输完水后一起回家。

我彻底忙忘了，等到输完水，已经是下午2点半，彻底过了吃中午饭的时间。一离开医院，坐在后排的父亲就说，我饿了，买碗饭吃吧。那口气里带着祈求，一如我小时候说过的话。我的心里一紧，赶紧安慰他说，这会儿就去食堂。

我以为，病人输水的时候，是不会感到饥饿的，但父亲分明是饿了。我赶紧拿出手机，我知道我初中时的同学在邻村开了一家饭店，我跟他联系后，就往回赶。还没到同学的饭店，父亲已经等不及了，又说，买碗饭吃吧，我饿了。

我说，就到了，就到了。停好车，我把车门打开，扶着父亲下车，在一张桌子前坐好，我知道，父亲喜欢吃老马山的烩面，我们一人来了一大碗。我吃得快，早早吃完了，而父亲的牙已经掉光了，咀嚼得很慢，但最后还是吃完了。

看着父亲大口吃饭的样子，我说，爹，慢点吃，咱不急。

“月亮走，我也走，我给月亮赶牲口，一赶赶到马山口，吃牛肉，喝烧酒……”耳边又响起儿时听过的歌谣，我一直想求证父亲是否有过“吃牛肉，喝烧酒”的经历，但话到嘴边又咽回去。

此时父亲已吃完饭，打起了饱嗝，脸上挂着满足的神情，就像一个小孩子。

七彩蒸饼

范玉梅

暄软的热气腾腾的蒸饼，扑鼻的香味，能打开脸毛孔的雾蒸气，似乎置身在云雾里，像云雾在跟你捉迷藏。这种特别的香味已很久没闻过了，更别说在遥远的都市能吃到了，也许是惦念家乡的味道，在城市的大街小巷都寻不到这种特殊的味道。

一行绿的香豆叶子粉，一行红釉粉，一行姜黄粉，一行胡麻碎粉，均匀地撒在抹过胡麻油摊开的发面张上，像彩虹的颜色，又像菜园子里一行行颜色不同的蔬菜。

那种和着小麦面的香味，能弥漫整个村子，豆豆禁不住香味的诱惑，迫不及待地掰一块，就往嘴里塞，妈妈扇她一巴掌，这孩子……

豆妈把蒸饼凉凉了，用刀切成一方块一方块，很有层次感，花花绿绿的，让人禁不住喉咙在吞咽口水。

豆豆掰走的那一块，更像又大又圆的月亮被天狗偷咬了一口，美中不足。

全村子里做饭最好吃的就数豆妈了，尤其擅长蒸馍，蒸蒸饼，那天，豆妈刚揭开笼盖村长进来了。豆爸蹲在地上正在吧嗒吧嗒抽莫合烟。快，孩子妈，快炒俩菜，把埋在粮食里的酒也拿来，我要跟村长喝两杯，爸爸已把蒸饼端上了桌。

村长深深地吸了一口，这种香味，像置身于麦香和花香的空气中，还有大自然悠远的余味，它一丝丝一缕缕地渗透到村长的鼻孔里，肺腑里。

豆爸拙笨地连连说，也没什么好东西招待你!

村长眼里放着亮光，一个劲说，这已经非常好了，村长吃得津津有味，两杯酒下肚，村长蹙着眉，低声说，老豆呀，你真有福气，娶了这么好的媳妇，又漂亮，又做得一手好饭，人一辈子图啥，不就图个能吃上爽口饭吗？你祖上烧了高香了呀……

哪像我家那个，天天糊弄我，蒸的馍跟石头疙瘩，一馍能打死人，白浪费我粮食，我都不愿回家吃饭，不吃也得吃呀，还蛮不讲理，说我外边有别的女人，老豆，你说我冤不冤，唉，家家有本难念的经，村长痛苦地摇着头。

父亲手足无措，不知怎么安慰村长，没想到讲话掷地有声的村长也有不为人知的痛苦。

你到村委会去做饭吧，村里会计工资是多少，你就多少，全村也就只有你能做好这个饭，村长盯着豆妈，期待着豆妈回应。

不行，我做不了，豆妈面无表情，不冷不热地说，你去找别人吧，豆妈的话柔中带硬。

我说豆妈，村里多少人，想这个差事呢，我想来想去只有你能胜任，这一年下来对家里也是个补贴不是。

人家村长也是好意，别老拒绝人的好意，豆爸小心翼翼地说，生怕得罪了村长。

你要去，你去，豆妈头也不回去喂鸡去了。

村长无奈地摇摇头！

开春挨渠边那块地免费给你种树。

村长，您放心，这个事包在我身上，我晚上吹吹耳边风，女人就爱犯小脾气。

晚上，豆爸软磨硬泡才说服豆妈。

豆妈说，你得答应我一个条件，就是没事就帮我干活，也就是陪着我，尽量别离开我的视线，豆爸说我们本来就是一个绳上的蚂蚱。

村长想，趁着豆妈做饭的空，自己得学一招，自己哪天不干村长了，也能吃个爽口饭。

正逢村里浇水，豆爸去浇水了，豆妈正准备揭笼盖，村长刚好踏进来，我来帮你，这大方笼盖厚重，别烫着你了，村长就站在豆妈后面，蒸气缭绕中，豆妈听到一个破锣嗓子。

好啊，你原来在这避清闲呢，每回你说忙，原来在这妖精身上忙呢，她失控地把村长抓了个大花脸，村长把媳妇后领一拖就拖出门外，让你给我丢人现眼，媳妇坐到地上就不起来，一边骂，狗男女……

豆爸扛着铁锹进来，听到村长媳妇的骂声，只感觉一股血冲上脑门，不问青红皂白，拿铁锹把就劈头抡过来，豆妈一闪身，当时就蒙了，你这浑蛋，该你硬气时，你不硬气，不该你浑蛋，你比谁都浑。豆妈委屈死了，豆妈一时感觉活得没一点意思，嗖嗖嗖，跑得比风还快，纵身就跳到了水渠里，想一了百了，没想豆爸随后也跳了下去，村里人纷纷跳下把他俩拖上来。

豆爸忏悔地说，你不活，我活着也没意思了，豆豆在旁边屋写作业，听到后，仰着头说，爸爸，妈妈，我再也不偷吃蒸饼了，我要爸爸妈妈都活着，不然生活像蒸饼有残缺了。就不圆了。

隔天，豆豆用一张白纸画了一幅画，用彩色笔画了一个又大又圆的七彩蒸饼，一个小女孩双手端着，笑若星河，要奉献的动作，眼里流露出稚嫩而期待的表情，豆爸豆妈看着就流下了难过的泪。

冬天里的故事

张 兰

十八岁那年的冬天，天空下着小雪，母亲送我去几十公里外的郊区上班。那是我第一次离家，离开父母去荒无人烟的工厂工作。

那天天气很冷，雪裹挟着小雨打在脸上，生疼生疼的。放眼望去，天地间一片混沌。泥土路蜿蜒着伸向远方，又细又长，仿佛永远也走不到尽头。我们吃力地在雨雪中走着，母亲挎着硕大的包裹，包裹里是我的被褥等生活用品，一路泥泞，母亲不能放下行李歇肩，只能以换肩的方式来放松疼痛的肩膀。

“妈，我来拿着。”

“不行，女孩子没劲儿。”

沿着土路，我们沉默着走着，四野俱静，只听到雨雪洒在大地上的沙沙声和胶靴拔泥而出的嗒嗒声响。细密的水滴顺着脸颊流淌，滑落在地上。

穿过无垠的旷野，远处的水泥厂房依稀可见。当我们到达工厂接待处时，已是下午三点多。母亲脸上疲倦极了，冷饿交加，她的身子不断颤抖着。

“妈，我来拿着。”

“不行。女孩子没劲儿。”母亲还是重复着那句话。

很快报完名，我住进了女生宿舍。母亲帮我铺好被子，一边铺，一边叮咛。被子湿了，明天一出太阳就抱出去晒。今晚和室友先将就一晚。再三嘱咐我，一定要把被子晒干。

收拾停当，天色渐晚。“我该走了，记得明天晒被子啊！”

我用力点点头，望向窗外，雪下得更密集了，无声无息，无边无际。远方，白茫茫的一片。

母亲穿好雨衣，走进风雪中。雪花飘落在她身上头上，她不停地回望，雪地上迤逦两行深深浅浅的足印，很快印迹又被雪覆盖。母亲的身影越来越小，终究消失在了远方。

半月后，又下雪了。零零碎碎地从早晨下到午后，这时，刮起了大风，彻骨地冷。

下午两点，我打算去上班，刚跨出宿舍门口时，母亲拿着保温盒急匆匆地赶来，满手冻得通红，发梢上挂着细密的冰凌。额头的皱纹更深了，像是失眠很久的样子。

“闺女爱吃酱排骨，我上午做的，赶紧趁热吃。”

停顿片刻，深深地看着我说：“每每半夜醒来。想到你，突然间泪流满面。”

我呆站在原地，不敢看母亲的眼神，慌忙转过身，朝车间方向跑去。边跑边极力地克制哭腔，故作轻松地喊：“妈，我上班了，排骨你吃吧。”话音刚落，不争气的眼泪喷薄而出，我不要她看见我的泪水。

黄昏，下班回到宿舍，母亲已经走了。打开饭盒，米饭没动，酱排骨还剩下大半，整整齐齐地排列着。酱红色的汤汁，泛着微光。扑鼻的肉香，包裹着浓浓爱意，在室内飘荡。那个年代，人们处于半饥荒之中，平时很少吃肉，只有到春节，母亲做酱排骨依次分给我们兄妹四人，从未见她吃过。这么多年，母亲第一次吃排骨。睹物思人，一股酸楚涌上心头，泪眼蒙眬间依稀望见她凌乱的白发。

天渐渐地暗下来，室友回来了，她看着我说：“下午你妈妈来宿舍，雨靴里都是水。我帮她使劲儿拽，使尽洪荒之力才拽下来。由于用力过猛，收不住势，我俩都摔倒了，摔得不轻。把阿姨的眼泪也摔出来了，她是哭着走回去的。”

接着又说：“饭盒里的排骨，阿姨一口没舍得吃，给我吃了几块。让我俩互相照顾，亲如姐妹。那是我吃过的最好吃的酱排骨。你妈妈真好。”

我又一次背转身，向远方张望，雪越下越大，仿佛离人的眼泪……

弄 学 费

曹进勇

进入九月，天气凉爽起来。沙河南岸的小鲁庄，黄绿的树荫下，坐落着二三十座房屋，瓦房、平房、楼房，显示着家庭的贫富。沈家在村庄的西南角，四间平房，半新不旧，白瓷片贴就的南墙有几处黑道子，那是流滴雨水留下的污痕。大门两边还完整地贴着一副黄纸黑字的对联：想见音容空有泪，欲听教诲杳无声。

侯玉英坐在大门前捡着花生里的坷垃。沈学志从县一高回来，把大学录取通知书拿给她看，高兴地说，我被省财经学院录取了！侯玉英接过通知书，泪眼已经模糊了视线，看不清字，只模模糊糊地见一个大红印章。沈学志说，我要上大学了，妈你高兴不？侯玉英忙点着头说，妈高兴。儿子有出息了，当妈的哪有不高兴哩。

沈学志领了盼望已久的通知书，是个值得庆贺的事儿。侯玉英从鸡笼里抓出一只五六斤重的红公鸡，拿刀杀了，薅毛开膛，剁成小块，在地锅里炒了慢炖。她淘好米，倒进电饭煲里，插电蒸上。做这些的时候，侯玉英很少说话，心里在发着愁。

沈家本来是个殷实的家庭，侯玉英在壮壮猪场打零工，她的丈夫沈向前开一辆箱式汽车给大旺超市送货，加上七八亩地的收入，养活一家四口还是绰绰有余的。他们生育了一双儿女，沈学志有一个妹妹，十三岁，在镇初中上七年级。两个大人干活挣钱，两个小孩上学，一家人生活得其乐融融。然而天有不测风云，沈向前猛兀就得了肺癌，动手术，化疗电疗，花干了家里的积蓄，还外借十几万。花了那么多钱，也没能保住沈向前的命，今年五月份，他油干灯灭地走了。当时沈学志要辍学去打工，侯玉英死活不让，非让他读完高中考大学。如今他被大学录取，侯玉英怎能不高兴呢？然而她也作难，家里也就几百块钱，那一万四千多块的学费上哪儿弄啊？

侯玉英只能想着去借，亲戚有四家，学志的舅、姨、叔、姑，都还欠着人家钱哩。再想到左邻右舍，庄上关系好的几家，也都借过，有的是刚还清，有的还欠着哩，咋有脸再张嘴呢？侯玉英手里忙活着，心里很为难，左不行，右也不行。张不开嘴也得张，总不能因为弄不齐学费让儿子上不成大学。侯玉英暗暗打定主意，先问亲戚借，再问邻居借，能借多少是多少。

沈学志坐在灶门前烧着锅，看着侯玉英愁眉苦脸的样子，就问他妈咋不高兴。侯玉英想，再困再难，那是大人的事儿。她就笑着说，我高兴，咋不高兴哩。鸡子炖得差不多了，你把劈柴火退点儿。沈学志就低头往灶洞里看，用小铁铲铲出几块闪着火苗的劈柴端出厨房。

吃罢饭，侯玉英换身干净衣服，就去借钱。她先回娘家，她哥出工给人盖房子去了，嫂子一个人在屋。她只好跟嫂子说了借钱给沈学志交学费的事儿。嫂子说她娘家侄儿在市里买房子问他们借了八万，家里只有四千块钱。她骑电动车跑到青龙街信用社把钱取了给小姑子。侯玉英回到沈庄，直接去了沈学志的二叔家，他正好在院子里种大蒜。侯玉英就帮他在畦沟里点蒜瓣，随口把借钱的事儿说了。沈学志的二叔笑了，说他也正为钱发愁哩，人家给学友说个媒，定亲钱要八万八。学友是他的大儿子，今年二十四岁，正是定亲的好年龄。侯玉英没话说了，耐着性子种完大蒜方回家。第二天她又到妹妹家，妹夫去宁波打工去了，妹妹去街上赶集去了。侯玉英等了一个多钟头，妹妹才回来。她一听沈学志领了大学通知书，也替姐姐高兴。侯玉英说了借钱的事儿。妹妹说，去年秋里才盖的新房，手里不宽裕，家里也就七千多块，准备付铝合金窗户钱。她从里间拿出七千给侯玉英，说学志上大学是大事儿，窗户钱再往后拖拖。侯玉英接着钱，眼里便有了泪。去年秋里沈向前查出癌症，妹妹家正盖着房，硬是挤出三万借给他治病。侯玉英又去学志的姑家。姑夫患脑出血留下后遗症，左半边身子不随和，拄着根竹棍。姑也是一身的病，高血压、冠心病，还有腰椎间盘突出，走路都直不起腰。他们一听说借钱给学志上大学，就把家里的三千块钱拿出来给了侯玉英。回家的路上，侯玉英长长地松了一口气，总算把学费凑齐了。

回到家，侯玉英把借的钱，并自家原有的，一共一万四千六百元，弄齐整，用皮筋扎好，放进梳妆台的抽屉里。她拿出一个草绿色硬皮笔记本，用小半支铅笔记借的新账。她刚写两笔，沈学志从外边进来。侯玉英问，你咋去了？我回来不见你。沈学志说，去县城了。侯玉英问他去干啥？他说去办理助学贷款，先去学校，后到工商银行。侯玉英睁大眼问道，你贷了多少？沈学志说贷了一万五千块。侯玉英生气地说，你咋不吭不哈就去贷款呀？沈学志说，咱家不是没钱嘛，俺班主任说困难学生可以申请助学贷款，没有利息，大学毕业后再还。我也不知道能贷不能贷，就去问问，谁知道很简单，拿着身份证和大学通知书，很快就办理了。侯玉英忙问，你贷的钱呢？沈学志说存进随大学通知书寄来的银行卡了。他拿出一张邮政卡和几百块钱，说这是剩的四百，留着买车票和做生活费。侯玉英从抽屉里拿出那一捆子钱，说学费我都给你借好了。沈学志眼里就涌出热泪，哽咽着说，都退给人家吧。侯玉英看着沈学志唇上淡黑的胡须，心暖暖地想，儿子长大了。

女人一生要做的N件事

王馥君

那天，奶奶叫我陪她去逛街。我以为要去服装店，却发现她在文具店里选了很多的颜料和画笔。

我很纳闷，因为我们家里没有人学绘画，亲戚朋友中也没有。

“奶奶，您给谁买的颜料？”

“我给我自己买的。”

“难道您要学画画吗？”

“难道不可以吗？”

“人过四十不学艺，您都七十岁了……”

“活到老学到老，你以为画画还分年龄吗？”

“那倒不是。我只是觉得您现在学画画好像没有多大意义了，还不如好好享受享受。”

“难道我学画画不是一种享受吗？孩子，要知道这种想法在我心里都埋葬了快六十年了，要是能够实现的话，那就是我的享受。”

“学画画是很花时间的。”

“年轻的时候，这也想做、那也想做，这也怕花时间、那也怕花时间，结果老了，好多事情都没做成。比如，我想开车去旅行，却错过了学开车的年龄，失去了实现梦想的最好机会。现在想想，正因为属于我的时间不多了，我才要花时间去做。”

“学画画是很辛苦的。”

“做自己喜欢做的事情，找自己的乐子，哪里谈得上辛苦呢？再说，我名都报了，下周就开课。”奶奶一脸的认真。

从此，奶奶像个小学生似的，每天准时去上课，每天都要一丝不苟地完成老师布置的作业。有时，一幅作业还要反反复复地画好多遍。偶尔，她还把自己的作品拿出来给我们看，乐呵呵地接受大伙儿的表扬。有时，奶奶还会佯作生气地说：“别净拣好听的说，要多给我提批评意见。”我们便嘻嘻哈哈地说：“已经很不错了，您只是找点乐子，又不打算搞什么画展？”

“你们怎么知道我不想搞画展？难道你们以为我真的老了，啥也干不了吗？”

奶奶这回真的生气了。

“不老，不老，您永远年轻着呢！”我们忙哄着奶奶，奶奶竟孩子般地笑了。

七十六岁生日那年，奶奶在社区的帮助下，真的在小区里搞了一次个人画展。五十幅作品虽然算不上张张精美，但也凝聚了奶奶六年多辛勤的汗水。更没想到的是一位法国商人居然特别喜欢奶奶的画作，以每幅两万元的价格，一下子买走了三十幅。卖画的六十万元，奶奶又一分不留地捐给了福利院。这让我和我们全家，包括小区里的人个个敬佩不已，也让奶奶幸福了好长时间。

画展结束没多久，在一次晚饭开始之前，奶奶又郑重地向我们宣布，她要写一本书，把这些年的辛酸经历、喜怒哀乐全部写下来。

看到我张大嘴巴，奶奶给了我一捶：“你以为太晚了吗？”

“不晚，不晚，永远不晚。只是不知道您接下来还有什么计划？”

“还有N个计划正在落实中。”

见我们面面相觑，奶奶竟然起身回到自己的卧室，拿了一张单子，上面写着她一生要做的N件事，有的已用红笔画上了钩，未完成的有：回童年居住的地方一次，重温记忆的发祥地；看一次大海，留下美好的回忆；写一本书，把自己的感悟变成优美的文字；学一件乐器，为亲人带来快乐……

我再一次张大嘴巴，敬佩之情再一次油然而生。

门

杜 玮

宋顺利签了一笔订单，刚刚送客户上了火车，心情得意的宋迈着轻快的脚步进入顿涅茨克火车站停车场。突然，一个长发披肩身材妙曼的女子映入他的眼帘，是安。此刻，身穿蓝色桑蚕丝连衣裙，脚蹬蓝灰色漆皮小跟瓢鞋的安一脸惊讶地看着宋。两人几乎同时喊出了对方的名字。

五年前热恋的两人毕业于顿涅茨克国立大学经济系，他们是同一个导师的研究生。但是让安没有想到的是毕业当天晚上宋请她吃饭时却告诉她他要结婚了，但新娘不是她。心高气傲的安带着破碎的一颗心回国。

回国后聪敏好学的安很快就进入北京一家贸易公司工作，专门负责对独联体国家的业务。她每天拼命地工作和不断地学习新的知识，工作上非常出色。但是她的感情之门却紧紧地关闭了。

对于宋，安了解到他毕业时为了留在顿涅茨克，娶了导师那漂亮的女儿，而且他们的儿子已经3岁了。他现在拥有了一家自己的小公司，业务做得风生水起。

当年分手后，她发誓今生永不相见。但是，命运就是这样捉弄人，她没想到他们竟然又在这个城市相遇了。

此刻，宋没有丝毫迟疑地走到安身边给了她一个热烈的拥抱，随后，有些尴尬地问候着对方。简单聊了几句后安说要买第二天去基辅的火车票，她此次出国任务已完成。

候车室二楼，宋陪着安排队买票。当前边剩两位购票旅客时，宋突然说让安给他买一份当天的《沙龙》报，安迟疑了一下，把手中的护照和300格里夫纳（乌克兰货币）递给了宋，转身离开。

当安买完报纸回来后，宋把护照、车票及找回的零钱递给了安，并说请安去扬子饭店吃中餐，安没反对。宋带着安驱车直奔饭店。

扬子饭店漂亮的乌克兰女招待热情把安的风衣接过来寄存。他们选了临街靠窗的座位。此时街上华灯初照，行人稀少，显得无比寂寥。

阿拉·普加乔娃沙哑而沧桑的歌曲弥漫在餐厅里，一丝淡淡的忧伤从安的眼神里一闪而过。宋看着菜谱，很熟练地点了锅包肉、小鸡炖蘑菇、肉炒黑木耳、鱼丸汤，外加两碗蛋炒饭。要了一瓶法国干红，服务生把酒倒入醒酒器中。很快饭菜上桌，他们边吃边聊。

晚上 9 点刚过，安说她需要回去了。宋把餐费连同小费放到皮夹中交给了服务生，到前台取了安的风衣。从安的身后把风衣给安穿好后的一瞬间，他紧紧地抱住了安，安身体颤抖了一下并没有反抗。就一分钟的时间宋松开了胳膊，两个人略显尴尬地离开了饭店。

宋要开车送安返回住地，安婉拒。同时安坚持让宋给朋友打电话来开他的车送他回家，自己则叫了一辆出租车。在分手时安说好友卡佳一家会去送她，不让宋再去火车站送行。宋欣然接受，说："好的，那么，祝你一路平安！"与此同时他握了握安的手。

第二天傍晚，卡佳及她的父母站在站台上拥抱安，安恋恋不舍地转身上车，把自己的拉杆箱放到座位下边。透过车窗玻璃安有些失望地看着站台，低头看了一下自己的手表，还有 5 分钟火车就要发车了。

咚咚咚，安在车厢里说："请进！"这时包间的门打开了，宋手中拎着一个公文包站在门口。安一时怔住了，转瞬笑了起来，说："你也去基辅？跟我一个包间？"宋笑着点头，有些得意。安一下明白了，原来他买了两张票。

火车启动后不久，列车员过来验票，然后离开包间。宋起身去关包间的推拉门，门却突然脱离了下边的轨道掉出来了，安赶紧起身帮着扶住门。然后喊来了列车员，列车员用对讲机跟列车上的维修人员取得了联系，说稍后维修师傅过来修一下就好。

就这样安和宋两个人面对面地坐着一直聊到后半夜，而维修人员连个影子也没出现。宋苦笑着对安说："哎！这就是命啊！"两个人互望着对方笑出了声。

伴随着火车的咣当声两个人一直聊到了天亮，早上 8 点钟到达了目的地：基辅。

在火车站寄存好安的行李，吃过早餐的两人打车到达了第聂伯河岸边，购买了船票在第聂伯河上畅游了一个小时。下了船后又去圣索菲亚大教堂，这座教堂是基辅最伟大的标志，也是传统的东正教的主要避难所之一。

时间飞逝，虽然意犹未尽，但是因为安需要去机场，所以参观完教堂后他们即打车返回火车站取行李，坐车奔向基辅鲍里斯波尔国际机场。

机场 D 航站楼候机厅人山人海，没有空闲的座位。宋和安两个人就站在一个圆柱子旁边，宋买了两杯咖啡。咖啡喝完了，宋把一次性咖啡杯扔到了垃圾桶中。

站在安的面前说："从现在开始我就思念你，祝你一路平安！"说完握住安的手，安只是微笑着说："保重！"

宋决绝地转身离开。安有些怅然，一动不动地盯着宋的背影，但是宋没有回头，很快就消失在人群中了。

登机后，安放好了自己的行李，调整了一下座位上的安全带并扣好。她的座位靠过道，右手靠窗和中间的座位上坐着两个女孩儿，一看就知道是国内的留学生。两个女孩儿从安坐下后一直看着她，坐在她身旁的女孩对安说："刚才送你的男人是你丈夫吗？"安脸一下就红了，说："不是。"女孩儿继续问："那是你男朋友？"安又急急地反驳说："不是。"女孩儿说："那是……我俩刚才就坐在你们站着的位置旁边的椅子上，看见送你的那个男人转身时泪流满面地往门外走。"安立刻闭上了眼睛，但泪水还是止不住从她的眼中流了出来。

读一枚黄昏的落日

胡发平

老赵一觉醒来，就过了五十五周岁。他觉得很累，就申请退居二线了。

老赵高高大大的，方肩膀，方下巴，到处方。他在荷塘边长大，罩鱼、蹬藕、撒网，都会。奇怪的是，他身上会时有奇妙的荷花味。在位时，大家都觉得好闻。而现在，不大习惯了。办公室的皮沙发落有灰尘，他浅浅一笑。以前，它是没有机会的。因为来坐的人多，屁股占据了它的地盘。

一日，老友宴请他晚宴。离下班还差点时间，他就想到其他办公室走走，从三层到八层。等电梯期间，听见身后也来了几个人，说着单位的事儿。他觉得耳熟，就转过身来，看见这几人就是自己原来的下属。于是，他笑了笑，眼神中渴望他们和自己聊聊，说说他们刚才说的事儿。

没想到的是，刚才还你一言我一语的。如今看见了他，下属们立刻闭起嘴巴。

进了电梯，他对着一个原来的下属说："请帮我按5楼"。一个"请"字，打破了电梯间的沉闷。拜访几间办公室，就不走了。对他的到来大家都偶感不适。再走，就显得有些不讨趣了。

晚宴，老赵贪了杯。一个人独自走回家，钥匙打不开，再看门牌号，错了，少上了一层。恍惚间，沮丧、伤愁奔袭而来。他索性就不上去了，返回花园坐在花坛前。过一会儿，老伴出门丢垃圾，把他捡了回去。除了酒味外，怎么闻，也没有闻出他身上的荷花味儿。于是，老伴担忧了起来。

熬到清水湾荷花盛开，老赵携着老伴住进客栈。他喜欢住在这里，因为这里临荷塘。打开门、推开窗就看得见朵朵荷花，白的、粉的、红的。顺风的时候，在房间里都闻得见荷花香。

老伴突然问："你看这荷塘好看吗？"老赵愣怔了一下，在他心里，对于这荷塘，并没有美或不美的概念，也没从这个角度去想过。只知道自己很喜欢，站在窗口，或者坐在床上，看着荷塘里的一切。

于是，他就说："我沐浴荷花开。"

一天中午，老赵躺在荷塘边的吊椅上，一副落寞的表情。吴老太见了，就凑过来说话。她说，我与你老伴唠嗑，是挺投缘的。你就是背上的包袱太重，日子过得一点儿也不轻松。说得正起劲，孙子催促她要去摸鱼。离开时，吴老太叮嘱他要卸包袱。嗯，他心里添堵，咕哝了一声。

吴老太的背影越来越模糊。他阖了眼，几乎睡着了，几乎做了一个梦。他仿佛看到自己，一个小小的人。

卸不？他问。

卸。他答。

第一个包袱是亲情。他说，从出生的那天起，就被它包围了。家里兄弟姐妹多，大的背着小的长大。结婚后，亲朋好友变成了双数。双方的父母要过问、要照管。七大姑八大姨，谁家也不能怠慢，逢年过节要例行走动。亲戚们的大事小情也得过问，不是为这家孩子上学、找工作奔波，就是为那家老人生病住医院走后门。

第二个包袱是地位。他说，从懂事起就背上了它。父亲是村里的领导，但村上的灶台经常不冒烟。隔三岔五的，家里就时常有人来蹭饭。母亲嘴上虽不说，但心里总是会有点想法的。儿子好好读书，将来长大了就像他们一样当乡长、当局长、当县长。为了它，他拼命学习，连上山放牛兜里也揣着数理化。大学毕业工作后，股、科、处，一个接着一个地往上爬。为了屁股底下的那把交椅，常常与同事们明争暗斗，弄得心力交瘁。

第三个包袱是权力。他说，自己身上那股奇妙的荷花味，同事们都喜欢。那一年，有个搭档不大习惯，就调走了。他退居二线后，那个搭档又回来坐上了他原来坐的那把交椅。奇怪的是，那个搭档三天闻不见荷花味，就会全身不自在。没办法，办公室的同志就请他"补位"，参加上级有关会议。回来汇报，那个搭档就有种莫名的快感，但他却窝了一肚子的气。

第四个包袱是财富……

……

从中午一直忙乎到晌午。他累了，黑暗中找不到自己了。撑开双眼，包袱似荷花的花瓣，一片一片地凋落在水面。他舒缓了一口气，感觉身体有些虚脱，赶紧回房间喝了一杯茶。

到了黄昏，老两口又溜去荷塘。吴老太陪孙子摸鱼，不经意间又挨了过来。不久，荷塘里坠满了夕阳，观看者逐渐增多，气息渐浓。他深吸一口，甜甜的、香香的。然后，他就俯耳告诉老伴，说他吸进了人味儿。

老伴掩口而笑。于是，他掏出一瓶荷花味香水扔进荷塘，砸到一朵荷花。那花瓣抖落在一张横空的蛛网上，轻轻地颤动，仿佛是最后的挽留，在读一枚黄昏的落日。

天边的色彩一点点在变，老赵的脸色和心情也一点点在变，满脸祥和的金色。

乐　土

汤景常

他原来不叫乐土，上高中时，读到《硕鼠》的课文，自己改的名。

乐土上过大学，是农业院校，学农的。毕业以后，在深圳的一家饲料厂做业务员。

乐土交了两位女朋友，一位叫赖彩霞，是高中的同学，她毕业后，爸妈没让她再读，她就来深圳打工。乐土进饲料厂就是她帮忙的，她跟饲料厂的业务经理熟。她在饲料厂旁边的一家电子厂上班，她长得白皙，瓜子脸，披肩发，平时爱描眉涂口红。赖彩霞一有空就约乐土逛商场看电影。赖彩霞说，她虽然在农村长大，但什么农活也不会做，甚至连家务活也很少干。她还跟乐土说，在深圳买房了，就跟他结婚。乐土说，好几百万呢，不是小数目。赖彩霞就又抱又亲的，问他到底爱不爱她？乐土赶紧答应，说要拼命挣钱。

另一位叫刘巧姑，她是乐土邻村的。乐土去邻村一养殖户家，正好，刘巧姑的父亲也在，她父亲说，他家也养了几头母猪，要他去指导指导。刘巧姑人跟名字一样，心灵手巧，圆圆的脸蛋，红润鲜嫩，乌黑的头发往脑后一扎，就像撒欢的羊尾儿，忽上忽下，忽左忽右，浑身充满活力。乐土说，我们好像在哪里见过面。刘巧姑说，我记得你，隔壁班的。那次见面以后，他们一直保持着联系，她常常向乐土请教养殖方面的知识，她说她要在村里建一个现代化的养殖场。渐渐地，乐土发现，他们有很多共同语言。

有一天，乐土接到家里的电话，说妈妈劳动时摔伤了。乐土匆匆向业务经理请了几天假。妈妈摔得很重，必须得住院，这时，业务经理又催他立即回厂。正是农忙季节，爸爸又抽不开身来，熟在地里的谷子不抓紧收割就会误上一季。乐土正为难时，他想到了刘巧姑，跟她联系后，刘巧姑立即赶到医院来服侍他妈。

这事之后，乐土的爸妈就认准刘巧姑了，也不跟乐土打招呼，就托人去她家里提亲，她父母也满口答应。

按照当地风俗，结婚时，女方会索要“三金”（金戒指、金项链、金手镯），还要求城里有房子，刘巧姑却什么也没要，婚礼也办得简单。她说，那就是个形式，关键是要夫妻恩爱，家庭和睦。

乐土想，刘巧姑没提要求，但也不能委屈了她，就决定在村里建一栋新房。刘巧姑也同意，但仔细一核算，他们的存款又不够。便跟乐土说一起去深圳打工挣钱，乐土同意，在电子厂找到了工作，跟赖彩霞同一个厂。

新房子建好后，刘巧姑先生了个女儿，接着，又生了个儿子，女儿、儿子都是刚满月，就扔给爸妈带，她没有产假，必须马上回工厂上班，她做的是厂里最累的活。这几年，刘巧姑看上去老了不少，红润的脸蛋失去了光泽，皱纹也悄悄地爬上了她的额头，乐土看着心疼。刘巧姑说，工厂加班加点累不着她，最让她难受的是对儿女的思念，这么小，在怀里还没有捂热，就离开了，真愧对了他们，辛苦了爸妈。乐土说，他完全理解，他何尝不是想着他们。

乐土结婚后，他亲眼看见赖彩霞跟业务经理又抱又亲，他装作没看见。他觉得工作越来越难做，畜牧业不景气，饲料难销，跑了这家跑那家，一天下来累得半死，还经常挨领导的批，受客户的气。

儿女一天天长大，就要上学了，爸妈的意思是去县城上学，说村里有钱的没钱的都去了县城，城里小学条件好。乐土和巧姑不同意，说，小孩子的教育主要靠父母。巧姑要自己回来教育孩子。她说，钱是挣不尽的，孩子的教育更重要，孩子教好了，他们一辈子受益。

可是，等到开学的时候，村里只有几位学生报名，原来的老师又办了退休，上面正考虑要撤并生源少的小学校，所以就没有再派老师来。

为了保住村里的小学，刘巧姑自告奋勇申请做了代课老师，她一边上课，一边带领留守妇女配合帮扶干部搞乡村文明建设。当她看到政府鼓励农民复耕种粮的政策时，立即打电话给乐土。

“复耕一亩地还补助一百多块钱？”乐土不相信。

“是的。可以流转几百亩水田来，机械化耕田，买农机还有补贴呢。”刘巧姑把贴在她家门口的政府文件用手机拍了个照，发给了乐土。

乐土说，他也一直在关注国内国际形势，他相信耕田种粮一定不会吃亏的。

当乐土驱车要到村里的时候，他又听到熟悉的高亢的鸟叫声："乐土，乐土……"乐土不由默默念着《硕鼠》"……乐土乐土，爰得我所。"

好　面

张国星

今天是个好日子，乔花在旗里小镇上开的拨面馆开业大吉，面馆叫"黄羊川拨面馆"。

"黄羊川的荞面，黄羊川的拨面，正宗、正宗，来两碗拨面尝尝。"门前的鞭炮还没放，两位老者拎着鸟笼子便晃着四棱子步踱进小店。

"欢迎、欢迎两位大叔光临，先坐喝茶，面马上就好。"乔花端来茶水。

"你是黄羊川的人吗？"一老者问乔花。

"是的，在黄羊川土生土长，才到镇里来。荞麦是自家种的，自家加工的面，从家接来井水，煮出面来才是正宗。"乔花介绍说家乡的面必须用家乡的水煮，才是正宗拨面味，换了水就不是那个味。

"确实，确实，没少在黄羊川吃拨面，就是好吃，一样的面换水煮味就不一样。"另一老者说得更明白。

拨面馆一进来在东侧盘着一口大锅，外面用铁皮包出一个柜台样来，用液化气烧水。锅旁放一大面板，放着和好的荞面坨。锅里水要开了，乔花拿过旁边的一个长条的小面板，将一头横在锅沿上，这是农家必备的拨面板，二尺多长，宽一尺多，呈长条形，面板底部四分之一处穿钉着一条木棱，用以卡在锅沿上，另一端顶在拨面人的腹部，以便拨面。

乔花把荞面坨放在长条拨面板上，用擀面杖把面坨擀成斜坡状，双手握紧两头是把的拨面刀（拨面刀呈长条形，两边安把），运足力气开始拨面，实际上是用刀在面饼上挤、压、弹、拨出三棱形的面条，随着轻捷的"嗒嗒嗒"拨面声，一根根细如头绳的拨面条均匀地移动弹出，够一小排面条时，乔花用刀一推把面条推进沸腾的锅中。面条入锅沉底，随后跟着水花上下翻飞，飘在上面，用筷子拨动煮上三五分钟，再旋转筷子挑起一大箸子拨面放在碗中，三四箸子挑上来便是上尖的一碗面。

"大叔，面好了，自己泡卤子。"乔花捞好面，让两位老者自己选泡卤子。

"好好。"两位老者选泡卤子。

卤子有多种：酸菜肉丝卤、茄子丁卤、豆腐丁卤、红盐菜丁卤、西红柿鸡蛋卤等，根据喜爱口味，自己选泡，再拌上韭菜花酱、辣椒酱，更是胃口大开。

“好面，好面。”面香扑鼻，口津泉涌，两位老者连声叫好，“突突突”地趁热吞吃起拨面来。

“两位大叔，慢点吃。”乔花擦了擦额头的热汗，笑望着两位吃面的大叔，他们此时愉快地吞吃着家乡的美食，似乎天也忘了，地也忘了……

荞麦是它的学名，别名、土名叫净肠草、乌青、涌麦。荞麦富含膳食纤维，也称为人类第七类营养素，有清热解毒、降压、降脂、降糖的功效，能保护视力、软化血管、改善循环等诸多营养保健价值，是黄羊川沙土地主要农作物之一，拨面又是家乡独具特色的美食。

“老板，每人再来一碗拨面。”两位大叔吃兴大开。

“大叔，每人再来半碗吧。”乔花征寻老人们的意见。

“好好，再来半碗，一顺口就想再吃。”老人同意。

“哒哒哒……”一阵轻捷的拨面声，均匀的面条从拨面刀下弹拨飞出，拨面刀一扫将面条推落沸腾的锅里，片刻捞出，两位大叔每人半碗。

“拨面什么样？每人来一碗尝尝。”

“这刀怎么两头是把？用刀切的。”

十来个穿运动衣戴头盔的青年男女涌进屋，小饭店热闹起来，他们是骑自行车远行的驴友队伍，准备横穿祖国的北疆，听说拨面是小镇的名吃，故来尝尝，然后上路远行。

“欢迎、欢迎，大家先喝点水，拨面马上就好。”乔花和助手们忙活起来。

“哇！原来是这样。”一女青年拍手，赞扬乔花那优美熟练的拨面动作。

“比切面条难多了。”一男青年感叹。

拨面一碗一碗出锅了，青年们各选卤子泡上，拌上韭菜花酱、辣椒酱，尝吃这清香弹牙、爽滑可口的拨面，一时吃声一片，暂而无语。

“太好了，美食美食，没白来一趟，再吃一碗。”一高个子青年先吃光一大碗拨面。

“比想象得好吃极了。拍点照片让我妈看看。”一女青年拍了许多乔花拨面的照片。

“大家吃得顺口高兴，我给大家慢慢拨，慢慢吃，今天我请大家了，小店刚开业，你们一来多热闹多喜兴呀。”乔花更高兴，家乡的美食，自己的劳动成果被大家认可哪能不高兴呢？

“谢谢阿姨。”

“谢谢阿姨。”

“不用谢，大家高兴就好，只要你们一路平平安安的就好。”乔花祝福远行的青年们，儿行千里母担忧呀。

“阿姨，大家合个影吧，太有意义了。”领队青年张罗大家在拨面馆门前和乔花阿姨留影纪念。

“黄羊川拨面馆”门前阳光灿烂，青年们拥簇着乔花准备合影，准备留下大家那真诚灿烂的永恒。

“大家刚吃完难忘的拨面，难忘的好面，拍照时就一块喊——好面！”拍照人让大家一齐喊好面。

“预备三、二、一……”

“好——面！”

秋　声　赋

郑洁尘

我比老伴大五岁，没有想到他竟然走在我前头。

好好地吃过午饭，他在阳台上翻报纸，我收拾厨房，我倒是听见了报纸落地的声音，但是也没有在意，等小孙孙蹑手蹑脚过来说：“爷爷睡着了！”我出来一瞅，老头子就这样一个字没留下地去了。

那天是立秋，本来老头子一大早嚷嚷着要吃红烧肉，说这是贴秋膘，两个闺女一起怼他，血脂血糖都是膘了，还往哪里贴，就是没给他烧，这是个口头上的遗憾，让我耿耿于怀。

唉，你们呢！也不要替我担心，我又不是无儿无女、孤孤单单一个人。要说啊，我以前还真暗地里操心过，你看我这身子，成天三病两灾的，要是我走在老头子前面，可是真不放心，他这一辈子，横不拿针竖不拿线的，留下他一个人怎么办，我死都不放心。还算他有良心，看我伺候他60年，也给我过了85岁生日，天下哪有不散的宴席，这样不受罪地走了，他是真有福气，我跟你们几个说好，我以后要真的躺床上没知觉了，谁也不要签字抢救我，我不遭那开刀插管的罪。

说给孩子们听的，那都脸面上的宽慰，他们几个知道，我也明白，夜静人稀的时候，少不了就会有那种沉甸甸的寂寞丝丝缕缕困住我，整个人就像是在飘浮。一会儿觉得发烧，闺女赶紧起来给我量体温，没事！一会儿又觉得浑身像有蚂蚁爬过一样瘙痒，闺女把所有床单枕巾都换了，还带着先看西医再看中医，她自己就是医生，可她怕我不相信。可我就不能安安静静待一会儿，总觉得身边有很多很多事情，一坐下来就心慌气喘。

有一天中午，大女儿急匆匆赶过来，开门就问我："怎么啦？怎么啦？"

我奇怪啊，没什么啊！

"没什么干吗我开会这一会儿工夫你打6个电话？"

我没打啊！

女儿翻出我的手机记录，果然有6次拨打她电话的记录。我愣了半天才想起来，刚才，我打扫完卫生，一个人在阳台上，也没做什么事，可能就毫无意识地摆弄了手机，我自己一点都没有印象了。

孩子们开始私下里嘀嘀咕咕，我能听得到几句，什么"抑郁症"，什么"老年痴呆症"，他们讨论得严肃、认真、热烈，我听着暗暗好笑，我不过就是走了一个神，无非是想让身边有个人陪。

大儿子建议，要请个全天候的保姆。大闺女不同意，说现在的保姆实在不安全，看看新闻吧，保姆把老头老太太害死的都有，几个人七嘴八舌，我就坐在中间听，心里想，幸亏有五个孩子，要是只有一个，哪来的这么多主意。

最后还是小闺女提出来，要不让老太太试一试新兴起的养老方式——日间照料。所谓日间照料，就是把父母早晨送到托老机构，白天有年龄相仿的老年人一起生活、游戏，晚上再接回来，这跟养老院有着很大的区别，老人还是可以天天跟家人有相处的时间。

这个新鲜玩意儿，我倒是头一回听到，心里挺好奇，但是当孩子们征求我的意见时候，我还是摆出一副漠然的样子："随便你们吧，能吃上饭，不给你们添麻烦，有地方待着就行！"

小儿子第二天就带着我出发，说去考察考察。

孩子们说的这个托老所在市郊区，开车过去要半个多小时，进门是一处假山园林，瀑布飞溅，绿叶成荫，院子西面是休闲区，八角凉亭下一圈座椅，几位老人正在里面下棋和闲聊，东边是一座小楼，墙壁上爬满了牵牛花，枝芽随风而动，真有着闹市少有的安静。

说好先试两天，我就开始准备了。随身要带一个小包包，装好保温杯、常用药、消毒湿巾，当然还有几件简单的床品。两个闺女一起送我过去，帮着把床铺拾掇好，临离开时，再千叮咛，万嘱咐：多喝水，按时吃药。这番操作让我想起了几十年前送她们姊妹上幼儿园的情景，时过境迁，我现在成了秋风里的枯叶，无能力的稚子幼童。

吃早饭的时候，坐我旁边的一位白发老姐姐悄悄说："少吃点就行，过一会儿还有茶点和水果，你会吃不下的。"我们一聊，她比我还大两岁，孩子都忙，住得倒也不远，图个有人聊天、照顾，从这里开张她就来了，现在已经是VIP客户。

她听说我的女儿是社区诊所医生，非常开心，说这托老所什么都好，就是老人买药不方便，这以后可以委托我了，当天傍晚的时候，老姐姐也不知道怎么宣传的，就带了一张采购单给我，什么“三七片”“维脑路通”“感冒胶囊”“维生素ABCDE”，我回家把单子交给女儿时候，她乐得直不起腰，我则突然有了满满的成就感。

女儿要陪我，这段日子里，他们五个说好每人陪我一晚，我当时还挖苦他们：“幸亏我生了五个，不然还排不开班！”小儿子跟着说：“你还少生了两个，不然一个礼拜都不重样！”

今晚，我让女儿回家去，她犹豫，我知道她怕兄弟姐妹说，也不放心我突然就一个人在家。

“没事，我以后也不让他们陪，前阵子不让你们留下，是怕你们回家也睡不好，现在不用了，你们明天早上送我去幼儿园就好了！”

晚上睡觉前，我给老伴的遗像前焚了三炷香，把我偷偷做的一碗红烧肉摆在桌上，心里暗暗地说：“去他的血糖血脂，想吃几块就吃几块吧！”

睡到天蒙蒙亮的时候，我恍恍惚惚看到老头子又坐在阳台那边翻报纸，看到我醒了，我听到他缓缓地说了一句话：“你烧得肉还是那么好吃啊！这往后啊，不管我们各自在哪里，都要过得好好的啊！”

寇　伍

周现碧

紫云寨距离县城二十里，名声却快赶上县城了，关键是紫云寨住着寇员外。

寇家几代经商，到了寇凤山这一辈，坐拥良田骡马金银财宝，是县里首屈一指的富户。只是寇家人丁不旺已经三代单传，寇员外四十五岁才喜得一子，过满月的时候，寇员外大摆筵席庆贺。一个路过的云游道士进来，观了面相批了八字，认为此儿命运羸弱，缺阳少刚前途恐有不测，只能从名字里禳补。名单取个“伍”字叫寇伍，能得“五方神佑”。

让寇员外愁肠百结的是儿子两岁多了，仍旧表情呆滞少言寡语，而且从来没有笑过。寇员外上庙里敬了几次香，也不见任何效果。一天寇家大院来了一位卖瓷器的货郎，人们挑选着瓷器，不小心掉在台阶上一个瓷碗，瓷碗清脆的破碎声响过，趴在窗台上的寇伍突然“咯咯”笑出了声。

这几声稚嫩的笑声惊呆了大院里所有的人，寇员外更是惊喜万分，他拿起一个瓷壶走到窗户前，高高举起后松手，“咔嚓”一声脆响，儿子寇伍竟然笑得手舞足蹈。寇员外当即买下货郎所有的瓷器，并嘱咐货郎瓷器随时可以送来。想逗寇伍笑的时候，就摔几个瓷器，雇来的奶娘巧珍委婉提醒东家：“这得破费多少钱财啊！”

“巧珍你放心，咱的银钱伍儿八辈子也花不完。”寇员外笑着说。

到了读书识字的年龄，寇员外给伍儿请来最好的先生，开始习文识字，怎奈寇伍生性顽劣，之乎者也一概不感兴趣，读了七八年书，识的字没超过二百个，先生倒是换了几个。

书没念成，赌博却很在行，从摸纸牌，摇骰子，推牌九，打麻将，押宝，一学即会无所不通，特别是宝局里的门道，很快就成了行家里手。

赌注从最初的几串麻钱铜钱开始，换成散碎银子，后来每次进宝局，都带几个银元宝。寇伍赌博也有输赢，只不过是输多赢少，但寇伍出手阔绰，只要赢了，最后总会拿出一些碎银子，作为“红钱”赏给跑堂打杂的伙计们。论下注的分量，寇伍也算是场子里最沉的“大注”之一，在宝局里寇伍是被尊称为“寇伍爷”，每逢寇伍进场，场子都会暂时停顿下来，早有人过来敬茶让座，众人恭敬地谦让：“寇伍爷，您来坐首座！”场子上寇伍爷也是可以押“空宝”的人，就是下注的时候可以不押钱，说句话就可以，谁都知道寇伍爷的爹是紫云寨的寇员外。

看到寇伍整天泡在赌局，家财日渐空虚，寇员外忧心忡忡。寇员外把家里剩余的钱财集中起来，在院子门口建了一个照壁，把金银元宝玛瑙玉器尽数藏在了照壁里。这些钱财不能告诉寇伍，只能等以后作为救命所用。

寇员外眼看着寇伍开始盘卖商号店铺，心如刀绞又无能为力。感觉身体已经支撑不了多久了，就把儿子叫在跟前开始交代后事。

“伍儿，等爹百年之后，咱院子门口的照壁挡着，棺材抬不出去，你就用绳子从院墙上吊出去吧！”寇员外知道儿子寇伍一辈子没听他一句话，把棺材从院墙吊出去太难了，他肯定会选择拆照壁，那时候就会拆出来这笔最后的钱财，足够他后半生享用了。

安葬寇员外的时候，照壁挡着棺材抬不出院子，有人提议把照壁拆了，这时寇伍看着爹的棺材，鼻子一酸哭出声来：“可怜我的爹啊，我一辈子不听他的话，这是他最后交代我的话，我这回就听他老人家一次吧！”随后他吩咐伙计们，尽管费劲还是把棺材从院墙上吊出去了。

寇员外走了以后，不到两年的光景，新员外寇伍，先后卖尽了良田牲畜，遣散了长工短工及所有用人。

最后等卖了房子的时候，寇伍已经身无分文，只好跟了一家鼓乐队给人们办红白事宴。没有手艺在身又身小力薄，只能背鼓打杂混碗饭吃。有一次鼓乐队走到一个村子，遇见奶娘巧珍，奶娘拉住寇伍的手哭着问：“伍儿，你怎当鼓匠了？这么大的鼓背着累坏了吧？”

寇伍给奶娘擦着泪说：“奶娘不哭，这鼓看着挺大，其实是空的！”边说边用手敲着鼓面，鼓发出的“嘭嘭”声传得老远。

贵州三姨

王　巍

应该三十多年了吧？三十五年总是有的。

三姨第一次到我家来时，当然也是仅此一次，大约就是这样仲秋前后的季节，乡村里秋作物收耕正忙。

三姨的名字叫妞儿，住在贵州以后，叫英子。那次回安徽老家来时，我还少年；总记得那年秋季的天空，灰茫茫的，应是挂了雾霾的帐子；三姨在我家住了几日，又去了二姨家一趟。回去后再也没有联系。

但我们知道三姨就在贵州。有亲人出差贵州专意去寻。三姨的单位人说，魏英子已从幼儿园退休多年，详址不详，给手机号码，自己联系去寻吧。亲人当即拨打，通了，对方却否认；后，母亲和二姨不甘，常拨，对方偶也接听，仍否。但技术比对，这个号码就是三姨魏英子。

母亲就对她的弟妹说，妞儿来时八十年代初，日子正待翻新，手里还紧，一定是我们做得不全面，妞儿伤心了；或者妞儿认为这个家把她送了出去，芥蒂？或者是父亲不及时信件往来？再或是因为太奶奶？

三姨若是伤心，年近八十的母亲也是伤心。每看见倪萍主持寻亲节目，跟着唏嘘之后，就想让我和哥哥也去咨询报名，和三姨说说原委，道道亲情。无论三姨六十岁、七十岁，再大，在母亲心底里都是永远的小妹，那个小时候胖嘟嘟的妞儿。

母亲的娘家在魏庄，我的外公弟兄两个，他的哥哥成年时被铁路局招工，分到了贵州。之后，大外公找了一个外地女子在贵州安了家，有一男孩叫安。但大外婆不善持家育子，母亲的奶奶就被接到贵州照料大外公一家。走时十来岁的母亲很是难过，因为她的奶奶非常疼爱她，有好吃的总要给很小就帮家里顶梁的母亲留着，母亲记着她的好。

有一年，母亲的奶奶带着安从贵州回老家来。那时，我的外公已经饿死，她见外婆一人带着三女一子实在不易，走时就把几岁的妞儿带走了，正好也给大外公领个女儿养，到那边总能吃饱饭，不然在家饿死也有可能。

长大后的安，分配到了郑州铁路局工作，三姨英子则在遵义的一家幼儿园上班，当年他们也常有书信寄给在学校的父亲，问候长短。贵州远，郑州近。一日，母亲听安舅的信中得知九十高龄的太奶奶现居郑州，心潮起伏，无论如何要父亲陪着她去看望疼她的太奶奶，并要把太奶奶接来亲自孝顺。

万事都有因缘巧合，父母去郑州之前先让我上高中的哥哥去看望一下多年未见的安舅。哥哥出了郑州火车站，在安舅写信留下地址的那个地域，不知如何前行，身边擦过两个骑自行车的男子，哥哥就忙问，叔叔，请问这里有叫魏安的人吗？其中一个白净温和的男人说，你找他有事吗？哥哥说：他是俺舅。男人笑了，我知道你是谁了，来吧，我就是。感念这份温暖，父母很快就把太奶奶接来了，我也记得清楚，那一年也是仲秋前后的日子，季节还忙。

太奶奶是个白净干净利索的老人，也早已是城里生活的老太太，但她仍然爱着她的孙女儿——我的母亲。不幸，就是从这份至爱开始的，母亲常常想来内疚负罪，也推想英子是不是因为这件事而疏远了联系呢？还有郑州的安舅。

老年人起夜多，母亲在太奶奶的床前放了瓦盆，每晚几次搀扶太奶奶方便。那一晚，母亲睁眼去扶太奶奶时，见太奶奶倒卧在地上，母亲吓坏了。太奶奶说：他们爷儿几个都去学校，家里地里你一个人太累了，夜里还要照顾我；我想着自己下床就行，轻手轻脚地别惊醒了你们，咋就摔倒了呢。父亲也起来了，我和哥哥也起来了，把太奶奶送到医院，医生说，老年人骨头脆，而且伤了胯骨不好恢复，后面只能卧床了。

此情难掩，一生不泯。

也只得写信告诉了郑州的安舅和贵州的英子三姨。大外婆早已不在，大外公在贵州知道了消息，赶过来看望太奶奶，就没有回去，也住在我家，每个早晨，大外公在村前屋后打太极拳的样子，也是村子里一道光景。到了第二年的秋天，三姨英子从贵州来了，那是她幼时离开安徽第一次到老家来，也是唯一一次到老家来。小姨身材高挑，短发，穿一身黑色套装，很健康的样子，脸样也和母亲二姨差不多，圆脸。她先到魏庄，小舅带她到我家时，母亲正在地里秋忙，大外公呢，正在打谷场坐在高凳子上剥罢秧的棉花，一边乐呵呵地和来往的村民唠几句嗑。

三姨走后不久，安舅从郑州来把太奶奶接走了，来时还带了恬静的小表妹，应该都好吧。再后来，太奶奶就去世了，再后来回到贵州的大外公也去世了，他们的灵魂都回到了魏庄故土。

三姨，现在老家亲人都好，小舅生了三个儿子早已立起魏家的门户，你送给小舅的表他还好好保存着呢；几个家庭也都很幸福。只是不知您的生活，母亲和二姨才整日牵念。外婆也早已去世，走之前也是念叨她的三丫头，妞儿，妞儿。

三姨，你今年也该近七十岁了吧？我是您的外甥女，我想代母亲和二姨去看您，还有安舅舅！

头　发

谷后雨

宋光明的头发又黑又密。每天，他都自豪地站在镜子前打量一番。咦，肩膀上掉了一根头发，中指半曲，拇指压住，然后发力，弹出去。第二天，两根。然后，越来越多。最后，一梳子下去，梳子上的头发如同养鱼塘里下粘网，挂在上边的全是鱼。

跑医院，找偏方，全不管事。头发日渐稀少，竟然还有两块斑秃。上班昂着头，低头怕别人看见他的稀疏草原。跟在经理后面，丑俊倒在其次，关键不能有明显缺陷，不然目光都被你吸引了，冷落了领导，丢了企业的脸，那就不是某个人的事了。

从此，宋光明口袋里装把梳子，随时掏出来梳几下，把吹乱的头发梳规矩，遮掩住几处贫困地区。总有突发情况，让你来不及掩盖。于是，尽量避开与经理独处，出门和经理保持距离。领导有些诧异，最近太忙了。开会，调研，写材料，你没睡几个好觉。等忙过去这一段儿，你好好休息休息。

太不称职了，让领导分心来照顾自己。今天早上照镜子，发现稀树草原又增加了版图，周边的头发快遮不住了。宋光明知道，自己在秘书这个职位上待不住了，必须另谋出路。

在秘书位置上熬得功德圆满，自然提一格，或者外放，主管一方都有可能。半途而废属于“逃兵”，在成为“弃兵”前，挑选一个部门，平调过去，还是可以的。机关不行，待够了。再说，以后这个形象，也不适合。去销售部吧，从头干起，有本事就干出头，没本事就淹死。经理听到宋光明去当销售的请求，先是震惊，而后点点头说，在企业干，不懂销售，难成大才。准了，我看好你。

宋光明去了一个偏远地区做销售代理。前期筹备工作烦琐又劳心，头发更稀疏了，剩余的葳蕤已遮盖不住贫瘠的沙漠。在享受到客户诧异的目光而被拒后，宋光明跑遍全城找了一家高档发厅，植了一头假发。早晨，起床梳洗完毕，站在镜子前，那个满头黑发，精干又帅气的小伙子又回来了。在这一刻，宋光明感到浑身充满能量和自信。宋光明对自己的假发视若生命，一天忙得可以顾不上吃饭，但对于植的那头假发，每天抽出时间专门打理。见客户前必须去发厅修剪头发，以确保真假发浑然一体，不至于因为头发而影响客户对自己的好感。

随着局面的逐渐打开，和客户也成了朋友。一次酒后，一张姓客户喝多了，说，宋老弟，你这人啥都好，就是有一点，爱端着，怎么也交不到心里去。朋友之间总这样，就没意思了。

宋光明也喝高了，回家躺倒就睡。睡梦中跟经理出差，一天忙完，来到经理房间，沏了一杯茶端给经理，汇报明天的行程，提醒几个要注意的地方。经理对他今天的表现很满意，夸他睿智，阳光，勇敢。早晨醒来，梦境犹在眼前。什么时候变的呢？思索片刻知道了，从掉头发开始。人一旦有了不想让人知道的秘密，就掩饰，越掩饰越有顾虑，人就不坦荡了，怯懦了。

第二天去做头发，技师说，头发不能再掉了，再掉就挂不住了。只能戴假发套了。宋光明猛然说，剃掉，全剃掉。

再见客户，先是一愣，接着哈哈大笑。场面轻松随意，说的话全是朋友之间的心里话。

宋光明找出电影小品中的光头形象，挨个揣摩。他发现，这些艺术形象都性格鲜明，好人，心地善良，乐于助人，讨人喜欢。反派，横眉立目，一脸横肉，令人胆寒。宋光明学以致用。有一个客户，是老关系，这人爱贪便宜，见利忘义。宋光明把他请出来，酒桌上憨厚谦卑，一脸忠诚地伺候着。那人欺他面善，故意刁难。几乎利润让没了，他还往下撕咬。以前的账也拖着不还。宋光明脸型慢慢转变，越看越像心狠手辣的歹徒。宋光明对两种脸型之间的转换，拿捏得妙到毫巅。根本感觉不到它在变化，让你以为原本就是这样的，只是以前你没发觉而已。那人冷汗直流，浑身筛糠，不但结了以前的账，还以原先的价格又续签了合同。

三年下来，宋光明在同级别的代理商中，销售额名列前茅。他去见经理，老领导的一番话，让他翻来覆去睡不着觉。你有一股戾气，不然可堪大用。他不远千里去古刹拜佛解惑，高僧赠他两个字：放下。

宋光明去掉反派脸，不再和人争抢，一切随缘。年终评比，往下掉了几个名次，属于不前不后。他一副弥勒佛形象，全公司对他赞美有加。经理提他为公司副总，主管业务。奇特的是，他的头发全长出来了，又黑又亮。

宋光明结束了代理商生涯，但他没去公司报到，没人知道他去了哪里。几年之后，有人在大街上看到他，那人说，他没什么变化，只是剃着光头。

贤　　妻

贾荣勤

周涛和妻子先是在县城里倒腾水果，后来成为某品牌火腿肠在本市的独家代理，虽然受了不少苦，但很是赚了些钱。逢周家坳村委会选举，乡亲们动员周涛回老家参选，周涛答应了，众望所归当选了村委会主任。

周涛走马上任，首先垫付资金，打了一口二百米深的机井，让村民喝上了干净的自来水。三个月后，上跑下颠去镇里县里活动，申请到了修路款，带领乡亲们在村里修了柏油路，与三里外的公路连通。村民对周涛交口称赞，眼神里都满是敬佩。可是周涛却闷闷不乐，他苦于一直没有找到带领乡亲们致富的门路。

周涛有时间就自费外出考察。功夫不负有心人，一次外出取经时发现砂糖橘价格高，销路好，马上去请教农林专家。专家到村里实地考察后，给出了肯定的答复。他马上召开村民大会，动员村民种植砂糖橘，村民也都满口答应种植。

可是到了最适宜种植砂糖橘的初春时节，采买树苗前，村民却找各种理由推托。他苦口婆心地劝说，他把能想到的理由都说了，村民仍然不为所动。

无奈之下，他找到自己最亲的二叔，想让他带头种植。二叔听完，紧锁眉头说："村民从未种过果树，种植砂糖橘三年后才结果，这期间没有收入，生活肯定受影响。再说砂糖橘在周家坳村能否存活都是未知数啊！"

周涛彻夜难眠，思来想去，唯一的办法就是自己带头种植砂糖橘。第二天起床，他揉着布满血丝的双眼，去数百里外买回了树苗。

在自己的地里种完树苗，他又信心满满挨家挨户去动员村民。令他意外的是，纵然他磨破了嘴皮子，依然是碰了软钉子。

第二天早晨，周涛依然打起精神，走家串户去动员村民种植砂糖橘。

三天后，依然没有村民同意种植，他彻底绝望了。他步履沉重回到家门口，看着自己鹤立鸡群的三层洋楼，想到砂糖橘的最佳种植季节就要擦肩而过，一屁股坐在了大门旁的石礅上，眉头紧锁，大口地抽着烟。

一声汽车喇叭声，打破了他的思绪。妻子下车向他走来："你这是咋了？瘦得都没有人形了，眼睛咋这么红！"

妻子见他不说话，靠着他也坐在了石礅上，强忍着泪水，疼爱地轻抚着他消瘦的面颊。

古寺悠扬的钟声传了过来，夫妻两人不约而同地望向矗立在后山上一片葱茏之中的古寺景区。这座古寺，被周家坳村光秃秃的庄稼地包围着。十几年前，因古寺内发现了高僧的舍利而声名大噪。省里拨了专款，对古寺进行了扩建、绿化，成了4A级景区，游客纷至沓来。

听丈夫诉说完，妻子凝望着古寺，眼中忽然闪过一丝不易察觉的笑意，随即说道："古寺是千年古刹，又发现了高僧舍利，咱何不去古寺求佛祖帮咱个忙呢？"

周涛听完，头深深地埋了下去，叹息道："想不到我为乡亲们办点事，还要去求佛祖帮忙！"说完，一头栽倒在地。

周涛醒来，发现自己躺在县医院病房里。妻子见他醒来，眼里激动地噙着泪水："医生说你是由于睡眠太少加上焦虑造成的，休息几天就好！"

妻子服侍周涛吃完饭："我现在就去古寺景区，求佛祖把你的病根拔掉！"说完，风风火火地走了。

夜已深，一阵电话铃声打破了夜的寂寥。周涛拿起手机一看，竟然是老支书打来的："小涛啊，乡亲们都在我这儿呢，都决心种植砂糖橘，正在统计树苗数量，你安心养病就好！"

周涛放下电话，从病床上一跃而起，大声喊道："老婆，回家！"

田地里热闹起来，家家户户忙活，到处是种植砂糖橘树苗的村民。十几天的工夫，全村适合种植砂糖橘的土地上种满了砂糖橘树苗。

这期间，周涛断断续续听说：几天前，古寺景区主任带着几个工作人员来到周家坳村的地里，拿着皮尺，抱着木橛子，隔不多远砸下一个木橛子，边丈量边比比画画。好事的村民上前问景区是否要扩建，古寺的工作人员都回答说不知道。消息很快在村里传开了，有的说景区要扩建，有的说景区要征用村里的土地。又有好事者听说县城里拆迁，一棵果树的补偿费是一千元。

周涛心想：莫非妻子去古寺找佛祖帮忙，佛祖显灵了？

不管周涛怎么想，果树在村民的精心呵护下，茁壮成长。村民闲聊时，经常互相打探古寺景区什么时候扩建，虽然答案总是失望，但依然乐此不疲。

三年过去了，砂糖橘树到了结果的年龄，枝头的累累果实在秋风中轻轻摇晃。巧合的是，几处砂糖橘产地遇到了水灾，价格噌噌上涨，每亩收益达到了种植庄稼的十几倍。看着乡亲们丰收后喜悦的笑脸，周涛欣慰地笑了。

周涛和妻子采摘完砂糖橘，看漫山遍野的果树汇成绿色的海洋，把古寺景区包围住，宛若人间仙境。他神色凝重地说道："我现在才明白，你当初求的不是佛祖，是景区主任。咱们想让村民致富，景区主任想要好风景！"妻子听后，笑而不语。

地　　摊

陈亨成

“咦，怎么是你？”他看了我好一会儿，突然眼睛发亮，背也伸直了好多。

我盯着眼前这个土里土气的农村人：“怎么，你认识我？”

他略一思索，就打开了话匣子：“我叫六根。前几年的一个晚上，你在鸟林街骑车摔倒，是我扶你去医院的……”

哦，我记起来了，那是我当协管员的第一年，城管大队工作任务重、压力大，晚上也要上街巡逻。那是个大夏天，我因为太累，下班回家时手脚发软，自行车撞到电线杆，晕过去了……

六根的话像蜜蜂蜇了我一下，我微微一震。

“太巧了。你真好！”我立马显出了兴奋。

六根胡子拉碴的脸立刻阳光般灿烂：“你行行好，让我再摆一会儿吧，10点半我就收摊，可以吗？”

这可把我难住了，脑海里不断涌出领导的训话：“创建国家卫生城市是一场硬战，必须要坚守职责。”

六根直勾勾地盯着我。我思忖片刻，只好点点头：“那，你就再摆一会儿吧。”

然而，不到十分钟，市暗访组经过这里，摄像机拍到了六根的摊位。

信息反馈到单位，大队长把我骂得狗血淋头：“你在东门菜市场就是个鸟样，我替你背了多少锅！这次调到西门，本来想让你好好表现一下，你看，又被暗访到了。你自己考虑吧，事不过三，再发生一次你就滚蛋。”

下午，我见到六根，垂头丧气地说：“市场外面的通道是绝对不允许摆摊的，你还是收起来吧。”

六根似乎带着哀求的口吻对我说：“我是借钱进的货，不卖掉拿什么还人家？”

“唉！”我长长地叹了一口气。

第二天六根依然很早就摆出来了。

不一会儿，六根就被两个城管队员逮住，强制驱离，并罚款100元。六根赔着小心跟在队员后面，刚想问：“那个人……”就被呵斥一声：“找谁也没用，大队长下了死命令。”

六根赶过来找我，看到我就像见到了救星，急切地说：“你刚才去哪儿了？我早上六点摆出来，到现在才卖了 100 元的货，却被罚了款。”

我愣了一会儿，无奈地摊开双手，说：“这里不是我一个人管，我也没办法。”

六根带着失望闷声离开，我看着他的背影渐渐远去，双眼发呆。

此后好长时间我都没有见到六根。

六根渴望的眼神经常浮现在我的脑海里，像搁在内心的一块石头。

半年后，区里出台了“鼓励地摊经济”政策，六根兴冲冲地跑过来问我：“现在可以摆摊吗？”

我拿出 100 元钱递给他说：“这段时间你去哪里了？我等你好久了。上次的罚款要回来了，还给你。”

六根眼睛发亮，竖起大拇指说：“还是你有本事，谢谢！谢谢！”

我扭过头，指着路边一块长条形空地说：“已经画好了位置，黄线以内允许摆摊，一人一个格子。”

六根脸上笑成一朵花：“政府想得真周到啊！”

第二天一大早，六根就骑着三轮车过来了。我拍着他的肩膀说：“兄弟，我老婆也在这里摆摊，你们摆在一块吧。”

六根顺着我手指的方面看去，脸上的表情凝固了：“怎么，你老婆也是摆地摊的？”

我爽朗地笑了起来：“我们都是劳动人民，都靠双手养家糊口。”

六根这一天特别高兴，和我老婆有说有笑，一见如故。

晚上回到家，妻子神色有些凝重，说：“六根确实家庭压力大，老婆重病要经常住院，只好租在城市里住，还有两个孩子，他是顶梁柱……你上次真不该叫同事罚他的款。”

我摊开双手说：“我有什么办法？家里的田已经租给人家搞机械化种植园了，一旦失业，回乡下喝西北风去。”

说完我故作轻松，偷偷摸了摸干瘪的口袋，眼前浮现出六根高兴地拿着 100 元钱的样子——那本来是我省下来准备给母亲买药的费用。

妻子不再理我，笑了笑说：“谁叫你回乡下了？明天继续摆摊去。”

分　地

胡　明

夕阳下，村南头的玉米地里玉米已出了穗，吐出的缨丝迎风飘扬，空气中弥漫着沁人心脾的芳香。大愣在地畔已呆坐了很长时间，虽然还不到60岁，看上去面容却苍老了许多，这几天来他一直心神不定，想着该怎么和现在的村主任开口说分地的事。

30年前年轻气盛的他下定决心要离开农村进城，他想不明白年年精心侍弄自己家分到的15亩土地，两口子起早贪黑忙活来忙活去，到头来收获却没有多少，缴纳完农业税后还是积攒不下多少钱。

“干脆把地退了，进城去！”

“人挪活树挪死，我就不信不种地能把人饿死，不信城里没咱落脚的地方。”大愣对媳妇说。媳妇自进了这个家就没日没夜地忙活着，难得男人有进城改变生活的想法。

“有苦力又有厨艺，去城里应该能生活好。”媳妇全力支持大愣。

“我没钱缴纳农业税了，我也从今不要地了，‘不抱油篓不沾油手’，进城是死是活跟村里没有半毛钱的关系。”大愣怀着悲壮的心情找到和自己年龄不相上下的队长说。

队长让大愣好好想一想：“庄户人进城人生地不熟，没依没靠的，别想得美。”

“我早想好了，不进城可惜了我这把力气和厨艺，城里人也是凭本事吃饭了，有本事哪里也能待住了！”大愣满满的自信。

“进城可以，地不能退，转包出去谁承包谁缴农业税，万一在城里待不下去，回来还能有地种。”队长再三劝他，大愣是铁了心要退地进城。

“吃不吃留肚的，走不走留路的，我是怕你以后后悔也来不及了。”队长最后说出了他的担心，可还是没有说服大愣。

大愣带着老婆儿子进城了，凭着一手好厨艺大愣一直在饭店当厨师，经济状况改善了许多，给儿子成了家后，大愣用积攒下的钱租了底店开了一个小饭馆。正当他期盼着美好的未来时，一场噩梦袭来，饭馆的煤气罐发生爆炸，大愣的右胳膊被炸伤，花了很多钱还是留下了后遗症，右手不能完全伸展。大愣不能从事厨师工作了，生活所迫没有办法，大愣只能回到村里。

“大愣，呆不呆傻不傻的，每天天没亮就坐在地畔上，阳婆婆落山了，还是在地畔上坐着不回家，想甚了，有甚心思跟兄弟说出来。”现在的村主任问大愣。

“唉，该怎说了，想种地了，没脸跟村里要了，我是自作自受。”

“不用说我就知道你的心事，我这几天就在琢磨。城里再好，那片天也不属于咱，村里再不好，也是咱能扎住根的地方！回来不种地怎能生活了？”村主任安慰大愣不要着急。

几天后的一个中午，村主任把村委会成员和几个村民代表请到自己家里喝酒。几杯过后村主任让大愣说起前情后理，然后让大愣出去回避一下，说是要听听大家的意见。

大愣刚出门，大家七嘴八舌议论开来：

“好马不吃回头草，他凭什么分地了？”

“咱们苦一滴汗一滴种地了，他是城里发财了。取消农业税前咱们年年缴农业税了，从包产到户到取消农业税共缴了25年，他只缴了10年农业税就铁了心退地了。咱们现在干好了，村里成立了农业专业合作社种植药材，一个人平均一年收入少说也能上万把块，他这是看到甜头才回来了。”

“难道他就是享福的，我们就是受苦的？”

“咱们就是个栽树的，他就是个摘桃子的，他还好意思说出口？”

也有人说：“祖祖辈辈住了这么多年，是灰就比土热，人不亲土还亲了，快给分上地吧，怎也得让大愣一家生活了！”

村主任听完大家的议论，心里有了底，他动情地对大家说：“大愣的爷爷是咱远近闻名的赤脚大夫，十乡八里谁家人没让他爷爷看过个头疼脑热的，大愣的奶奶是接生婆，咱们村的好多人都是大愣奶奶接生的，说起来大愣的爷爷奶奶是咱们村的大恩人。”

“再说了，大愣会厨师手艺，大愣离开村子前，谁家办事宴不是大愣掌勺，要不是把胳膊炸伤，大愣回不回来还两说了，大愣遇到难题了，咱们得拉他一把，况且谁能保证将来咱们的子孙走出去一定不回来呢？”

话说到这份上了，谁还说甚了。随后村主任把大愣从外面叫回来，当着众人的面对着大愣说：“咱们村从你爷爷奶奶那辈人起，就有好村风好民风，谁家有个三长两短众人一起帮衬着，这次大家也算是帮你了！”大愣端起酒杯敬过众人。紧接着村主任召集村民大会，全体村民按了手印，一致同意给大愣一家分地。

这顿事关大愣能否分地的宴席和社员大会一直持续到太阳快要落山。当大愣走在回家的路上时，西边的天空正飞起一大片红黄相间的火烧云，羊群从远处的山坡上下来，绿色的山野中滚动点缀着点点白色，清风带着一丝秋天的凉意扑面而来，令人神清气爽。大愣不由感慨：土地才是咱的命根！

看　家

余秀琦

一大清早，喜鹊就在门口的泡桐树上叽叽喳喳地叫个不停。

娘说，有喜事咧。

可不是，今天媒婆帮山子哥介绍的对象来“看家”。

按照清水镇的习俗，成年男子进入适婚年龄，父母便托媒人帮介绍适龄的姑娘。若女方有意与其相处，就到男方家来亲眼看一下男方家庭条件，俗称“看家”。“看家”包括：男方家地有几亩房屋几间猪养几头小伙子模样是否周正……这些“硬件”是姑娘看家的重点。若双方满意，则正式订婚。其中女方占主导地位，有考察、挑选的意味在里面。

这是新媳妇第一次上门，更是婚配的第一步，也是最重要的一步。所以男方家重视程度不亚于等待检阅的士兵，从里到外，丝毫不敢马虎。

爹娘也不例外。从上个月媒婆把“看家”的日期敲定，爹娘就开始张罗。找来报纸糊了墙，买来白纸蒙了窗，娘扯来几尺靛蓝花布铺在桌面上。屋里院外洒扫掸尘，就连兔舍猪圈也被爹拾掇一新。一家老小更是见人就笑，喜挂眉梢。

姑娘很文静，见人总是盈盈地笑。按照清水镇的风俗，女方上门“看家”要做碗糖水鸡蛋给姑娘吃。一是感谢这一路来的辛苦，二是从吃鸡蛋中判断女方是否答应。一碗红糖鸡蛋为六枚，取六六大顺之意。按风俗，女方相中男方就吃两枚，寓意好事成双；若无意于男方，则不动碗筷。

一碗胖乎乎的糖水鸡蛋端上来，众人撤去。按规矩，也是出于礼貌和避免尴尬的考虑，姑娘吃蛋时男方家人不当面。院子里，娘与媒婆有一搭没一搭唠着闲话，爹若无其事搓着草绳，山子哥屁股像长了“火疖子”坐不住，一直在场院里转来转去。

若半个时辰，姑娘端着碗出来了，依旧的笑脸盈盈，撂下碗说声叨扰就翩然而去。众人上前，只见碗里空空如也。爹看看娘，娘瞅瞅爹，傻眼了。不知这姑娘几个意思？媒婆出来打圆场，说这叫“拿下”。姑娘办事不拖泥带水，且等着迎新媳妇进门吧。

果不其然，半个月后媒婆捎来话，让挑个好日子。此时一家人总算松了一口气，但困惑依然不去。这姑娘不按套路出牌，不知道是个什么样的主。

新婚之夜，山子哥带着那份急切，问媳妇儿，那六个鸡蛋不是你真吃了吧？你走后俺屋里旮旯都找遍了，没见你倒你扔。一碗糖水鸡蛋折磨了俺半个月，乖乖，你这唱得是哪出哎？

新媳妇抿嘴笑，这是俺和婆爷爷之间的秘密。

俺们咋把这茬给忘了呢？怪不得那天晚上让爷吃饭他呜呜哇哇直摇头。

那天，俺没把心思放在“看家”上，而是留意在看“人”上。不瞒你说，人家姑娘注意“硬件”，而吸引俺的是一些“软件”。爹娘的恩爱，你的勤快俺都看在眼里。吃糖水鸡蛋时，发现后院里间的爷爷，虽又哑又盲，但衣衫干净，脸上的神情也宁和安详。“吃闲饭”在农村最不招人待见，在这个家庭却被照顾得很好，这一点让俺感动。再看家里院外收拾得干净妥帖，一家人待人热气腾腾，俺就知道，嫁到这家错不了。

不嫌俺家穷？山子哥眼里闪着亮光。

富没有富邈，穷没有穷根。只要一家人齐心，还愁没有好日子？

山子哥认真地说，媳妇儿，有你有希望，俺捡到宝了。

新媳妇刮了刮山子哥的鼻子，傻样，希望在那田野上……

出乎意料

杨庆发

狗——狗——刘健在前边走，张肖就在后边追着喊。

你骂谁是狗？刘健愤怒地回头追问张肖。

我是告诉你们家的狗跑出来了。张肖用手指着刘健家的方向说。

狗呢？李健顺着张肖手指的方向看了一下，然后又身前身后地撒目一遍。这才又问。

刚才还在后边追你呢，怎么突然就没了呢？张肖疑惑地嘀咕着。

我看你是没事儿找抽！刘健嘴里不干不净地一边骂着一边转身继续赶路。

我凭的是一份好心竟当驴肝肺了！张肖摸着窘得火烧火燎的脸，委屈地朝刘健远去的背影嚷嚷。

原来张肖是看见刘健走出家门后忘了关大门，他家那只宝贝京巴就随后跑出来去追刘健，赶紧撵着想告诉他。因为他是边追边气喘吁吁地喊，这京巴就被他的喊声吓得跑回去了。所以这时刘健也就没看到自家的狗，为此他也就误认为张肖是在骂他。

张肖正为刘健的误解而闷闷不乐地往回走着，突然远远地就发现刘健老婆跳进了胡车家的菜园子。

好哇！怨不得这几天胡车老站在我家门前骂骂咧咧呢，好像是我家偷了他家柿子似的，原来是她干的！这回我非抓她个现行押给胡车看，以此也报了刘健羞辱之仇！张肖想到这里，心中不由得一阵暗喜。于是他轻手轻脚地也翻进胡车家的菜园子。

呵呵，我还真没怀疑错。正当张肖弯腰扑向目标时，突然胡车在身后说话了。

对！正是她干的，我正准备抓她现行呢。

谁呀?

是刘健老婆，你快看，你快看……这时张肖就看见刘健老婆兜着柿子跳出园子溜走了。

人在哪儿?胡车本来眼神儿就不太好使，加之刘健老婆溜得太快，胡车什么也没看见。

张肖气急败坏地说，你这大声嚷，她能不跑吗?

你真会编!明明是自己干的，还想嫁祸于人!

你怀疑我?张肖惊讶地问。

不是你是谁?我都抓到现行了。

我要是偷你柿子天打五雷轰!气得张肖指着天发誓。

是，你没偷行了吧!这点东西有必要起誓发愿的吗?记住以后别再让我抓到你就行了!胡车说完甩身走了。

我……我……现在张肖觉得自己跳进黄河也洗不清了!为此他回到家里足足憋屈了两天。这天晚上，他望着窗外的雷雨，心中顿生出一种报复的念头。他想到了门前那条小河。本来这条小河的水是大家共享的资源，然而刘健和胡车两家为了浇菜园子使水方便，以居住在小河上游的优势，擅自在他们两家的西边拦上了一条水坝，导致下游的人家无水可用。但他们又都惧怕刘、胡两家的强势，所以下游的这些人家也都只能敢怒而不敢言。

你们凭什么就独占小河的水资源?张肖怒火中烧，于是他带上工具立即冲进了雷雨中。

这雨越下越大，接着便引发了山洪，住在小河两岸的刘健和胡车两家的菜园子瞬间就被洪水淹没，接着洪水就向两家的院子涌来。当然造成这种恶果的就是平日让刘、胡两家引为自豪的水坝。是它堵住了水道而不能泄洪!如果不马上放开它，那他们两家的人、财、物就全都不保了!

事不宜迟，刘健和胡车分别提着工具急速地向水坝跑去。然而跑着跑着，二人却发现洪水突然地急速下降了，等跑到水坝跟前一看，这才发现水坝居然被人挖开了，借着闪电，他们在距水坝不远处看到了一个熟悉的人影。

雨过天晴，又风平浪静了。次日一早，刘健和胡车就急速地敲开了张肖的家门。

你是救命恩人呀!刘健、胡车的妻子和孩子们都齐刷刷地跪在张肖面前。

是你放开水坝救了我们两家人的性命啊!这时刘健和胡车也跪了下来。

我没放开水坝呀。出现这样突如其来的情况，张肖还一时难判福祸，所以他不敢应承。

你不用做无名英雄了，我们借着闪电都看见你了。

我们知道你是个好心人，有时候做好事还被人误解。

是啊，那次喊狗的事……

可不是咋地，那次菜园子的事……

经过这些人七嘴八舌歉意的解释，张肖这才相信了他们诚恳的来意。

都起来、都起来，有话咱们慢慢说。不过出现这种出乎意料的局面，张肖一时半会儿还不知道应该怎么应对。

鸡 冠 子

钟志良

当罗秋香得知分给自己家的责任山是矮坡寨时，火冒三丈，指着自家男人的鼻子责骂，你什么时候才能三棍子打出一个屁来，枉自长了一米八的个子，做事还不如妇道人家。

矮坡寨，离村有近十公里，因形状有点像公鸡的冠子，又被称为鸡冠子山。此山石多泥少，树木稀疏。

汤博鹄不急不躁，柔声对老婆说，矮坡寨差是差了一点，但也不是全无用处，我们可以在那里种果树，总会有收成的。

罗秋香继续发飙。大声嚷嚷，凭什么其他人的责任山是地段好又肥沃，而我们家的则是既偏僻又贫瘠的矮坡寨？是欺负我们家没有后台吗？

汤博鹄继续劝道，算了，分都分了，亏点就亏点吧，又不是完全没用，再吵吵，就得罪人了。

罗秋香说，怕什么，别尿包好不好，我找村委纪主任去，必须得给我一个说法。说完“噔噔噔”往老纪家走去。

走到半路，一只公鸡突然从院墙上飞下来，撞在罗秋香的小腿上，吓得罗秋香花容失色。看着“咯咯咯”叫着跑远的公鸡，罗秋香下意识地踢了一脚，嘴里骂骂咧咧道，禽兽，连你也敢欺负我，哪天逮住把你的大红冠子割了，看你怎么勾引母鸡？

老纪面对怒气冲冲的罗秋香的诘问，表情平静，和声细气地说，这是村委会集体研究的结果，不是某个人说了算的，我也没办法呀。

罗秋香不依不饶，声音尖细高亢。不行，你今天必须得给我一个说法，这责任山我不要。

不要？老纪皱着眉头说，你不要也没办法，这不是我一个人说了算的事。

罗秋香撂下狠话，老纪，你不解决，我找乡长去。

老纪有点不耐烦，挥挥手，眉头皱得更紧了。边往回走边说，找找找，爱找谁找谁去。

罗秋香来到乡政府，把刚想出门的程乡长堵在房门口。程乡长问，什么要紧的事？罗秋香说，村里分责任山不公，把最差的山分给自己，要讨个说法。

程乡长似乎见惯了这种场面，笑笑说，你要的这个说法我给不了，乡政府负责贯彻落实上级政策，把握方向，至于确林权分责任山，由村委会负责，你要找村委会解决问题。

罗秋香说，你们这些干部就会踢皮球，我找了村委主任老纪，他说解决不了，你这个乡长也说解决不了，那你告诉我，谁能解决？

程乡长手指指外面，说，村委会。乘罗秋香不备，快速出门而去。

罗秋香还要去找村委主任老纪，一向温和的汤博鹄怒了。厉声说，你若再蹦跶来蹦跶去，要个什么鸟说法，别怪我不客气。

罗秋香见十年也发不了一次火的老公像一头发怒的公牛，一时惊呆得说不出话来，终于像个泄了气的皮球，软了下来。汤博鹄又转向温柔相劝，罗秋香就顺着台阶下来了。

汤博鹄说，我找大师看过，说那里是风水宝地，傻瓜才不要呢？听闻此言，罗秋香终露笑脸，半信半疑地说，真的？

汤博鹄若有其事地点点头。

夫妻二人在矮坡寨种下了荔枝树、龙眼树，仅仅三年时间，便开花结果，有了收获。

后来，汤博鹄在矮坡寨山脚下搭了板房，挖了池塘，养鱼养鸡养鸭，收入不断增长。

汤博鹄拿着一沓钞票笑着问罗秋香，矮坡寨是风水宝地吧？罗秋香没有回答，只是羞愧地笑笑。

又过了十几年，因修高速公路，规划线路刚好从矮坡寨经过，整个矮坡寨都要削平搬掉。按照有关政策规定，要补偿青苗费及其他损失，汤博鹄夫妇拿到了五十多万元的补偿。

邻居刁二嫂羡慕嫉妒地对罗秋香说，还是你们家老汤有眼光，早知矮坡寨要修高速公路，我就要了那里，那钱就进我口袋了。罗秋香说，这就叫塞翁失马，焉知非福。不是你的，想都别想。

晚上，罗秋香手里拿着银行卡，脸上笑成一朵花，小声问汤博鹄，你哪里找的大师算得那么准，就知道矮坡寨是风水宝地？

汤博鹄轻描淡写地说，我没有找过什么大师，那都是当时为了安抚你而编的谎言。

罗秋香一双粉拳轻轻擂在汤博鹄的胸口，边擂边说，打你打你，打你这个“大骗子”。汤博鹄双手接住罗秋香的拳头，别闹，有事跟你商量。

罗秋香说，好，趁我高兴，快说。

汤博鹄问，我们现在缺钱吗？

不缺，现在吃好穿好，儿子在城里买了房子，自己在村里盖了楼房，日子好着呢。

那好，我们现在能否把这些钱给村里办点实事。

几十万能办什么实事？

能啊，比如给村里广场添置一些健身器材啊，给村图书室购买一些书籍啊。

罗秋香一拍老公的肩膀，说，这些钱的用途你说了算。汤博鹄说，你不心痛？罗秋香说，心痛什么，这笔钱本来就是公鸡的冠子——外来肉。

大师的江湖

伍月凤

大师天生就属于江湖，当然，他不是仗剑走江湖。大师只是书法家，执笔走江湖，也是他心之所向。大师也不叫大师，只是大家对他的敬称。其实每次这样叫他，他都会眼一瞪阻止说，大师怎能轻易叫？只有古代名家才担得起这称号。

大师的书法天赋来自父亲。父亲是民间艺术家，雕刻、扎染、书法、绘画……虽大多自学成才，却十八般武艺，样样精通。年末时候，父亲书写的春联和大红福字被乡邻恭敬地贴在门楣门框，能换回一块儿肉、几块钱，大师看向父亲的双眼也射出和乡亲们一样崇拜的光。大师围着父亲转了几年，又挥毫落墨练习几年，便青出于蓝而胜于蓝了。

大师按捺不住自己的江湖心江湖情江湖梦，高中一毕业，背着装满行囊的笔墨纸砚，头也不回地出了家门。大师背着行囊，按照他习过的名家字帖发源地，华山脚、西湖边……大师上深山访古刹，进密林寻古墓，入闹市观展览……辗转于各地，探访一切能探访的前人碑榜，心摹手追，分条析缕，陶醉心迷，一日三省，时有收获。

江湖路远，道艰且险，大师从不却步。渴了饿了，寻一户百姓人家，留几幅字画，讨得一水一食；累了困了，公园、古庙，都能枕上背包美美一睡……大师如闲云野鹤、天马行空，足迹遍布大江南北。行万里路如读万卷书，江南烟雨、漠北雄浑滋养了大师、开了眼界、长了见识、广交朋友、口才也十分了得。大师还练就一双慧眼，不管是古代书法还是当代字画，大师只需看上一眼，真假好歹，了然于胸，从没错过；大师口若悬河、舌吐兰花时，他的博闻广见令围着倾听的人如痴如醉，莫辨东西。

大师是江湖人，字却非江湖字。大师字如其人，清正潇洒，其字点画爽利绝不拖泥带水，字内空间完整简约，取法苏黄，却又法古不泥古，圆融于一体。大师的字常在全国重大展赛中崭露头角，并加入了中书协，在书画圈内小有名气。

大师却停下了江湖的脚步，因为父亲去世，母亲患了重疾。大师的兄姐都非常孝敬母亲，母亲却独恋笑傲江湖二十余年的幺儿子。大师二话不说，收拾行囊，回了家乡，回到母亲身边。

大师陪母亲聊天谈笑，带母亲访亲拜友，大师看母亲的笑容渐多，大师眼里的笑，也如一泓江水，映出娘的影子。

母亲爱摸麻将，大师买来麻将桌放在家中客厅，又给母亲找来几个麻友。母亲好强，爱争个输赢，不几日便把麻友得罪了个遍，大师再邀，皆以种种借口推辞不来。大师心里跟明镜似的，便向麻友私下承诺，赢归她们，若输，则由他补上。麻友个个欢喜，便由着母亲任性，母亲天天开心得脸能笑出一朵花来。

大师在麻将桌边摆上自己的写字台。大师一提笔，眼前名山大泽、江湖乐趣，如江河湖海奔涌而至。

大师给江湖之友打去电话，朋友诱惑：可曾听到江湖的呼唤？

大师神情突然恍惚，手不知不觉在宣纸上写下了“江湖”二字。大师正想再与朋友侃侃江湖之乐，突听得旁边母亲推倒面前麻将牌，一声欢叫，“哈哈，我又和了。”

大师元神归位，宠溺地看了一眼母亲，提笔在江湖二字前又加一字。

大师看着桌上墨迹未干的“醉江湖”三个大字，对朋友笑说，你的江湖很远，我的江湖很近，哥仍在江湖之中。

认　亲

子　羊

“今天是个好日子，心想的事儿都能成。明天是个好日子，打开了家门咱迎春风……”王昔哼着小调撞开家门。老伴已摆上一桌丰盛的午宴。娟和哥、嫂依次就座。五岁的侄女丘丘站在院里，手拿一截木棍，插进盛满水的木桶里来回搅。一家人难得团圆，王昔嚷嚷定要跟儿子好好喝上几杯。

王昔有个未了心愿，想在有生之年，跟亲生母亲团聚。他苦于没有联系方式。他五岁时，母亲毅然改嫁。他号啕大哭，抱住她的双腿。母亲还是挺着大肚子走了。之后不久，她又生了一个儿子。

王昔点燃一根烟，眯着眼睛，我就是想让她到我这儿坐坐，我想和她聊聊。

打小，父亲就阻止王昔找母亲。他不想让父亲伤心，一直没有找。他十六岁时，跟同学到右关镇玩。他倏地想起，村里人说母亲是右关中学的校长。他路过右关中学门口，犹豫不决。他对母亲有一种爱与恨纠结的复杂情感。他在门口踌躇了半天，还是进去了。他四处打听，找到校长办公室。他走进去，见母亲正趴桌上查阅资料。母亲一抬头，两个眼神碰撞，他扭头躲了去。母亲的嘴唇微微抖动，手颤抖着，眼里含着的泪花不由得掉了下来。母亲定是认出他了。她奔过去抱住他，哽咽痛哭。这时，有个大男孩闯进来，稚声稚气，他是谁？母亲抹了抹脸上的泪水，他是我朋友的孩子。这个大男孩跟王昔的模样相像，想必是他弟弟了。王昔心底升腾的一股暖意瞬间被母亲的这句话震得七零八碎。为什么？为什么她不承认我是她的孩子？他泪水涟涟，掉头就跑。他发誓，再也不找母亲了。

后来，儿子和女儿相继考上了大学。王昔种了一辈子地，仅能维持温饱。家里经济捉襟见肘，而他又不愿放弃。他出门借钱，亲戚见了他就躲。他借不到钱，又想到了母亲。她有工资，他想从她那里寻些帮助。他辗转难眠，一夜未睡。他思来想去，到底没有找。他背起背包外出打工，家里磕磕绊绊地走过来了。

这会儿，他都六十多岁了。母亲也八十多岁了。他又着魔似的要找。

娟在城里工作，她托人打听，人家说，找到了。那安排见见嘛。那人面有难色，没有吭声。娟的祖母是离休干部，工资高。她当年改嫁后，接连生了四个孩子。王昔的那个弟弟是工地的包工头，日子过得不错。其他几个姊妹有的上班，有的做生意。她打听到祖母住在城里的一个高档小区。她想登门，想想又放弃了。既然他们的情况，自己都能摸透。那父亲的情况，他们怎么会不知道？父亲是面朝黄土背朝天的农民，跟他们有天壤之别。娟劝说父亲打消念头，他只好作罢。

没想到，娟成家后，王昔的那个弟弟主动携带母亲上门认亲。母子三人抱头痛哭。随后，一大家子在饭店相聚，王昔觉得又找回了亲情。

过后，娟接到一通电话，娟，我是你叔。娟不冷不热，嗯，我知道。娟，你弟现在大专毕业了，还未找到工作。你公公不是市局局长吗？你看，能不能让他把你弟给弄进局里上班？现在都是逢进必考，我公公办不了。娟，你就帮帮叔吧。

真办不了，你再想想其他办法吧。电话那头传来了一个女人的叫嚷声，你们姊妹几个原本就商量好不认那个亲，你非要认！说什么，娟的公公是市局局长，能给咱办事。这下好了，我们都被你带进沟里去了！娟心里添堵，挂了电话。

自此，两边又断了联系。

让子弹幸福地飞

郝 明

卫生队的女兵个个都是天才，因为她们总能射中别人看不见的靶子。每年实弹射击的时候，报靶员都会看稀罕物一样，看着女兵们难得留在靶纸上的一两个弹痕，其余的去哪儿了，他们可不知道。

今年的实弹射击辅导教官走到队列前，所有的女兵瞪大眼睛，就像看个外星人一样。没错，就连叶子自己，也惊呆了。因为就是他，曾经被叶子狠狠地训斥过，所以，当他走到叶子面前提问时，叶子理所当然地认为他是不怀好意。

“请问，为什么每年卫生队的实弹射击训练，成绩都是倒数第一。”

叶子心里清楚，是女兵们拖了后腿，可她偏偏不这样说，她把队长安慰她们的一句话说了出来，“女兵们只要给手里的针管找好靶子就行”。

“很好，如果现在是战场，我是敌方人员，目标出现后，你是向我射来子弹？还是向我投来针管？”

队列里传来一阵压低的笑声，叶子咬着嘴唇没吭声，脸涨得通红，也就是从那时起，教官被她锁定为“目标”，只要他一出现，立刻被叶子的脑海锁定，她屏住呼吸，全身一动不动，运用听课时的内容，“标尺、准星和目标三点一线，排除横风影响，注意左右修正”。一旦“目标”进入叶子瞄准范围的最佳基准线时，叶子的眼睛里就能发射出一梭梭燃烧的子弹，看着他倒在自己的伏击圈内，叶子脸上就会闪过一丝不被觉察的得意。

也难怪叶子发狠，“目标”让卫生队发生过一件闻所未闻的事情。

“手术后的阑尾炎病人丢了。”叶子实在想不通，接班后，明明她还测了生命体征，各项指标都正常，还嘱咐病人好好休息，及时下床活动，有事按铃，等再来病房巡床时，才发现被子里没人了。一开始，叶子琢磨，也许下床活动了，可刚刚转了一圈的病房，没有发现他呀，然后，病房的男卫生间也托人查看了，没有，叶子又叫了几个护士，在病区的楼上楼下、里里外外寻找着，都看不到人影，就在大家百思不得其解的时候，病人自己回来了。

对，那个丢失的病人竟然是骑着一辆山地车回来了，他就是被叶子现在锁定的“目标”。

只见他一骗腿下了山地车，大概是抻着了刀口，他呲了下牙，脸上有被牵扯的疼痛。叶子狠狠地瞪了他一眼，然后冲他大声地喊道：“干什么去了，不知道请假吗？我还以为你被外星人劫持了呢……”，“目标”不说话，双手依旧扶着车，脸上带着谜一般的微笑，以致吓得身旁的护士用手捅捅叶子：“这是要创造奇迹吗？身体素质完全可以去参加军事铁人三项赛了，手术两个多小时能骑山地车，他脑子确定正常。”

“告诉值班的人都看好他。”叶子看着令人头疼的“目标”，低声对身边的人说道，然后又大声地对他说：“你，以后去哪儿都要打报告。”

训练场上，“目标”的声音洪亮地响着，“要想打出好成绩，就要让肌肉复刻住你的记忆。只有通过大量的练习做到对专项动作达到熟练，射击时才能下意识地反应出来。”叶子不正视“目标”，她只管盯着前方，用耳朵捕捉他讲课内容，别人的提问她认真揣摩，不懂的她私下托人带话给特务连的老乡，让他们写成笔记再捎给她。

射击最基础的就是瞄准和控枪，练习这两项科目，别人半小时，叶子不，休息时间到了，她还是在原地接着练习。女兵们都说叶子要疯了，除了枪，她眼里什么也没有了。叶子在心里和自己较着劲：“实弹射击时，看我不把目标打成筛子眼。我要让你看看，射过去的到底是子弹还是针管。”

可是“目标”没等到实弹射击时就接到任务走了，道别时，叶子面无表情地敬礼向教官致意，“目标”脸上竟又出现谜一样的微笑，还意味深长地说了一句：“有问题，可以随时请教。”叶子忽然觉得，他也不那么让人生气。

实弹射击成绩公布了，汽车连这次垫了底，队长爽朗的笑声在后勤部操场回荡了好几天，“你看看，你看看，谁说我们的女兵只会拿着针管，知道什么叫作巾帼不让须眉吗？”

叶子的射击成绩是女兵里最好的，她专门请假去了旅部特务连，感谢自己的老乡。老乡接待她时，一副如释重负的样子：“可算完成任务了，你每次提的问题，连长都要我们认真回答。你说他去住院，就为了给我买一本急需的射击书，挨了你好一通训，明明提前告诉他了，有事找我老乡。给你回复的问题，好多都是他解答的，我就奇怪了，他是你们的射击教官，有什么事情当面问不好吗？”

“那他人呢。”叶子觉得眼前有些恍惚。

“借调到军区特战队，训练时腿受了伤，在军区医院养好伤后回来，真是可惜，那是他最想去的地方。”

叶子一个月后入选军区女子特战队，第一次射击比赛，她就获得了奖章，她把奖章寄给了老乡。信很快就回了，里面夹着一张照片，他们的连长，叶子的射击教官，胸前挂着一枚金闪闪的奖章，脸上带着她期待的微笑。叶子望着训练场上的星空，无数星星就像奖章一样在闪着耀眼的光，她想着要一颗一颗把它们打下来，照亮自己前进的方向。

棒 棒 糖

朱祥秋

水秀想一直睡下去，一双替自己擦眼泪的小手让她不安。

透过微张开的眼睛缝隙，她看到了怯生生的小眼睛正盯着自己。

“姑姑不哭。”

她不知道眼泪流了多少，用最后一点力气堆出脸上的笑，其实比哭还难看。

“姑姑，你吃。我一哭，奶奶就给我一个棒棒糖吃。”

糖塞进嘴里甜丝丝的，融化着身体里的寒冷，想起了小时候常吃棒棒糖，她打了一个激灵，脑子彻底清醒了，睁圆眼睛，忽地坐起来，吼着趴在床头的孩子：“滚出去。”

孩子吓得哇哇大哭，闻声冲进来的李姨把孩子抱走，水秀捶打着自己，骂着自己也丧了良心。

“秀秀，你终于醒了！想吃什么，姨给你做。”李姨轻轻走到床前，笑盈盈地说着。

水秀小时候听到李姨这句话会很开心，告诉李姨想吃什么。今天听来，透着那么假，让她厌恶。她装作没听见，把自己埋在被子里。

听到轻轻地关门声，水秀才露出脑袋，透口气。再无睡意，眼前浮现的画面让自己看不到未来：年轻时，爸妈一起打拼出天下，当了老板更忙了，两个人忘了他们的家，忘了自己这个宝贝，自己跟保姆李姨守着空荡荡的大房子。从懂事起，李姨总是逆来顺受地由着自己，要星星，不给月亮。狠心的妈妈遗弃了患重病的可怜爸爸，还把家产都转移到别人名下。爸爸临终前嘱咐自己要听李姨的话，自己知道爸爸把重要的东西放在了李姨那里，李姨一直闭口不提自己的救命稻草，把自己带到这听不到鸟儿叫声的地方，等于让自己与世隔绝，人间蒸发。别人都说李姨更像自己的妈妈，其实很小的时候一想妈妈，就在心里叫李姨“妈妈”，小年糕般黏着李姨，现在自己不知道该叫什么。

胡思乱想中，水秀听到了细碎的脚步声，知道不是李姨，可能是那个吓哭的孩子，她装作睡得死死的。一双温暖的小手伸进被子里拉她的手，嘴上甜甜地说：“姑姑，抱抱，抱抱。”见她没动静，就用小手挠她的手心。她实在受不住，反手攥住了小手。孩子咯咯地笑起来，她趁势坐起，把孩子搂进怀里。

“你叫什么名字？”

“我叫笑笑。”

“我怎么没见过你？”

“我是才来的。”

“你的爸爸妈妈呢？”

“外出打工了，把我交给奶奶带。”

“咱俩的命好苦。”水秀搂紧孩子，好像怕她跑了。

“姑姑，奶奶在做好吃的。你饿了，吃个棒棒糖等等。”孩子从口袋里掏出棒棒糖举到水秀嘴边。

水秀想着这应该是李姨的意思，脸沉下来，把孩子放到了地上。孩子眼泪汪汪地说：“姑姑，奶奶哭了。”

“你怎么知道的？”

“我刚才偷偷看到的。”

“带我去看看。”

水秀跟着孩子来到厨房，李姨掀起围裙擦把脸，强笑着说：“秀秀，饿了吧。”

“姑姑的肚肚早叫了。”

“笑笑的肚肚也早叫了吧？”

“姨，让孩子吃吧。”

“姑姑不吃，我也不吃。”

笑笑的小手拉起水秀的手就走，水秀跟着。

水秀做着样子，笑笑学她。水秀给笑笑加菜，笑笑也给水秀加菜。水秀不吃，笑笑停下筷子看着水秀。水秀装作吃得很香，笑笑开心地吃着，还冲水秀笑，水秀真感到饿了，不觉跟笑笑抢着吃。旁边的李姨悄悄离开了。

水秀躺在床上想着爸爸会给她留下什么东西，李姨会不会给她。

笑笑哭着跑进来，大声喊着：“姑姑，姑姑，奶奶摔倒了。”小手拉起她往外跑。水秀见李姨摔倒在地上昏迷不醒，知道事情不好，她拉着笑笑的小手往屋外跑，嘴里大叫着：“快来人啊！”

李姨被送进医院，大夫看了说怎么不早点来。水秀才知道李姨早病了，可能因她耽搁了。如果真是这样，她不会原谅自己。李姨从小就带自己，那时比自己现在的年龄还小，连婚也没结，人还没老，身体现在不行了。

笑笑的小手拉着李姨的手，着急地说："奶奶，您别睡了，我跟姑姑都乖乖的，您吃棒棒糖。"

李姨总算醒过来，她吃力地从内衣里摸出一个信封，递给水秀。水秀看那个信封，信封口封着。水秀望向李姨，李姨示意她打开。水秀把信封口撕开，倒出一张银行卡和一张纸条。水秀知道这是爸爸留给她的，想着李姨有救了。

李姨指下自己，黯然摇摇头，又遗憾地看向笑笑。水秀扑在李姨的身上，哭喊道："姨，不，妈妈！您可不能再有事。"

"姑姑别哭，我这里还有棒棒糖。"笑笑的小手里举着棒棒糖。

仪 式 感

周瑞芬

情人节晚餐的时候，妻子林安不无羡慕地对吴军说："我们办公室的女孩子，一大早就收到男朋友托花店送来的玫瑰，现在的年轻人真浪漫！真让人羡慕啊！"

"哦！"吴军不置可否地应着。

"你就不能送一束花？几朵也行啊！"

吴军说："你们办公室的女孩子，人家年轻，谈恋爱自然是这样的啊！"

林安不干了："我们年轻的时候，我们谈恋爱的时候，你怎么没有送我花？！"

吴军说："那个时候，不是不兴这个吗？再说，那时候，不是没有条件吗？"

林安逼问："那现在呢？现在兴这个了，是不是？现在有条件了，是不是？为什么不能学学年轻人？"

吴军不耐烦了："你怎么那么多事呢？老夫老妻了，送这个有意义吗？我的工资不是都给你了吗？喜欢你自己去买，不一样吗？"

林安腾地火了，"几枝玫瑰，能值几个钱，还提什么工资，你是男人养家不应该吗？我还自己买，自己买还嫁你！"

两个人不欢而散。

吴军感觉女人真是捉摸不透，动不动就生气。妻子林安情人节这么闹，过生日这么闹，结婚纪念日也这么闹，但凡是个什么节，他就没有好果子吃。吴军烦死了，估计这个女人快到更年期了，麻烦得很！

生于七十年代的吴军接受最多的观念就是："平平淡淡才是真！""老夫老妻，爱情已经成为亲情了。"在波澜不惊中很平静地生活着，虽然有点白开水般的寡淡，可是他以为这就是生活的常态。

林安不这样认为，她有颗少女的心，渴望浪漫和激情。她认为爱情是就是爱情，夫妻在一起一万年也是爱情，怎么就可能变成亲情？她坚持认为吴军的所有不在乎，所有不作为，所有的不拘泥于仪式都是因为没有了爱。

而婚姻中的男女往往又是最健忘的，没有几天，所有的不快，都好像水蒸气蒸发了。

有一天，林安翻看远在国外侄女的微信朋友圈。侄女的孩子幼儿园毕业，园里还举办了毕业典礼。小小年纪居然戴着博士一样的毕业帽，和博士帽只是颜色不同，穿着毕业袍，像模像样照了毕业照。侄女夫妻出席，全家人亲密地合影。很是稀奇。

林安就拉吴军一起看，一边看还一边感慨：这种仪式感真好！能够给孩子留下难忘的纪念，父母亲临现场见证孩子的成长，也是家庭的一种凝聚力，幸福家庭就要这样。

末了，她顺嘴抱怨：“哪像你！女儿学校的成人礼，也不去参加。”

“你去参加不就行了吗？翻什么旧账！”吴军又烦了。

“我是我，你是你，我一个人去，你不觉得我更像单亲妈妈？”两个人话不投机，又嚷嚷起来。

说起来，吴军和林安也没有什么实质性的矛盾，但是这种因为零星怒火燃起的口角此伏彼起，周而复始。

都说夫妻吵架不记仇，其实怨气是蒸发了，但留在彼此心上的污迹，久而久之就好像把玻璃变成毛玻璃，早没有往日的透亮。

吴军越来越热衷参加朋友同学的各种聚会，在聚会的欢歌笑语中逃离他们有点硝烟四起的婚姻。

在毕业二十五周年的同学聚会上，吴军的一位女同学很随意说，今天是她的生日。

老班长立马站起来，说：“你们继续热闹，我去去就来。”不一会儿，只见老班长提着一个大大的蛋糕，后面跟着一位手捧鲜花的年轻小伙子走了进来。当硕大蛋糕上的红烛，在生日快乐的歌声中点燃的时候，平时很内敛的女同学在同学们此伏彼起的祝福声中，怀抱玫瑰花，脸上飞起玫瑰一样的红霞。

老班长健谈依旧，他聊起他自己这么多年的浪漫婚姻。他在情人节送老婆玫瑰，三八节给老婆做一天的好饭，结婚纪念日带老婆就近一日游……老婆、孩子、家人也包括他自己的生日一定认认真真去过。他说，过日子就应该有这些仪式感！因为仪式感就是把每个平凡的日子从平凡中剔除出来，隆重对待，生活也因此有意义了！

有女同学激动地感叹：“还是我们老班长贴心，够男人！我们女同学共同敬班长一杯酒吧！”女同学齐刷刷站起来给班长敬酒。也有女同学说：“在物质富足之余，就是要有精神的追求，这样的家庭才能历久弥新，才能幸福美满。”

这时，一位男同学拿个空酒瓶充当麦克风，调侃老班长：“我们班女同学都是你的粉丝了。采访一下，你怎么能够做到几十年如一日，把那么多节日记住？能够一直把老婆当公主宠着？”

“就是就是，快谈谈经验。”另外有男同学起哄附和。

老班长说：“我们这把年纪了，总算活明白了，这个世界上陪我们最长的人就是老婆。仪式感，绝不是个简单的形式。比起老婆在家的付出，给老婆一个她喜欢的仪式，应不应该？”“再说了，如果心中有夫妻的情分，怎么会不记得给她一个仪式？仪式就是一种神圣的纪念，比如结婚纪念日，是不是一种夫妻感情的回顾与展望？仪式感真能够让夫妻感情保鲜增值，何乐而不为？”女同学带头响起热烈的掌声。

吴军一直坐在同学中间，默默地看着发生在眼前的一切，听着老班长侃侃而谈，听同学们七嘴八舌地议论。看到过生日女同学的羞涩与感动，班长的激情与认真，同学们的羡慕与赞许。吴军心绪难平。

想到林安，吴军心中充满深深的愧疚……

妈妈的饭局

杜　华

太阳刚出山，几只喜鹊就在我家房前那棵榆树上欢叫个不停。俗话说，喜鹊叫，贵客到；早报喜，晚报财。今天是个好日子。

妈妈一早就起来了，院里院外已经转了好几圈，一会儿看看房子，一会儿用手摸摸停在院里的拖拉机和那台农用运输车，一会儿又去羊舍看看那几十只绵羊，高兴得几乎合不拢嘴。这行为让我感觉很奇怪，这么熟悉的环境妈妈怎么像刘姥姥进了大观园？

二弟昨天打来电话，说夫妻俩要回来接妈妈进城。妈妈听后兴奋得一宿也没怎么睡觉，但没看出她有一丁点儿的疲惫，这不，一早就吩咐我：“把家里那只最肥的羊杀了吧，叫叫村里的老少爷们，摆上几桌……”

莫非老太太这回真的决定去城里长住？弟弟已经接过妈妈三次，但每次都待不长就又回来，妈妈说住不惯。但这次有所不同，看妈妈的行为和安排的场面好像有这意思。

我满口答应着，尽管心里有些不舍，但还是很高兴：城里条件好，老妈这是去享福呀！

弟弟大学毕业后下海经商，成立了自己的公司，资产上千万，是村里的一面旗帜。

这些年，弟弟虽然在城里混得很好，但却从没忘了我和家乡，他不但为我建了房，买了拖拉机和农用车，又给我儿子在城里买了楼房，还为村里建了图书室和公厕……因此，不但我感激二弟，在村里，只要提起二弟，大家都竖大拇指……

我又是杀羊，又是买酒，又是借桌椅板凳，老伴儿也是刷盘子洗碗，备菜切肉，忙得不亦乐乎，心里却美滋滋的。

中午，弟弟、弟媳开车回村，受到来我家做客的乡亲们贵宾般的迎接，弟弟有谱，我觉得自己的身价也长了不少。

开席的时候，妈妈把姑父和村长安排在身边，弟弟和弟媳在旁作陪，其他人按岁数和辈分以次而排，在院里整整坐满了六桌。

席间，乡亲们频频举杯，敬的都是母亲、弟弟和弟媳，我和老伴自然成了跑前跑后的服务员。

"大娘呀，你真是生了个有出息的儿子，咱们村都跟着沾光！"

"小辉呀，这回要接老太太进城？真是个孝子！"

"辉总呀，谢谢盛情款待，你真是咱村的骄傲！"

"老太太好福气呀！"

……

弟弟忙于应酬，又是递烟又是倒水，又是抱拳又是言谢，妈妈更是高兴得有些自豪。而我和老伴却成了电灯泡，心中虽然高兴，却也生出些酸酸的失落……

弟弟看出了我的心思，拉着我上桌："大哥，你也上桌找几杯吧！"

"都上桌谁伺候席？让你大哥你嫂子一会儿再吃吧。"

妈妈发话了，弟弟放开了我的手，我的心咯噔一下，高兴和卑微搅在一起，让我很是尴尬，但还得强装笑脸，应付着场面，心里自然生出些对母亲的看法。

推杯换盏，猜拳行令，交头接耳，大口吃肉，大碗喝酒……小院内欢天喜地，热闹非凡，而我的心情却有些沉重……

快吃饭的时候，妈妈在村长耳边说了几句什么，村长就像接到命令一样站起来，酒红的脸上带着兴奋，两手伸到桌面前上下摆动几下："大伙静静，静静，老太太有话说！老大，老太太让你到她跟前来。"

乱哄哄的场面逐渐静了下来，我也丈二和尚——摸不着头脑，心里犯了嘀咕，妈妈叫我有什么事要嘱咐吗？我胡乱猜测着走到妈妈身边。妈妈这才站起来，瞅瞅我、姑父和村长，用手指着二弟说：“今天，感谢乡亲们来捧场，我呀，当着你姑父、村长和乡亲们的面要嘱咐小辉两句：你爹去世得早，要不是你哥扛起了家里的担子，还有父老乡亲们的帮助，你是念不成大学的！你给妈记住了，甭管你在外面混多好多大多有钱，你妈在这儿，你的父亲埋在这山里，你的根就在这儿，你就不能忘记这儿！再一个呀，你的孝心妈领了，妈都快八十岁的人了，哪儿也不去了，这里的人亲、土亲，离不开呀！我还是跟着你大哥心里踏实！甭看你有些钱，我也没少花了，但论孝心，你哥你嫂对我，你们比不了！都是五十多岁的人了，还端碗来捧碗去的……”

妈妈说得哽咽了，弟弟也流下了眼泪，乡亲们更是唏嘘不已。

后来，妈妈对我的事和村里的事好像给弟弟提了很多要求和条件，弟弟频频点头答应！可我一句也没听清楚，心中涌出的一股暖流让我耳鸣起来，眼泪再也控制不住了……

情　　敌

郝玉华

“你爱上了我的叔叔？”小姑娘问我。

“你怎么知道？”我对她的好奇比她对我的兴趣只多不少。

“你看上去并不怎么聪明。”她撇了撇嘴，她那还有一颗门牙尚未出世的小嘴甚至还在漏着风。

“丫丫，你奶奶喊你。我们该出发了。”他说。奶奶笑着站在门旁看着我们。

“奶奶，你说，世界上最愚蠢的人是谁？”丫丫仰起小脸看向了奶奶。

“是我。孩子。”奶奶的笑眼已经要把丫丫融化了。

“不，是他们。”丫丫胖乎乎的小手指着我俩。

“对，对。你说得对，我的宝贝，要不然他们今天怎么会去北极村找北呢。走，我们进屋看电视吧。”

“如果你们两个人今天带我和奶奶一块去，你们会变得很聪明的，现在改变主意还来得及，坏叔叔——”奶奶连拉带扯把她拽进了屋里，她把“坏叔叔”扔给了门外的我们。

“我们带上她们吧！”我知道我的眼神差不多就要焊在这个小姑娘身上了，只好用余光与他进行了短促的交流，我的声音很小，以为他不会听得到。

“你不反对？亲爱的？”他拉着我的手，“可是我想单独领你去北极村痛痛快快玩一玩。”

我当然想与他独处，毕竟我们刚刚公开恋爱关系。一南一北，半年时间鸿雁传书，他恨不能插上翅膀，把我驮回他的家乡。

“婶婶，你真漂亮。你并没令我失望。”丫丫坐在车子里一本正经地说，“你希望接受我的一个吻吗？”

我觉得我的脸开始发烫了。

“叫我小姨吧。”我回过头去，伸出手抚摸着她那早已经仰了起来的小脸，把右手食指竖在自己隆起的双唇上，然后又轻轻放在了她的唇上。只要一点点不小心，都会让眼前这个小姑娘粉嫩的皮肤和水晶般的嘴唇受伤。在颠簸的车上，我已经开始了时刻警惕着自己和别人对她的伤害。

“叔叔，你的车开得好棒哦，超过了我爸爸。”

“真的吗，我的大侄女。”

“你个小鬼头，快让小嘴儿歇歇吧。”奶奶搂着丫丫，车里突然静了下来。

“奶奶，我错了，我不该提爸爸。”丫丫的乖巧让人心生爱怜。

“傻孩子。”奶奶把丫丫搂得更紧了。

我分明从后视镜里看到了奶奶眼角闪着的泪光。我突然想起他在信中曾告诉我说，前后不到一年时间，他的家人发生了很大的变故。先是久瘫在床的父亲离开了他们，接着大哥在一次出车的途中意外丧生。

“婶婶，如果今天我跟你们找到北极村了，我也能像你一样嫁给我叔叔吗？”

奶奶一把捂住了丫丫的小嘴。丫丫的脸像一只通红的小苹果，她扒着奶奶的手，用尽吃奶的力气从奶奶的指缝里放出她的声音：“是你告诉我，每个女人都要嫁给自己喜欢的男人的。爸爸说我是他的小情人，我本来是要嫁给爸爸的。那我现在喜欢叔叔，他已经是我的情人了！”

车子重重地颠了一下，我张大了嘴巴。

“北极村远吗？”我侧过头去，寻找着他的目光。

溪南溪北

林俊豪

家乡有条木兰溪，溪上横跨一座宋代古桥，还有那闻名世界的古代水利工程等，两岸风光如画，堪称全国最美的十大溪流之一。

家乡旧城改造，溪南和溪北两个村庄，都纳入改造的范围。那天，镇长带着开发商们，深入溪南村，苦口婆心，向村民们宣传：溪南村庄，旧房、猪牛栏等统一拆除，在溪畔齐刷刷地建立几幢三十几层高楼，成一道风景线，把社会主义的新村庄建成美丽的大花园。

溪南村的村民们压根儿不敢相信，难道这百年破败的小村庄，会像大城市那样耸立挺拔起参天高楼大厦，这难道是白日做梦吗？村里选出几位村民代表与镇长和开发商们洽谈。其中一位村民代表王德胜，他中等个子，头脑开窍，自学高等教育法律专业，他对镇长和开发商们说："村庄旧房拆迁，原世代祖传家业失去，你们可要承担新房重建的法律责任呀！"

"当然，当然，当官不为民做主，不如回家卖红薯！"镇长和开发商们异口同声道。

"村庄旧房拆迁，空说无凭，可得有根有据，依法办事！"王德胜闪动浓眉下的慧眼，进一步追问。

"如今是啥年代，照章办事，毫不含糊！"镇长和开发商们信誓旦旦。

王德胜和村民们集体商议，逐章逐句，签订一系列新房补偿分配等法律条文。几个月工夫，推土机呼隆隆开来，推倒了旧房、猪牛栏，平整了土地，开掘了钢筋水泥框架结构地基等。三年过后，几幢三十多层的参天高楼，巍然屹立在木兰溪畔，高楼旁还建立绿化溪堤岸长廊，溪边公园映衬着关帝庙、百年戏台。村民们兴高采烈道："镇长领导有方，开发商投资讲诚信，王德胜等村民代表办事得力，真是造福子孙后代呀！"

溪南村民们还说："新房高楼落成，比关帝神庙都灵呢！"

再说木兰溪畔对岸的溪北村，镇长与开发商们几乎同时寻找村民们洽谈旧村拆迁改造的事宜。村民们七嘴八舌："等着瞧吧，到底镇长敢不敢拍板，开发商讲话算不算数呢？"

当溪南村签订旧村拆迁改造合同法律条文，风风火火地筹建新房时，溪北村的村民们又说："嘿，百闻不如一见，百见不如一干，让溪南村旧村拆迁改造，先干个先例吗！"

溪北村出了位德高望重的退休老县长。村民们振振有词道："咱村风水好，自古以来出过大官、架过大桥。如今村里的退休老县长也比镇长大，不如请县长先找镇长磨嘴皮讲情面，商讨旧村拆迁改造的事儿缓办哪！"

那退休老县长倒也是位诚实厚道之士，他凭着办事稳妥经验，代表民意，与镇长和开发商们商讨溪北村旧村拆迁改造之事暂缓推行，或干脆打开天窗说亮话，等溪南村高楼大厦搭建有了个先例，咱村才跟着亦步亦趋，反正是枪打出头鸟嘛！

三年过后，溪南村高楼大厦林立，风光无限。溪北村的村民们瞧红了眼，纷纷诉说：“瞧，人家溪南村新楼林立，咱溪北村破屋旧房一大片，真是天差地别呀！”

溪北村的村民们开始埋怨退休老县长：“你老人家没眼光，为啥咱旧村拆迁改造慢走了一大步呢？”

退休老县长挺委屈道：“都是你们村民们要求旧村拆迁改造暂缓，如今倒怨天怨地，这到底要责怪谁呢？”

“不过，咱溪北村旧房拆迁改造下一步推行，让溪南村先富起来大伙也光荣呀！”退休老县长一席话，倒让村民们心宽许多。

家乡木兰溪畔的溪南溪北两个村庄，一边是参天高楼林立，一边是低矮的旧房连片。王德胜望着眼前的一切，不禁喃喃自语：“咱村民们无权无势，凭的是法律条文筹办大事呀！”溪北村的退休老县长也算个明白人，他吸了一口溪边清新空气：“如今依法治国，靠权势县长磨嘴皮讲人情，迟早要吃大亏呢！”

阳光朗照的木兰溪，波光粼粼。那天，王德胜与退休老县长在宋代古桥上不期而遇。退休老县长握着王德胜的手：“旧村拆迁改造，你后生可畏，功德无量呀！”

王德胜扶着退休老县长的肩膀，谦虚回答：“咱不妨也学一学你老人家办事稳妥的作风哪！”

年轻气盛的王德胜，银发飘飘的退休老县长，他俩面对风光无限的木兰溪畔，相视坦然一笑。

香核儿杏

温　暖

你都不知道，全生产队仅有的那棵香核儿老杏树，我有多讨厌它！

粗，一个大人还合抱不住。丑，疙疙瘩瘩的树身自西向东倾斜。腰鼓肚儿粗的两大枝儿自西向东遮天蔽日地盖在了拉呼婶儿的院子上空，可省得落外边儿一个子了。臭，树的老根竟然扎在拉呼婶厕所里的粪缸旁，谁想上树还非得从她家厕所里往上爬。

我家就住在拉呼婶儿家的西边，仅隔了一个小土墙头。柱子哥家就在拉呼婶家的正南方，拉呼婶的堂屋门口对着柱子哥家的土坯后墙。

麦黄，杏也黄。杏子黄的时候，我们投向杏子的目光一天比一天地热切起来。恨不得投过去的目光都带着钩子把圆鼓鼓黄澄澄的杏儿全钩到嘴里来。

谢天谢地谢那辆生产队的拉麦车吧！拉呼婶家东边大路上的麦车上不失时机

地掉下来了几大把麦子。

拉呼婶瘸着腿儿，一扭一扭捡麦穗去了。我和柱子哥蹭蹭蹭几下子就爬上了大杏树。爬树对于我们兰草村的小孩子来说，简直就是小菜一碟。放学后，爬梧桐树比赛，是我们晴天傍晚的必修课。要是谁说一声家里没馍叶了，我们几个爬上树顶的小伙伴就咔嚓咔嚓顺手掰下梧桐枝上的又圆又滑的大叶子，飘飘洒洒地撒它个一地碧绿。然后，双手抱树两腿松开，哧溜一下，滑到了树底下。

坐在杏树杈上，我一张嘴就吃到了脆黄杏，酸得皱眉酸得挤眼儿酸得倒牙，心里却是甜蜜蜜的，成天仰望的遥不可及终于变成了口中的现实。

拉呼婶从东边走过来了。我俩像两只睡熟了的树懒，四肢抱树不敢大声出气儿。吊在嗓子眼儿里的心，怦怦怦跳个不停。她的由远而近踏踏踏的脚步声，每一声都向我狂跳的心上猛踩一家伙，我恐惧得闭上了眼睛。要是被发现，要是被咒骂，要是被告状，回家那一顿苦打是免不了的。俺家大人们的娃儿多，活儿急，活儿忙，活儿累。一听说哪个孩子干偷东摸西的事儿了，不由分说地兜头就是两巴掌，直扇得你眼冒金星晕头转向的。

待我睁开眼睛，只见拉呼婶脱下胖裤子，蹲在了粪缸上。扑嘟嘟——扑嘟嘟，一阵难闻的臭味儿直往鼻孔里钻。“啪啪啪”的几声脆响，拉呼婶粗糙的大手拍死了自己白屁股上的两只大蚊子。

我硬生生地把笑憋了回去，可是，憋进瘦小身板儿里的笑，如一条小蛇在我的身体里游走，我的身子抖动着拧巴起来。一只杏核儿从我打战的大口袋里逃跑了，顺着树身蹦着跳着，刚好落在了厕所的土坯墙上。

我们吃了杏子，当然舍不得扔香杏核儿。心形的香杏核儿去掉粉红外衣后，白生生香喷喷的，不带一丝的苦涩只带微甜的后味儿。万一有大风的日子，我在拉呼婶的小墙头外边捡到一枚摔烂的杏子时，我就赶紧吃掉杏肉，拿住杏核儿，把它放在大青石板上的小凹窑儿里，顺手拿起一块石头，用石头儿的平面小心翼翼敲打杏核儿鼓肚的硬壳，才能敲出囫囵的香杏核仁哪。

拉呼婶一惊，手搭凉棚朝上瞄了一眼。

“这几天上火了，眼睛模糊得麻喳子（喜鹊）飞眼皮上都看不清。呵呵，别看傻子家的老母猪上树可怪利索，可它就是不会褪着慢慢下树，还不是给摔了个跷死儿？”拉呼婶一边儿不紧不慢地嘟囔着一边拿起筐里的粗黄纸擦了擦屁股，提上裤子一瘸一拐地朝东走了。

我和柱子哥抱紧大树，一小步一小步慢慢地褪着挪了下来。我俩光着脚迅速地翻过了小墙头，脚刚一穿进地上露脚指头的软底儿布鞋里，就听到拉呼婶大声地吆喝了起来。

“大偷匠们长老了，小偷匠们又长大了，一茬一茬地不等杏皮发红就开始下爪子了，谁偷——”

“黑蚊子专咬骂人精的大白屁股喽——”柱子哥大声地接了一句儿。

“恁娘那个臭脚跟，你俩偷不熟的杏儿还有理了。”拉呼婶大声回了一句，“可别出去乱说哈，我不骂恁俩了，中不？”

我俩捂着兜儿，笑着朝带小窝儿的大青石板跑去。妈妈正在青石板上捶衣服哪！

“妈，傻子大爷家的老母猪也会上树啊？”

“你今儿个是咋了？恁俩的香杏核儿哪儿来的？你拉呼婶又开始挨家给邻居们送一碗红皮香核儿杏了？”

“妈，俺傻子大爷家的老母猪不会倒着下树，对不？”

“那肯定的。”

“傻子大爷家的老母猪上杏树偷吃，活活地给摔死了，太可怜了，太可惜了！”

妈妈说，你傻子大爷傻里傻气的，生产队里让他轮着吃百家饭。他连自己都养不活，啥时候养过老母猪咧？

改　姓

葛丽红

你从没想过当时的决定对或不对，更没想过将来会面临什么，会有什么样的结局和后果。你只知道既然做出了决定就不能后悔。

你穿着破烂的衣服跟在养父后面，一步一回头。家虽破可那毕竟曾经是自己的家啊，养了你十年的家。虚弱的娘早已经哭瘫在炕上，只有六岁的小妹妹哭着追出来，她的手心里握着一枚鸡蛋扑向你，是早晨娘特意煮给你的，你舍不得吃给了她。你和妹妹因为这枚鸡蛋再次撕扯了半天，最后妹妹拗不过你，把鸡蛋塞进了裤兜，她说要给爹吃，爹的痨病需要营养呢。看着懂事的妹妹，你的眼泪终于不争气地流出来。养父摸摸妹妹的头，闺女啊回吧。有空叫哥哥来看你。小啊，天不早了，咱们走吧。养父用宽大的手在你脸上抹了一把，重重地叹了口气！

从进了养父家那天起你就随了养父的姓了，这是当时的约定。你开始很不习惯，可是慢慢就习惯了！养父母待你如亲生，供你吃供你喝供你上学，还能叫你时不时回家看看。就冲这些，你就觉得自己就该把这个家当成自己的家，把养父母当成自己亲亲的爹妈。不就是改个姓吗？没什么大不了的。若干年后有人问你有没有觉得委屈。你挠了挠脑袋笑笑，有啥委屈的，都是为了活着！是啊，都是为了活着。如果不是当时养父留下的钱，如果不是养父家常常的接济，你原来的家也许早就都不在了。你觉得很值。

你一天天长大了，有了固定的工作和收入，养父母给你盖了房给你张罗了一房漂亮的媳妇。原来的那个家也发生了很大的变化，勤劳能干的妹妹盖了新房，里里外外收拾得漂漂亮亮的。只可惜的是爹没等到那一天。搬新房的那天你去了，宴罢人散，你们一家三口抱在一起哭成了泪人！娘说小啊你回来吧。妹也说哥你回来吧。你拒绝了。你不是不想回，你是不能回啊。你若回，你就实在是太对不起养父母了，十几年来，他们为你付出得太多了，没有养父母哪里有现在的你呢？不是忘了亲生父母亲，实在是养父母的恩情比海深。何况养父母的年纪一天天大了，他们身边需要你的照顾。你跟娘和妹妹说了你不愿意回来的原因。娘和妹妹都没有反对，她们理解了你。娘说小啊，咱家的人不能忘恩负义。妹妹说哥你就放心吧，家里有我呢！你欣慰地笑笑拍拍妹妹的肩。一切尽在不言中！

什么时候又动了心思要改回原来的姓了呢？是那天隔壁四嫂无意识的一句话，四嫂说小啊，嫂子不怕你不爱听，你不回这将来你妹妹一出门子你们家可就绝户了！绝户！农村人骂架时诅咒这家没有后代时的常用词。这个词像是一根针狠狠地刺进了你的心里，疼得你鲜血淋漓，怎么没想到呢，你怎么又能想得到呢？有那么一天这个恶毒的字眼会落到你的头上。你忽然心里如压了千斤重担。你有了心事，一想起来就免不了一番长吁短叹，竟不知如何是好。可日子得照样过。

日子如流水还真是快，一晃你的儿女都长大了，都娶媳妇了，都生儿育女了。你的养父母都已过世了，你也老了。看着满堂的孙男娣女欢蹦乱跳你很知足了。可是有一件事你一直放不下。养父母临走的时候拉着你的手。小啊，苦了你了，你没中途跑回去，能孝顺我们养老送终我们知足了。等我们死了你愿意改回自己的姓就改回吧。逢年过节你想着点给我们上上坟就行。养父母说得很恳切，可是你的心却如刀割。你哪能不知道养父母的心事呢，你深深知道如果你改回去了那么养父母家就是绝户了。当初养父母领养你改姓进门还不就是怕自己当绝户？养父母说是那样说，可自己却不能那么做。如果自己真的那么做了，那就太对不起他们了。你思来想去好长时间，有了主意。你把儿子儿媳叫到了跟前，跟他们说了自己的想法。儿子儿媳都很通情达理，他们愿意认祖归宗改回自己原来的姓。认祖归宗那天，妹妹激动得热泪盈眶。她说哥九泉之下咱爹妈安心了。

你呢，你当然没有改回去，你跟你的儿子交代了，等你死了一定要把你埋在你的养父母身边，这样你还是他们的儿子，还照样给他们尽孝。

高　考

尹延哲

那是一个露水缀满街心花坛里天鹅绒草的清晨，朋友打电话报喜，孩子考上大学了，让星期天中午去他家吃饭。星期天我带着儿子如约而至。进屋落座，我向朋友再次表示了祝福。可惜朋友的儿子不在家，跟随他的妈妈去参加另一场贺喜宴了。

我把印有大红底镏金字“贺金榜题名”的红包递给朋友，他与我推让一番方才收下。朋友一边沏茶一边说：“家长和孩子都比较满意，比一模二模的成绩还高点儿。”他把茶杯端到我和儿子跟前儿，“这次高考省内排到第九千二百名了，好像不如侄儿考得好，那年侄儿的分得在第八千名左右吧？”

我稍微愣了一下，但只是一刹那，我忙说：“不，不，那年到了九千三百多名呢。”当时，朋友坐在我的左边，儿子坐在我的右边。我好像看到儿子张了张嘴想说什么，我朝他微微摆了摆右手。他从自己的上衣口袋里拿出手机，不再说话。

中午在朋友家吃完饭，下午返回，路上儿子说：“爸，叔那样对比不科学，因为我早兄弟三年高考。高考要分数和位次一起看才均衡，那年我考的位次是六千六百来名。”

“我那样回答好些吧。”我说。

路上，我们父子边走边聊，我给他讲了一个故事，那是20世纪80年代也是关于高考的故事。是我姐姐的高考故事。

一九八七年的高考发榜那天，几乎一夜未眠的姐姐一大早就起来连早饭也没吃，就去学校看榜了。许多年以后，每当姐姐回忆看到红艳艳的榜上自己的名字时，她说她总也忘不了那个似乎并不遥远的朝霞满天的清晨，现在回想起来依然是心潮澎湃。姐姐还说在那一刻她才真正理解了范进中举的心情。

姐姐带来的好消息让一家人都陷入了高兴的旋涡而无法突围。不大的小院洋溢着欢乐的气氛，家属院后面几排的几位邻居也来到小院道贺。五六只喜鹊飞落到梧桐树上叽叽喳喳唱起了歌。此时隔壁李叔家却很静寂。李叔的大女儿小云也是今年高考，但她和姐姐不同校。小云也看榜去了还没回来。

母亲问姐姐中午愿吃什么，姐姐说，扁豆炒辣椒就很好了。姐姐打小就不吃肉，最爱吃扁豆炒辣椒。用家属院后邻香莲妈妈的说法，姐姐这是“天斋”，大概的意思就是天生吃素的人。母亲说，就做一个菜怎对得起我这起早贪黑这么爱学习的闺女啊，再加做西红柿炒鸡蛋、红烧茄子、油炸面叶、油炸花生米，凉拌龙口粉丝五个菜。母亲去小院西南角的小菜园去摘扁豆了。扁豆的生命力可旺盛着呢，一串串的扁豆荚果和盛开的外形极像蝴蝶的紫色花朵，布满了绿叶与藤蔓之间。微风拂过，荚果和紫花跳跃奔跑在小菜园，仿佛逶迤而行的水波。

中午12点多，父亲下班了，他把自行车推到靠西墙的梧桐树下。父亲停稳车子，抬头看着梧桐树笑呵呵地说："看来这梧桐树没白栽，真引来了一只小凤凰。"姐姐说道："爸，一家人就别老夸了。""好好，不夸了，"父亲说道，"那就说引来一只秃头秃尾的小鸭好不好？"姐姐不再搭理父亲，径直走到母亲身边去了。

母亲正摘扁豆突然像想起了什么，她扭头对父亲说："孩他爸，要不咱在门前放一挂炮？给咱闺女庆贺一下。"

"嘘，小声点，"父亲显得有些神秘，"来，咱进屋说话。"

"刚才我进家属院时听说小云没考上，就差两分，孩子挺可惜的。咱要光顾自个儿放挂炮，你寻思寻思，老李会咋想，小云会咋想？"父亲说。

"唉，我没想那么多，"母亲说，"你说得有理儿，都邻里邻居的。再说，咱大闺女跟小云打小在一起，别伤了孩子的心，是吧？"

姐姐当年的高考故事讲完了。

我看到儿子的眼圈微红，眼睛里有一丝光芒在闪闪发亮。我拍拍他的肩膀，觉得比起刚上大学时厚实了一些。

乡村米事

张志明

七月七晚上，村西边刘成家的一双儿女搬了板凳刚坐到葡萄架下想偷听牛郎织女说话，一个汉子风尘仆仆进了门。

刘成和媳妇水梅正倚着门框笑看一双虔诚认真的小儿女，瞧见进来的汉子，一起直了身。

"刘成叔家是这儿吧？"那汉子直奔了刘成两口。

刘成往前跨了一步："你是哪哩？"

"叔，我是圪针庄张旺他儿呀！"汉子往前一扑，要跪要倒的样子。

"你认错人了。"刘成忽然就冷了脸，淡淡道。而他身后的水梅却在夜色里一下子热了脸。

那汉子回头看看街门外，又回头瞧瞧刘成家的院子房子和刘成两口，疑惑着：“我在街门口打听了，都说是这儿呀？”

“你走错门了。”刘成继续冷着。

那汉子愣在那里，挓挲着手，不知道该走该留。

水梅这时往前迈了两步，问：“你有啥事？”

汉子好像一下获了救，急急又惶惶地说道：“俺爹不行了，就这两天哩事！今个晌午他清醒了一会儿，忽然说想吃一顿恁胡家桥的大米饭。他说那几年在恁家吃过几顿，一辈子都没吃过恁好吃的大米饭。”

水梅不由自主往前迈了半步，忙又回头去看男人，见男人没吭声，就拽了汉子的衣袖往屋里拉：“进来吧，进来吧！”

汉子被水梅拉着，也回头去看刘成。刘成一低头沉吟下，转身向屋里走，也招呼那汉子：“来吧，来吧。”

进了屋，才看清，那山里汉子三十上下，蓝衣蓝帽绿裤胶鞋，裤腿和鞋上满是黄泥和灰土。

山里汉子继续说：“俺爹晌午一说，我马上就下山了，紧赶慢赶往恁家跑，他就剩这一顿了，我说啥也得叫他吃上！”汉子喉咙里最后紧得说不出话了。

刘成给媳妇水梅挥挥手：“打开火做饭吧！”

山里汉子一下抓住刘成的手往下按：“叔，我不吃我不吃！”

水梅往煤火前走，汉子又走过去拦在水梅身前：“婶，我真不能吃，就想求叔婶哪怕借给恁侄儿一生半生大米就行，我得赶紧走！”

刘成又给水梅摆手，同时拉住那山里汉子按到椅上，说：“你坐会儿，坐会儿。”

水梅麻利地打煤火温锅添水，然后去了西里间。刘成又按了按山里汉子的肩，跟着进了西里间。

地里的稻才养花，瓦罐里就剩下一瓢大米了。

“给他半瓢？”水梅怯怯地望望男人，低声道。

刘成白她一眼，小声着厉害：“就剩这一点儿了，还给他半瓢？”

水梅将罐子里只剩了一瓢的大米全揿进了山里汉子拿来的小布袋里。

刘成两口拿了米出来，山里汉子一下站起来，奔过去就要跪。水梅和男人一起伸手拦住。

“叔，婶，我真不敢吃饭，我得赶紧回，我怕赶不上了。”山里汉子说着就要哽咽。

只好让他走。

刘成送他出门，沿着村西稻田边的小路往北走。左边稻地右边水渠里，蛙声此起彼伏，萤火虫漫天飞舞。

刘成幽幽地说：“回家跟恁爹说，以前的事叫他甭放在心上，都怨我，错怪他了……”

“叔，啥事？”山里汉子停住，不解。

“甭问了，赶紧回去，照我哩说。”

山里汉子突然反身扑通跪下：“叔，恁侄儿没成色，这会儿没啥给恁，冬天我背一包红薯再来。”

刘成把山里汉子拽起来：“甭说了，几十里地哩，赶紧走吧！”暗淡的夜光里，俩人眼里都有了亮闪闪的光。

无边的蛙鸣里，刘成目送山里汉子上了马路，融进了萤火虫繁如星辰的夜色中。

山里汉子的父亲张旺，会捆炊帚笤帚，以前农闲时，他就挑两担炊帚笤帚下山来走村串乡地卖。有一年晚上转到胡家桥，刘成水梅就留他住了一夜。从那开始，张旺每年都会来胡家桥卖炊帚笤帚，每一回都住在刘成家。刘成收拾了灶屋，铺几捆稻草，让张旺住一夜。走的时候，张旺就留下几把炊帚笤帚。

最后那一回，张旺走进刘家时，水梅都刷了锅，点了灯了。刘成没在家，他挑了两斗大米走平原翻山岭去山西换粮食了。

这一带农村早晚都习惯喝玉米粥，胡家桥只种稻子小麦不种玉黍，大米又吃不起。于是，每年大米下来后，胡家桥的男人们就会挑些大米远赴山西换回玉黍。

那天一听刘成没在家，张旺本扭头想走，说再找别人家。水梅拽住他的扁担往里拉：“他不在家，就不叫你住了？”执意留了下来，赶快温锅做饭，依旧收拾了灶屋，张旺又住了一夜。

第二天中午，水梅做了大米饭，张旺吃了饭拿出来几把炊帚笤帚，挑了几捆稻草就要走。谁知他刚出门，刘成挑着担子正好走到门口。

刘成脸上一改往年的热情，有点冷。他刚在街上听别人说卖笤帚的昨天又住他家了。

张旺看刘成脸上不对，心里就猜出了七七八八，也没再敢多说话，俩人尴尬应付了两句，张旺就匆匆离去。

从此，张旺再没来过胡家桥。

刘成两口为这事别扭了几年，也就慢慢忘了。

从宋朝开始，胡家桥的大米便是历朝历代皇室钦点的贡米。年年秋罢，村东卫河上就停满了官船，一船船胡家桥大米先卫河再运河被送往京城。那时的米贩子粮掌柜面对买米顾客的问询都会信誓旦旦地打包票——胡家桥的米！

那个夏夜，万万千千争先恐后整夜不息的蛙鸣飘浮在胡家桥的夜空，水梅和刘成说了大半夜话。开始俩人两头躺，后来俩人一头躺。开始水梅给刘成扇扇，后来刘成给水梅扇扇。

这年冬天，山里汉子担着两包红薯又来了胡家桥，还捎带了几把炊帚笤帚。他跟刘成两口说："我把叔的话学给了俺爹，俺爹眼里流出了一滴泪，睁了眼，真吃了几口大米饭，还说真香……几分钟后就走了。"

表　　哥

黄兴波

大姨和我们住一个村。我们那里山高地薄、偏远闭塞，那时候除了没吃没烧的，更让人头疼的是吃水要到五六里地的外村去挑。大姨家有两个儿子，大的三十好几，小的也二十多岁，

两个标枪一样高的儿子早到了要媳妇的年龄，大姨和姨夫俩焦急得夜不安眠。

后来小表哥经人撮合入赘到了外地，大表哥收留了一个神志不清、吃饭靠人盛的傻女子成了个家。

女子虽傻，却只有二十几岁，大表哥不嫌弃，很疼爱。平时做啥好吃的，总是先盛给傻女人吃，日常起居也照顾得很好，村里人都说这傻女人有"福"，到大表哥这儿好像变得"能"些了。谁知不几年，这女人因患有先天性顽疾，没给大表哥留下一男半女去世了。以后大表哥再也没娶到个女人。

我父亲去世得早，哥哥在外地上班，我们家的杂活几乎全是表哥来做。挑粪、挑水、割麦、种地随喊随到，很多时候，水缸里的水还没吃完表哥就一大早乘空闲去挑远水。寒冷的冬天，水倒进了缸里，母亲忘不了给大表哥兑碗自家做的黄酒喝，大表哥接过酒碗也不放下水担"咕咚、咕咚"几气喝完，抹下嘴巴就回去干别的活了。

有一次，大表哥有事出门了两天，第二天晚上回来后，听说我家水缸里没水，没顾上歇一会儿，就先从自家水缸里舀了两半桶水挑到我家，母亲和我们已经吃完晚饭睡下了，望着汗流浃背的表哥，母亲心疼地说：这孩子，咋这连心啊！

我和妻子结婚时，由于家底薄，借了些外债，两人在地里勤扒苦做了几年才把外账还清。为了闯出条生活出路，我们东凑西借在村里开了个小卖部。

那时，农村生活条件较差，村里人到小卖部买东西大多是前半年欠账，后半

年收秋卖了钱才来还账，有的当年还还不上，都是乡里乡亲的，也不好说啥。我和妻子暗地里苦不堪言，商店开了三年，手里竟拿不出两三千块进货的钱！

那年大表哥在一个建筑队打工，一个手指被工地上的机器从根绞断了，还险些丢了性命。工地老板赔了他四五千块钱，他把这些钱拿到银行存成了定期。他知道了我们的困境后，把没存多久的钱全部取出来交给我们，让我们先周转，说啥时宽裕啥时再给他。

有了这几千块钱，店里的生意慢慢盘活了，后来我们还小打小闹地做起了粮食购销生意，经商路上闯出了一片天地。

过了两年还表哥钱时，妻子说，哥哥这钱也是命换来的，咱们多给他点吧。谁知平时温和的表哥涨红了脸：自家弟兄，你们这是干啥？也不怕别人戳我脊梁骨！硬生生把多余的钱退了回来。

后来大姨和姨夫相继去世，大表哥一直单身居住。我和妻子到离家几千里地的南方城市闯荡，好几年没回老家。

一天中午，我突然接到母亲打来的电话，她声音低沉着说：你大表哥前几天走了！

什么！？表哥不是身体一直很好吗，咋死的，谁操心办的丧事？

你表哥的丧事在咱这儿算是排场了：儿子扛灵幡，女子抱灵牌，三套乐器班子热热闹闹送到了坟地。说到这儿，母亲的声音变大了不少。

大表哥打了一辈子光棍何来儿子、女子披麻戴孝为他送终？母亲的话让我听得一头雾水。

原来，邻省有一姓赵的养殖大户承包了千亩荒山，山上养牛，山下准备养鱼，因人手忙不过来，急需找一个年龄偏大能吃苦耐劳的人帮工。经亲戚介绍，大表哥就给人家一起去了。

那天大表哥在山腰里赶牛，忽然听到山下池塘边有孩子大哭大叫的声音。大表哥往不远的山下望去，只见一个上十岁的男孩落入了池塘里，身子正朝池塘中央滑去，塘边站着的小女孩竟哭着下了池塘去拉男孩。

别下水，快折回去！表哥大声喊叫着往池塘里狂奔。

这时男孩的头部已快没入水里，小女孩滑到了水深的地方。不识水性只会狗刨几下的大表哥纵身跳入水里浮到男孩身边，托起孩子往池边游，他奋力把小男孩推举到塘边，又急忙转身去救小女孩。大表哥用尽最后一点力气把小女孩推到了浅水处，自己却滑到了深水里。

三天后圆坟，养殖户赵老板让人抬来了一块墓碑，上面写着：儿赵寅男、女赵雅静叩立。

一只麻雀

井秋峰

看书久了，我会站到窗口望望远处。不过，望也望不多远，楼外还是楼。随着城市化进程加速，小城近几年发展很快，一幢幢高楼拔地而起，多个居民小区忽如一夜长出来。

早晨在窗口望远处时，我看到一只麻雀，它在距离我几米的柿子树枝上一边鸣叫一边看着我，仿佛要告诉我什么。

与早晨一样，中午在窗口望远处时，我看到一只麻雀，它在距离我几米的柿子树枝上一边鸣叫一边看着我，仿佛要告诉我什么。

与早晨和中午一样，傍晚在窗口望远处时，我看到一只麻雀，它在距离我几米的柿子树枝上一边鸣叫一边看着我，仿佛要告诉我什么。

夜里躺在床上，想着白天院子里在柿子树枝上叫个不停的麻雀，它的叫声很急切，仔细听还能听出伤感。它的两只脚轮换着抬起来，像是担心我听不明白它说什么急得两只脚交替比画给我看。

说实在的，麻雀们长得太像了。从儿时开始，我不知道看过多少麻雀，可一只我也记不住，除了幼麻雀比成年麻雀个头小点儿，一群麻雀在我前面飞起落下，我根本分不清它们谁是谁。

夜很深了，我一点儿睡意都没有。应该快十五了，大大的月亮明亮地挂在窗外，月光流淌进屋子里，流到了床上，凉凉的，凉夜如水。早晨、中午和傍晚柿子树枝上的麻雀是三只还是一只呢？我真的分不清，不好判断。我躺在月光里，想麻雀是三只还是一只，想着想着，头就大了。什么时候睡着了的，我记不得，早晨很晚才醒，醒了头还有点晕。

是麻雀在叫！我刚看了会儿书就听到叽叽喳喳的叫声，这叫声太熟悉了，还是那么快速，很着急的样子，仿佛怕我听不到似的。

我快步走向窗口，打开窗户，一只麻雀正对着窗子鸣叫呢。还是在柿子树的那个枝上，麻雀或许是叫声大致使它的身子微微有些抖动，小尾巴时而上翘时而下垂。我探出身子，与麻雀相互对视着，我看着它，它看着我。它看了我一会儿后，又叽叽喳喳叫起来，似乎有一肚子话要说。

听着麻雀的叫声，我看到一个少年向着远处走着，大地白茫茫一片，雪在夜里覆盖了一切。少年可能是在雪地里走得急，头上直冒热气，少年经过之处，厚厚的积雪上，留下一串脚印，如同一条线，一端在少年手里，一端是村庄。少年来到一处打麦场，在雪下，他找到一把稻草，用稻草做扫帚，少年在雪地上扫起雪来。先是扫出锅盖大的一块儿，很快，被少年打扫的没雪的地儿有床那么大了。少年还在扫着，他扫过的雪已经堆得如同隆起的小山包。看看扫出来的地方有一个小院子那般大了，少年停下手里“扫帚”，他直了直腰，他一下子没直起来，看来他已经使出了吃奶的力气。少年从他扫没雪的地方向外走，走了十多米后停下，转过身，少年盯着让他把雪扫没的那块地方。不一会儿，有几只麻雀飞过去，落在没雪的地上，之后小心地走来走去，没多久，麻雀们低下头在地上啄着什么，啄了一会儿，麻雀们齐声叫起来，那声音能传出老远。少年听到了，像是为了与那些麻雀的叫声呼应，少年对着那群麻雀使劲儿吹了一声口哨，然后跟那些麻雀挥挥手便离开了。

有一根烟的工夫了，枝头的麻雀还在叫着，没有停下来的意思。想倒些水给那只麻雀，可它一定会被吓飞，我只能是望着它。换了我，说这么长时间的话肯定口渴得很。我认真地听着这只麻雀在叫，希望能听出什么来。

远去的少年向我走来，越走越近，走着走着，少年变成青年；走着走着，青年变成中年；更近了，是的，中年走着走着与我合二为一了。我对着柿子树枝上的鸟吹了一声口哨，嗯，我的口哨有些难听，与少年时的口哨一样不成调调。可那只麻雀似乎听懂了，它停下鸣叫后望着我，小眼睛很温暖。

现在的乡村早已不是当年的样子，有的房子拆掉了，有的房子新建起来，土街变成水泥路。打麦场多年前就没有了，不是那地不存在，是那地长出了许多房子，不可能做打麦场了。少年回不到从前的村庄，回不到过去。

这只麻雀三番五次来到院子里，飞到柿子树枝上，叫个没完。让我想起打麦场上的那群麻雀，它们今天还在吗？如果在，都去哪儿了？

搬进小城的我很少回乡下老家，我已不在老家生活有二十多年了。莫非眼前这只麻雀就是打麦场上的那群麻雀之一？如果是它，我和它分散也二十多年了。

瓦尔特飞走了

梦　瑶

俺看到俺姐笑的次数最多的是 1979 年的那个春天。那一年，俺姐和俺们村儿的王喜顺订了婚。

订婚的那天，俺看到俺姐从早到晚都在笑，俺从俺姐那笑成一朵花的脸上完全看得出，俺姐是真心喜欢王喜顺的。俺还看到王喜顺也在笑，他笑着把俺高高地举过头顶兴奋地对俺说，以后俺就是你的亲姐夫了！叫俺姐夫呀，快叫呀！

俺就低低地叫了声，姐夫。

王喜顺说，不行，叫的声音太低了，你要大声地叫！

俺就大声地叫着，姐夫！姐夫！

如果没有瓦尔特的出现，王喜顺可能就是俺永远的姐夫了，说不定俺姐会一直这么幸福地笑下去的，可是瓦尔特却打破了俺姐的幸福。

瓦尔特是一部电影，原名叫《瓦尔特保卫萨拉热窝》，是当时国内最火爆的一部外国电影。全村就只有俺姐和王喜顺看过这部电影，他俩是在订婚的第三天下城里电影院看的。

俺姐看完电影回来就对王喜顺说，什么时候能让咱全村人都看上这么好看的电影呢？

王喜顺听了直笑俺姐白日做梦，说咱村山高路陡的，都好几年没有演过电影了，谁会来这鬼地方放电影呢。

俺姐说，山里人寻点乐和不容易，可咱没乐和也得想法乐和，要不然在这大山里那不憋闷死了，还咋个种地、生娃、养好家、活好人哩！

为了让全村人都享受到瓦尔特这部电影，俺姐就在村里组织了几个人自拍自导起了瓦尔特。王喜顺扮演瓦尔特，其他人有扮演士兵的，也有扮演鬼子的。俺家院子里每天敲锣打鼓地在排戏，当然锣和鼓是没有的，就只好用破盆烂桶充当锣和鼓了。全村人有的热闹可看了，俺家院子里每天堆满了来看热闹的村民们。

有一天，听村里人说电影瓦尔特要在乔家村放演。俺姐就说，凭什么瓦尔特能在乔家村放演，就不能到俺村儿来放演？不行，俺要亲自去请放映员到咱村里给全村人放演瓦尔特。

乔家村离俺村子少说也有六十多里地的山路，俺姐步行七个多小时，终于在天快擦黑的时候赶到了乔家村。放映员是个年轻未婚的小青年，长得白白净净的。俺姐对放映员说，你能到俺村儿来放演瓦尔特不？放映员看俺姐长得俊俏，动了心思，就对俺姐戏谑道，只要你敢亲我一下，我就上你们村放演瓦尔特。

俺姐骂了一句，脸红了。旁边有个中年女人笑着对俺姐说道，这有个啥？亲一口你又不少个啥。他是不让俺亲，不然俺就亲他一口。让他也到俺们村放电影。

俺姐一跺脚，猛地转身亲了放映员一口，然后对放映员说道，你说话可得算话？

放映员觉得俺姐怪有意思的，连忙点着头说，没问题，你等着，我去，肯定去。

不知是哪股风把这事儿刮到了王喜顺的耳朵里，王喜顺气愤地说，俺王喜顺未过门儿的女人怎地去亲别的男人啦！任凭俺姐怎么解释都不好使。王喜顺说要退婚。俺姐一咬牙，退就退，离开你王喜顺俺就不信地球它不转了！

俺姐和王喜顺的婚事就这么轻易地黄了。俺姐说她不伤心那绝对是假的。有好几次，俺都看见俺姐在背地里吧嗒吧嗒掉眼泪。俺知道，俺姐的心里根本放不下王喜顺。

放映员小青年果然没有食言。十天以后，他真的来俺村儿放演瓦尔特了。俺们全村人像捡了金元宝似的，个个高兴得合不拢嘴。天还没有黑，大人小孩儿都提溜着小凳子到打谷场空地找好位置等候看电影。最开心的要数我们这帮愣头青小子了。俺和小伙伴们在打谷场撒欢地奔跑，嘴里高叫着，冲叫！快冲啊！瓦尔特打洋鬼子了！跑在前面的几个小孩儿突然倒在地上装作被打死的样子。村里人看着俺们咯咯地笑，俺姐也笑，这是俺姐和王喜顺分手以后第一次笑。俺就问俺姐，瓦尔特他现在在哪里呀？俺姐指着放映机说，瓦尔特就装在这个匣子里呀！俺吃惊得张大了嘴，俺们几个孩子对着那匣子看了又看，越看越好奇，匣子那么小，瓦尔特装在那么小的匣子里不憋死才怪呢！

电影终于开演了。

电影片头过后，银幕上出现了街道的画面，大家惊异地张着嘴看着。就听到有人在小声议论，瞧人家那生活，电灯电话楼上楼下的，俺能看上一回电影，这辈子也算没白活啦！

俺问俺姐，哪个是瓦尔特？

俺姐伸手指了指：戴塔塔帽那个，穿军装的是德国鬼子！

“空气在颤抖，仿佛天空在燃烧！”这句台词出现了，有人大声地问放映员，这句话是甚意思啦？

放映员解释说，这是接头暗号，就是空气都吓得打哆嗦了！

俺姐和坐在前排的几个人都齐声喊了起来，真的，真的银幕打哆嗦了！

俺也清楚地看到银幕在颤抖。

颤抖的银幕被风刮得飘摇不定，忽起忽落。风越刮越大，银幕眼看就要被风刮走，俺姐着急地去拽银幕，还没来得及拽住银幕，银幕突然挣脱绳子向天空飞了去。

大家都着急地叫了起来，瓦尔特飞走了！瓦尔特飞走了！

俺和几个小伙伴就拼命地去追赶那渐渐远去的银幕。

俺沿着土坡，爬上了打谷场的山梁。这时，俺姐和村里的许多人都追了过来。俺看见银幕在黑漆漆的大山中闪烁着，飘动着，仿佛一场宁静庄严的梦。

银幕最终被高高地挂在一棵大树上了，这时候，人们看见，银幕上恍惚出现了两个字：剧终。

众人目睹着一切，都愣在了那里。俺听到了俺姐的声音在山谷中回荡：哎——

布 惊 草

陈小文

年年回乡，今又回乡，故土新机暖盎盎。

太太说，这次回乡感觉不一样。

我问她，此话怎讲？

她说，田地绿了，六畜兴旺。

是呀，听她这么一讲，我不断转移自己的目光。

村头那一口古井已经封住，不会再现自己年少时天蒙蒙睡眼蒙蒙汲水的情境，但自来水管已经铺设整个村庄，村道两旁人家不时飘出了陌生的笑声和熟悉的饭香。

堂前那两眼池塘没有孩童在嬉戏，但它们作为客家民居“风水塘”的价值意义与客家人民的“亲水情结”永久不会消亡。

池塘边的瓜棚果林挂满留守老人儿童的希望，还能装满我们回乡游子的车尾箱，让更多走出去的山村儿女得以分享醇厚的乡土人情，无论身在何方都不忘对故土的眷顾和念想。

一片片绿油油的稻田，在风和日丽之中泛起一阵阵稻浪。

伯公树下好乘凉，石板凳上宜下棋。水泥村道能行车，竹林深处添新房。

…………

突然间，太太兴奋地喊道：“哇，好靓啊！快给我拍个照！”只见一丛丛叶子翠绿、花色蓝白、还能结籽的灌木林，遍布屋后小山冈。

这灌木，如同艾草之于客家人，是上苍赐予我们的另一宝——布惊草。

关于布惊草，有一段凄美的民间传说。唐朝末年，藩镇纷争，中原战乱。客家先民，纷纷南迁，颠沛流离，居无定所，瘟疟盛行，缺医少药，哀哀待毙。当此之际，天降神鸟，身披五彩，眩然如日，鸣声若“不惊，不惊”，似有慰藉众生之意。神鸟爪踏之处，皆化为葱荣木林，其叶鲜嫩，奇香扑鼻。客家先民采而生嚼，或水煎热饮，不久瘟疟自除，终得安然南迁。“不”“布”同音，俗称“布惊”，学名“牡荆”，根茎叶花果，皆可入药，全身是宝。客家后人，他乡亦故乡，“布

（不）惊”怀里藏。

…………

屋后原有一块荒地，野草丛生，而今却被围蔽，搭起了一个方正简易的棚户。户主不是别人，正是我的一个堂弟。

“你搭这个棚作什么用？”

“在养鸡。”

“养了几百只？”

“几百只？那只能喝水！现在有一万多只，场地限制，不然的话，最好能养三万只。我知道附近几个专业户，都养了十万八万只的。”

“那么多人养鸡，能卖得出去？卖到哪里？”

“没有那么多来卖。销路近的主要有兴梅、揭阳和潮汕，远的到了惠州淡水。”

“现在受疫情影响，饭馆生意不好做，养鸡销路还行？”

“我这里先从鸡苗养至1斤左右，再成批推销给其他养鸡场的，不是直接养大卖给饭馆。这样的话，时间太长、成本太高、变数太大，我们划不来也养不起。行情嘛，去年底到今年初很困难，下半年以来开始好转。这个也是有季节性的，无非就是夏秋之间几个月能做，冬天做不了的，要转向搞其他。”

“一年到头，不，就这几个月，正常能赚多少？”

“一万只的话，也就三万块吧。”

谈到这里，我真心欣慰。堂弟还说，现在农村，只要肯干，发大财不好说，过日子肯定没问题。

听着堂弟不经意的自言自语，望着他刚装修入住的三层新居，以及门前晒谷坪上的布惊，回想他早年在家或者外出务工的乖张，我内心陡然生发太太前面所说直观感觉的一样与不一样。

青青奶奶的日子

赵世英

下午天气比较凉爽，小区操场上的小孩儿在欢闹，老太太们也热火朝天地聊着天。

长裙飘飘的青青奶奶推着童车，带着孙女也来了。她听见妞妞奶奶在发牢骚：“儿媳昨晚嫌我吃饭慢，耽误她收拾厨房，影响她早点睡觉了！”

哟，老太太又受委屈了。青青奶奶马上抱出孙女，放到地上，朝她亮开了嗓门："你发牢骚管什么用！直接对儿媳说嘛，七十岁的人吃饭，能跟年轻人比吗？又带孩子又做饭，都不错了。"

妞妞奶奶歪着干瘪的嘴说："我可不敢捅马蜂窝！儿媳当家，儿子不言语，我也别找碴闹腻歪。"

青青奶奶扬了一下下巴说她："那你还说什么，自个愿意生这憋屈气！我就不像你，跟婆婆不藏着掖着，跟儿媳也说好了，我们有什么说什么，才不会闹别扭。"

青青奶奶爱说爱道，是小区女人里明星级人物。只要碰到大人带着小孩玩，她的鹅蛋脸瞬间开出花来，笑盈盈地走上前问大人，这是男孩还是女孩呀，然后隆重推出刚两周岁的青青："这是我孙女！"随后，开心地直奔自己的唠嗑主题："我家现在没什么事了。儿子自己考上了公务员，儿媳是小学老师，脾气特别好！"

人们大都知道了青青奶奶家的大致情况：老头大她七岁，退休后又在一家装修公司干起财务总监，儿子儿媳都是正式职工，女儿学医还没毕业。经济条件不错，请了保姆做家务。在一堆带孩儿的老太太里，青青奶奶是最轻松的。

有不了解青青奶奶的，看着她模样像四十多岁，以为青青是头胎。青青奶奶美滋滋地两眼放光："我都五十四岁啦！这是老二，老大是孙子。"其他带孩儿的老太太七嘴八舌地羡慕她："你家多好啊，孙子孙女都全了，孙女也好带点了。"

"有保姆就是好，不用像我整天跟个陀螺一样转，好命哪！"

"你的儿子儿媳都有工作，多好哇！他们以后的生活，你们也省心了。"

青青奶奶听得心花怒放，看着孙女咧着嘴，浑身散发出一个字：美！

青青奶奶边说边从包里拿出几款小车，给刚会走路的小孩玩；又拿出小足球，给大点孩子玩。她气得朝妞妞奶奶鼓着眼珠子："如果养个儿子不保护老妈，娶媳妇就是气老妈来了！"又转向其他老太太大发感叹，"有好儿子真不如有个好儿媳。我儿子够懂事吧？有些事也想不到，都是儿媳提醒他。有一次儿子下班回家，见我躺床上没吱声。儿媳回来倒问我哪儿不舒服，还要带我去看病。"

妞妞奶奶灰头土脸地想，一对儿子说不舒服，他就说，没事，歇歇就好了。她看着捡树叶的妞妞嘟囔道："我儿媳心粗，不会呵嘘，再说她也忙得不着家。"

石头姥姥转身叮嘱骑平衡车嗖嗖的外孙，让他慢点，别碰着青青、妞妞几个小孩，回头夸青青奶奶："谁像你有福哟！春节疫情的时候，你儿媳发朋友圈，闺女让我看，都是她在厨房做各种饭菜。有这样懂事的儿媳，你偷着乐吧！"

青青奶奶被夸得嘴角上扬："还真的，春节疫情那会儿，儿媳不但做饭，还和我一起收拾屋子，真顶劲！"

妞妞尿裤子了，奶奶无奈地叹气："这可好，她妈妈又该说我了，不如姥姥会带孩子。"她罗锅着腰，圈着腿，牵着孙女，回家换裤子去了。

带孩儿的老太太们又一通议论妞妞奶奶时，青青奶奶的包里响起"来电话了！来电话了！"的声音。她掏出手机，食指一滑："咹？哦，我才刚出来。好，好，这就回去等你。"她关上电话说："我得先走了。老头来电话，我婆婆想孩子们了，叫都回去聚一聚。"她蹲下，双手伸向孙女，柔柔地说："青青咱走吧，跟奶奶们拜拜！"

青青正撅着小屁股，推着其他孩子的掘土机："要玩要玩！"不愿走。

石头姥姥说："接婆婆一起住，四世同堂，互相照应多好。"

"我提过好几回了，可她不愿意，怕给大家添乱。"青青奶奶抱起乱踢腾的孙女，笑眯眯地亲了一下小脸蛋："咱们看老太去喽！"又喜笑颜开地对老太太们说："我婆婆说，她们社区是市里试点，正在建老人服务中心，对行动不便的老人还上门服务。她现在可知足了，说以后不用我们老担心她啦！"她把孙女放到小车里，又长裙飘飘地走了。

望着青青奶奶回家的背影，石头姥姥对其他老太太感慨地说："真是一人一个命！看看人家，头婚老公因为糖尿病过世，没留下孩子。再婚生个乖女儿，养着现在老头的儿子跟亲生的一样，婆婆还挺待见直来直去的她，瞧这日子过得多舒坦！"

鸭 司 令

李华雨

鸭司令老马，流水镇无人不知。

每个圩日晌午，圩场散尽，老马挑起四个大簸箕，走街串巷进了东东家。叫声秀妮，没等回音，就卸下担子，把簸箕一字摆在天井里。每个簸箕里都是毛茸茸的小鸭，嘎嘎叫唤。天井里一船形脚盆，老马倒上一桶水，啰啰地把小鸭赶进盆，小鸭像鱼儿回到水里，叫得更欢。

老马找个独脚凳坐下，喊着东东过来，亲亲公公。

东东三岁还不擅说话，只会说小鸭鸭小鸭鸭。每个圩日都盼外公来，外公除了小鸭，还有许多好吃的。老马一进屋，东东就影子一样跟着。见外公歇下，东东挤进外公腿间，仰起小脸触碰外公胡楂儿。老马抱起东东坐腿上，嘴上说东东真乖，从兜里掏出早备好的礼物：几颗硬糖，或一把花生，要不是桃子、李子等时鲜果子。

东东抓起往嘴里塞。老马说，东东慢点吃，都是你的。秀妮端出新煮的粉或面，上面卧俩荷包蛋，笑盈盈说爹你快吃，饿坏了吧。每次老马都让东东分享一个荷包蛋。

老马吃饭，东东追逐小鸭。卖剩的小鸭有一二百只，脚盆不过小水洼，天井也不过小池塘，大些的小鸭就扑棱翅膀爬上岸。

东东，把小鸭赶下去，老马说。东东就天井边拦截小鸭，下去，下去，边说边用小手推。上岸的小鸭又调皮又勇敢，穿过东东手脚空隙，沿着天井嘎嘎跑。

去年的时候，几个邻居小孩会过来帮忙赶小鸭。后来一小孩踩死了一只小鸭，老马当场落泪，把小孩凶哭了。小孩妈妈恼怒说，一只小鸭几毛钱，赔你就是，用得着这么凶？老马说，几毛钱是小事，这鸭子一条命，你赔得起吗？小孩妈妈火了，你个老财迷，鸭子长大也就几块钱，赔你。掏出 10 元钱扔给老马。老马看也不看说，钱你捡回去，以后不要再来看我小鸭。

现在，就只剩东东赶小鸭了。回来，回来，三岁的东东走路左摇右摆，咚咚追赶小鸭。小心，别踩了小鸭，老马忙喊。

回去，回去，东东捉到乱跑的小鸭，又咚咚跑过去放回天井。

这天东东摔了一跤。老马忙丢下饭碗，扶起东东，没摔疼吧东东？刚还哭鼻子的东东止了哭，小鸭鸭，他指着乱跑的小鸭，挣脱外公怀抱。

嘎嘎嘎，东东摔跤的地方一只小鸭扑棱着翅膀。

哎呀，受伤了，可怜的小鸭。老马忙把受伤小鸭放在墙脚，将上岸的小鸭全赶回簸箕。

老马坐在独脚凳上，将受伤小鸭放膝上，细细端详。脚断了，可怜的小鸭。老马将小鸭的脚矫正，接好，敷上接骨药，用纱布包扎好。

东东一旁问，公公，小鸭会死吗？

老马抚摸小鸭说，不会死，可是变瘸脚小鸭了。又拍拍东东说，我们都要爱小鸭。东东用力点头。

初夏的圩日，晌午时风雨交加，老马到东东家已浑身湿透。秀妮忙给老爹烧热水洗澡。等老马收拾停当，东东爬到外公腿上，小手摩挲外公的胡茬儿。老马亲亲外孙说，今天下雨，忘了给东东买礼物。

东东瘪了嘴，臭公公，立刻挣脱外公。

东东过来，老马伸手说，公公下次给你补上。

不要，现在买，东东嘟着小嘴，小脚踢着爬上岸的小鸭，小鸭四散，嘎嘎叫唤。

不能踢，老马忙上前察看，一边说，雨停了公公去买。

现在买。东东捉起一只小鸭，用力扔出去。

嘎嘎嘎，小鸭扑棱着翅膀。

你不爱小鸭。老马在东东手背轻拍一下，东东号啕大哭，一屁股坐在地上。

宝贝怎么啦？秀妮冲出来抱起儿子。公公打我，东东伸手哭。

我没打——你看，小鸭摔死了，老马捧着小鸭。

爹，一只小鸭几毛钱，你舍得打你外孙？

几毛钱？这是一条命啊。

鸭子最后都是死，养鸭不就是杀了吃？

长大是一码事，这黄毛小鸭你忍心杀？你忍心吃？

他一小孩懂个啥？

我每个圩都教他爱小鸭。

为一只小鸭打外孙，你是老糊涂了。

小鸭的命就不是命？

秀妮沉下脸不再理老马。

东东不哭了，拉着收拾小鸭的外公喊，公公——

后来，东东每个圩日都收到外公的礼物，可再也不见外公的小鸭。

再后来，东东到外公家，见门口一池塘，游着一群鸭，大小不一，上岸的时候，全都东倒西歪像醉鸭。

跛豪的婚事

邓翠群

“跛豪结婚了！”这消息像长了翅膀一样，不胫而走，一下子传遍了石坑村的大小旮旯。年近六旬、村中最后一个老光棍跛豪终于成家了，村民为此而高兴，更为全村老光棍全部脱单而自豪。

石坑村地处偏僻的丘陵地带，村子不大，只有几十户人家，东头的人放个响屁，西头的人也能听得见。

村里土地贫瘠，通往外面的道路崎岖不平，交通不便，成为远近闻名的贫困村。本村的女子长大后都急着嫁出去，外地的女子不愿意嫁入来。附近村落流传这样的俗语：“穷山恶水路难行，有女不嫁石坑村。”小小的石坑村，就有十多个年过三十的光棍。

跛豪姓张，自幼丧父，母亲三婶含辛茹苦把他和姐姐拉扯成人。可祸不单行，他小时候爬树，不小心从树上掉下来，跌跛了左腿。姐姐出嫁后，他和体弱多病的母亲三婶相依为命。家徒四壁，日子过得巴紧，加上他腿有残疾，没有哪个女人愿意嫁给他。

近几年，随着乡村振兴活动的开展，石坑村通往外面的崎岖小道路扩展成宽阔的水泥路，村中巷道也铺了水泥，村前广场种上了花草树木，篮球场附近安装了健身器材，村居环境大大改善。最让村民开心的是：石坑村附近的湿地开发为旅游景区，石坑村的部分土地被征收，村里年年有分红。富裕起来的村民，家家户户盖起了楼房。

石坑村从丑小鸭变身为金凤凰，自然吸引了姑娘们的目光，村里小伙子成了香饽饽，不愁娶不到媳妇，几个老光棍也陆续结了婚，就剩下跛豪了。

这两三年，跛豪和母亲分红得到了几十万元。除了用于建造楼房，还有盈余，见其他老光棍都找到对象，三婶便给他张罗婚事。

经媒人介绍，跛豪与一名外地女子阿花结婚。阿花四十出头，中等身材，模样周正，但面有愁容。跛豪与母亲都十分满意。三婶希望过门的媳妇给她生个孙子，让张家后继有人。

初秋，阿花嫁进张家。她勤劳、本分，除了耕种几亩薄田，还养鸡、种菜，省吃勤俭用，颇得跛豪母子喜欢。娶了媳妇，跛豪仿佛年轻了十岁。三婶的身体仿佛也硬朗了起来。

很快就到分红的日子，一家三口各人分得二十万元，跛豪更是喜上眉梢。他和阿花商量，腾出一个杂物房，开个小商店。

一切都十分正常。突然某天，阿花留下“我回娘家一趟”的字条，不辞而别，像人间蒸发一样。

他问媒人。媒人说也不知道她娘家地址。只知道她的前夫已经去世，有一个残疾儿子寄养在前夫家。她派人去那里探听，回复说是阿花把残疾儿子带走了，不知所踪。

跛豪不敢相信阿花会离家出走。他经常喃喃自语：阿花会回来的。

村民知道阿花离家出走，都摇头叹息说：那个女人一定是冲着分红而来的。跛豪遇上了婚骗子，落得人财两空，可惜啊。

跛豪天天到村口守候，天天失望而归。三婶看到儿子的现状，既心酸又心痛：早知如此，还不如娶别的女人。

转眼三个月过去，仍不见阿花回来，跛豪和三婶都绝望了。

岁末，一个艳阳高照的下午，阿花突然出现在石坑村。

三婶擦了擦昏花的老眼，发现站在门口的果然是阿花，但她比之前黑了，瘦了。

跛豪看到媳妇回来，两眼放光，喜极而泣：阿花，你去哪里了？

阿花说："对不起，说来话长。等我进屋慢慢告诉你吧。"

原来阿花与前夫结婚后，双双外出打工，不久生下了儿子，交给乡下的家公、家婆照看。一次儿子发高烧，因得不到及时治疗，落下了小儿麻痹症。他们夫妻带儿子去看病，医生说做手术有望能改善状况。于是带儿子做了一次手术，儿子勉强能走路了，但是一拐一拐的。医生说可以做第二次手术。他们继续打工赚钱，正当他们准备给儿子做第二次手术时，前夫病倒了。她只能先给丈夫治病。六七年时间，她花光了所有积蓄，向亲朋好友借了十几万元，还是没能留住丈夫的性命。前夫弥留之际，嘱咐她带儿子去治病，她含泪答应了。

这些年，她一直在外面打工，赚钱还债，儿子的病便耽搁下来。

后来，听她一个嫁到邻村的姐妹说，石坑村有分红，跛豪未成家，便托媒人介绍，与跛豪成了亲。这次离家出走，是拿钱回去给儿子治病。儿子第二次手术做得很成功，现在正处在康复期。

听完阿花的述说，跛豪埋怨说："这些情况你怎么不告诉我？"

阿花说："怕你不同意。儿子的病不能再拖，我唯有出此下策。治好儿子的病，了却我的心愿，也是孩子他爸的遗愿，以后即使做牛做马，我也心甘情愿。"

跛豪说："我以为你不回来了。"

阿花羞涩地说："怎么会呢？你们母子为人厚道，心地善良，对我也这么好，让我有家的感觉，我怎可以抛弃你们？只是我先斩后奏，用了那么多钱，内心有愧。"

跛豪大度地说："我们结为夫妻就是一家人，一家人不说二家话，钱用了就用了。只要我们真心实意过日子，这比什么都强。"

"是的，是的。"阿花的脸上露出了久违的笑容。

山里人的爱情

刘日华

"一成，等下你送惠梅回石源。"吃过早饭，堂哥就吩咐张一成。

"不去。"张一成一听就不乐意。

"怎么不去？你会骑自行车啊！"

“我没自行车。”

“骑我的新车。”

张一成接过了堂哥递过来的车钥匙，心里老大不情愿。

事出有因。

昨天堂哥结婚，惠梅是堂嫂的妹妹，代表娘家送亲的。

昨天张一成对这个娘家代表特别看不顺眼。

接亲队伍还没到村口，惠梅就一把拉住了张一成的自行车，不让他推着新娘子往前走，而要新郎官——堂哥，把新娘子抱下车架子，一直抱进家。

张一成对惠梅说：“不是吧？还有两里路，我哥哪里抱得了那么远？”

“抱不了也得抱！这是我们娘家嫁女的规矩，考验新郎对新娘是不是真心！”

此时惠梅的话，就是圣旨！

堂哥只得照做，在飘飘扬扬的雪花中，走一程，气喘吁吁，停下来，把新娘子放回车架上坐着，歇一会儿，然后又抱起来走……

婚宴的时候，张一成和亲戚朋友变着法子给新娘敬酒，全被惠梅挡了：“我姐不会喝酒，我来替……”

晚上，张一成和亲戚朋友来闹洞房，整了几个节目，热闹气氛刚起来，又被惠梅一个个推出房门：“我姐累了，你们就别折腾了……”

接二连三扫了大家的兴，张一成很生惠梅的气！

不过，一码归一码，人，还是要送的。

带着情绪，张一成把自行车骑得飞快，有时还故意往沟里走，往石头上撞。

“哎，能不能慢一点，我怕……”

“啥，你也会怕？你不是很厉害的吗？”

前面长下坡，中间还有几个拐弯。张一成松开前后刹，任由自行车越来越像风一样……

等到了坡底，回头一看，坏了，后座上的惠梅不见了！张一成脑袋里“轰”地一响，支好车子，赶紧往回找——原来，惠梅半道上就被颠了下来，正跌坐在那里，捂着膝盖，龇牙咧嘴的。

“怎么样，要不要紧？”张一成拽住惠梅，要把她拉起来。

惠梅像火烫了一样，打掉张一成的手。

“不要碰我！”

“不碰就不碰，你自己能走吗？”

“不要你管！”

惠梅在前面一瘸一拐，张一成在后面跟……后来看她走得实在痛苦，张一成跑下去，把自行车推上来，也不管惠梅抗拒，硬是把她扶上车。

“抓紧我衣服，别又摔下来！”

离石源终于近了，路也更难走了——石源在山沟沟里，得爬上一段长长的陡坡，再翻过鹰嘴崖。

鹰嘴崖最险，路窄，旁边就是深渊。

麻烦的是，陡坡上覆盖积雪；更糟的是，惠梅跌伤的膝盖，让她举步维艰。

自行车也上不去了。

张一成蹲下身子，对惠梅说：“来，我背你！”

“不要！”

“别不好意思，反正现在就我们俩，谁知道？”

惠梅扭捏着。

“快点……”

惠梅只得依了。

就这样，张一成背着惠梅爬滑溜溜的陡坡，不出几米，“哧溜”一下，滑了下来。

张一成干脆把鞋子袜子脱掉，赤着脚，十个脚指头变成钢爪，用力抓住地面，一步一步前行……

一块脚指甲裂了，点点殷红在雪地上格外醒目。

终于翻过鹰嘴崖，到了平地，张一成放下惠梅，就势坐在路边石头上大口喘气……

惠梅解下脖子上的围巾，半跪着，将张一成冻得像红萝卜一样的双脚紧紧裹住……

张一成是我爹。

惠梅是我娘。

十年之后

沅　晴

春轻轻推开落地玻璃门。

浓郁的咖啡香伴着伤感的情歌扑面而来：“十年之后，你不属于我，我不属于你”。她打了个冷战，抬手收紧风衣领口。

咖啡屋里，客人寥寥无几。春下意识地朝右边靠窗的卡座望去，曾经熟悉的身影，就在那里。

一阵酸麻的刺痛隐隐传来。时间快速地旋转，回到了十年前的这天，她看到了年轻的她和他：也是在这个充满悲伤情歌的咖啡屋，在那个靠窗的卡座里，他对她说："现实很残酷，你是一个遥远的梦，而我需要现实的温暖，有一个女孩帮我还债。"犹如晴天霹雳，她被霹中了，颤抖，似一道长剑从头劈到脚，一股冷气顺着剑指涌流。又有一道冷剑，直指胸前，穿透心脏，一股透心凉，鲜血喷涌而出……全身发抖，浑身无力，两眼发黑，而他头也不回地走了……

撕心裂肺的往事，恍如昨日。她想冲上前去，狠狠地把这个薄情的男人暴揍一顿！但是，理智克制住她，她现在是管理上百人的女人，不再是那个容易失控的小姑娘！

春抬手将前额几绺乱发整理至耳际，镇定自若地走到男人面前。男人专心地捧着手机刷微信。见她来，连忙站起来，敞开的浅蓝衬衣衣角扫落了桌面的咖啡杯，咖啡从杯里流洒出来，桌面一片狼藉。她上前扶住杯子，掏出餐纸擦拭。

他打了个响指，一个服务生应声过来，麻利地将桌面清理干净。

春在男人的对面坐了下来。

男人尴尬地朝她笑了笑。

"你还是那么麻利！"磁性的沙喉依然动人。

就是这个躲了她十年的男人！显然，他已经变了样子。身材比以往消瘦，前额抬头纹和眼角的细纹将过去的青春遮住大半，但一双明亮的大眼睛依然闪着亮光。

四目相对，竟是无言。

一片沉默。

他从上衣口袋摸出一个纸盒，掏出一根香烟，又从裤袋里掏出打火机点上，深深地吸一口，然后呼出长长的烟雾。

"我在想，如果当年咱俩在一起，我是听你的话戒烟呢，还是你顺我的意让我抽烟。"他微笑着，说着无厘头的话。

"没有如果。"她冷冷地说。

……

又是一片沉默。

"对不起"。良久，他打破了沉默，声音有些哽咽。

"你是对不起我！"春咬咬下嘴唇。

"你还在恨我。"

"我不恨你，只恨选错了人。"

“我伤你太深，是我对不起你……都是我的错。”

他低着头，继续吸一口烟。

“你知道，男追女，隔座山。女追男，隔张纸。当年我们都太年轻。”他幽幽地说。

“不要老是找理由为自己辩解。”她对他多年还没长进感到有些失望。

“我不想找理由，因为要负责才娶她的。失去以后才知道什么是想要的。我跟她分居多年，最近在协议离婚。”

“我还是爱你的，我的心不曾离开过你。”他抬起头来，眼圈红了。

“我，我们回到从前，重新开始，我知道，你一直单身，你是爱我的，这个世界上，再也没有谁像你那样爱我了。”

猝不及防，心被击穿。穿透了厚厚的铠甲，所有的委屈、怨恨、渴盼、喜悦的泪水喷涌而出！

他挪挪身体，靠了上来。他的双手怯怯地靠近她的腰，渐渐合围。他将她的头安靠在自己的肩上，任凭她的泪水浸湿他的前襟。

“都是我不好，以后我会好好爱你的。”他轻轻抚拍她的后背。

温柔依旧，温情再来。春依稀看到那个青涩多情的少年，那些相偎看夕阳西沉的美好黄昏。往昔像一杯醇香的酒，喝下去，微醺，飘然。

“十年之后，你不认识我，我不认识你”，陈奕迅的歌声吹来一阵凉风。

春打了一个激灵。

她“嗖”地站了起来，挣脱了他的怀抱。

“不要这样，我们已经回不去了。我有事先走了。”

他被她的突然反转弄得不知所措。

“春，我还有好多话要对你说。”他站了起来，试图去抓她的手。

“不用说了。”

春缩手回风衣口袋。他伸出的手扑了个空，尴尬地停在空中，不知是收回还是继续举着。

她抬脚离开了座位。

“春，别走，有件事，只有你能帮我了。”他慌忙说。

“什么事？”春停住脚步。

“能不能，借我 10 万块钱，过桥 1 天，我的贷款明天到期……”

“对不起，我帮不了你。”春打断他的话，继续向门口走去。

“后天，我后天就还你。5 万也行呀……”他在后面叫起来。

春径直朝前走，没有回头。

驿路花雨

王小杏

“秀，又在等水生啊？”三婶背着一把柴草经过村口，眼见太阳又要下山了，玉秀还一个人呆呆地坐在村口那棵老榕树下，一点要回的意思都没有。

两年前，玉秀正是在这棵老榕树下，送别她的未婚夫水生，水生说，好男儿志在四方，他要去看看外面的世界，要学个一技之长再回来成家立业，玉秀的阿爸林叔一直身体不好，对准女婿的远行极力反对，但玉秀却出乎意料地支持水生。

水生这一去就是两年，玉秀也整整等了他两年，秀水村的山岗上，小溪边，果园里，那些桃花飘落的地方，几乎都可以看到玉秀孤单的身影，别看玉秀平时人前人后都笑脸迎人，背地里却也不知流了多少泪。

林叔早年承包了秀水村桃花谷的那一片桃林，桃花谷有点远，需蹚过村口的梅溪，穿过溪边那大片大片的稻田，顺着那条铺满青石板的山路往村子西边走，走上接近半个时辰，眼前便豁然开朗，放眼看去是一排排碗口粗的桃树，一片片古老的桃树林，只是桃树结出来的桃子并不讨人喜欢，个小，茸毛多，核大，一直卖不上好价钱，林叔曾经对玉秀说，这条石板路，是祖先走过的官道，这些桃林，也是祖先栽了一代代流传下来的，秀水村的人们，家家户户都种桃子，或种多，或种少。玉秀听了闷声不语，她想起了当年母亲离家而去，隐约是因为这片桃林，阿爸要种植桃子，阿妈要随一些外出的人去大城市打工，阿爸不允，阿嬷便在一个午后孤身离开了村庄，这一去，便再无音讯。

想起母亲，玉秀又悄悄擦了擦眼泪。很多次，她也怕水生像母亲那样一去不回。鸡鸭都回笼了，村庄的孩子们还在溪边嬉闹，榕树下暮色苍茫，萤火虫从四面八方拢过来，空气中弥漫着一股稻花淡淡的清香，东边升起了一轮上弦月，玉秀站起来准备转身往家走，再不回，阿爸又要训人了。

“秀！我回来了。”背后传来一个熟悉的声音，一个年轻的男人从一辆载客的嘉陵摩托上下来，手上还拎着个旧布包，玉秀惊愕地转过身来一看，居然是水生！他回来了！她颤动的嘴唇浮起一丝笑意，伸出手想拉拉水生的手，最后还是不好意思，“嗯”了一声，羞涩地接过水生手里的布包。

水生回来的第二天就带着礼物来看林叔了，林叔的身体还是老样子，一咳起来就大口大口喘气，重活更加是干不了了，于是商量让水生和玉秀尽快结婚，桃花谷的那片桃林才好交给水生管理。

七月，火辣辣的阳光炙烤着大地，知了继续使劲地吟唱。结婚才刚刚半个月，水生又背着他的旧布包出门了，出门前那几天还把桃花谷的桃林都砍了，只留下了一些枝干，光秃秃的，在晴天下特别刺眼，秀水村的女人们背地里都暗暗说玉秀真是个苦命的女人啊，早年阿妈离家而去，现在结婚才几天，男人不好好种桃子把树砍了是要做啥，这倒好，又离家而去了。

不过没过几天，水生又回来了，这次还奇怪地带回了几捆桃树的枝丫。连续几天，水生都领着玉秀往桃花谷去，他在桃树主干上切开一个小口，扒开树皮，将带回的桃树枝小心翼翼地插进去，再快速地用胶带缠紧，压实，然后再下一棵，玉秀只能给水生递递胶带打打下手，但这样的日子，她觉得心里暖暖的。

村庄的人们刚割完地里的谷子，台风天就来了。水生望望屋檐下连绵不断的雨水，笑了。

过了半个月，雨水渐渐停了。水生领着玉秀到桃花谷看那片桃林，新接上去的桃树枝已经成活了很多，长出一些叶子来了，嫩绿嫩绿的，玉秀吃惊地张大了嘴，阿爸种了大半生桃子可从来不懂这些。到九月十月，桃花谷的桃树林又一片绿意盎然了。

不久，玉秀感觉到了自己身体不对劲，她知道自己很快就要做妈妈了，但内心的喜悦中带着一些隐隐的担忧，桃花谷的桃树虽然又重新长起来了，但，明年还能按期开花结果吗？她沉默地看着忙前忙后的水生陷入了沉思。

转眼，来年的二月下旬到了，桃花谷的桃花盛装迎来了主人，林叔，水生，还有已经怀有五个多月身孕的玉秀。“阿爸你看，这些桃花的颜色……”林叔顺着玉秀的手指着的方向看去，成片成片深红色的桃花像一片片红霞染红了天空，

他吃惊地转身看着水生，水生笑着说：“阿爸，这是鹰嘴桃，这两年我在外面学的就是果树嫁接的技术，将来，全秀水村的人们都可以通过嫁接技术种植鹰嘴桃。”

七月，桃花谷的桃子被热浪染上了一面胭脂红，另一面则青中带白。村庄的人们都喜上眉梢，帮水生摘的摘，挑的挑，村里的晒谷场上放着一箩箩白里透红的桃子，林叔那原本爬满了皱纹的脸早笑成了一朵花。

圆　梦

刘凌峰

十一岁那年，你还是个瘦弱的小男生，正在瑶乡的中心小学读三年级。

春季开学时，班里来了一位叫张春燕的实习老师，听说是从遥远的省城，“绿城”师范学院的应届毕业生，来学校实习。她身材苗条，文静且带着青春的锐气。她穿着白色的裙子轻盈盈的，犹如仙女下凡。

阳春三月的日子里，学校组织一次郊游，到附近一处有山有水有油茶树的“仙人山”游玩。你和同学们玩捉迷藏、玩打仗玩得很开心，玩累了就躺在一棵油茶树下的草丛里小憩，该下山了，同学们都回去了，睡着了的你却不知道。张春燕着急得满山跑，四处找你，高声呼喊你的名字，听到张春燕的呼喊声，你醒了过来，却没有出声，和张老师捉起迷藏来。

天渐渐转黑，张老师急得直想哭，本来就是个实习老师，初次带队出来郊游就丢失了一名学生，叫她如何向班主任、向家长、向学校领导交代？在张老师将哭之际，你才从草丛中出来，还冲张老师做了个鬼脸。

一路上，张老师紧紧地拉住你的手，好像怕你溜掉似的，她细声和气和你说她童年的故事。童年时她也喜欢捉迷藏、喜欢在月光下追逐嬉戏，更喜欢和小伙伴们玩“老鹰捉小鸡”的游戏。你说：张老师真美，长大后，一定也考上师范，一定像她一样，做一名老师。

时光荏苒，多年过去了，你成了师范学院的一名学生，迈出了实现理想的重要一步。你到一所小学实习时，你好喜欢，好自豪。你说你的故乡瑶寨很偏僻，那里的孩子渴望读书，但进到瑶寨教书的老师一个个都走了，你说你该回去。瑶寨那青石砌成的弯弯的石板路，那袅袅炊烟一直萦绕在你的脑海里。你要像温柔的月光，抚慰孩子们渴求知识的心灵。毕业后你真的如愿回到瑶寨任教，当上瑶乡高灯村小学教师，圆了你少年的梦。

一年秋天，远在花城的鸿信飞来，阿姣说你在偏僻的瑶寨是英雄无用武之地，满怀鸿鹄之志的你，难道美好的青春就这样默默地消逝在山里吗？你回信说：都市的柏油路太硬，怕踩不出足迹，山里的土路挺好的。

早上，你领着孩子在山坡上晨读，伴着鸟儿清脆的歌声开始新的一天。晚上你带着上自修的寄宿学生。在月光泻下的草坪上笑谈理想或玩游戏，此时你不像一名教师，更像一名长不大的孩子。玩累了，孩子们把你围在中间，你兴致勃勃地给孩子们讲牛郎织女的故事，讲改革开放的信息，讲瑶寨里广为流传的“达努节”的传说。

经商的阿帮没有忘记同窗好友。在赚大钱的时候写来短笺：前几天，经理对我说，公司还要人，就来这里吧，包你没过多久，照样会发的。到时再给学校捐个十万八万，人们也不会忘记你对家乡的教育事业的贡献。

当晚你彻底失眠了，你想了许多许多。求学时，父母早出晚归，一分钱想掰成两半花，进深山挖药材，爬野岭砍木材，辛苦挣来的血汗钱，全供自己去上学。一年里都很难吃上一餐荤菜……念及往事，你掉下了眼泪。当年你天真地在张春燕老师面前许下了诺言，如今却……你犹豫了。第二天的课，你没有心思去上，校长请同事代换了你的课。可第三天、第四天，你依然没有去。那天，老校长的眼泪、孩子们的眼泪，也都挽留不住你，你说你心意已决，要趁年轻力壮闯一番事业。

拂晓，该启程了。当你拉开房门时，母亲已站在门外，母子俩静静相对，默默无言。最后母亲拍了拍你的肩膀：孩子，你有出息了阿妈很高兴，只是阿妈没有文化，用什么东西都弥补不起。此时，母亲的眼中充满泪花。你也不知该说什么好，只是默默地低着头。后来你抬起头小声地说：你昨晚已经给阿帮写了回信，说大瑶山是你的家，你是瑶山之鹰，离开瑶山你无法生存，也没有了人生的意义。你说你离不开可爱的孩子们，你要留在大山里。

是啊，生活是一种奉献，一种敬业，一种无法估价的芬芳和美丽。你决心把自己的心血汇成无私的知识源泉，流进瑶山的孩子们的心田……

你圆梦了，你圆了你的教师梦。尽管这个梦很沉重，很艰难，但也很美。

书 法 家

铁 林

贾老师没啥其他雅好，就爱写写毛笔字。退休后更是走火入魔，天天涂鸦。

我和他同住一个单元，许是投缘，过从甚密。

贾老师的字确实不错，这一点毋庸置疑，他的老同学和老同事都赞赏有加，尤其称赞他的行草如行云流水，笔墨酣畅。

或许是因为我加入了书协的缘故，他居然称呼我为老师。隔三岔五便带上他那盖上印戳的书法习作和葡萄酒，说是请我“边饮香槟边评点”。真是却之不恭，受之有愧呀！

古话说，拿人东西手软，吃人东西嘴软。两杯下肚，口吐莲花。什么金钩铁划，刚毅遒劲，力透纸背，入木三分……

当然，酒醉心明，有时也会指出不足，比如线条呆板，帖味不浓，等等。

对我这些酒后胡诌的溢美之词，贾老师听了还是很受用的。

对于所谓帖味，其实他是不太认同的。虽然表面上承诺要多临帖，临好帖，但内心上还是坚持不拘泥名家，突出自己的风格。

一天早上，我在公园晨练，贾老师兴冲冲地迎了过来。

他点开微信给我看，说是北京有位资深的书法大家主动添加他的微信。

说有人推荐了贾老师的两幅字，他很看好，并且给予了极高的评价。

尤其肯定了他的书法风格自成一体，堪称一绝。

因此真心推荐他加入“世界华人书法家协会”。

还说如果评审委员会能够通过，他的大作便可登上《世界华人书法家年鉴》一书。

他一脸严肃地望着我，分明是想得到我的支持和鼓励。

其实贾老师的心思完全可以理解，雁过留声，人过留名。

作为一门心仪大半生的艺术，能得到名家和权威的认同，从而载入史册。扪心自问，谁不心动?

你先征求一下家人的意见吧！我对他说。

他们不懂书法，肯定不会支持的。

贾老师面呈愠色，看得出来，其实他的心意已决。所谓征求我的意见，无非是顺水推舟找个借口罢了。

作为挚友和同道中人，最终我还是谏了一言的。

一是问寻度娘，明确所谓权威机构和名家的真实性。

二是收费的合理性。贾老师表示认同，连说“兹事体大，定当慎重”！

半个月后的一天傍晚，贾老师邀我去得月楼吃狮子头，说要和我分享荣耀云云。

等我一脚跨进得月楼，被迎宾小姐簇拥着进入“醉香阁”包厢时，只见贾老师满面春风，笑容灿烂，正和一桌人海阔天空呢！

见我进来，贾老师介绍说我是他的书法老师，大家掌声雷动，我赶紧跟大家打招呼。然后拉着贾老师的手，连声说祝贺祝贺！

席间，我仔细翻看了这本装帧十分考究的带有国际范的书法集册，并附在贾老师的耳边，悄悄地问了一声：这东东花了多少票子请回来的？只听贾老师轻轻地说了声：三千，值吧！

我机械般地点了点头。

此后的几个月，贾老师似乎很忙，很少联系我。

上个周末，贾老师主动约我去他家做客，我觉得有点奇怪，因为家人对他的书法艺术一直不看好，更谈不上支持。

上楼敲门，落座客厅。贾师母满面春风，一阵寒暄后，倒茶递烟上点心，就是不见贾老师的人影。

贾老师呢？我憋不住问了一声。

您稍坐片刻……贾师母笑靥如花。

他在赶写一幅字，因为建材集团邹老板马上要来取呢！

方鸟蛋

刘焦莉

朱熹十二岁那年春天的一个下午，他跟他的几个伙伴上山玩耍。山林里百鸟啁啾。朱熹一抬头，望见一个鸟窝。就喜不自胜地喊："鸟窝。"于是，捋胳膊挽袖，唾手搓沫，伸展胳膊，抱着树干，两脚蹬树，前胸空虚，像猴上树那样一步一步攀了上去。巴眼一看窝里有几枚蛋，蛋竟是方的。他摇摇头，怕眼离看错，使劲眨眨眼再看还是方的。但他仍不敢确定这就是鸟蛋，在他的认知里没听说过蛋有方的。于是，他把鸟蛋小心装进兜里，准备回家问他那"百事通"的大哥。

他哥一看，猛然睁大了眼，一脸惊喜地问他在哪儿弄的鸟蛋？朱熹说在山里。他哥急忙叫他跟他一起重去找那鸟窝。

朱熹从他哥那急切劲儿和刚才喜出望外的表情判断，这一定是个稀罕物。就好奇地问他哥这是啥鸟蛋？他哥没心思似的说先找到鸟窝再说。

天渐渐黑了下来，几个人迷了路，咋也找不到那个鸟窝。他哥的脸随天色黑了下来。朱熹的心情被他哥的脸色染了一层灰黑，但还是憋不住追问这到底是啥鸟蛋，他哥语气淡漠，表情莫名地说"忘了"。

朱熹小心赔上笑脸说："谁不知道你过目不忘"。

"我四五岁时在《天镜园》里偶尔读到的，都十来年了，早配饭吃了。你太想知道就自己去找吧。"他哥指着院里的书房淡漠地说。

朱熹半信半疑地看了看他哥那冷劲儿，借着下弦月半明半暗的月光，瞟了眼带有出厦，楣头上挂着《天镜园》的匾额，他熟悉又陌生的书屋——熟悉是他从记事起这房子就在那儿，陌生是书屋里的书不认他。四间房楼上楼下全是书，每个屋的书都码得整齐摆得满满当当。他心说偌大的书屋里藏着一枚方鸟蛋，要想找到它跟大海捞针差不多。他搔了下头，哀叹真的要被一枚鸟蛋难住？放弃追究又不是他的性格。最主要的是他不能忍受他哥那半阴半阳的态度。

睡了一觉，朱熹作出个叫全家人惊掉下巴、振聋耳朵的决定：他要住进天镜园，十年读完所有书。他爹朱松赶紧过来问情况才得知是昨天的方鸟蛋引发的。他爹看着朱熹稚嫩且坚毅的表情，心里窃喜。于是，就跟他说："你记得四岁的时候，我指着天对你说那是天。你反问天依附在哪儿？天的上头有什么东西的话吗"

朱熹眨巴下明亮的眼说没忘。他爹像是自言自语又像是对他说《天镜园》书屋里有方鸟蛋，还有天。

朱熹仰脸看天。脚步移进父亲的父亲的读书处——天镜园，图书四壁，充栋连床。

寒来暑往，四季更替——春天，院里的西瓜瓤大牡丹花香气穿轩入户沁人心脾；夏天，高槐竹深，樾暗千层，一泓涟漪，水木明瑟；秋天，海棠疏杂。幽窗开卷，字句碧鲜；冬天，梅骨古劲，暗香缕缕，滇茶妩媚。四季风致，景不入心。

他哥天天去帮他驱撵字里行间的拦路猫，盯着读书进度。当他看到还剩几本书就要读完时，把“方鸟蛋”塞进书里。

十年树木也树人。看书看到眼卷韧。十年后春天的一天上午，朱熹在最后一本书里读到：“方鸟蛋——槟榔槟榔，媲蛋四方。陈香木树上筑巢，灵芝草为窝。”耗时十年最后一刻找到了方鸟蛋，并没有让他欣喜若狂，而是眨眼寻思：怪不得十年前他哥非叫他领他重去找那鸟窝，原来这鸟巢里的一棵草一根棍都是值钱宝。

“迷路是天意。”他哥说，“现在你所得到的可比陈香木灵芝草值钱。出窝吧。”

他来到院里伸了个懒腰，仰脸望天——眼神穿过九霄，思绪驰骋浩渺无垠的宇宙。

“今天看到的天跟十年前看到的天不一样吧？！”他哥笑说，“古有屈大夫《天问》横空，今有朱熹《问天》问世。”

“谢十年前‘忘了’的托词。”朱熹朝他哥边施礼边说，“天镜园，望天镜——”

独家记忆

杨丽娜

婚礼就是一场甜蜜的折腾。尽管这样，人们仍乐此不疲。一切事务结束后，我们这对新人终于飞回了自己的小窝。

“看吧！出来混迟早是要还的。回本儿了！”老公翻着礼单有滋有味地感叹道。

“春宵一刻值千金，今晚你就算算咱们收了多少金。”我钻入印着典雅花型的正红色婚被里，准备冲进那棉花糖般的梦乡。

“大志，1000元！阿星，1000元！毛杰，1000元……”

“等等，毛杰？”我翻身看向老公。

“是的，他今天来了，很匆忙，把红包塞给我就走了。”老公遗憾地说道。

“哦！也好！如果面对面，我们说点什么呢。”我翻过身去，自言自语着。

我觉得有必要把这个震天动地的消息分享给米莉。醒来，我就拿出手机给米莉发微信。

“昨天，毛杰来了。”

“毛杰？你说的是哪个毛杰。”

“咱们同学呀。你不记得了吗？”

“呵，你不提还真差点儿给忘了。”

米莉的回答，是令我失望的。我躺在床上望着眼前的照片墙发呆。当那束柔和的阳光，从窗帘的缝隙中滞留在脸上的时候，我恍然大悟，原来你心里过不去的人和记忆，在别人心里早已过去。毛杰，算一个。

七年前的夏天，我们从四面八方而来，相聚在淮北的一所师范学院。新生联欢会上，仍是老掉牙的开场白——自我介绍。谁知道，老故事也可以有新内容。通过自我介绍居然撒摸出一位与我来自同一个城市的人，他就是毛杰。后来，毛杰就借着这层关系，主动坐到我后面的座位。

开学没多久，毛杰就在食堂谋得一份卖包子的工作。他毫不掩饰地通过勤工俭学来解决家庭困难，恰恰因为毛杰表现出的坦荡，招来同学们的怜悯和支持。青春期的少男少女们为了照顾食堂里毛杰所在窗口的生意，很长一段时间，大家一日三餐几乎都吃包子，并乐此不疲。可是，慢慢暴露出一个问题：毛杰遇到去买包子的同学，总刻意提高了嗓门对师傅说：“这是我同学，挑个大包子。这是我同学，送个小包子。这是我同学，我请他喝碗粥……”

热烈的爱心就像一泻千里的月光势不可当，稚嫩的自尊心就像如梦如幻的肥皂泡吹弹可破。因为毛杰的这些话，让同学们产生一种从施舍者变成被施舍者的错觉。从此，毛杰就像一颗樟脑球，到食堂搬运粮食的同学都绕着他走。久而久之，量变终于达成了质变，毛杰在某种程度上被孤立了。

“毛杰，这个样子不好哦！”我以老乡的身份，悄悄说。

“喂！请你吃包子！特意挑了四个皮薄馅大的。”毛杰一副漠不关心的样子。

“谢谢，我吃过了。”面对毛杰递过来的所有包子，这是标准答案。我在刻意回避毛杰，内心惶恐复杂。像是裸露在聚光灯下，急切地奔向周边的暗处。毛杰，我们可有可无的关系最好还是消失吧。

雪球越滚越大，日子越滚越远。往后的毛杰像一颗跳跳球，从食堂到图书馆，从图书馆到教职工行政楼当助理，他的工作换了又换。

“这样一切向钱看的人，毕业后到了公司也是一条喂不熟的狗。”

“啧啧啧，你看他巴结老师的样子。”

“你是吃不到葡萄说葡萄酸，人家那是有利可图。”

“你老乡挺有本事的，说不定以后还能罩着你。”

毛杰想不到，落花无意，流水有情。我想不到，终究和毛杰拴在了一起。

“毛杰，你知不知道你……”

“我？我怎么啦？”

“没，没什么！”

“老乡，大学就是社会的缩影，你也听说过这句被奉为至理名言的话吧。这里，很多人都在预演着自我价值观里的角色，就像小时候偷穿妈妈的高跟鞋，偷抹口红；然而长大后，并不知道鞋子合不合脚，喜不喜欢口红的色号。当然，我目前的角色就是挣钱养活自己。”夜里，毛杰发来一条很长的短信。

我没有回复毛杰，因为此时还没有找到自己的角色。而其他人，正在忙碌着切换下一个角色，泡图书馆、谈恋爱、打游戏、赚钱……一派生机勃勃的样子。毛杰，早已淡出了大家多姿多彩的生活。

毕业那年，毛杰一夜之间突然走上流言蜚语的风口浪尖，就像被打入冷宫的妃子重新获得圣宠。自不量力的毛杰把写给校花的情诗，又亲手抄写了1314份，贴满校园的角角落落，上演了一幕真人版癞蛤蟆想吃天鹅肉的喜剧故事。

“你，没事吧！不要伤心。”我又以老乡的身份说。似乎带着虚伪的味道，因为我是台下的观众。

“哈哈，有什么好伤心的。爱美之心人皆有之。喜欢，并不代表占有。算是为爱痴狂吧！告慰我终将逝去的青春！”毛杰很坦然。

“不过，以这种特殊的方式留在她的青春里，也不错！毕竟，我也曾给了一个女孩子炫耀的资本。”毛杰补充道。

毛杰去寻找下一个角色了。这次，徒留我在原地独自思量。

是的，我们都留在了彼此的记忆里，以独特的方式。就像婚礼上，毛杰留给我无限的遐想。

他是毛杰，我的同学，你或许认识他。

暗 恋 痴

双翠兰

都说暗恋，是蚌怀着珍珠的折磨，可这种折磨对罗秋娟来说，却十分甜蜜。

已经到了婚嫁年龄，多少媒人踏破门槛，秋娟就是不动心，她的父母也为秋娟的终身大事头疼。可是，没有人知道，秋娟已经爱上了一个小伙子，只是这个小伙子不知道而已。

这小伙叫孔东南，住在罗秋娟家的河对面。两家人一开门，便可相望。每天清晨，秋娟最早开门，她的目的只有一个，就是要看到孔东南的身影。孔东南那一身绷紧的腱子肌深深吸引着她的眼球。而这边的孔东南并不知道有一个姑娘已悄悄地爱上了自己。他依旧我行我素，目光坦然。

转眼一年过去，秋娟苦苦恋着的人经媒人介绍，已娶别人为妻。

那天对河孔东南家里张灯结彩之时，罗秋娟却在家里大闹父母。

罗母说：对河请我们去喝喜酒，该高兴的事，你为什么发脾气，还骂人呢？

秋娟说：我怎么去喝喜酒？我的心如十五只吊桶打水——七上八下，还隐隐作痛。

罗母说：我不懂你们年轻人的事，但你有心思，应早跟娘明说。

秋娟说：娘啊，这种事我有意思开口吗？东南哥娶了别人，我心痛！我想去跳河……

罗母说：东南算什么，娘托媒人给你物色一个比东南更好的。

秋娟大吼：我谁都不要，我只要东南。

罗母说：可人家已经结婚。

谁知，她们母女在家里争执的时候，孔东南来到家里，亲自抽空来请她们家里的人去喝喜酒。毕竟乡里乡亲，他对秋娟是有好感的。

罗母说：你今天可是个大忙人，劳驾你来请客，我们一定去！

秋娟见到东南，她的眼泪如断线的珍珠流了下来。她说：娘，你去，我才不去呢！

东南愕然。

喝一条河水长大的青年，这时眼睛彼此对视了一下。孔东南很平静，因为他今天是新郎，漂亮的新娘正在等着他。而秋娟不一样了，她暗恋孔东南这么多年，他的成家，令她五内俱焚，她泪眼蒙眬地对东南说：你结婚，我怎么办？

孔东南莫名其妙，好在彼此邻里，他心无旁骛。罗母说：东南，你快走吧，我们会去喝喜酒的，秋娟脑门上发高烧，乱说。

罗母没有说错，罗秋娟那天一直高烧不退，后来进了医院。烧是退了，但神志不清。秋娟出院后，人就发呆，不搭理人，口中念念有词，不知道说什么。开初，医生诊断是抑郁症，开了一些红红绿绿的药丸给她吃，后来越发严重，满口疯话连篇，没办法，最后只好把她送到医院长期治疗。

孔东南结婚后，就离开了对河的那幢房子，到城里做生意去了。

很多年孔东南都没有回家。他已经听说秋娟的故事跟自己有关，他很惋惜废了一个好姑娘。可是谁也没有想到，十二年后孔东南会落魄地回到对河的那幢老屋。那天，他回家经过对河的那座桥，桥边的马路上，他看见一个身材臃肿的女人痴呆呆地坐在桥头那块石头上望着远方。

孔东南说：那不是秋娟吗？

乡邻看见孔东南回乡了，说：是秋娟，她一年四季除了下雨，就固定坐在这块石头上，看着马路的远方。

后来罗母告诉孔东南，说秋娟从医院回到家里后，就成这样。十多年了，也没有嫁人。好在她不会乱走。由于吃多了精神分裂症的药物，致使她身形肥胖，容貌走样。东南说，曾经的秋娟容貌可人，时间磨砺了她的青春，药物摧残了她的肢体。东南走过去，握住了秋娟的手。

后来孔东南对罗母说：他在城里做生意失败，这十多年来他在城里吃了很多苦，现在女人跟他离了婚，带走了他们的孩子，他一无所有，如果可以，下半辈子他来照顾秋娟。

罗母说：那你不是太亏了！

东南说：我能亏吗？秋娟还是黄花闺女。现在我也是半条命的人，秋娟对我这样痴情，我要还她的情。

东南做个农民更实在，他不适应城里的环境和生活。说也奇怪，疯了十年的秋娟，和孔东南结婚后，居然奇迹般地神志清醒，并且婚后育有一双儿女，家庭幸福美满。

罗母逢人便说：人生还就是这样说不定，拐了九九八十一道弯后，自然就迎来了直通车。

清醒后的秋娟说：娘，这种暗恋暗出来的果，是蚌怀着珍珠太久，孕育而生后更加光泽丰润。

温暖的阳光下，母女俩幸福地笑了。

谁是小棉袄

脱微娜

84 岁的老妈突然心脏骤停，送医抢救。

哥打电话告诉我说，这两天妈情绪格外烦躁，今早饭也不吃，人坐在轮椅上头忽然垂下来。这次怕是不行了。我顿时眼泪汪洋起来，身子软得像面条。自打老妈中风以来，住院频频，越住越重，尽管有充分的思想准备，尽管老妈也算高寿，但世界上最爱我的人要走了，那锥心的疼痛我想你懂的。

到医院时，妈还在做心肺复苏手术。哥气色不好，蹲在地上，心事重重。透过抢救室的玻璃幕墙，我听到了电击的砰啪声，头皮发麻，心一下子提到嗓子眼。在众多的亲戚中，我发现大嫂没来，在这种命悬一线的时刻，全家人应守在老妈身边，她怎么能缺席呢？

还没等我问哥，抢救室的门开了，戴着蓝口罩的高个子医生疲惫地朝我们招手，真是神奇啊，老妈恢复了心跳，从鬼门关挣脱出来，各项指标也上来了。我和哥千恩万谢。大夫说，还在危险期，要注意观察。

妈被推到了病房。我紧紧抓住她的手，她睁开了双眼环顾四周，眼神空洞而执着，从我们每个人的脸上滑过，看了又看，像不认识我们似的。突然她开口说话了："棉袄……我的小棉袄？"妈自中风以来，已失去了说话功能，现在能说话了，尽管有些含混不清，但令我们又惊又喜。

我和哥疑惑的目光撞到一起了。现在早已不时兴小棉袄了，妈为什么会要小棉袄呢？是不是她的思维还停留在了过去？我抚摸着老妈的脸颊问："你要哪件小棉袄？"妈的小棉袄很多，她钟情于手工缝制丝绵缎面小棉袄，而且自己会做。她裁剪新潮，针脚细密，穿在身上熨帖灵秀，在前胸再绣上两朵小花，比买的还时髦。我和哥就是穿着她的小棉袄长大的。

妈缓缓地摇了摇头，闭上眼睛，不再说话，似乎睡着了。我示意哥走出病房。

大嫂呢，怎么没来？我问哥。

她肾上长了个东西，大前天住院做手术了。

我大吃一惊。这么大的事怎么不告诉我？化验结果出来了吗？

眼泪在哥的眼里打转。不太好，左肾拿掉了，她不让说。她住院都瞒着妈的。

我的鼻子一酸。大嫂是我们家的功臣，刚过50岁，竟得了这么重的病。都是累的啊！母亲半身不遂后，像变了个人，格外焦躁，找了几个保姆，人家都跑了，就连我这个女儿也受不了她的闹腾。说来也怪，只要大嫂伺候她，老妈便安静多了。

那一年，哥哥上大学放假回家，领来了一个白皙的矮个子姑娘，她长着一双会说话的眼睛，嘴角上扬，仿佛随时要笑出声。望着她那瘦弱的身材，母亲以淡漠来表明她的态度。不到一米五的个头，和我哥一米八的个子怎么也不配呀，我也怀疑哥的臭眼光。可是哥有自己的主意，毅然在两年后娶了她，这就是我的大嫂。

也不知从什么时候开始，不受待见的大嫂在我妈的心中地位发生了翻转。她先是把做棉袄的绝活传给了大嫂，当大嫂把一件紫色暗花的小棉袄送给母亲时，她爱不释手，连连夸赞比自己做得好。这还不算，老妈就连工资存折，家里贵重物品的钥匙都交给大嫂管理。真叫人羡慕嫉妒恨，我几次提醒老妈，老妈狠狠地瞅了我一眼，却不说什么。大嫂究竟给老妈灌了什么迷魂汤？一次我回家，正赶上大嫂喂老妈吃饭，包的精致小馄饨，上面飘着香菜叶鸡蛋皮和鸡丝，满屋生香。大嫂给母亲定制了食谱，让我感动：煎得黄黄的小锅贴，细细的手擀蚬子面，银丝花卷和各种风味小菜。至于为我妈翻身，擦洗，大嫂以她小小的身躯擎起了母亲对晚年生活的信心和尊严。别以为大嫂脾气好，她也常在我妈面前抱怨：你这个老太太就是欺负人呀，你女儿做的饭菜又是海参鲍鱼的，你看也不看，怎么偏偏就我做得好？母亲发出一连串呜呜的声音，却说不出话，只能咧嘴笑了。

我买了个精致的水果篮到16楼的病房去看望大嫂，她瘦得脱了相，支吾间，我还是把母亲抢救的事告诉了大嫂，谁知她一听便急了，非要跟我下楼去看。我说你再好两天吧，母亲有我陪着呢。她说，那就麻烦妹妹了。说得我脸上一阵红一阵白的。

傍晚，母亲病情出现反复，没有了脉搏心跳。大夫翻了翻母亲的眼皮，摇了摇头说，我们尽力了，准备后事吧。我趴在母亲身上大哭起来，正在这当口，大嫂进来了，她扶着腰，步履艰难。她哽咽着捧起了母亲的脸跪下了："老太太，你好狠心呀，你说我是妈的小棉袄，却不和我道别就走了，你醒醒睁开眼看我一眼好不好？"说着晕倒在地。

奇怪的事情发生了，只见我妈嘴唇微微张开，两行清泪在眼角缓缓流了下来……

最后那块地

张淑清

父亲的稻子终于黄了，两亩地的稻田，紧挨着水库上游的一片沼泽，鸬鹚来了，风也在。风一吹，稻穗就弯腰，向大地行礼，向父亲致意。父亲抹一锅旱烟，蹲在地头吧嗒吧嗒抽，幸福地欣赏着稻子。

这是村里最后一块稻田了。水库两岸居住的人不种稻子，他们嫌弃种稻子不划算，统统在土地上种经济作物，草莓、葡萄、板栗还有大樱桃。父亲看着人们进进出出把收获的果实送出村里，腰包鼓鼓的，只是笑笑，依旧守着他的稻田不急不躁。

渐渐富裕起来的人，家中添了四轮子、摩托车，翻修起亮铿铿的瓦房，青石板砌的院套。他们路过父亲稻田，不忘和父亲说说话，经常来堤坝坐坐的是父亲的亲侄子，他掏出一盒云烟，抽出一根递过来，老叔啊，还种稻子啊？大伙全摆弄经济作物，你落伍了。水稻不值钱，你看看三生、四驴子，平时没正形的栽大樱桃后，也抖起来了，你的思想该改一改了。

父亲抹了一袋烟末子，狠狠地吸了一口，我舍不得这块稻田！

父亲的稻穗长势喜人，籽粒饱满，阳光一照，扬起一道道金灿灿的锋芒，沿着结实紧凑的稻粒，面前就是一碗亮晶晶的米饭。

父亲喜欢，路过稻田的人都赞不绝口。

侄子其实是想说服老叔，把地换给他，繁育草莓苗，他的几个大棚需要换新土质。还没等开口，老叔就拒绝了。

父亲依旧每天来稻田巡视一番，他给稻子拔草，施肥，灌水，和低着头思考的稻穗交流，父亲觉得稻子也有灵性，你抚摸它，手心里渗透着种子的温度和深情。父亲对每一位造访的人说过，这块地生长出的稻穗，多像他的兄弟！哪有割舍亲情的道理？

父亲守着地里的稻子，一天一天，日升月落，斗转星移。蒹葭苍苍，白露为霜。父亲看了节气，下头霜稻子没问题，一旦重霜的话，稻穗就容易被折了脖颈，不好伸刀，倒头穗多，稻粒会落一地。

那晚，父亲踩着如水的月色，回屋，计划着稻子脱粒后，卖一部分，留一些给城里的女儿。

女儿讨厌种地，一家人搬到城里，女人吃着父亲每年从乡下坐车送来的大米，不想让父亲种地了，议价粮店啥没有？打个电话就送货上门。

父亲说，我舍不得那块地。

女儿气愤地说，你累坏了我不管你。父亲叹口气，不管就不管，反正你们一年四季来去匆匆，哪里管着你父母。

父亲想起女儿，就多喝了一杯酒，迷迷糊糊睡着了，父亲是被一声声雀子的鸣叫吵醒，他披件粗布衣衫，出了院子。一看园子的红薯蔓儿穿了一层白乎乎的霜，冷气一下抽干他身上的暖劲。坏了！昨黑是刮风了，但不大。今早就遮了重霜！

父亲脸没洗，饭没吃，腋窝夹着月牙镰去了稻田，稻子果然被霜折了1/3。父亲挥舞着镰刀，一拨拉倒下一片，割得飞快。日头攀上山坳，父亲已放倒一半稻子，父亲捶捶腰，抹抹额头的汗，镰刀一伸，一捧稻棵揽在左胳膊底，一条蛇突然蠕动着爬过来，父亲一惊，往一旁躲开，腰咯吱一声，扭了。不敢动弹，一动就疼得大汗淋漓。

父亲被侄子送到医院，住了几天。女儿女婿也着忙回来了。女儿说，那块地我已经答应卖给我大宝哥了，女儿说的大宝哥就是几次三番求父亲换地的侄儿。

父亲气得发抖，想坐起来，无奈腰动不了。

那不行，那是我在世上唯一的一块地，不卖！你说了不算。

女儿说，白纸黑字签字画押了，再说，我户口一直没迁走，那块地我也有份。

父亲就这一个孩子，把户口留下来，寻思老了女儿回家照顾他们。眼下，这腰一时半会好不了。

父亲点了点头，提了一个条件，让侄子将别的薄地给他一块，侄子说，可以的。

女儿女婿收完稻子，脱了粒，只留下几袋够父亲吃一年的，其余全处理掉。还没等父亲出院，就拿着卖那块地和稻子的钱走了。

那块地被翻耕机掀了，扶上垄，成了草莓苗繁育基地，还挂上了牌子。

父亲扭哒着落下病根的腰，常常坐在那块地不远的一棵老柳树下，稻穗一样，低头一遍一遍咀嚼着什么。

在秋雨中呼喊

江红斌

秋风萧瑟，淫雨蒙蒙。李庄镇的早上，人们还没有起床，耳朵边就传来老端不厌其烦的呼喊声。

“狗狗，回家了……”

老端讨厌养狗。整日为生活忙碌，没心思养那糟蹋粮食的宠物。这天早上居然在李庄镇上满世界寻狗，实在出人意料。

老端老实，不善言辞，四十岁才娶妻生子。就在老端刚看到生活曙光的时候，老婆却扔下三岁的女儿与人私奔了。弄不回来老婆，老端哭天抢地。李庄镇人就劝老端，好歹还丢下个女儿，也算后半辈子留了根，养老送终有人了。老端想想这话也对，就把一门心思放在女儿身上，对女儿百依百顺，知冷知热，关怀备至。

老端的女儿小时候缺乏营养，长得又瘦又小，像极了家里常住的一只流浪猫。老端爱怜，私下里亲昵地唤女儿：“猫猫、猫猫”。

女儿长大后，却出落得亭亭玉立。老端心里这个美呀，时常在漫漫的暗夜里，睁大眼睛，盘算着怎样招一个称心如意的上门女婿。想到美处，老端还会情不自禁笑出声来。

事情没有按老端的想法发生。女儿谈了个东庄的对象。看到女儿寻死觅活的样子，老端心软，依了任性女儿，把女儿嫁到了东庄。老端后来想，如今时代进步快，通信交通非常便利。想女儿了，一个电话打过去，不出半个小时，女儿就会开车来到。老端便释然了。

毕竟女儿有自己的家庭生活，不可能天天来看望老端。老端就整天扳着指头数日子，盼着正月初二、二月二、五月端午等女儿回娘家的节日早早来临。

今年秋天，淅淅沥沥的小雨也不知道下了多少天。老端发愁几亩玉米收割困难，打算等天晴了给女儿打电话，让他们来帮忙。不料，女儿在一个阴雨连绵的傍晚，踏着满街的泥泞回家了。女儿扔下背上的双肩包，把怀里抱着的小狗放在被窝里，轻描淡写地说："我和他离了。"

老端知道如今去民政局扯一张离婚证很容易，就像吃家常饭一样。可老端无论如何想不到女儿也会走这一步。他完全蒙了，脑子转不过圈。

"去买些火腿肠，毛毛饿坏了。"女儿吩咐老端。老端忙说："我这就给你做最爱吃的盖浇饭。"

女儿用嘴努了努被窝里的小狗说："是它，毛毛饿了。"

老端迷惑了："狗怎么也叫猫猫？"

女儿爱抚地捋顺小狗的毛，不耐烦地说："它叫毛毛，不是猫猫。"

老端这才定睛审视女儿带来的小狗。说实话，老端一辈子不爱狗，从来没有这样审视过一只狗。这是一只娇小玲珑的泰迪犬（老端不懂狗的品种），体形健康青春。刚刚修剪过皮毛，造型炫酷，模样可爱。一双眼睛，仿佛一汪湖水，清澈明亮。尤其是小狗的眼神，把喜怒忧思表现得淋漓尽致，像小孩子一样可爱。

老端爱屋及乌，冒雨买来了火腿肠，心里却并不乐意，暗骂，老子想吃火腿肠的时候还得盘算一番哩。

这以后的日子里，秋雨不解风情地一直在下，女儿蜷缩在被窝里，没日没夜地盯着手机，一会儿唱，一会儿笑，一会儿哭，累了就亲亲小狗的嘴巴，用脸摩挲着小狗的毛发，拥抱着小狗沉沉睡去。

尽管女儿并不理会父亲，老端心里却感到甜蜜，毕竟女儿在家，屋里有了热闹，这就像个家了。老端很满足。

有一天，女儿抱怨说："天天给毛毛吃火腿肠，怕要吃坏肚子，得给毛毛喂专用狗粮。"李庄镇不通快递，快递来的狗粮需到城里去取。女儿出门取快递时吩咐老端："好好照顾毛毛，千万别怠慢了它。"

说来也巧。连日阴雨，邻居留守老人的房檐塌了，来找老端维修。老端是个热心人，就掩了门，给老人修房子去了。

女儿回来，进门就问毛毛在哪里。老端连忙瞧被窝，霎时惊出了一身汗。被窝空空如也，不见毛毛的踪影。女儿发疯似的把角角落落找个遍，也没有找到小狗。女儿失魂落魄地喊道："毛毛丢了！"接着便如丧考妣号啕大哭起来，任老端如何劝说也无济于事。

傍晚时候，女儿累了，止住哭泣，喃喃自语说：“毛毛没了，待在这里还有什么意思。”就叫了一辆出租车，把双肩包和自己塞进车里走了，抛下瑟瑟秋雨在车后没心没肺地一直下。

晚上，没有女儿猫猫和小狗毛毛的老端家，死一般寂静，唯有屋外秋雨的淅沥声。漆黑的屋里，老端习惯性睁着眼。突然的寂静让老端烦躁不安，胡思乱想。他涨破脑袋也想不通：仅仅是丢个小狗，为什么女儿会号啕大哭、离家出走呢？天快亮的时候，老端突然醒悟了。小狗毛毛对于女儿猫猫来说，就像是女儿对于自己一样，是心肝宝贝，丢了绝对是接受不了的。那么，现在最迫切要干的事情就是尽快找到小狗毛毛，有了小狗毛毛，女儿猫猫就会回家。

老端来不及披衣服，光着膀子，捞一把破旧雨伞就出门寻狗去了。此时的李庄镇还被黑夜和秋雨死死包围着。村庄像鬼魅，蒙住了老端的眼睛。他什么也看不清，只好对着街巷滴落的雨丝喊了起来。

“狗狗，回家了。”

“狗狗，毛毛，回家了。”

唤狗的声音在破败的村庄里，像幽灵一样，被秋雨拖住，轻飘而微不足道。老端就扯起喉咙，加大了分贝呼喊。

“狗狗，回家了。”

“狗狗，毛毛，回家了。”

整个早晨，李庄镇的街巷里飘满了老端的声音。但在淫雨肆虐的季节，没有人愿意理会老端。老端得不到消息，他的呼喊就变了调子，嘶哑且歇斯底里。

“狗狗，毛毛，回家了。”

“狗狗，猫猫，回家了。”

……

李庄镇被老端的呼喊惊了睡梦的孩子，揉着惺忪睡眼不解地问大人：“老端这是在找狗狗还是在找猫猫？”没有人回答孩子的提问，回应孩子的还是老端在秋雨里的一声声呼喊。

忙碌的一夜

秦景棉

我是怎么来的，似乎并不重要，重要的是，我已经如愿来到抗击新冠疫情第一线。

是一位漂亮的姑娘协助我穿上防护衣的，然后戴上口罩、手套、防护镜，全副武装完毕，身体立马被箍住一般，不那么灵便了。

帮助病人翻身，耗费了我很大力气，呼吸随之急促加重，导致防护镜上哈气增厚，眼前一片模糊。瞬间，病人消失了，我的头大了，心蹦到了嗓子眼。使劲眨眨眼睛，晃动几下头，闭住嘴，用鼻子轻轻呼吸，再看，哈气退掉了一些，病人出现在视线内，他还躺在床上，液体滴注正常，输氧管插着，一切还好。

正要去查看其他病人，一床的老孟怯怯地说话了，大夫，我想尿尿。我把尿壶放在他身体的合适部位，好一会儿听不到动静。我的手有点发酸，微微颤了一下，说，甭不好意思，尿吧。稍后，开始有动静了，紧接着，响动加大了，泄洪似的。看来，老孟为了少给我们增添麻烦，已经憋了很久。而我，为了节省防护衣，也一直在忍着。这下倒好，耳边的响动成为一种导火线，导致我腹内热热的"一汪水"失控了，幸亏提前采取了防范措施。可兜着"一汪水"工作，越发不方便，甚至有些难受了，疲惫至极，只想卧倒歇一会儿，毕竟上了岁数。

要给二床输液了，这是个胖胖的中年女人，白白的臂弯上脂肪很厚，用戴着三层手套的食指很难摸到血管，便在上面猛拍了几下，屏住呼吸，一针扎下去，没扎准。我懊恼极了，额头上的汗珠又叠加一层。她大概觉出了异样，安慰我说，不碍事，我的血管不好找，换一处吧，我不怕疼。面对如此体贴理解大夫的病人，我越发无地自容了，在心里狠狠骂自己，平时娴熟的技术哪儿去了？关键时刻掉链子！我心疼地松开绑在她手臂上的橡胶管，拔出针头，决定改在手腕上。这一次，我蹲下身子，双目聚焦在那条不太明显的血管上，一针见血，液体顺着透明的管子流进病人的体内。我松了口气，站起来，一阵眩晕，我跌倒了。

啊……随着叫声，我醒了，原来是个梦。

看看表，已是深夜两点整。心里难受极了，有泪水涌出来，因为我的援驰行动是在梦里。双手合十放在胸前，我默默地祈祷，盼望疫情尽快得到控制，盼望医护人员多多珍重，保护好自己。

此时手机响了，我拿起来看，是老马发到朋友群里的一条信息，他告诉大家要揉捏手指，说这样可以提高免疫力。我立刻回复一句，谢谢！老马接着问：你也没睡？我担心别人的手机不在静音状态，吵了他人的美梦，便改为小窗和老马私聊，我说我前半夜支援武汉去了，现已回到家。当然了，为解释这句话，我又发了好几条微信。

老马说，他宅在家里十几天了，白天睡多了，晚上睡不着，一直在手机上关注着疫情。还说治疗高血压、糖尿病的药已经吃完了，也不敢去医院开。我说，这种药可不能停。他说那咋办？明天上医院开去？我这几天感冒了，又咳嗽又流鼻涕，难受着呢。

我困意全消，想起老夏也有高血压和糖尿病，因腿脚不利索，爱存药，平时，总能备上好多天的药。本想到天亮发条微信问问他可否匀出一些药给老马。转念一想，老夏的耳朵背，睡着了也听不到。于是，手指一弹，信息就飞出去了。心想明天一早，老夏准能看到。没想到，片刻，手机就响了，老夏也睡不着，也在扒拉手机关注疫情呢。他的回复很爽快，有，怎么给老马？我在东城，老马在石景山，就我这腿脚……

第二天一早，我发给老马一条微信，高血压、糖尿病的药，放在你家窗台上了，还有两盒感冒冲剂。按时服药，保重身体。

老马很快回复了，感动的话说了一大串儿，末了还有一个落泪的表情。我回复，要谢，谢老夏，是他匀给你的。

至于我是怎么让老夏用塑料绳拴住药，从窗口坠下来，又是怎么戴着口罩骑着自行车取回，放在老马居住的平房窗台上，就不用说了，这点事情比起前半夜“当大夫”的经历，简直是小菜一碟。